»Blechschaden«

Ilke Müller

AF187914

Herstellung und Verlag:
BoD- Books on Demand, Norderstedt
ISBN: 9783749449347

Die Kleiderfabrik und das dazugehörige Verkaufshaus Herrenberg, zählte zu einem Prunkstück im Industriegebiet der Verbandsgemeinde Hochingen. Die Firma bot für rund 200 Menschen Arbeitsplätze und gehörte somit zu dem größten Arbeitgeber, neben den anderen umliegenden Firmen, einer kleinen Schreinerei, einem kleinen Bauhaus und einem Supermarkt. Dabei gab es damals einen riesen Aufschrei, als ein Fremder, Peter Herrenberg, den Zuschlag bekam, dieses alte Flachdachgebäude mit einem beträchtlichen Grundstück zu kaufen. Niemand kannte diesen Fremden und keiner vermochte zu sagen, wie sein Vorleben aussah. Auch durch den Spottpreis gerieten die Stadtväter in Erklärungsnot und konnten ihr Handeln nur mit den hohen Kosten begründen, die ein Abriss mit sich geführt hätte.

Das lag nun zehn Jahre zurück und schon lange redete keiner mehr davon. Jeder begrüßte am Ende den Verkauf der Lagerhalle, die lange Zeit einem Schandfleck glich.

Das Unternehmen wurde eher bescheiden geführt als auf Profitgier. Produziert wurde überwiegend im Auftrag unbekannter Modelabels, die im eigenen Verkaufshaus angeboten wurden. Von Herren- bis Damenbekleidung bis hin zur Kinderfashion wurde dort alles gefertigt. Auch Dekorationsartikel, wie Gardinen und Kissen wurden produziert. Nebenher bot die Firma Herrenberg auch eigene Kollektionen an, eher konservativ als modern und überwiegend für das eigene Verkaufshaus. Seit einigen Jahren jedoch belieferten sie mit ihren eigenen Kollektionen auch ein Versandhaus, welches derweil den größten Umsatz einfuhr.

Peter Herrenberg führte größtenteils selber die Geschäfte und holte sich vor fünf Jahren Verstärkung ins Haus. Doris Westermann, der er die Prokura überließ, obwohl sie nicht alle seine Ansichten teilte.

Herrenberg gehörte den erzkonservativen Zeitgenossen an. Ein Mann um die 50ig, der sich von selbstauferlegten Prinzipien leiten ließ. Ganz oben auf gehörte er zu den Verfechtern der Vetternwirtschaft. Bei ihm stand Leistung an oberster Stelle. Empfehlungen, die von Mitarbeitern ausgesprochen wurden, prüfte er genauestens auf Herz und Nieren, wobei er äußerst skeptisch handelte und kaum jemanden, der schon einen

Familienangehörigen in der Firma hatte, eine Chance gab. So glaubte er, sogenannte faule Eier im Vorneherein zu vermeiden. Ebenso duldete er auch keine Techtelmechtel innerhalb der Firma, wodurch sich Mitarbeiter Vorteile beim Führungspersonal erschleichen konnten, oder schlimmer noch, dass Führungspersonal niedrige Angestellte als Sexsklaven hielten. Herrenberg war regelrecht davon besessen seine Firma vor dem sittlichen Verfall zu bewahren, was er mit aller Strenge durchsetzte und konsequent ahndete.

Im Grunde gehörte Herrenberg zu den verschlossenen Typen und verschanzte sich lieber in seinem Büro. Trotz seines gewaltigen Auftretens gehörte er zu den unsicheren Menschen und neigte zum Stottern, wenn er vor größeren Menschenansammlungen reden musste, und auch bei schwierigen Entscheidungen spielte ihm die Rhetorik schon mal einen Streich. Aber mit einem geübten Trick überspielte er seine Unsicherheit und zermahlte dann in seinen Sätzen das »N« auf den Backenzähnen. Eine Methode, die er in einem kleinen Theater lernte.

Da seine viel jüngere Frau Margot sich um die Erziehung des einzigen Sohnes kümmerte, saß nun Doris an seiner Seite, die auch den Posten des Personalchefs innehatte; so glaubte Herrenberg, die absolute Kontrolle über seine Angestellten zu erhalten, wobei er ihr zur Entlastung eine Sekretärin zur Seite stellte. Seither beschränkte sich die Tätigkeit des Personalbüros auf die Verwaltung der Löhne und Gehälter und was sonst noch in diesen Bereich fiel.

In der Tat besaß Doris Westermann alle Fähigkeiten, die eine Prokuristin benötigte. Mit ihren erst 32 Jahren verfügte sie schon über sehr große Erfahrungen, was die Firmenführung betraf, die sie im elterlichen Betrieb gesammelt hatte, gepaart mit außerordentlichem Ehrgeiz und nur Augen für ihre Karriere. Hübsch und klug gleichermaßen. Mit ihrem sicheren und seriösen Auftreten, unterstrichen mit ihrer Attraktivität, zog sie stets die Aufmerksamkeit auf ihre Person. Obwohl sie ihre weiblichen Reize in geschlossener Kleidung trug, schlugen in ihrer Nähe die Männerherzen höher. Was wohl daran lag, dass ihre blauen Augen wie Sterne strahlten, wenn sie lächelte. Dazu besaß sie eine schlanke Figur. Ihre Haare trug sie kurz geföhnt. Von den Frauen wurde sie beneidet und von den Männern geliebt, die sie trotz ihrer kühlen Art um ihre Finger wickeln konnte, und

4

dank durch Herrenbergs Firmenpolitik auf Distanz halten. Trotz ihrer kühlen und kurz angebundenen Art, gehörte sie zu den höflichen und freundlichen Menschen, aber immer nur auf das geschäftliche fixiert, und so drang auch wenig Privates von ihr hervor. Ihr Augenmerk stets aufs Geschäft gerichtet, revolutionierte sie kurz nach ihrem Amtsantritt das Verkaufssystem und verwandelte den mittelalterlichen Lagerverkauf zu einem renommierten Geschäft um, welches für ordentlichen Umsatz sorgte. Und das lukrative Geschäft mit dem Versandhaus, hatte sie auf den Weg gebracht, wo es ihr gelang, jedes Jahr eine kleine Kollektion im Modekatalog Goldmann unterzubringen.

Zurzeit lag Walter Larsen Doris zu Füßen. Lang ausgestreckt unter ihrem Schreibtisch kämpfte er sich durch ein Kabelmeer ihres neuen Computers. Die Installation an sich bereitete Walter wenig Probleme, aber der verschachtelte Schreibtisch mit seiner verblendeten Frontseite, machte ihm zu schaffen, die Kabel ordentlich zu verlegen. Zu dem saß Doris an dem Tisch, wobei sie sich allerdings viel Mühe gab, ihn nicht zu stören und zum Glück war der Schreibtisch recht tief, so dass er nicht sonderlich durch sie beengt wurde.

Walter Larsen gehörte mit seinen 31 Jahren zu den gut aussehenden Männern, gerade gewachsen und recht groß und schlank. Seine dunklen Haare trug er kurz, aber nicht stoppelig, und wenn man in seine braunen Augen blickte, lief man Gefahr sich in ihnen zu verlieren.

Eigentlich gehörte die Montage von Computeranlagen gar nicht in Walters Aufgabenbereich. Als Buchhalter wurde er ursprünglich vor fünf Jahren bei Herrenberg eingestellt. Dieser neue Aufgabenbereich wurde ihm zugetragen, als er eines Tages ein Buchhaltungsprogramm umschrieb, was er als viel zu kompliziert betrachtete. Angetan von seinen Fähigkeiten und auch von seinem handwerklichen Geschick, setzte Doris ihn seither immer wieder in diesem Bereich ein. Und seit einiger Zeit übte er nur noch diese Tätigkeit aus, was ihm zwar gut gefiel, aber auch darauf beruhte, dass er mit seinem Chef aus der Buchhaltung Diskrepanzen austrug und dieser ihn freigab für den neuen Aufgabenbereich, was sich für die Firma auch noch kostengünstig auswirkte.

Walter musste schmunzeln, als Doris plötzlich mit einem Fuß wippte, als würde sie einer Melodie folgen. Ihm fiel das Gespräch mit seinem Kollegen Bernd Prassel ein, das erst eine halbe Stunde zurück lag. Bei Prassel tauchte jeden Montagmorgen dasselbe Problem auf. Sein Drucker funktionierte nicht. Ohne überhaupt auf eine Anweisung zu warten, marschierte Walter jeden Montag erst einmal zu Prassel ins Büro. Als Büro konnte man die 9qm großen Räume gar nicht bezeichnen. Sie glichen mehr Isolierzellen und genau das sollten sie auch bewirken. Für Herrenberg ein sicheres System, damit niemand von seiner Arbeit abgelenkt wurde.

Ungeduldig saß Prassel mit seinen Fingern trommelnd an seinem Schreibtisch und wartete.

»Da bist du ja endlich«, entgegnete er nervös als Walter endlich eintraf, »es ist das übliche Problem.«

»Guten Morgen erst einmal«, gab Walter zurück und verdeutlichte ihm so seine Unhöflichkeit. Selbst Doris Westermann nahm sich diese Zeit.

»Entschuldige«, bereute er gleich und blickte nervös auf seine Uhr, »ich steh' etwas unter Zeitdruck, ich muss einen dringenden Bericht ausdrucken und persönlich abliefern«. Sofort räumte Prassel seinen Platz und überließ ihn Walter. Nervös wanderte er zur Tür, die wie immer offen stand, weil er unter Platzangst litt, und spähte kurz auf den Gang.

Walter ließ sich nicht aus der Ruhe bringen und redete behutsam auf den Rechner ein, als sei er ein Patient, doch trotz aller Gelassenheit, warf er einen flüchtigen Blick auf seine Armbanduhr.

»Stehst du auch unter Druck?«, stellte Prassel ihm eine Frage.

»Ja«, stöhnte Walter leise, und scherte sich wenig um seinen kleinen Zeitverzug, »die Westermann wartet auf mich, ich darf gleich unter ihren Schreibtisch krabbeln und den neuen PC installieren.«

Bei dem Namen Westermann fiel Prassel in Schwärmerei. »Ohh, diese Westermann«, stieß er lustvoll aus und fiel in einen fast Rausch ähnlichen Zustand, »was für eine Frau, die macht mich verrückt, wenn ich in ihre Nähe komme.«

»Welche Frau macht dich nicht verrückt?«, spöttelte Walter, ohne seinen Blick vom PC zu nehmen. Prassel rannte allem hinterher, was einen Rock trug und das Verrückte daran, die Frauen mochten ihn sogar. Dabei sah er nicht einmal gut aus. Mit seinen 1,70 m gehörte er schon fast zu den kleinwüchsigen Menschen und die Haare gingen ihm auch aus, aber dafür sah sein Körper aus wie ein Pelz. Wenn er seinen obersten Knopf von seinem Hemd öffnete, vorwitzten seine Haare heraus und er besaß ein fliehendes Kinn. Ein Neandertaler eben, befand Walter. Er rätselte immer, wie Prassel es gelang die Frauen zu überzeugen, mit ihm ins Bett zu steigen. Oft unterlag er dem Gedanken, Prassel wandte die Keulenmethode an.

»Es kann ja nicht jeder so langweilig und spröde sein wie du«, gab Prassel beleidigt zurück, »wenn ich du wäre, hätte ich mich schon längst erschossen.«

Leicht entrüstet schaute Walter seinen Kollegen an. »Langweilig und spröde?«, entgegnete er pikiert.

Prassel verschränkte seine Arme und blickte auf seinen Kollegen hinunter. »Dann sag mir mal, wann du das letzte Mal eine Frau rumgekriegt hast?«, fragte er, worauf er nur ein Schulterzucken zur Antwort bekam, »siehst du, es ist schon so lange her, dass du's nicht einmal mehr weißt«, spottete er, »das passiert mir nicht. Bei mir war's erst gestern.«

»Bei dir war's immer erst gestern«, gab Walter ihm unterschwellig zu verstehen und verdeutlichte ihm damit, dass er von seinen Kurzzeitbeziehungen nichts hielt, »weil du nämlich sexsüchtig bist«, fügte er noch bissig hinzu.

»Na und, was ist schon dabei«, konterte Prassel mit einer Selbstverständlichkeit, als wäre es die normalste Sache der Welt, »und mit dieser Westermann würde ich auch ganz gerne mal...«

»Ich kann sie nicht leiden«, warf Walter dazwischen.

»Mit dieser Meinung stehst du aber ziemlich alleine da.«

»Sie ist ein Eisberg. Kühl und unnahbar. Sie setzt ihren Charme ganz gezielt ein und das macht sie gefährlich.« Walter lehnte sich zurück und sah zu Prassel auf. »Ist dir eigentlich klar, dass sie mit uns allen machen kann, was sie will?«

Prassel zuckte bloß mit seinen Schultern.

»Sie kann befördern wen sie möchte, rausschmeißen wen sie möchte. Sie kann alles tun was ihr gerade in den Sinn kommt. Manchmal frage ich mich, warum unser Chef überhaupt jeden Morgen hier herkommt – Westermann regelt doch alles, eigentlich bräuchten wir nicht einmal Abteilungsleiter für die einzelnen Bereiche.«

»Mich hat sie zum Chefbuchhalter befördert«, protzte Prassel und tippte sich triumphierend auf seine Brust.

»Ja«, konterte Walter abfällig, weil er sich immer noch ärgerte, dass Doris Prassel bevorzugte und nicht ihn, »weil du ihr nach der Nase redest, und, hast du deswegen mehr zu sagen?«

Prassel verzog gleichgültig sein Gesicht. »Ist doch egal, Hauptsache, die Kohle stimmt, mach's doch genauso«, riet er, »gleich hast du die beste Gelegenheit.« Ein Grinsen zog sich bei Prassel übers Gesicht, weil er einen abtrünnigen Gedanken führte. »Vielleicht kriegst du den Eisberg ja zum Schmelzen.«

»Dazu bräuchte ich eine Starkstrom betriebene Heizdecke.« Walter unterbrach seine Arbeit. »Kannst du dir wirklich vorstellen, dass hinter Westermanns zugeknöpftem Outfit ein Herz schlagen soll, das nach sexuellem Verlangen schreit?«

Überzeugt ballte Prassel seine Hände, als würde er etwas umfassen und stieß ruckartig sein Becken vor. »Und ob ich das kann«, hauchte er lustvoll vor Erregung, »und wenn ich gleich unter ihrem Schreibtisch läge«, sinnierte er weiter und malte sich die schmutzigsten Gedanken aus, »und sie auf ihrem Stuhl säße, würde ich ihre Fesseln streicheln, mich langsam an ihren Schenkeln unter dem Rock hocharbeiten – sie würde nur so dahinfließen. Glaub mir, in dieser Frau brodelt ein Vulkan, der nur darauf wartet, ausbrechen zu dürfen.« Prassel redete überschwänglich weiter und fiel nun richtig in Trance, wobei er sich mit jedem Wort berauschte und an seine Genitalien griff. »Ich würde ihr meinen Hammer zeigen und sie könnte vor Erregung nicht mehr aufhören zu zittern, sie würde mich auf den Schreibtisch zerren...« Prassel stockte plötzlich. Schritte waren zu hören und fast im selben Moment stand Doris in der Tür. Prassel schrak furchtsam zusammen und stand fast salutierend vor ihr.

Musternd blickte Doris ihren Angestellten von oben bis unten an. »Guten Morgen.« Dann schwenkte ihr Blick zu Walter rüber. »Hier sind Sie also«, sagte sie im vorwurfsvollen Ton.

»Ich muss hier nur ein kleines Problem lösen, dann komm ich sofort zu Ihnen«, versicherte Walter unterwürfig und kam sich schon fast vor, wie der Großteil seiner Kollegen. Ein Arschkriecher eben.

»Fein«, antwortete Doris, dann sah sie Prassel wieder an, der immer noch wie versteinert da stand, »ich war gerade in der Nähe. Haben Sie den Bericht schon fertig?«

»Nei.. nein..«, stammelte er und wurde mit einem vorwurfsvollen Blick bestraft, »doch ja..«, korrigierte er sich, »mein Drucker..«, stotterte er weiter und deutete auf seinen Schreibtisch.

»Gut«, unterbrach Doris, die verstanden hatte und blickte die Männer abwechselnd an, »ich erwarte Sie, meine Herren.« Schnell wandte sie sich ab und marschierte durch den Gang.

In Walter schlummerte ein ungutes Gefühl, das auf Ärger hinwies. Doris Westermann stellte man nicht ungestraft an zweiter Stelle.

Prassel zog ein Taschentuch hervor und wischte sich den Schweiß von der Stirn, steckte seine Nase durch die Tür und kontrollierte den Gang. »Verdammt!«, fluchte er, »musste die jetzt so rein platzen?«

Bedauernd seufzte Walter in sich hinein. Leider trug Doris heute lange Hosen. Um schneller voranzukommen, verzichtete er auf seine Frühstückspause, auch wollte er ihre Geduld nicht noch mehr strapazieren und ihr keinen Grund liefern, dass sie ihm doch noch eine Standpauke hielt, weil er Prassel Vorrang einräumte.

Für Doris ging der Morgen an die Grenzen ihrer Geduld. Nicht nur, dass Walter sie warten ließ, auch Herrenberg trug mächtig dazu bei, der ihre Planung mächtig durchkreuzt hatte. Um die Arbeiten nicht zu stören war sie extra früher ins Büro gefahren, um einige Schreibtischarbeiten schon zu erledigen. Doch es kam alles ganz anders und sie musste in die Produktion um dort eine Auseinandersetzung mit ein paar Näherinnen zu schlichten. Und nun lag Walter unter ihrem Schreibtisch und behinderte sie in ihrer liebgewordenen Angewohnheit, ihre Schuhe abstreifen zu können und ihre Beine lang auszustrecken. Dazu kam erschwert, dass sie im Moment nur analog arbeiten konnte. Und schon längst war sie reif für eine Pause, aber da Walter keine Anstalten unternahm, in die Kaffeepause zu gehen, verzichtete sie aus Solidarität. Doch zumindest wollte sie sich einen Kaffee gönnen und so rollte sie mit ihrem Stuhl nach hinten, sprang auf und schlenderte auf das Sideboard neben dem Eingang zu, wo eine eigene Kaffeemaschine stand und versorgte sich mit frisch gebrühtem Kaffee. Um auch ihren Monteur bei Laune zu halten, schenkte sie ihm gleich eine mit ein. Sie stellte die Tassen auf dem Schreibtisch ab neben einer Schale mit Plätzchen; dann hockte sie sich vor den Schreibtisch und sah ihren Kollegen durch ein Kabelmeer an.

»Ich habe Ihnen eine Tasse Kaffee besorgt«, teilte sie ihm mit. Schnell hangelte sie sich am Tisch hoch und zog einen Rollhocker heran, während Walter sogleich unter dem Schreibtisch hervorgekrochen kam.

Doris deutete auf den Hocker. »Bitte«, sagte sie nur knapp, was schon beinahe wie ein Befehl klang, den Walter brav befolgte. Dann rückte sie ihren Sessel ordentlich zurecht und postierte sich neben ihrem Kollegen. Sie fingerte nach einem Plätzchen und tunkte es in den Kaffee. Eigentlich war Doris kein Freund von Plätzchen, aber mit Kaffee aß sie sie schon mal. Gönnerhaft schob sie die Schale ihrem Kollegen zu, der regungslos neben ihr saß. »Bedienen Sie sich«, sagte sie und lächelte höflich, »sind selbstgemacht.«

Nur zögerlich griff Walter in die Schale und betrachtete misstrauisch Doris' Backkünste.

»Keine Sorge, ich habe sie nicht gebacken«, durchbrach Doris seine Gedanken, worauf Walter ertappt erstarrte, weil er glaubte, sie habe seine Gedanken gelesen. Um sie nicht zu beleidigen biss er vorsichtig ab.

»Ich habe sie wirklich nicht gebacken«, versicherte Doris und konnte ein Schmunzeln nicht verhindern, »meinen letzten Backversuch konnte man als Briefbeschwerer benutzen«, spöttelte sie über ihre Backkünste und löste mit ihrem Spruch Walters Anspannung und so schob er den Rest auch in den Mund.

»Ja, da sind diese wirklich besser«, konterte Walter und spülte seinen Happen mit Kaffee nach. Er betrachtete Doris kurz, die dicht neben ihm saß. Obwohl er in letzter Zeit häufiger mit ihr zusammen arbeitete, war er ihr noch nie so nahe. Doch, einmal wurde er im Aufzug dicht an sie gedrängt, sodass er den Duft ihrer Haare vernahm, aber das zählte nicht.

Als Walter so da saß, kam ihm seine erste Begegnung mit Doris in den Sinn. Damals saß sie neben ihm, getrennt durch einen kleinen Tisch, vor dem Personalbüro und wartete ebenfalls auf ihr Vorstellungsgespräch, um sich bestmöglich zu verkaufen. Angespannt und nervös wippte Walter fortwährend mit den Füßen und rieb seine feuchten Hände aneinander. Plötzlich kramte die junge Frau, die völlig gelassen schien, eine kleine Tafel Schokolade hervor, zerbrach sie samt Papier in der Mitte, entblößte die Tafel und schob sie ihm hinüber. Verstört blickte Walter die Fremde an, die ihn liebevoll anlächelte.

»Nehmen Sie«, bot sie ihm mit sanfter Stimme an, »das ist gut für die Nerven«.

Ihre nette Geste nahm Walter damals sehr dankbar auf, umso mehr bedauerte er ihre Wandlung. Binnen kürzester Zeit verlor Doris ihre warmherzige Art und mutierte zu einem Eisberg, der majestätisch im Meer schwamm; und niemand die Gefahr bemerkte die unter Wasser lag. Und der Verlobungsring, den sie damals trug, zierte schon längst nicht mehr ihren Finger.

Plötzlich platzte Karin Sommer, Doris' Sekretärin, ins Büro herein. Eine junge und herzliche Frau. Im Gegensatz zu Doris konnte sie einen Mann vorweisen und zwei Kinder. Sie gehörte zu den netten und offenen Menschen, die viel lachten; anders als Doris mit ihrer aufgesetzten Freundlichkeit.

Karin lächelte freundlich und streifte sich eine Strähne ihrer langen, dunklen Haare aus der Stirn und wanderte zielstrebig auf ihren Schreibtisch zu. Doris sah gleich pflichtbewusst zu ihr rüber.

»Der Chef hat dir wieder was auf den Voice-Recorder hinterlegt«, teilte Doris ihr kurz mit.

»Oh nein«, stöhnte Karin, »nicht schon wieder.« Bedrückt fiel sie auf ihren Sessel nieder, nahm ein kleines Gerät in die Hand und betrachtete es missmutig. »Die ganze Pausenstimmung wieder im Eimer.«

»Herrenbergs Diktate müssen ja fürchterlich sein«, warf Walter eine Bemerkung ein und stockte sogleich über seine dreiste Einmischung ins Gespräch. Aber Doris machte es jedoch nichts aus und sie wurden Sekunden später Zeugen, wie Karin ihren Kopfhörer von dem Diktiergerät aufzog und eine Melodie mit summte und stetig ihre Stimme dabei erhob. Entgeistert blickte Walter an seiner Chefin vorbei und sah zu

Karin rüber, wie sie immer lauter summend auf die Tastatur ihres PCs einhämmerte.

Einen kurzen Moment ließ Doris sie gewähren, doch als Karin ihre Stimme mehr und mehr erhob, befand sie einschreiten zu müssen und wanderte zu ihrem Schreibtisch hinüber und riss ihr den Kopfhörer runter. »Etwas leiser bitte!«, mahnte sie streng.

Karin sah sie begeistert an. »Ist aber echt gut, diesmal.«

»Trotzdem«, blieb Doris erbarmungslos und wanderte wieder zu ihrem Schreibtisch zurück. Walters fragender Blick veranlasste sie zu einer Erklärung. »Sie muss Liedertexte einer Laien-Rockgruppe übersetzen«, erklärte sie und ersparte Walter so eine neugierige Frage. Sie sank auf ihren Sessel nieder und nahm wieder ihre Tasse in die Hand, während Walters Blicke verstört zu Herrenbergs Tür wanderten und sah ihn im Geiste metallmäßig abrocken mit der Frage im Kopf, ob er so seine junge Frau kennengelernt hatte?

Amüsiert beobachtete Doris ihren nachdenklichen Kollegen. »Es ist für seinen Neffen«, erklärte sie, »er ist Fan der Rockgruppe.«

Ertappt schreckte Walter auf und überlegte, ob seine Chefin Gedanken lesen konnte, oder ob er gemurmelt hatte. Eigentlich egal; beides wäre ihm unangenehm gewesen. Um weitere Peinlichkeiten zu vermeiden, trank er schweigend seinen Kaffee aus und kroch dann wieder unter den Schreibtisch. Er lag gerade in Position, um den Kabelkanal zu montieren, als er hörte, wie jemand das Büro betrat und mit langsamen Schritten auf den Schreibtisch zukam.

»Ich bringe Ihnen den Bericht«, sagte Prassel mit unterwürfiger Stimme. Behutsam legte er die Unterlagen auf den Tisch und schob sie Doris zu.

Walter blieb ganz ruhig und schenkte seinem Kollegen keine Beachtung, tat so, als sei er gar nicht anwesend.

»Danke«, sagte Doris kühl und nahm die Unterlagen auf. Flüchtig überflog sie die Zeilen.

»Tut mir leid, dass Sie so lange warten mussten«, schob Prassel gleich in geduckter Haltung eine Entschuldigung nach, um seine Ergebenheit zu unterstreichen, »wenn das dann alles wäre«, sagte er und wollte schnell die Flucht nach hinten antreten.

Erwartungsvoll blickte Doris ihren Angestellten an und lehnte sich auf ihren Schreibtisch. »Wollten Sie mir nicht noch etwas zeigen?«

»Nein«, antwortete Prassel perplex, »Sie wollten nur den Bericht.«

»War eben nicht – von einem Hammer die Rede?«

Vor Schreck rammte Walter den Schraubendreher in seine Hand und schürfte sich einen Hautlappen in der Handinnenfläche ab. Zum Glück blutete es nicht, aber dennoch schmerzte es. Um einen Schmerzausruf zu verhindern, biss er auf seine Lippen.

»Ha..Ha..Ha..Hammer?«, stotterte Prassel unterdessen und musste hart schlucken.

Nun folgte eine Standpauke.

»Herr Prassel«, fing Doris ruhig aber im energischen Ton an, »ich kann nicht verhindern, dass man über mich redet, aber – wenn – Sie schon das Bedürfnis haben, dann machen Sie es bitte hinter verschlossenen Türen.«

Prassel schluckte erneut und senkte beschämt seinen Kopf. »Ja«, brachte er dann heiser hervor.

»Sie dürfen sich jetzt entfernen«, erlaubte sie großzügig, worauf Prassel keine Sekunde zögerte und sogleich den Rückzug antrat.

Mit Sorge überlegte Walter, inwieweit Doris das Gespräch zwischen ihm und Prassel belauscht haben könnte.

Bei Doris hingegen huschte ein Schmunzeln über ihr Gesicht. Sie empfand es immer wieder amüsant, wenn sie dumme und unbedachte Bemerkungen ihrer Angestellten zu ihrem Vorteil ausmerzen und den vorlauten Lästermäulern eine kleine Lektion erteilen konnte. Sie drehte ihren Kopf in Karins Richtung, die mittlerweile ihren Kopfhörer wieder abgelegt hatte und ebenfalls vor sich her schmunzelte. Auch sie liebte Momente wie diese, in ihrem sonst eher tristen Berufsleben.

Wenig später waren Walters Arbeiten abgeschlossen. Ohne Doris ins Gehege zu kommen, kroch er unter dem Schreibtisch hervor, suchte sein Werkzeug zusammen und sortierte es ordentlich in seine Kiste ein. Dann stellte er sich vor den Schreibtisch und wartete, Doris' Aufmerksamkeit zu erlangen, doch in ihrer Arbeit vertieft, nahm sie gar keine Notiz von ihm, sodass er nur mit einem kräftigen Räuspern ihre Beachtung erlangen konnte. Zusammengefahren schaute sie zu ihm auf.

»Wir können den Probelauf vornehmen«, teilte Walter mit.

»Oh«, stieß Doris überrascht und verwirrt aus, »das ging aber schnell«, lobte sie und startete den PC. Geschickt ließ Doris ihre Finger über die Tastatur gleiten. Zufrieden beäugte sie den Bildschirm und lächelte dabei. Erklärungen brauchte Walter ihr keine abzugeben. Im Computerbereich kannte sich Doris hervorragend aus. Immerhin führte sie die Schulungen an das Personal durch. Rein theoretisch wäre sie in der Lage gewesen, ihren Computer selber zu installieren, nur schien es Walter als sehr unwahrscheinlich, dass sie mit einem Schraubendreher umgehen konnte und wer schon wollte sie sich in einem Arbeitsanzug vorstellen?

Bei Doris hielten ganz andere Gedanken Einzug, die sie mit gemischten Gefühlen bewertete. Ihr neuer Rechner diente als Kopf eines totalen Überwachungssystems. Von hier aus sollte sie künftig Zugriff auf alle Rechner nehmen können. Ebenso auch auf die Kassen im Verkaufshaus und konnte so zu jeder Zeit die Umsätze kontrollieren. Herrenberg wollte so die absolute Kontrolle über jeden Bereich erhalten. Niemandem sollte es mehr möglich sein, nur einen privaten Brief schreiben zu können, ohne dass er es anschauen konnte. Ein Unterfangen, welches schon beinahe gegen die Einhaltung der Privatsphäre verstieß. Dazu sollten alle Rechner auf ein neues Softwaresystem umgestellt werden, was schnellere und präzisere Datenverarbeitung verhieß. Wozu viele Rechner und Kassen allerdings umgerüstet werden mussten, was viel Zeit in Anspruch nahm. Für Doris ein völlig unnötiges Vorhaben, welchem sie unterste Priorität einräumte und ihr Hauptmerk auf die Digitalisierung der Produktion legte, wozu das System völlig verändert werden musste.

»Ist alles in Ordnung?«, forschte Walter nach und durchbrach Doris' Gedanken.

Sie blickte zu ihm auf. »Perfekt«, antwortete sie lobend.

Selbstzufrieden lächelte Walter. »Haben Sie noch Fragen?«

»Nein«, antwortete Doris und verdüsterte ihre Miene, »aber ich muss mit Ihnen reden.« Ihre Stimme klang schlagartig sehr offiziell.

Krampfartig zog sich Walters Magen zusammen und in seiner Angst schaute er unweigerlich zu Karin hinüber, als erhoffte er Rettung von ihr.

Unbeirrt dessen wanderte Doris um ihren Schreibtisch herum und bat ihren Angestellten mit einladender Gestik ins Nebenzimmer. Ein schalldichter Raum, der eigens dafür eingerichtet wurde, persönliche und vertrauliche Gespräche zu führen. Erst vor einem halben Jahr saß Walter hier und wurde von Doris gemaßregelt und verwarnt, was seine berufliche Veränderung mit sich zog. Sein Chef, Herr Peis, lehnte es ab ihn weiterhin zu beschäftigen, weil er mehrmals Kritik an ihm äußerte, und er so nur noch im Computerbereich Verwendung fand. Jetzt war wohl der Zeitpunkt gekommen, wo man ihm gänzlich den Todesstoß versetzen wollte. Vor wenigen Wochen wurde nämlich heftig diskutiert, wer die Informatikarbeiten künftig übernehmen sollte, wobei man eine Fremdfirma in Betracht zog, die dann auch die veralteten Maschinen und Gerätschaften digital umstellen sollten.

Mit einer schlimmen Vorahnung nahm Walter auf einem der Stühle vor dem Schreibtisch Platz, den Doris ihm anwies. Sie selber verschanzte sich hinter den Schreibtisch, der ihr Schutz bot, wie hinter einer Festung. Aufgelehnt sah sie ihn fest an.

»Es geht um Ihren Arbeitsplatz«, kam Doris gleich zur Sache.

Kraftlos sackte Walter zusammen, seine Vermutung fand hier nun ihre Bestätigung.

Unbeirrt fuhr Doris fort. »Sie wissen, dass in den letzten Wochen heftig diskutiert wurde, wer die Informatiksektion übernehmen soll.«

Walter nickte bedacht.

»Für uns war das nun ein Rechenexempel, ob wir das selber durchführen oder eine Fremdfirma beauftragen.«

Eine Pause folgte, die in Walter erneut Magenkrämpfe auslöste. Rechenexempel, kreise es durch seinen Kopf. Warum sagte sie nicht gleich, dass er raus war und sie lieber eine Fremdfirma ins Haus holten? Sicher, das war allemal günstiger, aber ob besser, stellte Walter jedoch in Frage. Aber wen interessierte das?

Doris führte ihre Erklärungen fort. »Herr Prassel hatte den Auftrag, die Kostenfrage zu prüfen.«

Resignierend schaute Walter seine Chefin an, die eine Akte unter dem Tisch hervorzog und aufschlug. Ausgerechnet Prassel richtete ihn hin. Warum konnte er die Ausrechnung nicht manipulieren und die Eigenleistung hervorheben? Er hätte es für einen guten Kollegen getan. An Prassel denkend, übten seine Hände eine wringende Gestik aus. Aber was machte er sich vor? Die Auseinandersetzungen zwischen ihm und seinem Chef hatte er selber provoziert. Im Grunde durfte er dankbar sein für jeden Monat, den er hier noch im Computerbereich ausüben durfte. Außerdem sollte diese Anstellung bei Herrenberg ohnehin nicht von Dauer sein. Seiner Meinung nach gehörte die Firma Herrenberg auf die schwarze Liste der schlechtesten Arbeitgeber. Nur seine lange Arbeitslosigkeit trieb ihn damals hierher, und unterläge er nicht dieser Trägheit, er hätte schon längst einen neuen Job finden können. So betrachtete Walter diese Kündigung mehr als einen Gnadenschuss, der ihn nun zwang, sich nach einem neuen Job umzusehen. Aber leider würde ein kleiner Makel auf seinem Zeugnis stehen, was ihm die Suche sehr erschweren würde.

Doris redete weiter, doch Walter nahm ihre Worte nur noch wie durch einen Nebelschwall wahr, war in Gedanken schon im Jobcenter. Plötzlich herrschte Totenstille. Im Unterbewusstsein vernahm Walter, wie seine Vorgesetzte ihm einen Kugelschreiber reichte.

»Ich bräuchte nur noch eine Unterschrift von Ihnen.«

Ohne Gegenwehr nahm Walter den Kuli entgegen, aber bevor er unterschrieb, überflog er das Schreiben kurz und blieb am Kopf der Unterlage hängen. Dort stand in deutlichen Lettern,

" Vertrag "

Entgeistert starrte Walter seine Chefin an und tippte erregt auf das Schriftstück.

Fragend blickte Doris zurück. »Stimmt was nicht?«

»Ich dachte, Sie wollten mich raus werfen.«

Stutzend warf Doris ihre Stirn in Falten. »Wie kommen Sie denn darauf? Haben Sie mir nicht zugehört?«

Verstört schüttelte Walter hastig seinen Kopf.

»Also, noch mal«, fing Doris erneut an und versuchte nun langsam und deutlich mit ihm zu reden, »ich – möchte – dass – Sie – die – Leitung – der – Informatikabteilung und der Haustechnik – übernehmen.«

»Das kann ich nicht«, stieß Walter spontan aus. Bei aller Liebe zu diesem Job, aber als Führungskraft, das konnte er nicht bewältigen, dafür fehlten ihm alle Voraussetzungen.

»Wenn Sie nicht arbeitslos werden wollen, müssen Sie«, gab Doris ihm unmissverständlich zu verstehen, »in Ihren alten Job können Sie nicht zurück.«

»Ich habe noch nie die Leitung für irgendwas übernommen. Außerdem glaube ich, dass Sie meine Fähigkeiten überschätzen«, begründete er seine Bedenken.

Mit einem zynischen Grinsen zog Doris ein paar Bescheinigungen hervor, die unter dem Vertrag schlummerten und überflog sie. »Ich weiß gar nicht, was Sie haben? Sie haben unzählige Kurse und Schulungen absolviert, bevor Sie in die Firma eingetreten sind und alle mit Auszeichnungen bestanden, wo liegt Ihr Problem?«

Walters Herz pochte vor Aufregung. Wo lag das Problem? Stellte er sich selber die Frage und konnte keinen wahren Einwand gegen diesen Vertrag finden. Als leitender Angestellter würde er wesentlich mehr verdienen und wenn er hier nur noch ein Jahr aushielte, würde sein Marktwert wahrscheinlich noch ansteigen. Vielleicht konnte er von seinem neuen Gehalt sogar ein kleines Polster ansparen, um den Schritt in die Selbstständigkeit zu wagen. Hier wurden ihm sogar die geschäftlichen Kontakte geliefert. Dennoch wurde leichte Skepsis in ihm hervorgerufen. Die Firma Herrenberg gehörte nicht zu den Arbeitgebern, die Geschenke verteilten. Misstrauisch kniff er seine Augen zusammen. »Und es gibt keinen Haken?«

Rätselnd schob Doris ihre Brauen hoch. »Nein.«

»Na ja, immerhin bin ich doch kein leitender Angestellter, ich habe doch gar keine Fortbildung in diesem Bereich gemacht. Wie wollen Sie das begründen und wie wirkt sich das finanziell aus?«

»Sie haben bereits ein halbes Jahr lang bewiesen, dass Sie es können, mehr brauche ich nicht – was Ihr Gehalt betrifft, so werde ich Ihnen bezahlen, was Ihnen als leitender Angestellter zusteht. Für Ihre bereits geleistete Arbeit in dem neuen Bereich werde ich Ihr Gehalt für die letzten sechs Monate noch nachbezahlen.«

Entrückt warf Walter sein Kinn in Falten. Dieses Glück, welches ihm heute hold sein sollte, konnte er kaum verarbeiten. Vor lauter Freude war sein Körper erstarrt; auch konnte er kein Wort über seine Lippen bringen. Diese Unentschlossenheit löste bei Doris Ungeduld aus. Sie schob die Akte ihrem Angestellten näher unter die Nase und tippte mit ihrem Finger auf die Unterschriftenstelle. »Dahin«, sagte sie im Befehlston und sah ihn scharf an, weil er immer noch unschlüssig mit seinem Kopf hin und her wankte, »oder muss Sie der Eisberg erst auf den Tisch zerren?«

Vor Schreck fiel Walter das Schreibgerät aus der Hand. Geschickt schnappte Doris nach dem Kugelschreiber und reichte ihn Walter erneut. Wieder tippte sie auf die Unterschriftenstelle und duldete mit ihrem nachdrücklichen Blick keine Widerworte.

Walter verstand, und ohne weiter zu zögern setzte er seinen guten Namen unter das Schriftstück und gab den Kuli wieder an Doris zurück. Willkommen im Marionetten-Club, schoss es ihm durch den Sinn und rieb seine Handgelenke, um zu testen ob ihm schon Ösen gewachsen waren für die Strippen, die Doris Westermann jetzt schon in den Händen hielt. Aber was sollte es? Diese Gelegenheit ungenutzt zu lassen, käme einer Todsünde gleich.

Doris konnte die Akte nicht schnell genug wieder schließen, um sie fürsorglich in den Katakomben des Schreibtisches zu verstauen. Mit dieser Unterschrift hatte sie Walter Larsen endlich da, wo sie ihn hin haben wollte. Sie betrachtete diesen Feldzug als ihren persönlichen Triumph. Zugegeben, seine böse Bemerkung über ihre Person konnte sie dabei zu ihrem Vorteil nutzen. Irgendwie machte es ihn gefügig.

Ein wenig betröpfelt überlegte Walter, ob er für seine freche Bemerkung eine Entschuldigung abliefern sollte, aber von Prassel erwartete sie es ja auch nicht, also ließ er es. Auch ließ sie nicht den Eindruck erwecken, dass sie Wert darauf legte.

»Übermorgen«, fuhr Doris nahtlos fort, »werde ich Sie den anderen leitenden Angestellten vorstellen. Wir treffen uns um 9 Uhr 45 im kleinen Konferenzzimmer, es wäre sehr gut...« Sie musterte Walter kurz. »Wenn Sie einen Anzug und eine Krawatte tragen würden.« Sie schwang sich aus dem Sessel und geleitete ihn aus dem Zimmer.

Walter schaute währenddessen an seinem Körper herunter und musste zugestehen, Jeans und karierte Hemden gehörten nicht in den Kleiderschrank eines situierten Angestellten, der gehobenen Kategorie.

Mit schnellen Schritten steuerte Doris auf ihren Schreibtisch zu, zog die oberste Schublade auf und kramte einen Schlüssel mit einem silbernen Anhänger dran hervor. Sie griente Walter überlegen an und reichte ihm den Schlüssel. »Das ist der Zugang zu Ihrem neuen Büro«, erklärte sie.

Perplex wog Walter den Schlüssel in seiner Hand und betrachtete den Anhänger, auf dem eine Nummer eingraviert war, die er gut kannte. Vor wenigen Tagen erst wurde dieses Büro, welches sich auf der ersten Etage befand, neu eingerichtet. Er selber hatte den PC dort installiert, aber nie zu träumen gewagt, dieses Büro bald zu seinem rechnen zu dürfen. Die Ausmaße des Raumes übertrafen das Dreifache seiner Isolierzelle und, es besaß ein Fenster.

»Haben Sie noch Fragen?«, wurde er plötzlich von Doris aus den Gedanken gerissen.

Walter erhob würdevoll seinen Kopf. »Nein.«

»Na dann, frohes Schaffen«, wünschte ihm Doris.

Verzückt lächelte Walter. »Danke – ich werde mein Bestes geben.« Mit einem kurzen bedeutsamen Blick auf Karin verließ er das Büro.

Verwirrt wanderte Karins Blick zu Doris rüber, die ihrem Angestellten grübelnd nachschaute. »Was ist passiert?«, interessierte Karin.

»Nichts«, antwortete Doris und setzte sich auf ihren Sessel, »ich habe gerade bloß Herrn Larsen befördert.«

Karin stutzte perplex. »Du hast was?«

»Du hast richtig gehört – Herrn Larsen befördert.«

»Einfach so?«, war Karin verwundert.

»Nein«, entgegnete Doris, »nicht einfach so. Weil er ein guter Mann ist.«

Bei aller Freude, die Walter durch seine Beförderung empfand, galt es nun zwei Probleme zu lösen. Ein ordentlicher Anzug und Krawatte musste her. Zum Glück litt seine Mutter unter einem Hort-Zwang und so hingen von seinem verstorbenen Vater noch einige Anzüge und Krawatten im Schrank. Zwar nicht die modernsten Modelle, aber es waren Anzüge, und einer im unauffälligen Blau gehalten, sollte ihm fürs Erste dienen. Was allerdings die Krawatten betraf, so zweifelte er stark den Geschmack seines Vaters an. Unbegreiflich, wie seine Mutter ihren Mann damit rumlaufen lassen konnte. Aber dieses Problem betrachtete er als zweitrangig; viel mehr Kopfzerbrechen bereitete ihn die Anlegung dieses Strangs, wobei seine Mutter ihm auch nicht helfen konnte und so steckte Walter den Schlips in seine Jackentasche. Irgendein Kollege würde ihm das Teil schon anlegen können.

Pünktlich wanderte Walter auf den Konferenzraum zu. Voller Ehrfurcht hielt er vor der doppelten Tür die Luft an. Erst jetzt realisierte er, was vorgestern vorgefallen war. Heute würde er nicht als Handwerker diesen Raum betreten, sondern als Chef einer wichtigen Abteilung. Behutsam öffnete er einen Flügel und trat herein. Vorsichtshalber ließ er die Tür offen stehen, damit er hörte, wenn jemand kam. Seine Blicke wanderten am langen Konferenztisch entlang, der sich durch den gesamten Raum zog. Der Rest des Raumes zeigte sich eher steril und zweckmäßig mit seinen eingemauerten Schränken und der viereckigen Beleuchtung, die an der Decke hing. Wie im Krankenhaus.

Plötzlich wurde Walter von heran eilenden Schritten aufgeschreckt. Er drehte sich langsam um und sah, wie Doris in ihrem seriösen Outfit und perfekt gestylt auf den Konferenzsaal zumarschiert kam. Zielstrebig steuerte sie auf ihn zu. Ihre Schritte verstummten plötzlich und erst jetzt bemerkte Walter, dass hier Teppichboden ausgelegt war, nicht wie in den anderen Räumen, die zweckmäßigen PVC-Platten oder auf den Fluren dieses schallende Marmor.

Doris verlangsamte ihr Tempo bis zum Stillstand, streckte Walter ihre Hand entgegen und begrüßte ihn mit einem kräftigen »Guten Morgen«.

Zum ersten Mal vereinten sich ihre Hände zur Begrüßung, ein fester und entschlossener Griff, den Walter ihr gar nicht zugetraut hätte.

Mit unverhohlener Geringschätzigkeit musterte Doris ihren Kollegen, verzichtete jedoch auf einen Kommentar, nur die fehlende Krawatte bemängelte sie.

Peinlich berührt zog Walter dieses gute Stück aus seiner Tasche und hielt sie an seine Brust. »Ich hab da so meine Probleme«, erklärte er.

Leichtes Entsetzen überfiel Doris. »Oh,« stieß sie verächtlich aus, was weniger seiner Unfähigkeit galt, sondern mehr diesem monströsem Stück, was seiner Glanzzeit wohl schon seit 20 Jahren nachtrauerte. Breit ausgelegt und mit rosa Punkten. Eine Beleidigung für jedes Auge. Reflexartig riss sie ihm dieses schauderhafte Stück aus der Hand und befahl ihm, sein Jackett etwas herunterzulassen und seinen Hemdkragen hochzuschlagen. Brav folgte er ihrer Anweisung und im Nu schlang sie ihm den Strang um den Hals. Doris konnte ein Schmunzeln nicht zurückhalten, als sie ihm an der Gurgel hing. Seit langem mal wieder übte sie eine alt vertraute Aufgabe aus. Ihr Vater kam auch nie damit zurecht und so band sie ihm früher auch regelmäßig die Krawatten. Gelehrt hatte es ihr ihre Großmutter. Sie hielt es für außerordentlich wichtig. »Kind!«, so sprach sie, »du bist mit dafür verantwortlich, wie dein Mann gekleidet ist – Männer haben keinen Sinn dafür, die Krawatte passt nie zum Anzug, aber wenn du sie bindest, hast du Einfluss darauf.«

Bei Walter hingegen wurde ein unbehagliches Gefühl ausgelöst, als hätte man ihm die Todesstrafe auferlegt. Um ein wenig Doris' Fängen zu entkommen, streckte er seinen Hals, als wolle er sich aus einer Schlinge herauswinden.

»Haben Sie Angst, ich könnte Ihnen mit meinen Eisfingern Frostbeulen zuführen?«, ließ Doris plötzlich mit bissigem Unterton verlauten.

Eine deutliche Anspielung auf seine plumpe Bemerkung, die eigentlich nach einer Entschuldigung rief, die sie aber andererseits zu ihrem Vorteil ausgemerzt hatte, so erwog Walter, keine Entschuldigung anzubringen.

Penibel richtete unterdessen Doris den Hemdkragen, zog die Krawatte zurecht und musterte ihr Meisterwerk. Während Walter sein Jackett wieder ordentlich anzog, gab sie ein paar Erklärungen ab.

»Ich werde Sie gleich den anderen vorstellen«, fing Doris an und richtete unzufrieden erneut die Krawatte und erlaubte sich eine Zwischenfrage, »haben Sie die selber ausgesucht?«

Walter sah an sich herab. »Ein Erbstück«, antwortete er knapp.

Missbilligend zog Doris ihre Augenbrauen hoch und redete weiter auf ihn ein, wobei sie nochmals den Knoten richtete und ein paar Fussel auf seinen Schultern verscheuchte. »Ich werde gleich erklären, was für eine Aufgabe Sie erfüllen.« Wieder folgte ein prüfender Blick, dann endlich ließ sie von ihm ab und deutete auf den ersten Platz gleich am Anfang der Tafel und marschierte auf ihn zu. »Hier werden Sie sitzen«, wies sie ihn an und blieb an dem Stuhl stehen, »ich möchte, dass Sie sich erheben und zu mir kommen, wenn ich Ihnen ein Zeichen gebe.«

Brav nickte Walter einverstanden und wäre am liebsten vor lauter Unmut davongelaufen. Hier wurde ihm erneut das Bewusstsein eingebläut, dass er durch seine Beförderung keinerlei Macht erhielt. Doris Westermann entschied alles und setzte sich über ihr Führungspersonal einfach hinweg. Er beobachtete, wie sie an den Kopf der Tafel wanderte, ihren Stuhl zurück zog und darauf Platz nahm. Von da ab ruhten ihre wachsamen Blicke auf ihm. Regungslos stand Walter nur da.

»Setzen Sie sich doch«, sagte Doris plötzlich, was bei Walter wie ein Befehl ankam, den er brav befolgte, wobei er seine Hände ordentlich auf dem Tisch zusammenlegte und sie fest zusammenhielt, damit Doris sein Zittern nicht bemerkte. Der Morgen ging an seine Belastbarkeitsgrenze. Die Ungewissheit, was ihn gleich erwartete, trieb seinen Puls in die Höhe, sodass sein ganzer Körper bebte.

Für Walter schien eine Ewigkeit vergangen zu sein, als die ersten Führungskräfte den Raum betraten. Doris erhob sich gleich und begrüßte jeden einzelnen per Handschlag. Ihm wurden dabei skeptische Blicke zugeworfen, weil niemand genau wusste, was er hier zu suchen hatte. Ein normaler Angestellter, hier unter ihnen?

Als der Letzte auf seinem Platz saß, legte Doris gleich los. Von ihrem Platz aus schaute sie erst einmal in die Runde, und bereits jetzt wusste sie schon, dass es von einer ganz speziellen Person Widerstand geben würde.

»Ich möchte Ihnen heute Herrn Larsen als unser neues Mitglied in der Führungsriege vorstellen.« Doris nickte zu ihm rüber und bedeutete ihm, dass er aufstehen solle.

Nur zögerlich setzte sich Walter in Bewegung und wurde von Doris ungeduldig herbei gewunken und als er die Nähe des Tischkopfes erreichte, zog sie ihn heran und rückte ihn in Position, wie ein Schulkind für das Fotoshooting.

Doris fuhr in ihren Erklärungen fort. »Herr Larsen wird die Informatikabteilung ab heute leiten.«

Ein erstauntes Raunen unterbrach Doris, was sie mit schlichtender Geste gleich unterband, wovon sich Frau Koch jedoch nicht aufhalten ließ, ihren Einwand vorzubringen.

»Ich bin mir nicht sicher, ob Herr Larsen dieser Aufgabe gewachsen ist.« Frau Koch blickte durch die Runde. »Er ist doch bloß ein Angestellter«, sagte sie dann abfällig, »ich bitte Sie meine Damen und Herren.«

Viele nickten zustimmend, wie in einer eingeschworenen Seilschaft.

Genervt seufzte Doris in sich hinein. Es war die alte Leier. Frau Koch ließ an nichts ein gutes Haar. Dabei hätte gerade sie das größte Verständnis aufbringen müssen. Vor knapp sieben Jahren kam Frau Koch aus den neuen Bundesländern hier her. Sie beherrschte die Schneiderei, wie kaum ein anderer mit Designerqualitäten, die sie aber nie so richtig unter Beweis stellte. Dazu besaß sie Führungserfahrungen, womit Doris vor einigen Jahren begründen konnte, sie zur Leiterin der Schneiderei zu ernennen. Auch sie musste damals einige Hänseleien ertragen. Sie kam nun mal von »Drüben« und es gab kaum jemand, der nicht einen Ossiwitz für sie parat hielt. Aber sie zeigte Stärke und Durchsetzungsvermögen und stellte ihre Qualitäten so unter Beweis.

Mit ihren Mitte Vierzig passte Koch genau in das Bild von Herrenberg. Sie war sehr hager, im Ganzen sehr zierlich. Ihr dunkles schulterlanges Haar trug sie meistens zusammengebunden. Auf ihrer Nase hockte eine dick umrandete Hornbrille, die sie älter wirken ließ. Bekleidungsmäßig bevorzugte sie den altbackenen Stil, genauso wie Herrenberg es liebte. Wenn man Kochs Äußeres betrachtete und ihre ständigen Nörgeleien dazurechnete, wunderte es niemand, dass noch kein Mann sie zum Altar geschleppt hatte.

»Liebe Frau Koch«, ergriff Doris das Wort, »Herr Larsen hat in der Vergangenheit oft bewiesen, dass er mit Computern umgehen kann, und seit er diesen Posten übernommen hat, mussten wir, ich betone, keine Fremdfirma mehr beauftragen. Die Arbeiten wurden schneller und präziser durchgeführt, was zu weniger Ausfallzeiten führte und wir dadurch sogar noch Kosten einsparen konnten.«

Mit Erstaunen nahm Walter die lobenden Worte seiner Chefin auf, die offensichtlich alles daran setzte, ihn gut darzustellen, was sein alter Chef nur mit einem Kopfschütteln hinnahm. Er konnte am allerwenigsten begreifen, warum sein ständig kritisierender Mitarbeiter plötzlich in den Stand der leitenden Angestellten erhoben wurde.

Frau Koch gab nicht auf. Unbeirrt schaute sie durch die Runde. »Ich finde, wir sollten abstimmen.«

Mit einem kalten Schmunzeln blickte Doris ihre rebellische Angestellte an. »Ich glaube kaum, dass Sie dazu die nötige Befehlsgewalt besitzen, hier eine Abstimmung einzuberufen. Ob es Ihnen nun passt oder nicht, Herr Larsen wird die Informatikabteilung und Haustechnik übernehmen und aufbauen.« Mit diesen Worten beendete sie ihre Ansprache und wünschte allen einen schönen und erfolgreichen Tag. Ab da gab es keinen mehr, der wagte, einen Einwand vorzubringen. Hugh, ich habe gesprochen.

Regungslos verharrte Walter an Doris' Seite und sah mit an, wie seine Kollegen gruppchenweise den Saal verließen und sich angeregt über ihn ereiferten. Es schien niemanden dabei zu stören, dass er mithören konnte. Wie kleine Nadelstiche stachen die gemeinen Anmerkungen bei ihm in sein Herz ein und nur eines erhielt ihn in diesem Moment aufrecht; der Gedanke, dass er diese Schmach ertragen musste, um in den Genuss einer besseren Zukunft zu gelangen. Mit der Gehaltsnachzahlung und dem was er nun verdiente, konnte er locker nach einem Jahr seinen Hut nehmen und sein eigenes Ding durchziehen.

Walter wollte sich schon einreihen und auch den Raum verlassen, als er plötzlich eine sanfte Berührung an seinem Arm vernahm und Doris ihm bedeutete noch einen Moment zu warten. Als der Letzte gegangen war, ließ sie sich gegen den Tisch fallen und sah ihn fest an.

»Sie sollten sich nicht ärgern«, sagte sie mitfühlend und lächelte ihn aufmunternd an.

Bedacht nickte Walter und musste Parallelen ziehen. Ein ähnliches Gefühl musste auch Doris befallen haben, als sie seine freche Bemerkung vernahm. »Kein schönes Gefühl, wenn man nicht erwünscht ist«, äußerte er missmutig.

Doris setzte zu einem beschwichtigenden Satz an und schlug dabei sanfte Töne an. »Frau Koch ist grundsätzlich negativ eingestellt.«

Mit leichtem Misstrauen nahm Walter ihre gutmütigen Worte auf. Seine Vorgesetzte wurde ihm unheimlich. Sollte sie plötzlich dem Orden der barmherzigen Schwestern beigetreten sein?

»Noch Fragen?«, erkundigte sie sich mit einem Feingefühl einer lieb sorgenden Mutter.

»Nein, ich hoffe nur, dass ich das alles hier gut überstehe.«

»Sie schaffen das schon«, sagte Doris überzeugt und verwandelte sich schlagartig wieder in die kühle Geschäftsfrau. Sie sah ihren Kollegen bezeichnend an. »Wissen Sie eigentlich, dass die Firma Herrenberg auch Anzüge herstellt? Und in unserem Verkaufshaus führen wir auch eine große Auswahl an Krawatten.«

Walter verzog auf ihre zynische Bemerkung hin seinen Mund zu einem gezwungenen Lächeln und bevor er darauf kontern konnte, war Doris schon auf dem Weg nach draußen. Er sah ihr nach, bis er ihre schallenden Schritte auf dem Flur vernahm und dann in einer der Gänge abbog.

In den kommenden Wochen wich Doris kaum von Walters Seite. Sie wies ihn in allem ein, was ein leitender Angestellter wissen musste und versorgte ihn mit nützlichen Tipps. Unter anderem setzten sie gemeinsam die Ausschreibung für seinen neuen Mitarbeiterstab auf. Walter sollte Verstärkung bekommen um mindestens zwei Angestellte. Oft fiel er todmüde in die Kissen und genauso oft wünschte er, er müsse nie wieder aufstehen und in die Firma fahren. Der mächtige Aufwand, den er durchziehen musste, um seinen Traum zu verwirklichen, hätte er nie zu träumen gewagt. Gnadenlos stopfte Doris ihn voll mit Informationen und Aufgaben. Nur schwerlich gelang es ihm, nebenher noch ein paar Wohnungsangebote zu studieren. Jetzt, wo er an der Schwelle der Selbstständigkeit stand, gehörte auch ein eigenständiger Haushalt dazu, zumal er es auch an der Zeit befand, sich von Mutters Rockzipfel zu lösen. Vielleicht klappte es ja dann auch mal mit einer Partnerschaft.

Nach drei Wochen harter und intensiver Einarbeitung ihres Kollegen, warf Doris das Handtuch und beschloss erst einmal Urlaub einzulegen. Müde legte sie Walter noch ein paar Unterlagen auf den Schreibtisch und lächelte ihn an.

»So«, verkündigte Doris, »ich denke, wir haben das Nötigste erarbeitet – jetzt mache ich erst einmal Urlaub.« Ein eindringlicher Blick ruhte auf Walter. »Noch Fragen?«

Walter schüttelte den Kopf und als er so in ihr müdes Gesicht sah, kam sogar etwas Mitleid für sie auf.

»Sie sollten sich auch etwas Ruhe gönnen, bevor wir uns in die Systemumstellung stürzen«, riet Doris ihrem Angestellten gönnerhaft. Außerdem erschien es ihr sinnvoll, erst einmal die Bewerbungen abzuwarten, damit er ein Team gründen konnte, um die Arbeiten auch reibungslos durchführen zu können.

Walter beherzte gerne ihren Rat, aber zunächst arbeitete er noch das Konzept aus, wie er möglichst reibungslos und ohne große Ausfälle die Modernisierung abhandeln konnte, und so läutete er seinen Urlaub eine Woche später ein. Aber im Gegensatz zu seiner Vorgesetzten gönnte sich Walter keine Pause. In dem kleinen Ort Wenningen, der zur Verbandsgemeinde Hochingen gehörte, gelang es ihm in einer neu gebauten Bungalowsiedlung ein Haus zu mieten in einer traumhaften Umgebung. Die Häuser mit ihren roten Giebeldächern standen nebeneinander am Hang gelegen, direkt vor dem Stadtpark, durch den man Wenningen zu Fuß gut erreichen konnte. Optimal zum Joggen oder spazieren gehen. Jeweils zwei Häuser standen spiegelverkehrt gegenüber und mussten sich einen Aufgang teilen. Entlang des Aufgangs bot ein hüfthoher Lattenzaun etwas Schutz vor Eindringlingen. Als angenehm empfand Walter, dass jedes Haus separat stand und das Nachbarhaus auf der anderen Seite mit einer entsprechend hohen Hecke getrennt wurde und so der Nachbar nicht störte. Das Haus ihm gegenüber schien auch schon bewohnt, doch anscheinend waren seine Nachbarn im Urlaub, auch wusste er nicht wie sie hießen, weil kein Namensschild an der Tür hing. Aber dies erschien ihm belanglos. Als besonders wertvoll betrachtete er den direkten Zugang zum Park.

Auch wenn Walter in dem kleinen Ort seine Großstadtanonymität aufgab, fühlte er sich auf Anhieb hier wohl, auch wenn Wenningen nicht viel zu bieten hatte. Mitten durch den kleinen Ort führte eine Fußgängerzone mit ein paar kleinen Läden. Für die größeren Einkäufe musste man schon nach Hochingen fahren. Das Größte, was Wenningen vorweisen konnte, war ein Autohaus, das an der Bundesstraße, gleich am Ortseingang lag. Aber dafür brauchte Walter nun nicht mehr den langen Weg bis zur Arbeit zu bewältigen. Fast 50 Kilometer musste er täglich zurücklegen, weil er zu den wenigen Angestellten gehörte, die nicht aus der Verbandsgemeinde stammten, und nun lag sein Arbeitsplatz nur noch knapp 12 Kilometer entfernt, immer noch weit genug weg, den Laden trotz allem nicht ständig sehen zu müssen, wobei er den Anschluss an die Bundesstraße für besonders wertvoll befand. So konnte er Hochingen geradewegs gut erreichen. Allerdings galt es, viele Ampeln zu bewältigen. Aber dies betrachtete er als zweitrangig, seine Zukunft würde er ohnehin nicht mehr lange der Firma Herrenberg widmen.

Stolz wanderte Walter durch die leere Wohnung und zeigte seiner Mutter Maria die Räumlichkeiten.

Mit ihren Mitte fünfzig verkörperte Maria mehr den mütterlichen Typ. Ihr Haar lag glatt herunter, ohne jeden Pepp. Sie konnte den Gedanken gar nicht ertragen, dass ihr Sohn auszog. Seit dem Tod ihres Mannes war er der einzige Mann in ihrem Leben, der sie, wie sie immer so schön behauptete, beschützte. Dabei bedurfte Maria keines Schutzes. In Wahrheit beschützte sie ihren Sohn, achtete streng darauf, dass kein weibliches Wesen ihm zu nahe kam. Bewachte und behütete ihn wie einen Schatz und verhätschelte ihn wie einen Schoßhund. Trotz seines Alters kannte Walter das Gefühl der absoluten Selbstbestimmung gar nicht, was ihn gehörig nervte. Und das beruhte nur auf lauter Rücksicht seiner Mutter zuliebe. Na ja, und weil es seine Finanzen nicht zuließen. Doch nun sollte endlich Schluss damit sein.

Gedankenvoll und wehleidig, über den Verlust, der Maria bevorstand, schlenderte sie neben ihrem Sohn her, wobei sie weniger den Räumlichkeiten Beachtung schenkte, sondern mehr mit Überzeugungskraft und mütterlicher Fürsorge versuchte, auf ihn einzuwirken.

»Walter, wieso? Du hast es doch so gut zuhause. Wer wird sich um dich kümmern? Deine Wäsche machen?«, redete Maria besorgt auf ihn ein.

Obwohl Walters Geduld schon am Boden lag, blieb er nett und lächelte seine Mutter an. »Ich bin alt genug, ich schaff' das schon. Ich werde mir eine Waschmaschine kaufen, ein Bügeleisen...«

»Die Wäsche kannst du mir doch bringen«, unterbrach sie ihn gleich und schöpfte Hoffnung, ihren Sohn wenigstens für einen Teil behalten zu können.

Vehement schüttelte Walter seinen Kopf. »Nein«, sagte er höflich aber bestimmt, »als meine Schwester ausgezogen ist, musste sie das auch mit allen Konsequenzen.«

»Aber das war doch was anderes«, versuchte sie sich raus zu reden, dann zuckte sie furchtsam zusammen und sah ihn mit vorwurfsvoller Miene an, »du hast eine Freundin.«

Walter stöhnte kraftlos und schüttelte den Kopf.

»Ich bin dir nicht mehr gut genug«, resultierte Maria aus seiner Haltung.

»Mutter bitte!«, mahnte er energisch.

»Hab' ich nicht immer alles für dich getan?«

»Ja natürlich«, beruhigte er sie, »aber du kannst mir doch keine Frau ersetzen.«

»Also doch!«, stieß Maria aus, »du gibst es also zu.«

»Nein!«, keifte Walter zurück, »ich...ich..« Er suchte nach den richtigen Worten, um sie nur ja nicht zu beleidigen. »Ich möchte mich nur frei entfalten können«, wählte er diplomatisch seine Worte.

»Aber das kannst du doch.«

Walter musste tief durchatmen, um nicht die Geduld zu verlieren. »Mutter, ich lebe in einem 12 qm großen Zimmer«, sagte er beinahe vorwurfsvoll, worauf seine Mutter einsichtig seufzte.

»Du hast ja recht«, gab sie dann endlich klein bei, »aber lass mich dir helfen«, bettelte sie verzweifelt.

Nur zu gut konnte Walter seiner Mutter nachfühlen. Sie war nun alleine und hatte niemanden mehr, den sie umsorgen konnte. Ihr ganzes Leben widmete sie stets ihrer Familie und hatte dabei versäumt einen eigenen Freundeskreis aufzubauen.

Versöhnlich legte Walter seinen Arm um seine Mutter. »Aber ich bin doch nicht aus der Welt«, redete er beschwichtigend auf sie ein, »ich besuche dich so oft ich kann und du kannst ja auch zu mir kommen.«

Mehr missmutig und betrübt zeigte seine Mutter Einsicht. Er war nun mal kein kleiner Junge mehr, das musste sie akzeptieren.

Die nächsten Tage vergingen für Walter wie im Flug. Mit Hilfe seiner Kumpels gelang es ihm bis zum nächsten Ersten ins Haus einzuziehen. Ein Kraftakt, der ihn rund um die Uhr beschäftigte, weil er neben den Renovierungsarbeiten auch noch Möbel fürs Wohnzimmer kaufen musste. Er sah es als Segen an, dass er sein Schlafzimmer von Zuhause mitnehmen konnte und von seiner Tante erhielt er eine ausrangierte Küche. Bei der ganzen Umzugsaktion ging ihm seine Mutter hilfreich zur Hand. Sie versorgte ihn und seine Kumpels rund um die Uhr. Und kaum eingezogen, da stand Firma Herrenberg schon wieder auf dem Plan.

Auch für Doris ging der Urlaub zu Ende. Sie verbrachte mit ihrer Nichte Corinna drei Wochen in Österreich, was für sie weniger Urlaub und Entspannung hieß, sondern unter die Rubrik Aktivurlaub fiel. Nicht genug, dass Corinna ohnehin schon fast jedes Wochenende bei ihr verbrachte, dieses Mal auch noch der Urlaub.

Corinna gehörte zu den lebhaften Gören und war mit ihren 13 Jahren schon recht fortgeschritten, geistig wie körperlich, und besaß ein unkontrolliertes Mundwerk. Sie war das Produkt von Doris' älterer Schwester Katja und einem Archäologen, Michael, den sie während des Studiums kennen lernte. Die Beiden lebten mehr oder weniger zusammen. Dies hieß, sie verbrachte die meiste Zeit in Köln und arbeitete im Römisch- Germanischen Museum und er buddelte irgendwo in der Gegend herum und suchte nach altem Zeug. Das Ganze bezeichnete er als Ausgrabungen. Auf diesen Ausdruck legte er besonderen Wert. Doris konnte diesen Beruf nie so recht verinnerlichen. Der Gedanke, dass in ferner Zukunft auch sie Opfer eines Archäologen werden konnte, ließ sie zu dem Entschluss kommen, sich nach ihrem Ableben verbrennen zu lassen. Sicher war sicher.

Corinna kannte ihren Vater kaum, eher von Fotos aus den Museumszeitschriften, für die Katja auch als Verlegerin arbeitete, weswegen sie Michael öfters kontaktieren musste und dafür nutzte sie überwiegend die Wochenenden und so übernahm Doris schon seit Jahren an diesen Tagen die Betreuung von Corinna und in diesem Jahr nahm Doris sie sogar mit in den Urlaub, weil Katja und Michael die Zeit mal für sich alleine nutzen wollten.

Nach einem Kontrollrundgang durch die Ferienwohnung packte Doris die Koffer ins Auto und trat mit Corinna die Heimreise an. Am späten Abend lieferte sie ihre Nichte bei ihrer Schwester in der Kölner Dachwohnung ab. Überglücklich schloss Katja ihre Tochter und Doris in ihre Arme ein. Endlich konnte sie ihre Tochter nach der langen Trennung wieder in ihre Arme schließen, anders Corinna. Ungeduldig tänzelte sie vor ihrer Mutter umher.

»Darf ich noch zu meiner Freundin?«, fragte sie voller Ungeduld und erhielt ein unerwartetes Kopfnicken. Normalerweise mochte Katja nicht, wenn ihre Tochter gleich wieder abhaute, aber heute machte sie eine Ausnahme und außerdem wohnte ihre Freundin im Haus.

Doris hingegen ließ sich erschöpft auf dem Sofa unter der Dachschräge zurückfallen und verschnaufte einen kurzen Moment. Sie schloss ihre Augen und atmete durch, um neue Kraft zu tanken, die ihr die lange Fahrt geraubt hatte, dann setzte sie sich wieder auf und schaute umher. »Wo ist Michael?«, rief sie ihrer Schwester zu, die mit ein paar Erfrischungen aus der Küche kam und sich auf einen Sessel niedersetzte.

Katja lachte sie an. »Na wo schon?«, stellte sie eine Gegenfrage, die Doris gut verstand. Sie schaute ihre erschöpfte Schwester mitfühlend an, wobei sie von leichten Schuldgefühlen befallen wurde. Sie mutete Doris eine Menge zu, deren Hilfe sie ständig benötigte. Dankbar setzte sie ihr ein Glas Brause vor.

Doris betrachtete ihre Schwester, die plötzlich ein Gute-Laune-Gesicht auflegte, auch sah Katja irgendwie anders aus. Ihre jugendliche Frische, die sie immer ausstrahlte, schien nochmals eine Verjüngungskur durchschritten zu haben. Auch trug sie ihre langen blonden Haare offen und nicht zusammengebunden, wie sonst. Nachdenklich griff Doris nach ihrem Glas Brause, ein Drink den sie nicht so sehr schätzte, schon gar nicht wenn sie sich im Hoheitsgebiet der Kölner Braukunst befand, aber leider lag da noch der Heimweg vor ihr.

»Du siehst aus, als hättest du einen Sechser im Lotto«, sagte Doris, um herauszufinden, was ihre Schwester so glücklich stimmte.

»Viel besser«, antwortete Katja enthusiastisch.

Verständnislos verzog Doris ihr Gesicht. Was konnte schon besser sein, als ein paar Millionen zu gewinnen? Sie nippte gerade an ihrem Glas, als Katja mit ihrer Botschaft herausplatzte.

»Ich bin schwanger.«

Doris verschluckte sich fürchterlich und kämpfte mit der Brause, um sie nicht ausspucken zu müssen. Ein kurzer Hustenanfall folgte, dann hatte sie alles wieder unter Kontrolle. Katja kam gleich zur Hilfe geeilt und beklopfte zärtlich Doris' Rücken.

Fassungslos hüstelte Doris. »Und das soll besser sein, als ein Sechser im Lotto?«, platzte es vorwurfsvoll aus ihr heraus.

Katja lachte unbeirrt. »Doris, das war geplant.«

Verwirrt legte Doris ihren Kopf schief. »Wie stellt ihr euch das vor?«, warf sie eine fassungslose Frage in den Raum. Wie konnten zwei Menschen, bei denen der Beruf an erster Stelle stand, ein zweites Kind bekommen? Ein richtiges Familienleben war bei ihnen doch gar nicht möglich. Sie waren nicht einmal verheiratet. Es grenzte schon an ein Wunder, dass Katja überhaupt schwanger wurde.

»Ganz einfach«, antwortete Katja in kindlicher Naivität, »wir heiraten, ziehen aufs Land und werden eine glückliche Familie.«

Ungläubig stieß Doris einen Laut aus, was Katja veranlasste, eine Erklärung beizufügen, die ihre Gelassenheit begründete. Michael gab seinen Job bei den Ausgrabungen auf, er wollte seine Erfahrungen und Erlebnisse in einem Buch veröffentlichen. Sie wollten wirklich heiraten und aufs Land ziehen. Katja konnte auch von dort aus ihren Job als Verlegerin ausüben.

Zufrieden ließ sich Katja nach hinten fallen und legte mit einem glücklichen Seufzer ihre Hände auf den Bauch. »Ach Doris, wir werden endlich eine richtige Familie sein.«

Gönnerhaft schaute Doris ihre Schwester von der Seite an und ließ sich ebenfalls zurück fallen. Alte Erinnerungen wurden in ihr geweckt. Als Kinder lagen sie oft so dicht nebeneinander und redeten, manchmal die ganze Nacht. »Weiß Mutter schon davon?«

»Nein, das wollten wir nächstes Wochenende machen, Corinna kommt dann auch nicht zu dir. Und morgen, wenn Michael wieder da ist, sagen wir es Corinna.« Katja sah ihre Schwester bittend an. »Verrat Mama bitte noch nichts.« Sie erhielt ein verständnisvolles Kopfnicken zur Antwort, was ein wenig Gewissensbisse in ihr hervorrief. »Doris«, sprach sie ihre Schwester zaghaft an, »ich brauch aber noch bis mindestens zum Jahresende deine Unterstützung.«

Doris griff nach Katjas Hand. »Kein Problem«, sicherte sie ihre Hilfe zu, wobei ein wenig Neid in ihr hochstieg. Ihre Schwester besaß etwas, was ihr verwehrt blieb. Eine eigene Familie mit allem was dazugehörte. Einen Mann, der sie liebte, und trotz aller beruflichen Einschränkungen schien sich diese Liebe eher zu festigen, als dass sie auseinanderbrach. Sie hatte Corinna und einen Job. Sie komplettierte die ganze Sache noch, indem sie nun endlich heiratete und ein zweites Kind bekam. Sie hingegen konnte nur zwei gescheiterte Beziehungen vorweisen und hatte damit Vaters Zorn auf sich gezogen, der einen starken männlichen Partner an ihrer Seite wissen wollte, damit er in näherer Zukunft die eigene Firma an sie übergeben konnte.

Einen Moment lang schloss Doris ihre Augen und überlegte, ob alles ganz anders gekommen wäre, wäre ihr damals nicht dieser folgenschwere Unfall passiert. Mit einem tiefen Atemzug beendete Doris ihre aufgekommene Depression und schaute kurz auf ihre Armbanduhr, die ihr sagte, dass es Zeit war, den Heimweg anzutreten. Und bevor sie sich wieder in ein Gespräch verwickeln ließ, schlug sie ihrer Schwester liebevoll gegen den Oberschenkel und stand auf. Katja begleitete Doris noch zur Tür und nahm sie zum Abschied fest in ihre Arme.

»Was wäre ich nur ohne dich?«, flüsterte Katja ihr dankbar zu.

»Mache ich doch gerne«, antwortete Doris großzügig und fühlte sich durch Katjas herzliche Umarmung genügend entlohnt, für die ganzen Strapazen, die sie auf sich nahm, »passt schön auf euch auf«, witzelte sie und strich Katja über den Bauch, der das noch ganz winzige Lebewesen barg, das sie erneut zur Tante machte. Mit einem kurzen »Ciao« verabschiedete sich Doris schnell, dann eilte sie durch den Gang und gab ihrer Schwester noch einen letzten Wink.

Als Doris endlich ihre Haustür aufschließen konnte, stellte sie ihren Reisekoffer gleich in der Diele ab und verschwendete keine Zeit mehr mit ihm. Sie wollte nur noch eins, unter die Dusche, in ein paar bequeme Klamotten schlüpfen und in ihrer Sofaecke in einem Buch schmökern und dabei ein kühles Bier trinken.

Für Walter war es einer dieser typischen Montage. Nur mit Mühe konnte er seinem Bett entfliehen und gerade noch zeitig das Haus verlassen. Der sonnige Morgen lud zu viel schöneren Dingen ein, als den Tag mit Arbeiten zu verschwenden. Als er die Haustür abschloss, hörte er, dass sich im Nachbarhaus auch etwas rührte, das bis gestern noch verwaist schien. Freudig, endlich seine Nachbarn kennen zu lernen, trat Walter auf den Weg und beobachtete eine gut gekleidete Frau vor dem Eingang, die gerade die Tür abschloss. »Guten Morgen!«, rief er ihr freundlich zu.

Erschrocken drehte sich die Frau hastig herum und starrte ihn an. Er starrte zurück. Reglos wie Steine, stumm wie Fische standen sich zwei vertraute Gesichter gegenüber.

Doris fand zuerst ihre Fassung wieder. Zögerlich trat sie auch auf den Weg. »Guten Morgen«, erwiderte sie mit Verwirrung. Ihre Stimme klang heiser und scheu. Verlegen, mit einem Räuspern unterlegt, warf sie einen nachdenklichen Blick auf Walters Haustür und war um schnelle Aufklärung bestrebt, wer und was in ihrer Nähe sein Unheil trieb. »Wohnen Sie jetzt dort?«

Von einer schlechten Vorahnung befallen nickte Walter lahm. »Ja, ich habe das Haus gemietet.«

»Oh, dann sind wir ja jetzt Nachbarn.«

Oh Gott, schoss es ihm durch den Sinn, als seine Annahme Bestätigung fand; auch das noch. Gequält lächelte Walter sie an, konnte sein Entsetzen aber nicht wirklich verbergen.

Obwohl Doris selber auch nicht gerade Begeisterung über ihre neue Nachbarschaft empfand, begegnete sie ihm mit einem Schmunzeln und betrachtete seine entsetzte Reaktion mit genießerischer Genugtuung, als ausgleichende Gerechtigkeit für seine bösen Bemerkungen über ihre Person. Im Grunde war es ihr egal, was die Leute über sie dachten, und dass sie nicht bei jedem hohen Beliebtheitsgrad genoss, konnte sie gut ertragen, solange ihre Mitarbeiter zuverlässig arbeiteten. Jedoch die Bezeichnung »Eisberg« hinterließ eine große Wunde in ihrem Ego. »Schön zu sehen, wie Sie sich über unsere Nachbarschaft freuen«, bemerkte sie spitz, wartete aber keine weitere Regung ab und marschierte schnell den Gang hinunter zu ihrem Wagen.

Es verstrichen einige Sekunden bis Walter seine Glieder nach diesem Schock wieder bewegen konnte. Ein Alptraum lief vor ihm ab. Beruflich konnte er nichts vor seiner Chefin verbergen, nun besaß sie auch noch privat die absolute Kontrolle über ihn. Sein Leben lag nun wie ein offenes Buch vor ihr. Würde er mal laut fluchen, konnte sie es womöglich hören, käme er betrunken nach Hause, so würde sie es sehen können. Auch konnte sie seine Besuche kontrollieren. Aber andererseits, erging es ihr genauso. Auch sie unterlag nun seiner Kontrolle und wer wusste schon, was Doris Westermann so alles zu verheimlichen hatte. Bedeutsam schaute er zu ihrem Haus hinüber. Vielleicht erwies sich ihre Nachbarschaft ja als äußerst unterhaltsam.

Ihre Freude über Walters Schock konnte man Doris immer noch im Gesicht ablesen, als sie das Büro betrat und ein »Guten Morgen« erschallen ließ.

Erstaunt über Doris' Frohsinn grüßte Karin freundlich zurück. »Der Urlaub scheint dir gut bekommen zu sein«, bemerkte sie.

Doris wanderte zu ihrem Schreibtisch und verstaute ihre Handtasche in der untersten Schublade und zog ihr Firmenhandy hervor und versenkte es in ihrem Blazer. »Wie man's nimmt«, antwortete sie und warf sich auf ihren Sessel, »ich habe zwischenzeitig einen neuen Nachbarn bekommen.«

»Deiner Laune nach, scheint er nett zu sein.«

»Weiß nicht«, wollte Doris sich nicht festlegen und verzog ihr Gesicht zu einem Grinsen, »es ist Herr Larsen.«

Karins Miene fror ein. »Larsen ist dein Nachbar?«

»Ja«, antwortete Doris mit ironischer Begeisterung, »ich habe vor einem halben Jahr eines der Häuser am Stadtpark gekauft«, erklärte sie, »und er wohnt jetzt genau gegenüber. Nett nicht?«, tönte sie voller Häme.

Perplex schaute Karin zu Doris rüber. »Du bist umgezogen?«

»Ja, nach Wenningen.«

»Davon hast du mir gar nichts erzählt.« In Karins Stimme schwang Bestürzung.

Doris verstand ihr Entsetzen nicht, kommentierte es aber nicht. Sie redete nie über ihr Privatleben. Selbst jetzt stellte eher eine Ausnahme dar und beruhte nur darauf, weil Karin sie gefragt hatte.

»Er ist wohl nicht begeistert?«, forschte Karin nach, weil ihr Doris' Schadenfreude nicht verborgen blieb.

»Natürlich nicht«, entgegnete Doris auf diese naive Frage und stellte eine Gegenfrage, »könntest du dir vorstellen, neben dem Chef zu wohnen?«

Karin zuckte angewidert zusammen. »Gott bewahre«, flehte sie inständig und nahm wieder ihre Arbeit auf.

In der ersten Woche schon musste Walter feststellen, dass Doris ein sehr unspektakuläres Leben führte. Sie bekam keinen Besuch und man hörte nichts von ihr. Lediglich begegnete er ihr morgens auf dem Weg, wenn sie zu ihren Parkplätzen schritten. Es kam aber nie zu einem Plausch. Doris ließ maximal ein höfliches »Guten Morgen« verlauten, zeigte privat dasselbe eisige Verhalten, wie in der Firma. Er hingegen sorgte schon in der ersten Woche für ein peinliches Aufeinandertreffen.

Am Freitagmorgen las Doris ihre Tageszeitung mit ihrem üblichen gereizten Stöhnen vor ihrer Tür auf, nachdem der Zeitungsjunge sie mit Wucht gegen die Haustür geschleudert hatte. Wie sie es hasste, die Zeitung in Einzelteilen aufzuheben. Dann erblickte sie gegenüber bei ihrem Nachbarn einen jungen Mann.

»Ciao, Liebling«, rief er zur offenen Haustür und kurz darauf trat Walter in der Unterhose bekleidet vor die Tür und bückte sich nach der Zeitung und rief ebenfalls: »Ciao«, hinterher.

Argwöhnisch und leicht entsetzt, starrte Doris ihren Kollegen an, der sie erst gar nicht bemerkte. Seine feuerrote Pants sprang ihr dabei förmlich ins Auge, dann schaute sie verdutzt dem jungen Mann nach.

Als Walter seinen Blick an Doris' Haus vorbei schwenkte und sie dort stehen sah, zuckte er furchtsam zusammen. Versteinert versuchte er diese verfängliche Situation zu erläutern, wobei ihm seine Schamröte einen Streich spielte und ihn erblühen ließ wie seine Unterwäsche.

»Das war bloß mein Kumpel! Er ist ein Scherzkeks!«, rief Walter ihr zu, um einem Missverständnis vorzubeugen.

»Natürlich«, entgegnete Doris ungläubig, wandte sich verstört ab und ging in ihre Wohnung zurück. Ob seine Mutter davon wusste?

Wenig später lauerte Walter Doris auf und passte sie auf dem Weg ab. Mit verlegenen Blicken und einem Räuspern unterlegt, forderte er ihre Aufmerksamkeit, die Doris nur flüchtig gewährte und ihm bedeutete, dass er ihr auf dem Weg zum Parkplatz sein Anliegen vortragen konnte. Und so schritt er neben ihr her.

»Ich hoffe, Sie verstehen die Situation von eben nicht falsch«, fing er an zu erläutern, worauf Doris nur kurz zur Seite schaute, »mein Kumpel erlaubt sich öfters so Scherze, ich hoffe, dass Sie jetzt nicht denken…« Er sprach den peinlichen Satz nicht zu Ende.

Abrupt stoppte Doris ab und sah Walter fest an. »Ersparen Sie mir das«, schmetterte sie ihn ab und schritt gezielt auf ihren Wagen zu und ließ Walter einfach stehen. Wie Doris es verabscheute, wenn Leute nicht zu ihren Neigungen standen, dabei interessierte es sie nicht einmal. Na ja, ein bisschen schon.

Ausgerechnet an diesem Morgen musste Walter bei Doris persönlich sein Konzept für die Modernisierung der Produktion vorstellen. Nach diesem Vorfall vor seiner Haustür lag ihm nicht der Sinn danach; überhaupt fiel es ihm schwer, die Firma zu betreten. Wahrscheinlich drehte sein Privatleben in der Chefetage schon die Runde und arbeitete sich langsam nach unten bis zum Verkauf vor. Aber als er durch den Gang der Chefetage schritt, wurde ihm nicht das Gefühl vermittelt, schon im Mittelpunkt des Betriebsgeredes zu stehen, wie das sonst der Fall war. Gemeinheiten drehten sehr schnell die Runde durchs Haus. Dennoch kratzte der Gedanke, seine Chefin könne ihn für schwul halten, an seinem Ego.

Ungeachtet Walters Egoproblems, forderte Doris Rechenschaft über seine Arbeit und zu seiner Verblüffung zeigte sie sich neutral in ihrem Büro. In ihrer Mimik konnte er nicht die geringste Anspielung auf das vorangegangene Ereignis ablesen.

Zufrieden folgte Doris Walters Erläuterungen und betrachtete dabei die Unterlagen, die er auf ihrem Schreibtisch ausgebreitet hatte. Plötzlich kam Herrenberg hinzu. Streng musterte er Walter und warf schließlich eine Frage ein.

»Haben Sie schon einen Kostenüberblick?«

»Nein, das bedarf noch einer Ortsbegehung mit der Zulieferfirma Hettlauf«, antwortete Walter und sah seinen Chef an, der wie immer unzufrieden wirkte.

»Gut, halten Sie mich auf dem Laufenden«, befahl Herrenberg und musterte Walter schon wieder, »in Zukunft möchte ich Sie ordentlich gekleidet sehen«, maßregelte er dann seinen Angestellten.

Walter verstand nicht. Er trug eine Tuchhose und ein passendes Hemd dazu, was meinte er nur? Dann bemerkte er, wie Doris, unauffällig für Herrenberg, auf ihren Hals tippte und ihm damit bedeutete, dass er keine Krawatte trug. Für Doris ein unnötiger Einwand, der absolut nicht zum Geschehen passte. Aber Herrenberg warf gerne schon mal Kritik solcher Art ein, nur um seine Chefposition hervorzuheben, wenn es sonst nichts zu beanstanden gab.

Korinthenkacker, durchfuhr Walter ein böser Gedanke, und sammelte seine Unterlagen wieder zusammen, während Herrenberg wieder in sein Büro zog.

»Ärgern Sie sich nicht«, flüsterte Doris ihrem Angestellten zu, dem sie seinen Groll anmerkte, »Sie haben gute Arbeit geleistet.«

Dankbar über Doris' Lob und Diskretion, und gleichermaßen immer noch über Herrenbergs Kritik verärgert, seufzte Walter. »Danke«, sagte er dann, klemmte seine Unterlagen unter seinen Arm, verabschiedete sich und verließ das Büro. Er bemerkte dabei gar nicht, wie Doris ihm nachdenklich nachblickte.

»Stimmt was nicht?«, wurde sie plötzlich von Karin aus den Gedanken gerissen, die an ihrem Schreibtisch saß.

Als hätte man sie bei einem schmutzigen Gedanken ertappt, zuckte Doris leicht zusammen. »Nein«, antwortete sie irritiert und konnte nur durch ihre Disziplin einen gewissen Gedanken ertragen, mit dem sie keine Freundschaft schließen wollte.

Endlich konnte Doris das Wochenende einläuten. Mit einem erleichterten Seufzer schaltete sie den PC ab und versetzte ihn in den Tiefschlaf. Ordnungsgemäß schob sie ihren Stuhl unter den Schreibtisch und ließ nochmals einen kontrollierten Blick über ihren Arbeitsplatz wandern. Dann verließ sie gemeinsam mit Karin das Büro. Mit einem lässigen »Tschüss« verabschiedeten sich die Frauen am Ausgang.

Gewohnheit bedingt bog Doris, wie jeden Freitag, am Autohaus Wiegel ab und parkte ihren Wagen vor dem großen Schaufenster des Verkaufshauses. Wenig später marschierte sie zielstrebig auf die Ladentheke zu und schaute ihrer erstaunten Mutter Gerda entgegen.

Gerda Westermann war eine zierliche Frau im Alter von 55 Jahren, stets gut gekleidet und frisiert. Sie trug ihr Haar schulterlang nach innen geföhnt, mit einer Tönung aufgepeppt, weil sie schon ziemlich an grauem Haarwuchs litt. Sie führte mit ihrem Mann das Autohaus, welches sie vor Jahrzehnten von ihrem Vater übernahm.

Niedergedrückt ließ Doris ihren Kopf fallen, als sie die Theke erreichte; in diesem Moment fiel ihr alles wieder ein.

»Hat Katja dir nicht Bescheid gesagt?«, wunderte sich Gerda.

»Doch, es war mir nur entfallen«, erklärte Doris, »ist wohl die Macht der Gewohnheit«, entschuldigte sie ihre Gedächtnisschwäche und schrak zusammen. Gewohnheit, schoss es ihr durch den Kopf. Nicht mehr lange und sie war dieser Gewohnheit nicht mehr ausgesetzt. Ihre Wochenenden würden sehr einsam werden, wenn Corinna nicht mehr kam.

Doris' gedrückte Laune, die sie plötzlich verbreitete, stimmte Gerda nachdenklich. Sie vermutete eine Katastrophe um Katja. »Stimmt irgendwas mit Katja nicht?«

Erwischt zuckte Doris zusammen. »Doch«, stammelte sie, »alles in Ordnung.«

Skepsis beladen legte Gerda ihren Kopf zurück. »Katja kommt doch morgen nicht ohne Grund hierher.«

»Muss man immer einen Grund haben, euch zu besuchen?« Doris überlegte kurz, wie sie das Thema wechseln konnte. »Kann ich dir irgendwie helfen?«

Perplex beäugte Gerda ihre Tochter, doch bevor Doris ihre Meinung änderte, sagte sie: »Ja, du könntest die Rechnungen fertig machen.« Sie deutete zum Büro hin. »Die Monteurberichte liegen auf dem Schreibtisch«, erklärte sie. Ihre Stimme klang sehr verwirrt.

Missmutig starrte Doris wenig später auf den Schreibtisch nieder. Wenn sie nur ansatzweise erahnt hätte, was sie erwartete, sie wäre geflohen. Nicht nur aktuelle Monteurberichte verlangten nach Rechnungen. Stapelweise ragten Türme, fast in Augenhöhe, mit Unterlagen in den Himmel. Dokumente unterschiedlicher Arten. Dieser gesamte Papierkram schrie regelrecht nach Hilfe. Mit einem tiefen Seufzer vertrieb Doris ihren Unmut und wagte sich ran ans Werk. Schnell streifte sie ihren Blazer ab und warf ihn über eine Stuhllehne und schob ihre Blusenärmel hoch.

»Na, dann wollen wir mal«, sagte sie dem Papierkram den Kampf an und warf sich enthusiastisch auf den Stuhl. Nach kurzem Orientieren fasste sie wieder schnell Fuß in den Computerprogrammen, die unter leichten Alterserscheinungen litten. Seit sie die Firma vor ca. 5 Jahren verließ, herrschte Stillstand und das nicht nur auf dem PC. Ihr Vater Paul hielt nicht viel vom Fortschritt, was zwischen ihm und ihr in der Vergangenheit immer zu Reibereien führte. Die Neuerungen und Veränderungen akzeptierte er nicht und warf seiner Tochter ständig eigenmächtiges Handeln vor, wenn sie ihren Kopf ohne seine Einwilligung durchsetzte. Den größten Streit fochten die Beiden aus, als Doris das Autohaus errichtete. Kurzum entzog Paul ihr die Prokura, worauf sie die Konsequenzen zog und die Firma verließ. Kurz darauf startete sie eine Karriere bei Herrenberg. Um ihrem Vater nicht zu häufig über den Weg zu laufen, zog sie sogar weiter weg, in den Bonner Raum, auch wenn dies mit mehr Fahrerei verbunden war. Von da ab besuchte sie ihre Eltern Jahre lang nur noch als Kundin oder an den Feiertagen. Ihre Mutter bedauerte den Vorfall sehr und versuchte immer wieder einzulenken und tatsächlich konnte sie Doris überreden, die Firma zu übernehmen, wenn sie mit Paul in Rente gehen wollte. Dann wagte Doris sogar eine Annäherung und zog wieder in die Nähe ihres Heimatortes zurück. Seither verlief das Familienleben wieder etwas harmonischer ab, obwohl Doris mit ihrem Vater immer noch nicht übereinkam. Seiner Ansicht nach gehörte ein starker Partner an Doris' Seite, damit die Firma in gute Hände kam. Er wollte nicht wahrhaben, dass Doris alle Kriterien erfüllte, den Laden alleine zu schmeißen.

Gerda betrachtete dies als zweitrangig und außerdem blieb Paul gar keine andere Wahl, als die Firma irgendwann an Doris zu übergeben, wollte er sie nicht schließen. Und so betrachtete Gerda es als einen kleinen Erfolg, Doris wieder in ihrer Nähe zu wissen. Auf diese Weise bekam sie auch ihre Enkelin öfters zu sehen, weil sie Corinna jeden Freitag vom Bahnhof abholen durfte und Doris sie dann nach Dienstschluss hier im Autohaus einsammelte.

Im Moment dachte Doris über diese alten Geschichten nicht nach und nahm sich zunächst die Monteurberichte des laufenden Tages vor, bevor sie den anderen Stapeln den Kampf ansagen wollte.

Plötzlich sprang die Werkstatttür auf und Paul Westermann trat ins Büro und wanderte zu den Aktenschränken. Sein grauer Kittel wedelte an seinem hageren Körper hinterher. Wie immer nörgelte er vor sich her und kramte schließlich in einem der Aktenschränke herum und fluchte laut, weil er wie immer nicht fand, wonach er suchte, weil er keinen blassen Schimmer darüber besaß, wie ein Aktenschrank funktionierte. Seine Tochter nahm er dabei gar nicht wahr.

»Guten Abend, Vater«, nahm er plötzlich Doris' Stimme wahr und fuhr erschrocken zusammen. Hastig wandte er sich nach ihr um.

»Was machst du denn hier?«, entfuhr es ihm, »bist du arbeitslos?«

»Nein«, antwortete Doris und legte einen gedankenlosen Satz nach, »ich bin hier um dein Chaos zu beseitigen.« Den Satz noch nicht ganz ausgesprochen wurde sie schon von Bedauern befallen über ihren gemeinen Ausspruch.

»Hättest du mich nicht im Stich gelassen, gäbe es kein Chaos«, konterte Paul verletzt.

Ermahnt atmete Doris tief durch und hielt inne, um ihren Vater nicht noch mehr zu provozieren, obwohl sie sich damals mit ihrer Entscheidung im Recht fühlte. Sie verzichtete jedoch auf ein Veto, was ihr Vater in eine gönnerhafte Position des erhabenen Siegers erhob.

»Am Sonntag kommt deine Schwester«, schnitt er ein anderes Thema an.

»Ja, ich weiß«, antwortete Doris ruhig und schaute ihren Vater kurz an, der nach weiteren Worten suchte, was ihm seit des Kraches, den die Beiden vor Jahren ausfochten, immer nur schwerlich gelang, ohne sich als den Nachgiebigen zeigen zu müssen.

»Es wäre schön, wenn du auch kommst«, sagte er schließlich freundlich, was ihn große Überwindungskraft kostete.

Erstaunt riss Doris ihre Augen auf und sah nur noch einen wehenden grauen Kittel durch die Tür verschwinden. Bei seinen einladenden Worten musste er sich auf die Zunge gebissen haben. Eigentlich war Doris jeden Sonntag bei ihren Eltern zum Essen, seit sie wieder in der Nähe wohnte, allerdings ging die Einladung immer von Mutter aus. Ihr Vater redete dann nur das Nötigste mit ihr und gaukelte lediglich den Versöhnlichen nur seiner Enkeltochter wegen vor.

Mit einem Ausdruck der Verzückung im Gesicht, nahm Doris die Arbeit wieder auf und vergaß Zeit und Raum. Plötzlich stand ihre Mutter vor dem Schreibtisch und wies sie zurecht.

»Jetzt ist Schluss!«, sagte sie im strengen Ton. Doch dann lächelte sie gütig. Sie war viel zu dankbar, als dass sie auf ihre Tochter nun sauer gewesen wäre. Aber für heute hatte sie genug geleistet, befand sie.

Etwas wehmütig schaute Doris zu ihrer Mutter auf und seufzte. »Ich weiß sowieso nicht, was ich ohne Corinna anfangen soll.«

»Nutze die Gelegenheit mal um auszugehen«, riet ihr Gerda.

Doris zuckte unschlüssig mit ihren Schultern.

»Du solltest aufhören, dich zu verbarrikadieren«, hielt Gerda ihr vor, »spielst immer nur Kindermädchen.«

»Ich habe es Katja versprochen.«

Enttäuscht legte Gerda ihren Kopf schief. »Corinna könnte ebenso gut auch mal hier schlafen«, entgegnete sie etwas vorwurfsvoll. Sie konnte nicht verstehen, dass Doris seit ihrer Trennung von ihrem Freund Werner ein Einsiedlerleben führte und sich nur in Gesellschaft begab, wenn ein Geschäftsessen auf dem Plan stand oder sie gezwungenermaßen auf eine Geschäftsreise musste.

Ratlos schob Doris ihre Schultern hoch.

»Ruf doch einfach mal Bettina an«, schlug Gerda vor, »du warst schon so lange nicht mehr mit ihr zusammen, du vernachlässigst deine Freundin ganz schön.«

Auch wenn Doris diesen Vorwurf nicht so gerne hörte, konnte sie ihrer Mutter nicht widersprechen. In den letzten Jahren trafen sie sich wirklich sehr selten, dabei verband sie eine tiefe Freundschaft, die bis zu ihrer

Schulzeit zurückging. Doch nun beschränkten sich ihre Treffen auf Geburtstage und einmal im Jahr sorgte Bettina für ein peppiges Aussehen, wenn die jährliche Modenschau im Hause Herrenberg stattfand und Doris wie immer die Moderation führen musste. Als ausgebildete Masken-bildnerin sorgte Bettina dafür, dass Doris neben den aufgestylten Models mithalten konnte, ohne dass ihr eigentlicher Typ dabei verloren ging.

Mit Bettina durchlebte Doris alle Höhen und Tiefen, wobei Bettina mehr Tiefen durchlebte. Sie wuchs in einem Waisenhaus auf und fand bei den Westermanns Geborgenheit und lernte dort das Familienleben kennen. Sie war schon so etwas wie eine zweite Schwester für Doris. Jetzt besaß sie eine eigene Familie, zwei kleine süße Kinder, einen lieben Mann, und einen eigenen kleinen Beautysalon.

»Okay«, sagte Doris einsichtig, »ich ruf sie morgen an.«

Missbilligend und mit einem Hauch Skepsis, zog Gerda ihre Braue hoch und griff nach dem Telefon, das auf dem Schreibtisch stand und reichte ihrer Tochter den Hörer. Wenn sie nicht jetzt sofort anrief, würde sie es wieder nur aufschieben. »Soviel ich weiß, geht sie immer noch mit der alten Clique jeden Samstag zum Bowling«, gab Gerda zum Besten.

Überrascht schaute Doris zu ihrer Mutter auf. »Du bist gut informiert«, züngelte sie und griff nachgiebig nach dem Hörer und wählte Bettinas Nummer, die sie auswendig wusste, auch wenn sie bei dem Gedanken von Unbehagen überfallen wurde, aber Mutter würde keine Ruhe geben, bis sie den Anruf getätigt hätte.

Mit wohlwollendem Lächeln wandte sich Gerda ab und verließ das Büro wieder. Auch Doris konnte ein Schmunzeln nicht einhalten und mit jedem Klingelton, der ertönte, gefiel ihr der Gedanke immer mehr, mal wieder zum Bowlen zu gehen. Zu gerne hätte sie jetzt Bettina gegenüber-gestanden und ihr Gesicht beobachtet, wenn sie ihr erklärte, sie möchte teilnehmen. Plötzlich nahm jemand den Hörer ab.

»Schenker«, ertönte Bettinas Stimme.

Nur zögernd und verzagt antwortete Doris. »Hi, hier ist Doris.«

»He! Schön dich zu hören!«, schallte es durch den Hörer, »was gibt es?«, erfragte sie gleich den Grund ihres Anrufs.

Verlegen spielte Doris am Telefonkabel und drehte ihn um ihren Finger. »Nun ja, ich...wollte fragen ob ihr morgen zum Bowling geht?«

Kurzes Schweigen folgte. »Ja! Natürlich! – Willst du mit?«

»Ja«, hauchte Doris verzagt in den Hörer, »wenn ihr mich mitnehmt.«

Bettina quiekte laut vor Freude. »Hey! Das wird wie in alten Zeiten.«

Es kam wie es immer kam. Wenn Bettina ihre Freundin schon mal am Rohr hatte, erzählte sie alle Neuigkeiten, die ihr gerade einfielen und bei jedem Wort, das aus Bettina heraussprudelte, nagten Gewissensbisse an Doris. Ein Jammer, dass sie sich so selten sahen, dabei wohnten sie seit Doris' Umzug gerade mal fünf Kilometer weit entfernt.

Nach einer guten Stunde legten die Frauen endlich ihre Verabredung fest, im benachbarten Rhonedorf ins Sportzentrum zu fahren.

Was Doris an Bettina schätzte, war ihre Pünktlichkeit. Man konnte die Uhr nach ihr stellen. Sie stand mit ihrer Sporttasche, die ihre Sportschuhe barg, noch keine Minute am Straßenrand, da kam Bettinas Wagen schon angerauscht.

Entgegengesetzt ihres Berufes zeigte sich Bettina eher unauffällig geschminkt und das konnte sie sich auch leisten. Ihr makelloser Teint erlaubte ihr das. Nur ihre unbändige Löwenmähne stach bei ihr hervor.

Der Wagen stoppte neben Doris und fast im selben Moment kam Bettinas Mann Olaf herausgesprungen und umarmte sie herzlich. Obwohl schon ein längerer Zeitraum zwischen ihrer letzten Begegnung lag, konnte Doris keinerlei Veränderungen an ihm ausmachen. Immer noch besaß er das liebe Lächeln und diese herzliche Art und seinen Dreitagebart, der sein Gesicht übersäte und diese wüsten, schwarzen Locken.

»Schön, dass du wieder mitkommst«, sagte er fasziniert und griff gleich nach Doris' Tasche und verstaute sie im Kofferraum. Unterdessen stieg Doris schon in den hinteren Teil des Wagens ein. Ein fremdes Gesicht lächelte sie dabei an.

»Hei Doris!«, ertönte Bettinas Stimme, die durch den Rückspiegel Sichtkontakt zu ihr aufnahm, worauf Doris nur mit einem kurzen »Hallo« antwortete und dem jungen Mann neben ihr mehr Aufmerksamkeit schenkte, der ihr gleich die Hand reichte, als sie endlich ordentlich auf der Rückbank saß, der sie ebenfalls interessiert anschaute.

»Rüdiger Wenders«, verriet er dann seinen Namen mit wohlklingender Stimme, wie bei einer Kaufhausansage.

Doris hielt überwältigt für einen Moment den Atem an, als sie in seine strahlend blauen Augen schaute, der mit seiner stabilen und großen Statur, ziemlich eingepfercht im Sitz saß und mit seinen breiten Schultern fast die halbe Rückscheibe verdeckte. Seine langen blonden Haare, die durch einen Mittelscheitel auseinandergetrieben wurden, lagen auf seinen Schultern. Seine Gestalt ähnelte einer der berühmten Wikingerfiguren. Groß und stattlich, nur die smartere Ausführung. Sein Alter schätzte sie auf 30, womit sie genau richtig lag. Doris' Blicke klebten an ihm. Sie merkte nicht einmal, wie Bettina den Wagen etwas ruppig anfuhr, sie hatte nur Augen für Rüdiger, dessen Hand sie immer noch hielt. Erst nach einem verlegenen leisen Räuspern konnte Doris ihren Namen nennen.

Rüdiger Wenders wusste, wie er auf Frauen wirkte. Reihenweise erlagen sie seinem durchtrainierten Körper und zögerten keine Sekunde ihn zu verführen, um ihn am Ende ins Bett zu zerren. Doch er gehörte nicht zu den Typen, die man ohne Weiteres abschleppen konnte, aber bei Doris Westermann würde er sofort eine Ausnahme einlegen.

Plötzlich wurde der Wagen durch ein Schlagloch heftig hin und her gerüttelt und holte Doris ins wahre Leben wieder zurück. Aufgeschreckt bemerkte sie, dass sie immer noch Rüdigers Hand hielt und ihn fortwährend anstarrte. Mein Gott, durchfuhr sie ein grässlicher Gedanke, was mochte er nun von ihr denken? Ruckartig zog sie ihre Hand zurück und richtete ihre Blicke nach vorne. Sicher glaubte er jetzt, sie fand ihn toll, dabei erinnerte er sie bloß an einen Menschen, den sie schon seit längerem zu vergessen versuchte.

Endlich bog Bettina auf den Parkplatz des Bowlingcenters ein und so konnte Doris etwas Abstand von dem Knaben gewinnen.

Mit einem Schmunzeln betrachtete Bettina ihre Freundin, die interessiert Rüdiger nachschaute, wie er mit Olaf auf das Sportcenter zusteuerte. »Der ist toll nicht?«, riss sie Doris mit einem Knuff am Arm aus den Gedanken, die überführt zusammenzuckte.

Mit einem kurzen Räuspern holte Doris ihre verlorengegangene Stimme zurück. »Ja, ganz nett«, sagte sie und konnte nur mit Zwang ihr Interesse unterdrücken, weil Rüdiger alle Kriterien erfüllte, die sie an Männern liebte. Aber nach zwei gescheiterten Beziehungen versuchte sie die Männer auf Distanz zu halten. Sie mochte nie wieder den Trennungsschmerz verspüren, wenn ihre Beziehung in die Brüche ging und so hatte sie in den letzten Jahren einen Immunschutz gegen Männer aufgebaut. Zugegeben, Rüdiger ließ sie schwach werden.

»Der ist Single«, ließ Bettina unterschwellig verlauten, um Doris den Kerl schmackhaft zu machen. Sie wusste um die Sorge, die Doris plagte, die sie völlig überzogen fand. »Der kommt aus Köln und hat…«

»Kein Interesse«, unterbrach Doris im scharfen Ton und schritt mit ablehnender Gestik voran, »ich möchte gar nichts Weiteres von ihm erfahren.«

Bettina folgte ihr und hatte sie schnell eingeholt. »Du solltest endlich aufhören, vor den Männern wegzulaufen«, warf sie ihrer Freundin vor.

Abrupt stoppte Doris ab und schaute Bettina streng an. »Das tue ich gar nicht!«, stritt sie ab.

»Ach«, stieß Bettina abschätzig aus, »dann sag mir mal, wann du das letzte Mal mit einem Mann zusammen warst?«

Doris zuckte bloß mit der Schulter.

»Oh, schon so lange her, dass du's nicht mehr weißt?«

Genervt atmete Doris durch. Ganz so schlimm war es natürlich nicht. Auf einer Geschäftsreise lernte sie mal jemanden kennen, mit dem sie die Nächte verbrachte. Sie hielten es geheim, weil sie Konkurrenten waren, aber letztendlich bekam jeder was er wollte und noch ein paar tolle Nächte dazu. Noch nie hatte Doris jemals ein Wort darüber verloren und so tat sie es jetzt auch nicht. Diese kurze Beziehung war recht einfach. Keine Verpflichtungen, keine Rechenschaften. Niemand machte dem Anderen etwas vor. Sie genossen die Zeit, und mit der Gewissheit, sich nie wieder zu begegnen, ging jeder wieder seiner Wege. Das lag allerdings auch schon zwei Jahre zurück. Doris' Sexualleben lag wahrhaftig auf Eis.

Bettina spürte, wie Doris um Rechenschaft kämpfte und so ersparte sie ihr diese Prozedur und hakte sich bei ihr ein. »Na komm, du musst ja nichts mit ihm anfangen.«

Die Männer standen schon an der Lobby mit den anderen von der Clique zusammen und warteten auf Bettina und Doris.

Britta und Kurt, die schon aus Schulzeiten ein Paar waren, starrten Doris ungläubig entgegen, als sie mit Bettina auf sie zusteuerte. Auch Doris konnte kaum glauben, was ihrem Augenschein geboten wurde. Brittas Figur glich einem Hefekloß und Kurt konkurrierte ihr. Nur durch ihre geschulte Disziplin gelang es Doris, ihr Entsetzen nicht im Gesicht unterzubringen und legte ein heuchlerisches Lächeln auf und sah mit an, wie Britta sie anstrahlte und ihre Hand entgegenstreckte. Nur widerwillig griff Doris nach ihrer fleischigen Hand mit den wurstähnlichen Fingern dran und löste sich schnellst möglich wieder von ihr, wonach sie unweigerlich ihre Finger an der Handinnenfläche rieb.

Endlich ergriff Olaf die Initiative. »Dann lasst uns anfangen«, sagte er, ging voraus und steuerte gezielt auf eine Bahn zu.

Mit scharfem Blick hielt Doris ihre Freundin zurück und ließ sich ein wenig zurückfallen.

»Ja, ich weiß«, wusste Bettina genau, worauf Doris anspielte. Ihre Blicke, die an Brittas Hinterteil klebten, sprachen Bände. »Ich hätte dich warnen sollen.«

Auf dem Weg zur Bahn wurde Doris mehr als nur bewusst, was sie in den letzten Jahren, von denen sie abseits von Hochingen lebte, nicht vermisste. Ständig von bekannten Gesichtern umgeben zu sein. Es gab kaum jemanden, der sie an dem Abend nicht kannte. Sie sehnte die Anonymität der letzten Jahre herbei, als sie noch vor die Tür treten konnte, ohne mit ständigem Grüßen beschäftigt und den Argusaugen irgendwelcher Mitarbeiter ausgeliefert zu sein. Hier bedurfte es nur eines kleinen Fehlverhaltens und schon konnte sie am Montag die Liga des Firmentratsches anführen. Ein schwieriges Unterfangen stand Doris bevor, die Balance zwischen Anstand und Vergnügen zu halten. Nach einem gelungenen Wurf jubelte Doris ganz gerne, aber um kein Aufsehen zu erregen hielt sie ein und auch ihren Alkoholkonsum schraubte sie zurück. Allerdings fing Rüdiger an sie heftig zu umgarnen und suchte ihre Nähe, so dass man schon annehmen konnte, zwischen den Beiden liefe etwas. Trotz großer Bemühungen vermochte sie nicht seine lieben Attacken abzuwehren. Irgendwann gab sie auf, auch der Alkohol räumte ihr eine gewisse Gleichgültigkeit ein. Später standen noch alle zu einem Drink an der Bar. Das Publikum war mittlerweile auf drei einsame Personen auf der gegenüberliegenden Seite reduziert und so legte Doris noch mehr von ihren anfänglichen Bedenken ab und ließ sich sogar auf einen Tanz mit Rüdiger ein. Als richtiges Tanzen konnte man das allerdings nicht bezeichnen. Immer wieder zog Rüdiger Doris an sich heran, die stets eine Abwehrhaltung einnahm und ihn wieder auf Distanz hielt, worauf er seine Taktik änderte und sie nicht weiter bedrängte, bevor sie gänzlich die Flucht vor ihm ergriff. So hoffte er über Bettina den Kontakt zu Doris halten zu können und spielte nun den Gentleman, führte sie wieder an die Bar zurück und half ihr galant auf den Hocker, was Doris in Verzückung versetzte. Ihre Gefühle schlugen mit einem Mal Kapriolen, wobei sie die anderen aus der Clique kaum noch wahr nahm und sie ihre Augen nur noch auf Rüdiger richtete, der neben ihr stand und ihr sanft zulächelte. Doch dann wurde sie plötzlich von einer vertrauten Stimme, wenn auch nur ziemlich unverständlich, ins wahre Leben zurückgerufen.

»Guten Abend, Frau Westermann«, lallte ihr Walter zu, der unbemerkt auf den Hocker neben ihr geklettert war. Wieder voll bei Sinnen setzte sich Doris auf und schaute zu ihm rüber, der sie frech angrinste. Mit verlegenem Blick versuchte sie ihn zu ignorieren, tat ihn als unwichtig ab und übersah großzügig seinen angetrunkenen Zustand.

Anders Walter, der Interesse entwickelte für ihren Begleiter. Zutraulich beugte er sich zu ihr rüber. »Ist das Ihr Freund?«, hickste er.

Gereizt rollte Doris ihre Augen. »Ich glaube kaum, dass Sie das etwas angeht«, konterte sie leise und blieb dabei höflich.

Walter sah dies anders und glaubte seiner Chefin einen guten Rat geben zu müssen. »Lassen Sie die Finger von ihm weg«, riet er. Obwohl seine Sinne nicht mehr richtig arbeiteten, entwickelte er einen Hass gegen diesen Mann. Ihm missfiel Rüdigers unverfrorene Art, wie er rücksichtslos seine Chefin angrabschte, niemand wagte das. Er tätschelte sie, als wäre es die normalste Sache der Welt.

»Kümmern Sie sich um Ihren eigenen Kram«, gab Doris borstig zurück und musste all ihre Geduld aufbringen nicht ausfallend zu werden.

Wieder rückte Walter an Doris heran. »Lassen Sie den Kerl laufen«, gackste er in ihr Ohr.

Nun war aber genug. Hastig wandte sich Doris ihrem Kollegen zu. »Mischen Sie sich bitte nicht in mein Leben ein«, fuhr sie ihn an und wandte sich gleich wieder ab, um ihre Beherrschung nicht vollständig zu verlieren, während Rüdiger besorgt den Schlagabtausch verfolgte.

»Kennst du den?«, erkundigte er sich.

»Ja«, gab Doris zu und beruhigte sich mit einem tiefen Seufzer, »wir sind Nachbarn«, erklärte sie und verzichtete sicherheitshalber zu erwähnen, dass sie auch Kollegen waren. Und schon beugte sich Walter wieder zu seiner Chefin rüber, doch bevor er etwas sagen konnte, packte Rüdiger den Rüpel am Arm und zog ihn mit Leichtigkeit vom Hocker.

»Hör mal Freundchen«, drohte er Walter an, »es ist schon schlimm genug, dass man so was wie dich frei rumlaufen lässt, aber wenn du schon hier bist, dann halt wenigstens deine Klappe.« Er stieß Walter leicht weg und ließ ihn wieder los.

Mit leichter Verlegenheit sah Doris den Männern zu und hoffte, dass die Situation hier in der Öffentlichkeit nicht eskalierte und ein Gerede in Gang setzte. Doch zum Glück waren sie inzwischen die letzten Gäste an der Theke.

Kurt und Olaf standen auch in Verteidigungshaltung bereit und warteten regelrecht, dass Walter handgreiflich wurde und sie ihm eins reinhauen durften. Doch der war viel zu wacklig auf den Beinen, als dass er den Versuch gestartet hätte, Rüdiger eins über zu braten. Mit einer Hand an der Theke festgeklammert, blickte er Rüdiger verächtlich an.

»Du hast mir gar nichts zu sagen«, entgegnete Walter respektlos und grinste beleidigend, dann blinzelte er an Rüdiger vorbei und lallte Doris etwas zu: »Er ist ein Arschloch.«

Walter hatte den Satz noch nicht ganz ausgesprochen, da holte Rüdiger mit geballter Faust aus, doch bevor er zuschlagen konnte, war Doris vom Hocker gerutscht und hielt Rüdigers Arm zurück.

»Nicht«, warf sie hastig dazwischen und sah Rüdiger eindringlich an, »ich regle das.« Schnell packte Doris ihren Mitarbeiter am Arm und zog ihn von der Theke weg. Gefügig ließ sich Walter von ihr mitziehen und folgte ihr mit tapsigem Gang bis an den Ausgang. Drohend baute sich Doris vor ihm auf, wobei sie mit Argusaugen von den Jungs beobachtet wurde.

»Sie haben wohl vergessen, wer ich bin«, presste Doris wütend hervor und verschränkte erregt ihre Arme.

Walter wackelte vor ihr her und erhob lahm seinen Arm Richtung Theke. »Ich kann diesen Kerl nicht leiden«, sagte er schwerfällig und ließ seinen Arm wieder kraftlos herunterfallen, »wie können Sie sich mit dem nur abgeben?«

»Mit wem und was ich mich umgebe, soll Sie nicht interessieren – ich schreib Ihnen ja auch nicht vor, mit wem und was Sie Ihr Bett teilen dürfen!«, schimpfte sie herablassend.

Eingeschnappt verzog Walter trotzig sein Gesicht. »Sie glauben wohl allen Ernstes, ich stehe auf Männer.«

»Es ist völlig egal, was ich glaube«, fauchte Doris erregt, »ich fände es nun besser, Sie würden in ein Taxi steigen und nach Hause fahren.«

Walter griente frech. »Ich denk ja nicht dran«, trotzte er und wollte sich an seiner Chefin vorbei schlenzen, was sie aber gleich unterband. Sie packte ihn am Arm und drückte ihn durch die Glastür nach draußen. Zum Glück war er zu sehr betrunken, um Widerstand zu leisten.

»Wenn Ihnen Ihr jämmerliches Leben noch etwas wert ist«, wütete Doris durch ihre Zähne, »dann steigen Sie jetzt bitte in ein Taxi!« Hektisch winkte sie ein Fahrzeug heran, das an einem nahegelegenen Taxistand schon auf Fuhre wartete. Der Wagen hielt vor ihnen und Doris zögerte keine Sekunde und öffnete gleich die Tür und schob ihren Nachbarn auf den Rücksitz und teilte dem Fahrer die Adresse mit. Wutbeladen warf sie die Tür wieder zu und marschierte zum Eingang zurück.

»Hey! Kommen Sie nicht mit?«, rief der Fahrer, mit südländischem Aussehen, ihr plötzlich nach und sah sie vorwurfsvoll an.

»Nein!«, entgegnete Doris wütend.

»Den nehme ich nicht mit!«, lehnte er ab, »mit Besoffenen hat man nur Ärger.«

»Das ist Ihr Problem«, gab Doris unmissverständlich zurück.

»Oh nein Lady. Wenn Sie Ihren Kerl loswerden wollen, dann ist das Ihr Problem und mein Taxi steht dafür nicht zur Verfügung«, erklärte er konsequent und ließ Walter wieder frei.

Hämisch grinsend stand Walter neben dem Wagen und schaute zu Doris hinüber. »Ist gar nicht so leicht, mich loszuwerden.«

Genervt stöhnte Doris und schritt auf den Taxifahrer zu und versuchte ihn mit ihrem Dackelblick zu überzeugen, den Trunkenbold nach Hause zu fahren. Doch der Mann blieb hartnäckig, er lehnte sogar einen Bestechungsversuch ab, was Doris in eine Notsituation zwang. Wenn Walter Larsen wieder an der Bar erschien, würde es zwischen ihm und Rüdiger eine heftige Konfrontation geben, mit dem schlechteren Ende für ihren Kollegen, das musste sie verhindern. Sie wollte kein großes Aufsehen, was Herrenberg mit Sicherheit auch nicht duldete, wenn er erfuhr, dass sein Angestellter herumpöbelte. Ihre ganzen Pläne gerieten dann durcheinander, und so fasste Doris spontan einen Entschluss. Schnell suchte sie ihre Jackentasche nach ihrem Hausschlüssel ab. Eigentlich unnötig. Wenn sie ohne Wagen unterwegs war, bevorzugte sie keine Handtasche, also konnte ihr Schlüssel ja nur in ihrer Tasche sein. Dann schob sie ihren Kollegen wieder in den Wagen, stieg mit ein und fuhr gemeinsam mit ihm nach Hause.

Erschöpft von der Zecherei, ließ Walter seinen Kopf gegen Doris' Schulter fallen und schlief sofort ein. Geduldig ließ sie es über sich ergehen, wobei sie schon über einen Racheplan nachdachte, um ihren Kollegen zu bestrafen. Sie dachte dabei an Überstunden, die er mit ihr verbringen musste. Zu Eis sollte er erstarren, wenn er neben dem Eisberg sitzen musste.

Kurz bevor der Wagen hielt, kramte Doris schon ihr Geld aus ihrem Portmonee und versuchte mit kräftigem Schulterzucken ihren voll-trunkenen Kollegen wachzurütteln, doch ohne Erfolg. Er stöhnte bloß wehleidig und legte stattdessen seinen Kopf an der Tür ab. Um der Sache ein schnelles Ende zu bereiten, kam ihr der Fahrer zur Hilfe. Seine Eile ließ darauf schließen, die beiden schnellst möglich loszuwerden. An Walters Haustür stellte er seinen Fahrgast ab und verschwand sofort. Doris wollte es ihm schon gleich tun, doch ihr Kollege stand nur so da und rührte sich nicht, was in Doris einen Beschützerdrang weckte.

»Herr Larsen!«, rief sie ihn vorsichtig an und schüttelte sanft seinen Arm, »schließen Sie die Tür auf und gehen Sie rein.«

»Ich kann nicht«, teilte er desolat mit und fischte in seiner Jackentasche nach seinem Schlüssel und reichte ihn Doris.

»Auch das noch«, fluchte sie übellaunig, nahm dennoch seinen Schlüssel entgegen und steckte ihn in den Zylinder. Sie stieß die Tür auf und ebnete ihrem Kollegen den Weg.

Mit halb zugekniffenen Augen peilte Walter seine Wohnung an, dann stürzte er los, erreichte seine Diele mit großen Schritten und flog im Sturzflug in sein Wohnzimmer, schlug mit seinem Kopf auf und schob ihn mindestens einen halben Meter über den Parkettboden.

Doris verzog ihr Gesicht, als müsse sie die Schmerzen aushalten und folgte dann besorgt ihrem Kollegen, wobei sie reflexartig auf den Lichtschalter neben der Tür drückte. Als sie gerade in die Hocke gehen wollte, um ihm zu helfen, rappelte sich Walter wieder auf. Wankend stand er vor ihr und betastete mit seinen Fingern die Stirn, auf der sich ein Brandmal gebildet hatte.

»Sie sollten es kühlen«, entgegnete Doris schroff und erwog nun den Rückzug anzutreten, doch die Unbeholfenheit ihres Kollegen hielt sie davon ab. Sie konnte ihn nicht einfach zurücklassen. Besorgt schnippte sie vor seinen Augen mit ihren Fingern. »Herr Larsen, alles in Ordnung?«

Er nickte und wirkte nun ein wenig fitter. Erfreut, dass sich der Sturz ein wenig wie die berühmten Schläge auf den Hinterkopf auswirkte, atmete Doris durch. Aber hätte sie nur annähernd erahnt, welche Wirkung der Sturz tatsächlich ausgelöst hatte, sie wäre wohl gleich aus dem Haus gerannt. Plötzlich wurde sie von Walter umklammert und fest an seinen Körper gedrückt. Er atmete schwer und erregt. Erstarrt versteifte Doris ihren Körper und ließ es geduldig geschehen. Sie verzichtete auf jeglichen Kommentar, um ihn nicht zu reizen und wartete auf einen günstigen Zeitpunkt, sich aus seinen Klauen befreien zu können.

»Wie wär's, wenn Sie mich ins Bett bringen«, flüsterte er ihr ins Ohr und küsste es ab, »dann zeig ich Ihnen mal, wie schwul ich wirklich bin.«

In ihrem Entsetzen konnte Doris die nötige Kraft aufbringen, ihn von sich zu stoßen. »Also, diese Enttäuschung möchte ich mir doch ersparen«, stieß sie in verächtlichem Tonfall aus und legte langsam den Rückwärtsgang ein.

Walter folgte ihr sogleich.

»Bleiben Sie wo Sie sind!«, schrie Doris und konnte Walter mit dieser Drohung auf Distanz halten, der ermahnt abstoppte. Angsterfüllt streckte sie ihre Hände schützend vor. Ohne ihn aus den Augen zu lassen, schritt Doris langsam zurück und versuchte schnelle Bewegungen zu vermeiden, um seinen Jagdinstinkt nicht zu wecken. Nachdem sie langsam die Diele hinter sich gelassen hatte, stürzte sie aus der Haustür, zog ihren Hausschlüssel aus ihrer Tasche und verschwand schleunigst in ihren eigenen vier Wänden. Wie ein gehetztes Reh verschnaufte sie erst einmal angelehnt an der Tür. Sie brauchte eine Weile, um wieder klar denken zu können, doch dann fand sie schnell zu ihren Rachegelüsten zurück. Den Hintern würde sie ihm aufreißen, wenn es sein müsste bis zu den Ohren.

In ihrer Wut, die sie nicht so schnell abbauen konnte, fand Doris keinen Schlaf. Erst gegen Morgengrauen fielen ihre Augen zu und sie kam zu ihrer wohlverdienten Ruhe. Doch nicht lange, da wurde sie von ihrer Türglocke jäh aus dem Schlaf gerissen. Erst versuchte sie dieses Geläute zu ignorieren, doch die störende Person erwies sich als sehr hartnäckig und so zog Doris ihren Bademantel über und marschierte zur Haustür, fest entschlossen, der Person eine reinzuhauen, hatte sie nicht wirklich einen triftigen Grund sie zu stören. Hastig riss sie die Tür auf und starrte auf eine Sporttasche, die ihr jemand vor Augen hielt. Bei genauerem Betrachten erkannte sie, es war ihre.

»Hei!«, dröhnte ihr Bettinas Stimme entgegen, »störe ich?«, fragte sie mit Unterton und spähte vorsichtig durch die Diele ins Wohnzimmer, als vermute sie, ihre Freundin sei nicht alleine.

»Irgendwie schon«, stöhnte Doris und obwohl ihr im Moment nicht der Sinn nach Gesellschaft lag, bat sie ihre Freundin herein.

Bettina schritt an ihr vorbei, stellte die Tasche in der Diele ab und marschierte in die Küche. »Hast du schon Kaffee gemacht?«

»Nein, du hast mich gerade aus dem Bett geklingelt«, antwortete sie müde und wurde von einem erstaunten Blick erfasst.

Bettina kannte ihre Freundin genau und wusste, dass sie zu den Frühaufstehern gehörte und auch sonntags nie eine Ausnahme einlegte.

»Ich habe schlecht geschlafen«, entschuldigte Doris ihre Nachlässigkeit und schlurfte zur Anrichte und bereitete den Kaffee zu.

Bettina ließ sich gegen die Anrichte fallen. »Noch jemand hat schlecht geschlafen«, deutete sie an und klang ein wenig abfällig.

»So?«, antwortete Doris gleichgültig.

»Rüdiger«, nannte Bettina den Namen des Betroffenen, »er ist stinksauer auf dich.« Missbilligend verschränkte sie ihre Arme und forderte mit nachdrücklichem Blick eine Erklärung.

Doris stutzte, konnte sich nicht erinnern, irgendeinen Fehler begangen zu haben. »Ich habe gar nichts gemacht«, erwiderte sie unschuldsvoll.

»Außer, dass du mit diesem Verrückten abgehauen bist«, hielt Bettina ihr vor. Ein Verhalten, welches sie von ihrer Freundin nicht kannte. Es kam noch nie vor, dass Doris einfach mit einem Kerl abzog.

»Ich bin nicht mit ihm abgehauen«, dementierte Doris angesäuert.

»Ach Doris«, war Bettina verärgert, »mach mir nichts vor. Rüdiger ist dir gefolgt und hat gesehen wie du mit ihm in ein Taxi gestiegen bist.« Verständnislos und irritiert zugleich schaute sie ihre Freundin an. »Von Rüdiger willst du nichts wissen, und dann haust du mit diesem Irren ab.« Erregt gestikulierte sie mit ihren Händen. »Hast du dich auf Wechselbeziehungen umgestellt, um deinen Frust zu bekämpfen?«

Empört rang Doris nach Luft. »Was hältst du eigentlich von mir?«

Mit schief gelegtem Kopf betrachtete Bettina wortlos ihre Freundin.

»Ich habe bloß eine Schlägerei verhindert«, erklärte Doris erregt, während sie ein paar Tassen aus dem Hängeschrank hervorholte und sie lieblos auf den Küchentresen knallte, der die Küche vom Essbereich trennte.

»Ach«, stieß Bettina ungläubig aus.

»Ja, ach«, entgegnete Doris sauer, »dieser Rüdiger ist ganz schön hitzig. Er hat doch wohl gemerkt, dass Larsen betrunken war.« Sie stockte. Was redete sie da bloß? Sie verteidigte Walter Larsen ja, wie kam sie nur dazu?

Bettina schaute Doris absonderlich an. »Was ist das eigentlich für einer?«, wollte sie dann wissen.

Nachdenklich suchte Doris nach Worten, wusste nicht so recht, was sie sagen sollte. »Er ist mein Nachbar«, erklärte sie dann, wobei ihr ein paar schlimme Bedenken in den Sinn kamen, »er ist auch mein Kollege«, fuhr sie fort und hoffte, dass dieser Zwischenfall im Bowlingcenter nicht die Runde drehte, die sie zum Handeln zwang. Die Rangelei in seiner Wohnung verschwieg Doris lieber.

»Und weiter?«, hakte Bettina nach.

»Nichts weiter«, bagatellisierte Doris, »ich habe nichts mit ihm und ich will es auch nicht.« Ihre Worte ließen wieder ihren Ärger aufflammen. Bei aller Rücksicht der Firma gegenüber, musste sie unbedingt ein ernstes Wort mit ihrem Angestellten reden. Auch wenn durch diese Aktion ihr ein weiterer Annäherungsversuch von Rüdiger erspart blieb, so durfte sich Walter ihr gegenüber nicht so widerwärtig verhalten. »Bettina, ich bitte dich«, flehte sie ihre Freundin eindringlich an, »behalte das bitte alles für dich.«

»Na schön, aber was soll ich jetzt Rüdiger sagen?«

Ratlos zuckte Doris mit den Schultern und verfiel etwas in Trübsinn. »Ich will ihn nicht wieder sehen«, antwortete sie dann schweren Herzens. Zugegeben, sie fand ihn toll, aber sie wollte keine Beziehung, weder mit ihm, noch mit einem anderen.

Bettina fasste ihre Freundin mitfühlend am Arm. »Mensch Doris, leg' endlich diese Phobie ab.«

»Ich kann nicht,« jammerte Doris wehleidig, griff nach der Kaffeekanne und schenkte ein.

Mitfühlend schaute Bettina ihre Freundin an. Sie spürte, wie Doris gegen ihre Ängste ankämpfte. »Rüdiger erinnert dich an Mark, stimmt's?«, tastete sie sich vorsichtig heran.

»Ja«, musste Doris eingestehen, »und ich muss zugeben, ich wäre beinahe schwach geworden.«

Bettina grinste. »Das ist doch schon einmal ein gutes Zeichen.«

»Nein«, blieb sie hart, »ich will Rüdiger nicht wieder sehen.«

»Ach Doris«, versuchte es Bettina erneut, »du musst dich endlich von Mark trennen.«

»Ich habe mich von ihm getrennt, genau vor acht Jahren.«

»Ja, getrennt, aber nie gelöst«, hielt Bettina ihr vor, »deswegen hat es auch mit Werner nicht geklappt, und seit seiner Trennung verschanzt du dich hinter Herrenbergs Firmenmauern und benutzt sie als deine Festung und spielst die Eiserne Lady.«

Doris grunzte trotzig. Der Ausdruck »Eiserne Lady« traf sie tief. »Das stimmt doch nicht«, wollte sie nicht wahrhaben.

»Und ob das wahr ist«, ließ Bettina sie wissen, »du hast dich so sehr in die Arbeit gestürzt, dass Werner nur ein Nebenprodukt war, um Mark zu vergessen. Selbst deinen Vater hast du damit überfordert.« Vorwurfsvoll und ein wenig mitleidig blickte Bettina ihre Freundin an. Sie maßregelte Doris nicht sehr gerne, aber das musste mal gesagt werden. »Du hast einen ziemlich hohen Preis bezahlt, um deinen Kummer zu bekämpfen, und du bist immer noch nicht drüber weg.« Sie griff nach Doris' Arm und schüttelte sie, als wolle sie ihre Freundin wachrütteln. »Lös' dich endlich von Mark, sonst wirst du noch kirre.«

Heftige Vorwürfe, die Doris von ihrer Freundin ertragen musste, aber sie trafen den Nagel ziemlich auf den Kopf. Sie musste sich selber eingestehen, dass ihr Mark immer noch was bedeutete und sie ihm immer noch nachtrauerte, mehr als Werner. Aber die Beziehung zwischen ihr und Mark stellte nun mal etwas ganz Außergewöhnliches dar. Die Beiden waren fest verbandelt und bildeten eine Einheit. Sie lernte Mark in der Berufsschule zur Kfz-Ausbildung kennen. Ihre Eltern waren sogleich von ihm angetan und sahen ihn schon als Schwiegersohn und Nachfolger der Werkstatt an. Dann führte Mark sie in den Rallyeclub ein, wo er im Betreuerteam tätig war, dort entflammte ihre Leidenschaft fürs Rallye fahren. Doch dann passierte dieser schreckliche Unfall mit der grauenvollen Diagnose. Sie sollte niemals Kinder haben. Obwohl Mark schon immer von einer großen Familie träumte, nahm er das Schicksal gefasst hin. Aber die Beziehung kühlte ab. Doris spürte, wie er litt und so gab sie ihn frei. Es vergingen nur wenige Tage, da zeigte sich eine neue Frau an Marks Seite, die dann ein halbes Jahr später schon schwanger wurde. Seither war Doris ihm nie wieder begegnet und dennoch kam sie über die Trennung nie hinweg. Und für Paul brach damals eine kleine Welt zusammen. Sein geplanter Vorruhestand und die Sehnsucht nach weiteren Enkelkindern zerplatzten wie eine Seifenblase. Um ihren Kummer zu ertränken, stürzte sich Doris in die Arbeit und um ihrem Vater zu beweisen, dass sie die Werkstatt auch alleine führen konnte, belegte sie einen Meisterkurs. Dann krempelte sie die Werkstatt um, modernisierte sie und plante das Autohaus, womit sie mehr und mehr den Zorn ihres Vaters auf sich zog. Das Tempo, das Doris auflegte, konnte und wollte er nicht mithalten. Das hinderte sie aber nicht, ihren Kopf durchzusetzen. Gemeinsam mit ihrem neuen Freund Werner, den sie im Architektenbüro kennenlernte, welches sie für die Planung des Autohauses beauftragte, erschuf sie das Autohaus. Diese neue Beziehung schien perfekt und Doris wägte sich in Sicherheit. Er gehörte zu den Karrieretypen. Familie stand bei ihm nicht auf dem Plan. Aber mit dem Großprojekt Autohaus überwarf sie sich gänzlich mit ihrem Vater, der ihr die Prokura entzog, worauf Doris bei Herrenberg anfing. Dann rutschte Werners Karriere ab. Er trank zu viel und kam mit seinen Aufträgen nicht nach und traktierte Doris mit Vorwürfen. Er fühlte sich durch ihren beruflichen Erfolg unterjocht, was immer wieder zu Streitereien führte. Und eines Tages, als Doris heim kam, war Werner ausgezogen. Sie hatte nie wieder etwas von ihm gehört. Wieder stürzte sie sich in die Arbeit und revolutionierte das Verkaufshaus bei Herrenberg und achtete streng darauf, dass kein männliches Wesen ihr zu nahe kam. Von da ab kam Corinna regelmäßig zu ihr und vertrieb die langweiligen Wochenenden. Sie war es am Ende, die die Versöhnung zwischen Doris und ihren Eltern ins Rollen brachte, das sie zu dem Entschluss führte, wieder nach Wenningen zu ziehen. Bei einer Aussprache mit ihrer Mutter legte Doris schließlich dieses Gelöbnis ab, die Firma irgendwann zu übernehmen.

Eigentlich wollte Doris an diese alten Geschichten nicht mehr denken, doch Rüdiger wühlte alles wieder auf. Betrübt seufzte sie auf und zog ratlos ihre Schultern hoch. »Ich kann meine Beziehungen nicht einfach so abschütteln.«

»Du musst.« Bettina grübelte kurz und fand einen Vergleich. »Betrachte Mark als einen Blechschaden. Du hast zwar eine heftige Delle abgekriegt, aber du hast es überlebt und kannst immer noch aufrecht stehen, und Werner war doch nicht mehr als eine Schramme.«

Entrüstet schaute Doris ihre Freundin an. »Was?«, stieß sie geschockt hervor, »ich bin doch kein Blechschaden, den man eben mal schnell ausbeult und neu lackiert und weiter geht's.«

Bettina nickte bekräftigend. »Doch, meine Liebe. Das Leben läuft nicht ohne Blessuren ab.«

Ablehnend erhob Doris ihre Hände. »Tu mir einen Gefallen«, fuhr sie ihre Freundin an, »versuch mir nicht zu erklären, wie das Leben läuft.«

Bettina verzichtete weiter auf Doris einzureden, hoffte nur, dass sie ihren Rat beherzigte.

Im Bad verlor Doris jedes Gefühl für Zeit und Raum und traf an diesem Tag verspätet zum Essen ein. Bis auf Michael saß ihre Familie schon am Tisch versammelt, als sie leicht außer Puste ins Esszimmer ihrer Eltern gestürzt kam.

»Tut mir leid«, schmetterte Doris außer Atem ihre Entschuldigung durch den Raum und nahm neben ihrem Vater den Platz ein, den sie als Kind mal zugewiesen bekam, den sie aber nur noch belegte, wenn die Familie vollzählig war. Paul ließ seiner Tochter dabei einen strengen Blick zukommen. Er hasste Unpünktlichkeit, was Doris aber ignorierte und ihrer Schwester eine Frage stellte: »Wo ist Michael?«

Katja zuckte mit ihren Schultern. »Ein Notfall«, bemerkte sie nur knapp.

»Ist ihm eine Mumie entflohen?«, konnte Doris mit einem Spott nicht zurückhalten.

Katja kam nicht mehr zum Kontern, weil Doris besorgt von ihrer Mutter angesprochen wurde, die ihr die Schale mit den Kartoffeln reichte.

»Kind, du siehst blass aus.«

»Ich war zu lange weg und hatte dann noch Ärger mit einem Nachbarn«, erklärte Doris kurz.

»Du warst aus?«, warf Paul ein und betrachtete Doris erstaunt von der Seite.

»Ja, leider«, platzte es Doris, immer noch peinlich berührt wegen dem gestrigen Vorfall, heraus, »es gab beinahe eine Schlägerei wegen mir.«

Aufgerüttelt und interessiert erhob Paul seinen Kopf. »Männer?«

»Ja, Männer«, entfuhr es Doris gereizt, die nicht genau entscheiden konnte, ob ihre Wut mehr auf Walter oder Rüdiger lag, die sie beide in eine unmögliche Situation brachten, von der sie hoffte, dass sie von der Öffentlichkeit nicht bemerkt wurde, »es war furchtbar«, fügte sie immer noch peinlich berührt hinzu.

Paul musterte seine Tochter von der Seite. »Na ja«, brummte er, »du siehst gut aus, du solltest stolz darauf sein.«

Vor Entsetzen fiel Doris der Löffel aus der Hand und sie erntete damit Mutters Wut. Wenn jemandem das Besteck aus der Hand fiel, spürte sie den Zorn Gottes auf ihrer Seele lasten.

»Vielleicht bist du das nur nicht mehr gewöhnt«, gab Corinna kleinlaut als Kommentar zum Besten, worauf Doris auf jeglichen Kommentar verzichtete und begrüßte, wie Katja ihre Tochter mit mahnendem Blick rügte und gleich die folgende Stille nutzte, ihr Anliegen vorzutragen. Sie räusperte sich kurz.

»Ich habe euch was zu sagen«, eröffnete sie, worauf sie von Paul und Gerda verdutzt angeschaut wurde, »ich bin schwanger.«

Sekundenlanges Schweigen.

Pauls Gesichtsausdruck schwang zwischen Freude und Bestürzung, weil er Katjas Stimmung nicht wirklich zu deuten wusste. Gerda hingegen starrte Doris an, die einen neutralen Gesichtsausdruck beibehielt.

»Du hast es gewusst«, hielt sie ihr vor, »und hast nichts gesagt.«

»Ich wollte es so«, verteidigte Katja ihre Schwester, worauf Gerda in Tränen der Rührung ausbrach.

»Oh Gott! Ich freue mich so.« Sie griff nach ihrer Serviette und versuchte Herr ihrer Gefühle zu werden, während Katja mit den Erläuterungen ihrer Zukunftspläne fortfuhr. Gerda unterbrach ihre Tochter ständig mit ihren ergriffenen Schluchzern, während bei Paul mit jedem Wort mehr und mehr Zweifel aufkamen für dieses waghalsige Unterfangen, was er aber nicht kommentierte. Doris hielt sich da auch zurück, glaubte aber fest an die glückliche Zukunft ihrer Schwester, weil sie bisher immer ihre Pläne durchgesetzt hatte.

Irgendwann stand Doris im Wintergarten und starrte in den Garten, während Mutter mit Katja tief bewegende Frauengespräche führte, von denen sie wenig verstand. Plötzlich tippte ihr jemand von hinten auf die Schulter. Vorsichtig wandte sich Doris um und blickte auf einen Cognac-schwenker, den Paul ihr vor die Nase hielt.

»Hier, den können wir brauchen«, sagte er ruhig und lächelte seine Tochter sogar milde an. Ein kurzer Moment, den Doris mit Wohlbehagen aufnahm. In den letzten Jahren wurde sie von ihrem Vater nicht gerade mit Nettigkeiten überschüttet, umso dankbarer nahm sie jetzt seine kleine Geste entgegen. Als Paul ihr zuprostete riefen sich bei Doris wieder die schönen Erinnerungen ins Gedächtnis. Früher saßen sie oft im Wintergarten und genossen bei einem Schachspiel einen guten Cognac. Wie sehr sie sich danach sehnte.

Walter plagten an diesem Sonntag ganz andere Sorgen. Neben seinen Kopfschmerzen wurde er von Angst gepeinigt. Jeden Moment rechnete er mit seiner Nachbarin, die mit einem Kampfgeschwader vor der Tür aufwartete, um ihn an den Pranger zu stellen. Ihr Rachefeldzug wäre ohne

Zweifel gerechtfertigt gewesen. Sein Auftreten ihr gegenüber empfand er nüchtern betrachtet selber als unmöglich. Wie konnte er nur so derart seine Beherrschung verlieren? Anscheinend hatten sich zu viele Ereignisse bei ihm angestaut, sodass dieser Blackout unweigerlich folgen musste. Ihre dreiste Art, wie sie ihn mit der Beförderung überrumpelt hatte, ärgerte ihn maßlos und dass sie ihn für schwul hielt, kratzte auch ganz schön an seinem Ego. Und dieser Knabe an ihrer Seite brachte das Fass einfach nur zum Überschäumen. Das gab ihm allerdings nicht das Recht, handgreiflich zu werden.

Niedergeschlagen saß Walter auf seinem Bettrand und ließ seinen Kopf verzweifelt in die Hände fallen. Das ganze Vertrauen, welches er zu Doris aufgebaut hatte, war mit einem Mal zerstört. Und wahrscheinlich drehte sein Auftritt im Bowlingcenter die Runde im Dorf und weitete sich dann morgen in der Firma aus, was auch am Chef nicht vorbeiging und er sicher vorgeladen wurde. Man, man, man Walter, was hast du nur angestellt, maßregelte er sich selber und fuhr sich grüblerisch durchs Haar. Dann kam ihm die Lösung. Bewusstseinsstörung. Selbst Verkehrssünder konnten ab einer gewissen Promillezahl darauf pochen. Das nötige schauspielerische Talent besaß er dazu, das hatte er sich im Laufe seiner Schulzeit angeeignet. Wenn er also vor Doris und dem Chef vorsprechen musste, spielte er einfach nur den Ahnungslosen und entschuldigte sich dann.

Wie gewohnt trat Walter am Montagmorgen aus dem Haus und legte eine gute Miene auf, für den Fall, dass Doris ihm über den Weg laufen würde. Aber dies erwies sich als unnötiger Energieaufwand. Doris' Wagen stand nicht mehr auf ihrem Parkplatz. Wahrscheinlich konnte sie es kaum erwarten ihrem Chef Bericht zu erstatten, was etwas Unruhe in seinen Körper trieb, welche er mit Atemübungen eindämmte. Und so führte er den Tag wie gewohnt fort. Dem üblichen Montagmorgengetuschel schenkte er, wie immer, keinerlei Beachtung. Tat so, als ginge es nicht um ihn und marschierte auch unbeirrt zu Prassel ins Büro, der schon auf ihn wartete.

»Guten Morgen«, verkündete er in gespielt guter Laune, während Prassel vertrauenswürdig an ihn herantrat.

»Hast du schon gehört?«, flüsterte ihm Prassel extra vorsichtig zu, um nicht zu riskieren wieder von Doris überrascht zu werden.

Leicht erschrocken erstarrte Walter, behielt aber sein Pokerface auf.

»Nein, was?«, tat er ahnungslos.

Bedacht schaute Prassel um sich. »Die Westermann hat einen Freund.«

»Tatsächlich?«, konterte Walter erleichtert und wägte sich vor seinen Kollegen schon mal sicher, »da hat dir der Knabe aber tüchtig die Tour versaut«, spöttelte er und wanderte gewohnheitsbedingt um den Schreibtisch und kümmerte sich um den Drucker.

»Allerdings«, spielte Prassel den beleidigten Casanova und ballte seine Faust, als sei er verärgert, »dabei war ich so dicht dran.«

Sicher, dachte Walter und schmunzelte vor sich hin.

Doris hingegen betrat ziemlich genervt ihr Büro. Die unverhohlenen Blicke ihrer Angestellten und diese plötzliche Stille, die einsetzte, wenn sie an einem Pulk vorbeikam, wiesen deutlich darauf hin, dass sie im Mittelpunkt des Geredes stand und die Geschehnisse im Bowlingcenter ihre Runden drehten. Hier wurde es unablässig strenge Maßnahmen gegen Walter einzuleiten, die zwangsläufig seine Kündigung mitzog, die der Chef mit Sicherheit auferlegte. Doch als sie Karin begrüßte, die gelassen an ihrem Schreibtisch saß, wurde ihr ein ganz anderes Gefühl vermittelt. Und da Herrenberg nicht wütend umherlief, wurde sie von Zweifel befallen. Wurde überhaupt über sie gequatscht?

»Guten Morgen«, grüßte Karin mit einem tiefsinnigen Lächeln zurück.

Verunsichert marschierte Doris gewohnheitsmäßig auf ihren Schreibtisch zu, verstaute dort ihre Handtasche und zog ihr Handy hervor.

»Schönes Wochenende gehabt?«, erkundigte sich Karin unterschwellig, was für sie sehr ungewöhnlich war. Genauso wie Doris bohrte sie nicht in dem Privatleben anderer Leute herum. Aber heute verhielt sie sich merkwürdig anders, was in Doris doch etwas Skepsis aufkommen ließ.

»Wie man's nimmt«, antwortete Doris taktisch, »ich war zum Bowlen«, warf sie in den Raum und erhoffte, dass Karin endlich Näheres preis gab. Wie immer waren die Betroffenen am wenigstens informiert. Doch Karin hielt inne, was Doris in Rage trieb. »Das hat sich doch schon rundgesprochen!«, fauchte sie Karin entgegen, »oder etwa nicht?«

Eingeschüchtert versteifte Karin ihren Körper. »Ja«, antwortete sie nur.

»Na komm schon«, forderte Doris sie heraus, »was wird über mich gequatscht?«

»Na ja«, druckste Karin, »dass du mit einem Mann zum Bowlen warst.«

»So!?«, entgegnete Doris wütend, »bin ich«, gab sie zu.

»Ach Doris«, konterte Karin verständnislos, »wieso bist du denn so wütend? Es ist doch nichts Schlimmes.«

Doris atmete tief durch und rang um Fassung. »Dieses Gequatsche kotzt mich an«, fauchte sie, »was wird noch geredet?«

»Na ja.« Karin stockte und suchte nach den passenden Worten, um nicht gleich so taktlos zu wirken. »Dass du verliebt scheinst.«

Verärgert schloss Doris ihre Augen. Das war ja noch schlimmer, als wenn Walter Larsens Attacken bekannt geworden wären. »Ich bin nicht verliebt«, zischte sie durch die Zähne.

»Mensch Doris, das muss dir doch nicht peinlich sein«, versuchte Karin beruhigend auf ihre Kollegin einzuwirken, »das ist doch ganz toll und normal, und die Leute freuen sich für dich.«

»Vielen Dank für das Mitgefühl«, entgegnete Doris scharf.

»Wenn du nicht möchtest, dass man dich mit einem Mann erwischt, solltest du nicht ausgehen«, erwiderte Karin, die Doris' heftige Reaktion nicht begriff und ihre schlechte Laune nur so erklären konnte, dass Doris mit der ungewohnten Situation kämpfte, Firmengespräch zu sein und dass ein Stück Privatleben zum Vorschein kam.

»Was sagt man sonst noch?«, verlangte Doris näherer Berichterstattung.

»Nichts«, antwortete Karin und behielt Ruhe, auch wenn ihre Chefin heute ziemlich grantig aufgelegt war.

»Sicher, dass du nichts vergessen hast?«, entfuhr es Doris.

»Ja«, erwiderte Karin und konnte nur mit Mühe ruhig bleiben, »was ist nur mit dir?«

Aufgewühlt und angekratzt, durchdachte Doris das letzte Wochenende. »Tut mir leid«, bat sie lieb um Vergebung, »ich bin nun mal nicht gewohnt, so unter Beschuss zu stehen. Zudem habe ich den Mann zufällig kennen gelernt. Er ist ein Bekannter meiner Freundin. Weiter nichts.« Doris stockte plötzlich. Jedes Wort, was sie hier abgab, klang doch nur wie eine billige Rechtfertigung. »Na ja, ist ja auch egal«, gab sie auf und wurde in diesem Moment schon wieder von Bedenken und Ratlosigkeit geplagt. Wie nur sollte sie mit Walter verfahren? In ihrer Hilflosigkeit verspürte sie plötzlich das Verlangen sich jemandem anzuvertrauen. Unwillkürlich drehte sich ihr Kopf Richtung Karin, die nun konzentriert ihren Bildschirm anschaute. Karin war für sie die vertrauenswürdigste und engste Mitarbeiterin. Bei ihr konnte sie schon Rat einholen, wenn es über Mitarbeiter ging. Aber andererseits gehörte dieses Zusammentreffen in den privaten Bereich. Nein, verwarf sie den Gedanken. Und besser war es auch, wenn nicht allzu viele Leute von der Auseinandersetzung im Bowlingcenter erfuhren. Wenn es allgemein unbemerkt geblieben war, sollte es besser auch so bleiben und plötzlich sah sie in ihm wieder ihr heimlicher Retter, der sie vor der Dummheit bewahrte, die Rüdiger Wenders hieß. Und wer weiß, dachte sie, vielleicht erinnerte sich Walter nicht einmal mehr an sein rüpelhaftes Verhalten. Aber dulden wollte es Doris dennoch nicht. Ein klärendes Gespräch hielt sie schon für angebracht. Zunächst hielt sie für angebracht abzuwarten, um ihm die Chance zu bieten, falls ihm das Wochenende noch in guter Erinnerung lag, sie um eine Unterredung zu bitten.

Es verging eine Stunde und von Walter kam keinerlei Reaktion. Nun befand Doris selber tätig zu werden. Sie würde ihn jetzt auf die Probe stellen, womit sie ihm auch eine kleine Gedankenstützte geben wollte, um seine Erinnerungen aufzufrischen, falls ihm diese wirklich abhanden gekommen sein sollten. Dafür wandte sie ein kleine List an.

Am Nachmittag standen die Feierlichkeiten der Ehrungen der Auszubildenden an, die ihre Prüfungen bestanden hatten. Dazu gab es immer einen feierlichen Akt, zu dem Doris für Herrenberg immer eine Rede schrieb, die er am Ende dennoch nicht hielt. Zu diesen Feierlichkeiten war unter anderem die Presse geladen, und wenn bei Herrenberg die Presse ins Spiel kam, versagten seine Nerven. Aber hier sah Doris eine Möglichkeit, Walter ins Büro zu zitieren.

»Ach Mist«, fluchte Doris plötzlich, »wieso klappt denn der Druckauftrag nicht?« Hilfesuchend wandte sie sich Karin zu. »Kannst du drucken?«

Karin nickte. »Ja.«

»Also bei mir klappt hier gar nichts. Ich kriege über das W-Lan keinen Kontakt zu dem Gerät. Ich muss die Rede für heute Nachmittag ausdrucken.«

Karin lächelte milde zu ihr rüber. »Das ist doch vergebene Liebesmühe.«

»Stimmt«, gab Doris zu, »aber ich möchte dem Chef keinen Grund liefern, die Schuld bei mir zu suchen.«

Ohne eine Aufforderung griff Karin nach dem Telefon. »Ich ruf Larsen an, der soll sich darum kümmern.«

Genau darauf hatte Doris es angelegt.

Bei Walter rutschte ein wenig das Herz in die Hose, als er von Karin angerufen wurde. Nun musste er sein ganzes darstellerisches Talent beweisen, Doris seine Sinnesstörung glaubwürdig vorzugaukeln. Wobei er damit rechnete, dass dieses Druckerproblem von Doris nur vorgeschoben wurde. Mit tiefen Atemzügen verschaffte er sich die nötige Ruhe dazu. Bloß keine verräterischen Bemerkungen, redete er sich auf dem Weg ins Büro ein und bloß nicht auf eine Herausforderung hereinfallen.

Auf seine übliche Art betrat Walter wenig später das Büro. »Guten Morgen«, ließ er freundlich verlauten, sah kurz zu Karin rüber und steuerte dann auf Doris' Schreibtisch zu, die sofort ihren Platz räumte, »was gibt es denn für ein Problem?«

Ratlos deutete Doris auf ihren Rechner. »Ich kann nicht drucken.«

Walter setzte sich an den Schreibtisch, beäugte fachmännisch den Bildschirm und öffnete ein paar Fenster. Er bemerkte, wie Doris intensiv auf ihn nieder schaute, was ihn in Alarmbereitschaft versetzte. Jeden Moment rechnete er damit, dass sie ihn auf seine Wunde am Kopf ansprach, die ein deutliches Brandmal aufzeigte.

»Was haben sie denn da am Kopf gemacht?«, fragte Doris wahrhaftig, »das sieht ja übel aus. Ist das hier passiert?«

Einen Moment stockte Walter. Er musste sich erst einmal Mut zureden, um sie anschwindeln zu können. »Nein«, antwortete er und betastete das Mahl, »ich hatte es gestern Morgen einfach.« Mit gespielter Verlegenheit zuckte er mit der Schulter. »In Wahrheit weiß ich nicht einmal, wie ich heim gekommen bin.«

»Man, man, man«, mahnte Doris scheinbar unwissend, »das muss ja eine heftige Party gewesen sein.«

»Ja«, antwortete er heiser, mimte weiter den Ahnungslosen, obwohl er Doris' Andeutung sehr gut verstand und jeden Moment damit rechnete, dass sie ihn ins Nebenzimmer zitierte und maßregelte.

»Das kommt vor«, entgegnete Doris verständnisvoll und lächelte auf ihn nieder und grübelte, ob sie ihm diesen Blackout abnehmen sollte.

»Ah«, stieß Walter plötzlich aus und im Hintergrund hörte man den Drucker rattern, »hier war bloß ein Häkchen abhanden gekommen«, verkündete er, »das war alles.«

»Tja«, sagte Doris mit gespielter Scham, »das ist mir aber jetzt sehr peinlich.«

Verständnisvoll erhob sich Walter, innerlich aber sehr angespannt, weil er nun sehr gut wusste, dass dieses Problem von ihr inszeniert wurde, um ihn zu testen. So dumm war Doris nicht, als dass sie dieses Problem nicht hätte selber lösen können. »Aber, aber«, mahnte Walter nicht so selbstkritisch zu sein, »das kann doch vorkommen. Montags hängt einem schon mal das Wochenende nach.«

»Ja«, nickte Doris bedacht, »den einen im Kopf, den andern am Kopf«, züngelte sie.

Walter konterte mit einem charmanten Lächeln. »Wenn das dann alles wäre?«

»Ja, danke.«

Mit einem ergebenen Nicken verabschiedete sich Walter und verließ das Büro. Auf dem Gang schaute er kurz über seine Schulter. Tja, redete er gedanklich mit sich selber, toller Versuch ihn zu überführen. Ich muss sagen, alter Junge, du hast nichts verlernt.

Wie vorausgeahnt stand Doris an diesem Nachmittag am Mikrofon und hielt wie immer die Rede. Wie immer gab sie Herrenbergs dramatischen und zwecklosen Wiederbelebungsversuchen seiner Stimme nach. Die Bemühungen, ihm medizinisch zu helfen, oder gar im Vorfeld die Rede mit ihm zu proben, hatte sie in den letzten Jahren längst aufgegeben und so ersparte sie sich viele Diskussionen und nahm einfach hin, dass Herrenberg unter einer Pressephobie litt.

Pünktlich um 16 Uhr saßen alle Azubis mit ihren Abteilungsleitern und einigen Eltern in der Lobby der Firma versammelt. Auch Walter gönnte sich an diesem Nachmittag mal diese Abwechslung und wohnte der Ehrung bei. Die gemütliche Sitzgruppe, wo normalerweise Besuchern ein angenehmer Aufenthalt geboten wurde, musste einem Podest weichen. Mit Herrenberg im Schlepptau marschierte Doris auf das Podium zu und wie immer nörgelte der Chef über den Reporter des Käseblattes, der neben seinen Kollegen deutlich heraustach. Wie immer trug er eine schmierige Lederjacke, Jeans und Cowboystiefel und seine lange Haarpracht hing strähnig herunter.

»Er wird auf den Fotos nicht zu sehen sein«, stichelte Doris vergnügt, »und außerdem kauft er bei uns.«

»N-nun ja, so betrachtet«, zeigte sich Herrenberg versöhnlich, wobei er sich über seinen rhetorischen Makel ärgerte, der ihm immer einen Streich spielte, wenn er einen Pressevertreter sah.

Ungerührt dessen steuerte Doris auf das Rednerpult zu und postierte sich dahinter. Herrenberg stellte sich neben sie und auf die andere Seite Frau Wiegold, die Ausbildungsleiterin. Eine unscheinbare Frau von Mitte vierzig, der es noch nie vergönnt war, ihren Zöglingen persönlich ihre Anerkennung zu übermitteln, weil Herrenberg ihre Position einnahm, weil Doris ihn immer vertrat. So erfüllte sie mehr eine Statistenposition.

Um der Angelegenheit ein schnelles Ende zu bereiten, entschied Doris an diesem Tag, eine kürzere Variante vorzutragen. Mit ein paar knappen Sätzen vollzog sie den Begrüßungsakt und kam schnell auf den Punkt. Der Reihe nach verlas sie die Namen der jungen Leute, die ihre Prüfungen bestanden hatten, wobei sie darauf verzichtete, die Benotungen zu erwähnen. So wie Doris die jungen Leute aufrief betraten sie das Podest und versammelten sich hinter ihr für das Gruppenfoto. Dann erbat der Jungendvertreter des Jahrgangs das Wort.

Holger Hasse war für seine 21 Jahre ein stattlicher junger Mann und wirkte besonders in seinem grauen Anzug sehr erwachsen. Er richtete Worte des Dankes an das Haus Herrenberg und im Besonderen an Doris. Eigentlich hätten Doris' Alarmglocken laut ausschlagen müssen, als dieser junge Schnösel diese schmalzigen Sätze sprach, stattdessen erlag sie seinen Schmeicheleien, auch seine Annäherung nahm sie nicht als Bedrohung auf und als er dicht vor ihr stand und sie umklammerte, konnte sie keinen Widerstand mehr leisten. Ungeniert drückte der junge Mann Doris einen dicken Kuss auf ihre Lippen. Überrascht und hilflos ruderte sie mit ihren Armen und suchte schließlich Halt an seinem Jackett. Das entsetzte Raunen, das durch den Raum schallte, nahm sie dabei kaum wahr. Plötzlich riss Herrenberg Doris aus den Fängen des Rüpels und zerrte ihn vom Podium.

Die Situation löste Fassungslosigkeit und Erschütterung aus, aber auch Schadenfreude. Es gab eine Menge Leute, die ihr diese kleine Demütigung und ihre Hilflosigkeit gönnten. Walter gehörte zu diesen Menschen. Hier stieß Doris' Macht an eine Grenze und sie wurde selber auch zum Spielball, der taktisch vom Spieler getreten wurde.

Die Presse hingegen nutzte dieses fatale Ereignis, um ein Blitzlichtgewitter in Gang zu setzen und ungeachtet dessen, die wahren Hintergründe zu erforschen, stürzten sie hinaus um die Neuigkeiten schnellstens niederzuschreiben.

Bei allen Skandalen, die unaufhaltsam ihren Lauf nahmen, bewies Doris Stärke und hielt die außer Kontrolle geratene Situation im Griff. Sofort schnappte sie das Mikro und spielte die Angelegenheit beinahe als geplant herunter. Mit wenigen Worten konnte sie die aufgebrachte Menge wieder beruhigen und übergab Frau Wiegold das Wort.

Doris betrachtete es als Segen, dass Frau Wiegold die angespannte Lage gut überspielte und mit ein paar spontanen Scherzen die Gesellschaft erheiterte. So konnte Doris mit ruhigem Gewissen den Rückzug ins Büro antreten. Auch wenn sie nach außen hin ruhig und gelassen wirkte, so konnte sie diesen Vorfall nur schwer verdauen. So frech und unverschämt wurde sie noch nie vorgeführt. Dieser Demütigung, die sie tief verletzte, konnte sie kaum Ausdruck verleihen. Wut und Ohnmacht breiteten sich gleichermaßen in ihrer Brust aus. Im Büro ließ sie ihrem Frust freien Lauf.

Aufgebracht wanderte Doris hin und her und fluchte laut, ohne jedoch die Geschehnisse zu erläutern. Verängstigt und ahnungslos beäugte Karin ihre Vorgesetzte, die ihr in diesem Moment so fremd erschien. Doch schließlich wagte sie einen Annäherungsversuch. Vorsichtig schritt Karin auf sie zu.

»Was ist denn passiert?«

Niedergedrückt ruderte Doris mit ihren Armen, versuchte ihre Fassung wiederzuerlangen, was ihr aber nicht gelang. Als sie Karin das Ereignis schilderte, zitterte ihre Stimme und schien kurz vor der Aufgabe, was Karin schon beinahe verleitete, Doris tröstend in den Arm zu nehmen. Sie wirkte so verletzlich und hilflos, wie ein kleines Kind, das nach einer rettenden Hand suchte. Aber das erschien ihr zu intim. Sie war schließlich ihre Vorgesetzte. Doch als Doris plötzlich ihr Gesicht betreten in den Händen vergrub, überwand sie ihre Scheu. Tröstend nahm Karin sie in die Arme und redete besänftigend auf Doris ein, die sich dankbar fallen ließ. Noch nie wurde sie so tief verletzt, dass sie Trost bei ihrer Kollegin suchen musste. Nach einer Weile streckte Doris ihren Körper und schaute Karin verlegen an.

»Entschuldige, aber das hat mich ganz schön umgehauen.«

Aufmunternd rüttelte Karin den Arm von Doris. »Kein Problem.«

Bei Doris kehrte die innere Ruhe wieder schnell ein und so konnte sie auch schnell wieder, wie gewohnt ihre Arbeit aufnehmen. Auch die Tatsache, dass Holger Hasse mit sofortiger Wirkung die Kündigung erhielt, stellte ihr Ehrgefühl wieder her, jedoch der nächste Morgen sollte alles wieder aufwühlen.

Als Doris morgens die Einzelteile ihrer Zeitung vor der Haustür auflas sprang ihr gleich die Titelseite ins Auge. Ein großes Foto belegte die halbe Seite, zeigte sie mit ihrem Azubi während der hinreißenden Kussszene, mit einer niederschmetternden Schlagzeile.

»Inniges Verhältnis zwischen Azubi und Chefin«, stand dort deutlich zu lesen und darunter: *»Sieht so die Zukunft der Ausbildung aus?«*

Mit Abscheu schleuderte Doris die Zeitung durch ihre Wohnung. Nicht genug, dass sie von Holger Hasse vorgeführt wurde, jetzt setzte die Presse auch noch einen drauf und rückte sie mit abgrundtiefer Kritik in den Vordergrund, den sie in der Firma deutlich zu spüren bekam. Das Getratsche und die Häme der Angestellten drehten ungeniert ihre Runden, die Doris kaum aushalten konnte, wenngleich sie auch nicht persönlich angesprochen wurde, außer vom Chef, der sie sofort zu sich zitierte.

Betreten trat Doris an Herrenbergs Schreibtisch, der haltlos seine Blicke über die Schlagzeile wandern ließ

»Wir müssen Strafanzeige stellen, wegen sexueller Nötigung«, sagte er plötzlich angefressen. Diese Schmach, die nun auf seiner Firmenführung lastete, bestürzte ihn sehr.

Entsetzt stieß Doris Luft aus. »Ist das nicht ein wenig zu drastisch?«

Herrenberg schlug entschlossen mit der Faust auf den Tisch. »Wir dürfen so etwas nicht durchgehen lassen, sonst glaubt hier jeder, machen zu können, was er will.«

Verunsichert schaute Doris ihren Chef an und suchte nach einlenkenden Worten, wobei sie ihren privaten Ton anwandte, den sie nur anschlug, wenn sie mit Herrenberg unter vier Augen sprach. »Peter, ich bitte dich«, redete sie auf ihn beschwichtigend ein, »das war doch bloß ein dummer Jungenstreich.«

Aufgebracht schaute Herrenberg eindringlich seine Sekretärin an. »Ich kann das nicht dulden – hier steht die Ehre des Hauses auf dem Spiel.«

Nachdenklich kämpfte Doris mit ihrem Gewissen. Sie wollte dem jungen Mann durch seine kurze Unbesonnenheit nicht die Zukunft verbauen. Mit seiner Entlassung war der Firma ausreichend Genugtuung gegeben und wer konnte schon voraussehen, welche Auswirkungen eine Strafanzeige bewirkte? Vielleicht ging der Schuss sogar nach hinten los und der ganze Wirbel wurde am Ende ins Lächerliche gezogen. Nein, diesen Rummel um ihre Person wollte sie tunlichst vermeiden.

»Nein«, lehnte Doris konsequent ab, »ich werde keine Anzeige erstatten.«

Entrüstet schnappte Herrenberg nach Luft. »Das wirst du nicht alleine entscheiden können!«

»Doch«, entgegnete Doris, »ich bin die Geschädigte, sonst niemand.«

Entschlossen wanderte sie zur Tür.

Hastig sprang Herrenberg auf, so dass sein Sessel heftig gegen die Wand gedrückt wurde. »Doris!«, rief er ihr noch energisch nach, doch zwecklos.

Auch wenn in der Führungsriege nicht alle Doris' Entscheidung verstehen konnten und sie heftige Kritik erdulden musste, ließ sie sich nicht beirren und schenkte dem bösen Gequatsche keine Beachtung. Und in der Tat beruhigten sich die Gemüter schnell, und so setzte Doris ihr gewohntes

Berufsleben fort und konzentrierte sich auf die Modernisierung der Produktion.

Wie vereinbart marschierte Doris freitags in Walters Büro, wo die Besprechung und die Ortsbegehung mit der Firma Hettlauf ihren Anfang nehmen sollten. Da große finanzielle Entscheidungen anstanden war Doris' Anwesenheit unabdinglich. Etwas früher als abgemacht traf sie in Walters Büro ein. Sie wollte hier die Gelegenheit nutzen, mit ihm ein klärendes Gespräch wegen des Vorfalls am vergangenen Wochenende zu führen. Bisher zeigte Walter keinerlei Reue und da sie seine Bewusstseinsstörung eher mit Skepsis betrachtete, wollte sie ihm etwas auf die Sprünge helfen.

Aufgeschreckt stießen sich zwei Körper voneinander ab, als Doris ohne Vorwarnung ins Büro platzte. Verlegen spielte Frau Koch an ihrem Maßband, welches sie stets um den Hals trug, während Walter beschämt zusammengesackt am Aktenschrank gelehnt stand und nach Luft rang.

Verwundert schaute Doris ihre Angestellten abwechselnd an. »Soll ich später noch mal kommen?«, warf sie eine ironische Frage in den Raum, worauf Frau Koch ihren Rock zurecht zog.

Walter ergriff sofort die Initiative. »Nein, bleiben Sie«, antwortete er hastig, »Frau Koch ist fertig«, sagte er nervös und schritt auf Doris zu und suchte in ihrer Nähe Schutz und Geborgenheit.

»Fertig?«, konterte Doris und zog verdutzt ihre Augenbrauen hoch als sie eine entwürdigte Frau Koch ansah, der sie nicht erklären musste, dass Liebschaften in der Firma nicht geduldet wurden. In diesem Falle jedoch betrachtete Doris diese heikle Situation mit einem boshaften Schmunzeln.

»Ich habe bloß Maß genommen«, erklärte Frau Koch, was Doris für sehr weit hergeholt befand, ließ ihr aber die Illusion, dass sie ihr glaubte. Um ihrer Aussage Glaubwürdigkeit zu verleihen, zog Koch einen Zettel vom Schreibtisch und wedelte damit provokant. »Ich habe ja alles was ich brauche.« Mit würdiger Haltung schritt sie dann zur Tür hinaus.

Walter stapfte ihr gleich hinterher und warf hastig die Tür zu. »Gott sei Dank«, stieß er erleichtert aus, »sie ist weg.«

»Die Ärmste«, spöttelte Doris, »wenn sie nur von Ihrer Veranlagung wüsste«, fügte sie boshaft hinzu, um ihn bewusst zu verletzen.

Mit einer gehörigen Portion Wut im Bauch schaute Walter seiner Chefin nach, wie sie an seinem Schreibtisch vorbei schritt bis ans Fenster und dort hinaus starrte. Ihm entfuhr ein leises Grollen und konnte mit einer Bemerkung nicht einhalten. »Sie glauben wohl allen Ernstes, ich bin schwul.«

Ungerührt wandte sich Doris nach ihm um und grinste ihn hämisch an, was in Walter Hass aufkommen ließ, und er einen verteidigenden Satz nachlegte.

»Ich suche mir meine Partnerinnen normalerweise selber aus«, versuchte er seine Erleichterung von eben zu erklären.

Hier befand Doris, konnte sie das Gespräch anleiern, ihn auf seinen Patzer anzusprechen, wobei sie ihn herabwürdigend ansah. »Ach ja? Dann bin ich ja richtig froh, dass Sie mich in Ihre engere Wahl gezogen haben«, spielte sie auf den Samstagabend an und wandte sich wieder ab.

Ihre Bemerkung trieb Walters Frust voran und verleitete ihn zu einer unüberlegten Bemerkung. »Sie hätten das Angebot annehmen sollen, dann hätten Sie mal einen richtigen Kerl gespürt.«

Ach sieh an, dachte Doris und wandte sich ihm wieder zu. »Sie erinnern sich also«, sagte sie ihm auf den Kopf zu, was Walter zurückscheuen ließ, »dann brauche ich ja nicht ins Detail zu gehen«, presste sie zynisch hervor und lachte über ihr Geschick, ihn entlarvt zu haben, »ich bin sicher, Sie hätten sich in Ihrem Zustand überwunden, nur um das Gegenteil zu beweisen«, fügte sie bissig hinzu und schaute ihn erwartungsvoll an. Hoffte, dass er nun die Gelegenheit nutzte sich zu entschuldigen, andernfalls würde sie eine Abmahnung aussprechen. Doch er rührte sich nicht, worauf sie sich enttäuscht wieder abwandte.

Außer sich vor Wut und keines klaren Gedankens mehr mächtig, griff Walter nach Doris' Arm, worauf sie sich hastig umdrehte und mit einem Rühr-mich-nicht-an-Blick reagierte. Ein Blick, der ihm verriet, dass er hier seine Kompetenz deutlich überschritten hatte. Eingeschüchtert mit dem Bewusstsein, erneut einen Fehler begangen zu haben, ließ er von ihr ab.

»Nehmen Sie sich bloß in Acht«, drohte Doris, »sonst reiß' ich Ihren Arsch bis an die Ohren auf«, fuhr sie auf vulgäre Art fort, die Walter Gänsehaut über seinen Rücken fahren ließ, »wenn Sie nicht so wichtig wären, säßen Sie längst auf der Straße.«

Verbittert über ihre Macht, die sie besaß, nickte Walter hastig. »Ja, das sieht Ihnen ähnlich. Sie benutzen die Leute bloß.«

Kommentarlos wandte sich Doris wieder um. »Sehen Sie das so?«, sagte sie enttäuscht, über seine schlechte Meinung über sie, »damit werden Sie wohl leben müssen.« Als sie dies so sagte, legte sie plötzlich gar keinen Wert mehr auf seine Entschuldigung. So, wie er über sie dachte, würde er es ohnehin nicht wirklich bedauern.

In der Tat kam bei Walter kein Mitgefühl auf und so versuchte er erst gar nicht den Ansatz einer Entschuldigung.

Plötzlich klopfte es an der Tür.

»Ja bitte!«, rief Walter unwirsch.

Die Tür sprang auf und ein junger Mann stand im Rahmen, der sein anfängliches Lächeln sogleich einfror, als er Walter erblickte.

»Guten Morgen«, brachte der junge Kerl nach wenigen Sekunden hervor, während Walter nicht einmal ein »Hallo« über seine Lippen brachte. Versteinert blieben seine Blicke an dem Mann hängen, der wie ein Hüne im Raum stand.

Doris hingegen wirbelte hastig herum und krallte sich an dem Ärmel ihres Kollegen fest, um nicht aus den Schuhen zu kippen, blieb dann ebenfalls erstarrt stehen, fand aber als erstes die Worte wieder.

»Rüdiger?«, stieß sie erstaunt aus.

»Überrascht?«, entgegnete Rüdiger ebenfalls erstaunt und warf einen abschätzigen Blick auf Walter, »haltet ihr einen Nachbarschaftskaffee ab?«

Doris stieß einen verlegenen Laut aus und zuckte mit der Schulter, während sie immer noch Halt bei ihrem Kollegen suchte und ihm einen Seitenblick zuwarf. Natürlich war sie überrascht und zeitgleich irritiert. »Ja. Was machst du denn hier?«

»Nun ja, ich wollte mir mal die Frau anschauen, die hier für die großen Schlagzeilen sorgt«, scherzte er.

Bei Doris ging ein pikierter Ruck durch den Körper. Seine Bemerkung ärgerte sie. »So?«, antwortete sie kühl und verschränkte zum Selbstschutz ihre Arme, »wäre das dann alles?«

Bei Walter hingegen hielt Panik Einzug. Hoffentlich verlangte er keine Vergeltung, wegen seines Deliktes. Denn so ganz nüchtern betrachtet, konnte er Rüdiger körperlich nicht viel entgegensetzen, obwohl er längenmäßig gut mithalten konnte.

Rüdiger schlug nun einen etwas würdigeren Ton an. Ihm blieb nicht verborgen, dass Doris sich über seine Bemerkung ärgerte. »Eigentlich möchte ich zu einem Herrn Larsen.«

Verunsichert schluckte Walter einen dicken Kloß hinunter, während Doris wie gewohnt Haltung behielt und auf ihn deutete.

»Herr Larsen, unser Chefinformatiker.«

»Chefinformatiker«, wiederholte Rüdiger irritiert und blickte Doris streng an, »sagtest du nicht, er sei dein Nachbar?«

»Ist es so ungewöhnlich, einen Kollegen zum Nachbarn zu haben?«, konterte Doris.

»Nein, das soll es geben«, antwortete Rüdiger, wobei leichte Eifersucht bei ihm aufflammte, was ihn erwog, eine Erklärung von Doris zu fordern, »ich möchte gerne mit dir reden.«

Walter spürte die Wut, die in Rüdiger brodelte. Die Tatsache, dass er nicht nur ihr Nachbar war, störte den Hünen mit seinem zarten Babyface, auf dem er wohl mit Mamas Ladyshaver dem Flaum zu Leibe rückte.

»Wir haben nichts zu bereden«, gab Doris schnippisch zurück, »wenn du keine geschäftlichen Anliegen hast, dann muss ich dich bitten zu gehen.«

»Okay.« Mit überlegenem Grinsen stemmte Rüdiger seine Hände in die Hosentaschen. »Ich bin der Co-Chef der Hettlauffirma – wäre für euch zum Vorteil, wenn ihr euch etwas netter zeigen würdet.«

Überrascht und reuig sog Walter die Luft ein und überlegte, ob es nun sinnvoll sei, bei Babyface Rüdiger eine Entschuldigung anzubringen, doch Doris kam ihm zuvor.

»Tatsächlich«, entgegnete sie bissig und brachte ihre gesamte Empörung zum Ausdruck, »was erwartest du jetzt, dass ich zu Kreuze krieche?«

»Du könntest dich wenigstens erkenntlich zeigen.«

Doris rutschte ein zynisches Lachen raus, hervorgerufen durch ihre begründeten Zweifel gegen ihn. »Erkenntlich? Du willst doch etwas verkaufen – nicht ich.«

»Du möchtest doch sicher einen guten Preis.« Rüdiger schaute Walter missbilligend an. »Nach allem, was ich mir schon gefallen lassen musste...«

»Du solltest private Ereignisse nicht mit geschäftlichen vermischen«, warf Doris ein, »sollte dir dazu die nötige Objektivität fehlen, dann suchen wir uns einen anderen.« Sie schaute auf ihre Armbanduhr. »Ich gebe dir zwei Minuten, dich zu entscheiden.« Entschlossen marschierte sie aus dem Büro.

Mit betretener Miene schaute Rüdiger seiner Angebeteten hinterher und musste Eingeständnisse einräumen, dass man so das Herz einer Frau nicht gewinnen konnte. Mit rivalisierendem Blick und einem unterdrückten Grollen willigte Rüdiger schließlich ein, mit festem Ziel, Doris für sich zu gewinnen und diesen Walter Larsen abzuschießen.

Für Doris bedeutete Rüdigers Rivalitätsverhalten Walter gegenüber ein Spießrutenlauf. Die Mitarbeiter, die ebenfalls am Wochenende im Bowlingcenter ihren Abend verbrachten, erinnerten sich noch sehr gut an Rüdiger und seine Annäherungen zu Doris, die nun als taktische Affäre eingestuft wurden, soviel konnte Doris am Verhalten ihrer Mitarbeiter ausmachen. Zu ihrem Missfallen lieferte Rüdiger auch noch Bestätigung. Mit jeder seiner Blicke, die er Doris zuwarf, teilte er unverhohlen sein Begehren mit, was er mit gelegentlichen Tätscheleien unterstrich. Ihre deutliche Gegenwehr spornte ihn dabei an, betrachtete es als dieses typische Zieren einer Frau, die erobert werden wollte.

An diesem Nachmittag wusste nur Walter, wie es wirklich zwischen den beiden aussah, was er einerseits mit Wohlwollen aufnahm, dass seine Chefin doch mehr Geschmack bewies, als er vermutete und andererseits genoss er, wie sie öffentlich in die Kritik geriet und wie ihr Sauberfrau-Image erneut einen heftigen Schuss vor den Bug erhielt.

Um dieser Schmach ein zeitiges Ende zu bereiten, verzichtete Doris auf Pausen, sehr zum Leidwesen von Rüdiger, der mehrmals verlauten ließ, dass er dringend eine Pause benötigte, wobei seine Absicht darin lag, diese mit Doris alleine zu verbringen. Und erstaunlicherweise erhielt sie von ihrem Mitarbeiter Schützenhilfe.

»Frau Westermann hat Recht«, bekräftigte Walter ihren Einwand, »eine Pause bringt uns doch nur aus dem Rhythmus und außerdem möchte ich heute pünktlich Feierabend machen.« Er drückte Rüdiger seine Unterlagen in die Hand. »Ich denke, es ist sinnvoller, wenn Sie die Unterlagen studieren, ich kenne sie schon.« Er grinste Rüdiger dabei unverschämt an und genoss, wie er litt, dass ihm so jegliche Möglichkeit genommen wurde Doris anzugrabschen.

Nach einem kurzen Gespräch auf einen der Gänge, gelang es Doris endlich ein Ende der Begehung zu finden, ohne dass Rüdiger sie nochmals bedrängen konnte, was Walter geschickt unterband, der unverfroren wie eine Wand zwischen den beiden stand und schließlich verkündete, dass Herrenberg noch auf Rapport wartete, was Doris allerdings ein wenig Magenschmerzen bereitete. Das Gerede, welches den ganzen Tag die Runde drehte, dürfte mittlerweile die Chefetage erreicht haben und sie somit einen Rechenschaftsbericht abliefern durfte. Darüber hinaus sah sie sich schon als Opfer in den Netzwerken.

Mit einer plausiblen Erklärung, die sich Doris auf dem Weg ins Büro zurechtgelegt hatte, betrat sie gemeinsam mit Walter das Büro. Leider kam alles ganz anders als geplant.

Wie ein Tiger lief Herrenberg bereits vor Doris' Schreibtisch hin und her und grollte fortwährend herum. Karin betrachtete ihn dabei besorgt, weil sie nur zu genau wusste, was bevorstand.

Doris scheute abrupt zurück, als sie Herrenberg erblickte. Dass er schon im Vorzimmer auf sie lauerte, hatte sie nicht vorausgeahnt und auch nicht, dass er sie sogleich anschrie.

»Was ist das für ein Gerede?«, brüllte Herrenberg Doris entgegen.

Eingeschüchtert stockte ihr der Atem, was Herrenberg gleich nutzte sie weiter zu traktieren.

»Was läuft da zwischen Ihnen und diesem Wenders?«

Von Ungerechtigkeit getrieben konterte Doris. »Nichts«, schmetterte sie seinen Vorwurf ab.

»Ach!«, wütete er weiter, »dann waren Sie also nicht mit ihm aus?«

»Doch«, entgegnete Doris geständig, »ich habe ihn zufällig beim Bowlen kennen gelernt.« Sie warf Walter einen besorgten Blick zu, der ihn ebenbürtig erwiderte. Hoffentlich wusste Herrenberg nichts von seiner rüden Attacke gegen Doris und Rüdiger.

Herrenberg grunzte abfällig. »Kennen gelernt? Sie haben mit ihm rumgemacht!«, hielt er ihr vor.

Pikiert schnappte Doris nach Luft. »Das stimmt nicht«, stritt sie ab.

»Es gibt genug Leute, die Sie gesehen haben«, fuhr er fort und konnte nur unter Zwang seine Beherrschung bewahren. Er atmete tief durch und fand ein wenig Beruhigung. »Sie wissen, ich schätze es nicht, wenn jemand mit Geschäftspartnern anbändelt, um einen guten Abschluss zu erzielen.« Er schaute seine Sekretärin mahnend an. »Werden Sie mir nicht zur Wiederholungstäterin. Ihr Auftritt in Düsseldorf hat mir gereicht.«

Verzückt schob Walter seine Brauen hoch. Hoppla, sollte hinter Doris' zugeknöpftem Outfit tatsächlich ein Vamp schlummern, der reihenweise mit seinen Reizen seine Geschäfte ins Rollen brachte? Erstaunlich, dass davon nie etwas in die Öffentlichkeit drang. Herrenberg schien dies geschickt vereiteln zu können. Nur merkwürdig, dass er es bei ihr duldete.

Empört und verletzt nahm Doris ihre Verteidigungshaltung ein. »Ich habe mit Wenders nicht angebändelt – und auch mit niemand anderem«, wies sie den Vorwurf von sich, »es war reiner Zufall, dass wir uns kennen gelernt haben und ich schwöre, ich habe nicht gewusst, dass er zu der Firma Hettlauf gehört.«

Herrenberg hielt plötzlich inne, weil er von Karin ein klares Räuspern vernahm, dass ihn mahnte, seine Sekretärin vor Angestellten nicht so vorzuführen und so zeigte er bestimmt und immer noch aufgebracht auf Walter und fuhr ihn an. »Jetzt zu Ihnen!«

Eingeschüchtert und verwirrt zog Walter seinen Kopf ein und musste sich schon sehr wundern, wie forsch Herrenberg einen verbalen Angriff führen konnte. Seine rhetorische Schwäche schien heute wie abgeschaltet. Irritiert, ob Herrenberg Kenntnisse besaß wegen dem Vorfall im Bowlingcenter, blies er ratlos seine Wangen auf und entschied, seine Pokerface-Tour weiter auszubauen und legte seine Antwort auf die Ortsbegehung, um nichts Falsches vorzugreifen.

Doris erging es ähnlich. Sollte Herrenberg heute auch noch von den anderen Vorfällen im Bowlingcenter erfahren haben, so würden jetzt Konsequenzen folgen, die sie mit ausbaden durfte.

»Nun«, fing Walter forsch an, »Herr Wenders wird schnellst möglich einen genauen Kostenüberblick liefern.«

»Gut«, bemerkte Herrenberg zufrieden und stellte keine weiteren Fragen, konnte aber einen Nachsatz mit einer anklagenden Geste, die Doris galt, nicht zurückhalten, »Finger weg von Wenders«, rief er ihr mahnend zu,

»ich möchte nicht noch mehr Gerede. Eine Schlagzeile reicht.« Mit diesen Worten stapfte Herrenberg in sein Büro und knallte die Tür heftig zu.

Gleichermaßen erleichtert aber auch in ihrem Ehrgefühl verletzt, sackte Doris kaum merklich zusammen. Diese unberechtigten Vorwürfe ärgerten sie, ebenfalls dieses unverschämte Glück, welches Walter genoss; und sie hatte es auch noch vereitelt. Während ihr ein Ruf als Geschäftsschlampe zuteilwurde, stand er als Mister Saubermann da. Sie bemerkte, wie Walter und Karin bedeutsame Blicke tauschten, die eine gewisse Genugtuung bei Walter signalisierten, bei Karin hingegen leichtes Entsetzen, was Doris zu einer Bemerkung verleitete. Fuchsig schaute sie Walter an. »Fühlen Sie sich bloß nicht zu sicher«, fauchte sie ihm entgegen und schwang ihren Blick zu Karin rüber, »und du solltest nicht glauben, was Herrenberg so alles behauptet.« Schnaubend stapfte sie an ihren Schreibtisch, während Walter schleunigst das Weite suchte. Ihre drohenden Worte nahm er für sehr ernst, was ihn zu einer Entscheidung kommen ließ, die er aber noch buchhalterisch prüfen musste.

Prustend ließ sich Doris auf ihren Sessel fallen. »Scheiße«, presste sie wütend hervor.

»Nu reg dich doch nicht so auf«, redete Karin beschwichtigend auf sie ein. Herrenbergs Behauptung hatte sie längst als haltlos abgehakt. »Ich kenne dich gut genug, um zu wissen, wie ich dich einzuschätzen habe.«

Erregt fuhr Doris' Arm aus. »Ja du, aber die anderen halten mich für eine Firmenschlampe.« Sie wurde von ihrem Handy unterbrochen, das eine Nachricht signalisierte. Genervt zog Doris es aus ihrem Blazer und betrachtete das Display, was eine Nachricht von ihrer Mutter aufzeigte. Sofort riss Doris eine Schublade auf und versenkte dort das elektronische Gerät, ohne die Nachricht zu öffnen, weil sie wusste, was sie beinhaltete.

Gerda wartete schon ungeduldig auf ihre Tochter. Die Begebenheiten der vergangenen Woche lasteten sehr auf ihrem Gemüt. Diese hätte sie gerne mit Doris besprochen. Und entsprechend nahm sie ihre Tochter auch in Empfang. Noch bevor Doris ihre Nichte begrüßen konnte, schob Gerda sie ins Büro und riegelte ab, um unliebsamen Besuchern den Zutritt zu verweigern. Nur zu gut wusste Doris um die Bedeutung dieser Handlung.

Ihre Arme in die Hüften gestemmt stand Gerda wütend vor ihrer Tochter. »Kannst du mir mal sagen, was das für ein Gerede im Dorf ist?«, wütete sie und zog hastig einen Zeitungsartikel vom Schreibtisch, den sie dort zurechtgelegt hatte, »reicht dir diese Schlagzeile noch nicht?« Sie hielt Doris die zerfledderte Zeitung vors Gesicht, die sie schon mehr als nur einmal durch die Mangel gedreht hatte.

Unter der Last der Vorwürfe sackte Doris zusammen. »Das ist doch nicht meine Schuld«, gab sie zur Erklärung ab, »dieser Azubi hat sich einen Scherz erlaubt.«

»Ach!«, stieß Gerda verständnislos aus, »und du lässt das einfach so über dich ergehen, unternimmst nichts dagegen!«

Doris grollte innerlich. »Reicht es denn nicht, dass dieser junge Mann jetzt auf der Straße steht?«, zischelte sie verteidigend.

Gerda warf die Zeitung auf den Schreibtisch zurück. »Du hättest eine Gegendarstellung bei diesen Schmierfinken erzwingen müssen.«

»Was hätte das schon gebracht?«, konterte Doris, »du weißt doch, wie die das auslegen.«

Aufgeregt und rastlos wanderten Gerdas Blicke umher. »Und was ist das für eine Geschichte mit diesem Computerfritzen, die durch die sozialen Medien geht?«, hielt sie ihr als nächstes vor, »Frau Vock hat mir erzählt, dass die ganze Firma über dich und diesen Kerl redet, und im Dorf bist du auch Gesprächsthema Nummer eins.«

Genervt stöhnte Doris über die endlosen Vorwürfe. Langsam ließ sie sich mit ihrem Po gegen den Schreibtisch fallen.

»Ich erwarte eine Antwort!«, drängte Gerda ungeduldig.

Verärgert über Vocks lasterhafte Klappe, suchte Doris nach Worten, die sie entlasteten. Frau Vock besaß ein haltloses Mundwerk mit großem Hang zum Übertreiben. Herrenberg benutzte sie als betriebseigenen Spion, und als Chefin der Telefonzentrale besaß sie sogar noch die Möglichkeit, Telefonate mitzuhören und konnte so ihre Hobbyspionage bis ins kleinste Detail ausüben, wobei sie so etwas wie einen Spionagering aufgebaut hatte, von dem niemand so genau wusste, wer dort alles als Verbündeter mit fungierte, und das mit dem Segen vom Chef. Da Vock seit einiger Zeit ihre Autos bei Doris' Eltern kaufte, glaubte sie auch noch das Anrecht zu besitzen, sich als gute Freundin des Hauses Westermann zu bezeichnen zu dürfen. Wie Doris diese Person hasste. Bisher gelang es ihr immer ihrem Lästermaul zu entkommen, ließ sich nie etwas zu Schulden kommen und jetzt das.

»Ja, es wird viel über mich geredet«, gab Doris fuchsig zu, »aber es ist nicht so, wie man sagt.« Ratlos schob sie ihre Schultern hoch. »Dieser Computerfritze, wie du ihn nennst, hat Bettina zum Bowling mitgebracht und jetzt stellte sich heraus, dass er der Co-Chef der Computerzulieferfirma ist. Alles andere ist zusammengesponnen, was die Leute reden.«

»Und das soll ich glauben?«, entgegnete Gerda misstrauisch.

Empört rang Doris nach Luft. »Wieso misstraust du mir?«

»Muss ich dich an deine Schulzeit erinnern?«

Doris schluckte hart. »Mein Gott, das ist 100 Jahre her, kein Mensch erinnert sich noch daran.«

Gerda schaute sie verbittert an und tippte sich auf die Brust. »Ich«, presste sie eindringlich hervor, »habe es mir gemerkt, und ich möchte diese Skandale nicht noch mal erleben«, drohte sie, »zur Strafe wirst du mir morgen bei der Buchhaltung helfen.«

Gereizt stieß Doris Luft aus. »Ich bin keine 16 mehr«, wehrte sie sich gegen diese Bestrafung.

Gerda hielt inne. Ihre Bestrafung befand sie plötzlich selber als sehr töricht. Sie konnte ihre Tochter nicht mehr maßregeln wie eine dumme Göre.

Ihr Schweigen nutzte Doris zur Verteidigung. »Glaubst du allen Ernstes, ich lege es auf diese Skandale an?«

»Nein, natürlich nicht«, lenkte Gerda ein, »es ist bloß nur sehr schwer zu ertragen.« Sie schwenkte ihren Blick auf den Stapel mit Unterlagen auf dem Schreibtisch, der fast zu kippen drohte. »Ich könnte aber wirklich deine Hilfe brauchen.«

Gemeinsam mit Corinna schlenderte Doris ihren Aufgang zum Haus hinauf. Die Sonne stand schon sehr tief und färbte die Bungalowsiedlung goldgelb ein.

»Unternehmen wir noch was?«, strotzte Corinna voller Tatendrang und schaute Doris erwartungsvoll von der Seite an.

Normalerweise wäre Doris ihrer Bitte gerne nachgekommen, aber wenn man wirklich so gesprächshungrig das Maul über sie zerriss, verspürte sie nicht unbedingt das Bedürfnis nach Völkernähe. »Nein«, lehnte sie ab und spielte die Erschöpfte, »mir ist heute nicht danach, lass uns morgen irgendwas unternehmen.«

Trotzig stieß Corinna Luft aus. »Ich denke, du bist bei Oma.«

»Ja, aber nur bis elf Uhr«, redete Doris beschwichtigend auf ihre Nichte ein, bog in ihren Eingang ein und öffnete die Tür.

Plötzlich wurde Corinnas Interesse am Nachbarhaus geweckt. Ein Lichtstrahl aus dem WC-Fenster entfachte ihre Neugier. »Wohnt da jetzt jemand?«, forschte sie gleich nach und wagte einen kleinen Schritt zum Nebenhaus und hoffte, einen Namen auf einem Türschild zu finden. Doch Doris zog ihr gleich einen Strich durch die Rechnung. Von der Panik verfolgt, Walter könne jeden Moment aus dem Haus kommen, was sie zwingen würde, vor Corinna die Friedfertige zu spielen, stapfte sie zu ihrer Nichte und zog sie ins Haus.

Aber Corinna wäre nicht Corinna gewesen, hätte sie jetzt aufgegeben. Auskunft fordernd stand sie wenig später in der Diele und beobachtete ihre Tante, die gerade ihre Schuhe ordentlich im Schränkchen verstaute. »Wer sind sie?«, fragte Corinna bestimmend.

Um Corinnas Wissbegier zu stillen, erteilte Doris ihr die Auskunft. Sie würde ohnehin keine Ruhe geben. »Es ist ein Er – und er sieht auch ganz gut aus«, betonte Doris, weil sie wusste, dass Corinna so etwas am meisten interessierte, wobei sie in ihrer Stimme eine gewisse Abneigung seiner Person schwingen ließ.

»Verheiratet?«, forschte Corinna weiter nach.

»Nein«, antwortete Doris und bevor Corinna irgendwelche abtrünnigen Gedanken führen konnte, fuhr sie gleich fort, »aber er kann mich nicht leiden.« Damit beendete sie das Gespräch.

Als Doris am nächsten Morgen das Haus verließ, stellte Corinna schon Überlegungen an, wie sie die einsamen drei Stunden überbrücken konnte, und die zündende Idee ließ nicht lange auf sich warten. Der neue Nachbar ihrer Tante interessierte sie brennend. Wenn er wirklich so gut aussah, wie Doris behauptete, musste sie ihn unbedingt kennen lernen. Durch den sich anbahnenden heißen Sommertag, zog Corinna ihre Shorts an und nur einen knappen Pulli, und wenig später zog sie den Zweitschlüssel vom Schlüsselbrett und marschierte nach draußen. Die Sonne schien schon sehr kräftig und so vermutete sie, dass der neue Nachbar sich mal in seinem Garten zeigte. Unauffällig inspizierend, schlenderte sie an seinem Zaun vorbei und wagte einen Blick in seinen Garten. Die Terrassentür stand offen, was sie hoffen ließ. Um nicht als neugierig zu gelten, wanderte sie noch ein Stück den Feldweg Richtung Park hinauf und schlenderte dann wieder hinunter und tatsächlich sollte ihr Einsatz belohnt werden.

Walter hievte gerade einen Korb voll Wäsche in den Garten, um sie an die Wäschespinne zu hängen, als er ein Mädchen am Zaun erblickte. Da er seiner Mutter sozusagen Arbeitsverbot erteilt hatte, musste er den Haushalt selber bewältigen.

Freundlich grüßte Corinna und bekam glatt einen netten Gruß zurück. Von seinem Antlitz und seiner eindrucksvollen Erscheinung fasziniert ließ sie alle Vorsichtsmaßnahmen außer Acht und stolperte tölpelhaft über ihre eigenen Füße und fiel auf ihre Knie. Ein Schmerz zog sich durch ihren Körper, der sie kurz aufschreien ließ. Auf ihrem Po sitzend und leise wimmernd begutachtete sie ihre Blessuren.

Sofort eilte Walter zu ihr, um ihr zu helfen. Er kniete vor ihr nieder und begutachtete ihre Wunden, die nur auf einem Knie leichte Abschürfungen darstellten. »Na komm«, forderte er sie auf und griff nach ihrem Arm und half ihr auf die Beine, »das ist halb so schlimm«, beruhigte er sie mit der Fürsorge eines Onkel Doktors, führte sie in den Garten und setzte sie auf der Terrasse auf einen Stuhl ab, »ich mach' dir ein Pflaster drauf«, sagte er und verschwand für wenige Sekunden im Haus. Mit einem feuchten Waschlappen und einem großen Pflaster kam er wieder zurück und behandelte die kleine Wunde.

Corinna starrte ihn fortwährend dabei an, als sei sie ihrem Lieblingsstar begegnet. Ihr wurde ganz heiß und mit jeder Sekunde, die verstrich, wurde sie mehr und mehr in seinen Bann gezogen. Als Walter zum das Pflaster auf ihre Wunde gelegt hatte, musste er sie mit Fingerschnippen wieder ins Leben zurückrufen, worauf Corinna zusammenzuckte.

»Alles in Ordnung?«, erkundigte sich Walter fürsorglich und hoffte, dass sie nicht auch noch auf den Kopf gefallen war.

Sie nickte lahm.

»Fein. Kannst du aufstehen?« Walter wartete keine Antwort ab und half ihr auf die Füße.

Corinna belastete ihr Knie kurz und strahlte ihren Retter glücklich an. »Danke«, stieß sie versonnen aus und zerschmolz regelrecht unter seinen Blicken.

»Wie heißt du?«, fragte Walter interessiert.

Immer noch weggetreten starrte sie zu ihm auf. »Corinna«, hauchte sie zart.

»Wohnst du hier in der Nähe?«, stellte Walter ihr eine weitere Frage. Er strebte Überlegungen an, sie in ihrem weggetretenen Zustand besser nach Hause zu bringen.

Aufgeschreckt fuhr Corinna zusammen. »Nein«, antwortete sie spontan, »ich bin nur bei meiner Tante zu Besuch.«

»Und die wohnt hier?«

Corinna nickte. »Ja«, dann wurde sie nachdenklich und peilte aus ihren Augenwinkeln heraus Doris' Haus an, »na ja, sie wohnt nicht direkt hier«, benutzte sie eine Notlüge. Sie wollte auf gar keinen Fall riskieren, dass er sie im hohen Bogen vor die Tür setzte, ließe sie ihn wissen, dass Doris Westermann ihre Tante ist.

Walter schaute das Mädchen besorgt an. »Wie heißt sie denn?«, fragte er nach, für den Fall dass er sie doch nach Hause bringen musste.

Corinna überlegte kurz. »Constanze – Constanze Wiegel.«

»Wiegel«, murmelte Walter, überlegte, woher er den Namen kannte, gab es aber auf, »sagt mir nichts. Kannst du alleine gehen?«

Die Göre nickte. »Ja, tut gar nicht weh«, sagte sie und fixierte den vollen Wäschekorb, »kann ich Ihnen helfen?« Erwartungsvoll hoffte sie, dass der neue Nachbar jetzt auf ihr Angebot einging und sie so noch etwas Gelegenheit erhielt, in seiner Nähe bleiben zu dürfen, doch der lachte nur amüsiert über ihre Kühnheit.

»Kennst du dich denn damit aus?«, nahm er sie nicht ernst.

»Natürlich«, antwortete Corinna leicht eingeschnappt und stellte ihr Talent sogleich unter Beweis.

Walter wehrte sich nicht weiter und ließ sie gewähren. Schnell schloss Corinna in ihrer unkomplizierten Art Freundschaft mit ihm und durfte ihn sogar duzen. Ihre unbeschwerte Art gefiel Walter. Trotz ihres jungen Alters strahlte sie schon ziemliche Reife aus.

Als das letzte Stück Wäsche im Wind wehte, schaute Corinna Walter erwartungsvoll an, der sofort verstand. Für ihre Arbeit war nun ein kleiner Dank fällig.

»Womit kann ich dir denn eine Freude machen?«, fragte er sie.

Ohne lange nachdenken zu müssen sagte sie: »Du könntest mich zum Eis einladen.« Sie deutete auf den Park. »Hier im Park ist ein italienisches Restaurant mit Eisdiele.«

Nur unter einer Bedingung willigte Walter ein. Sie musste ihrer Tante Bescheid geben, um zu verhindern, dass ihm etwas Unzüchtiges angehängt werden konnte. Nach kurzem Überlegen ging Corinna auf seine Bedingung ein und wandte dabei eine kleine List an, um nicht aufzufliegen. Ungehemmt zog sie ihr Handy aus den Shorts hervor und tippte darauf herum.

Wie eine Gefängnismauer ragten die Papiere auf dem Schreibtisch in die Höhe und versperrten Doris die Sicht. Als das Telefon klingelte, musste sie um den Schreibtisch herumlaufen, um daran zu gelangen. »Autohaus Wiegel«, meldete sie sich.

»Hallo Tantchen!«, dröhnte ihr eine vertraute Stimme entgegen. Verstört starrte Doris den Hörer an. Was war denn das für eine Bezeichnung?

»Corinna?«, horchte Doris verwirrt nach und legte sogleich den Hörer wieder ans Ohr, um die Pointe nicht zu verpassen.

»Ja, ich bin's«, hörte sie Corinna sagen, die gleich fortfuhr um keine Zeit zu verlieren, »ich wollte dir nur Bescheid geben, dass ich mit einem Nachbarn in den Park ein Eis essen gehe, ich komme danach in die Werkstatt. Tschüüß!«

»Corinna! Welcher...« Doris konnte ihre Frage nicht mehr an ihre Nichte richten, weil diese das Gespräch einfach beendete und so stellte sie sich mehr selber die Frage: »Welcher Nachbar?« In ihrer Fürsorge durch-stöberte sie sofort das Telefonverzeichnis des Apparates und rief zurück. Doch nur die monotone Digitalstimme erklärte, dass der gewünschte

Teilnehmer nicht erreichbar ist. Voller Sorge versuchte Doris einen klaren Gedanken zu fassen, überlegte wer dieser Nachbar sein konnte, und wie von einer fixen Idee verfolgt, schloss sie immer wieder auf Walter Larsen. Aber warum sollte er ihre Nichte zum Eis einladen? Aber wenn nicht er, wer konnte dieser Nachbar sein? Von Besorgtheit angefressen sprang Doris entschlossen auf. Sie musste dieser Sache auf den Grund gehen, immerhin trug sie die Verantwortung für Corinna. Ohne weiteres Zögern verließ Doris das Büro, stapfte in das Autohaus und traf auf eine gute Kundin. Doris lief ihr quasi in die Arme.

»Guten Morgen Doris«, grüßte Frau Merian mit fragender Miene, »bist du jetzt wieder hier?«

Doris grüßte Frau Merian höflich zurück. »Nein, ich helfe nur aus«, schob sie zur Erklärung nach und schaute die Stammkundin hektisch an.

Frau Merian, eine seriöse Dame Mitte fünfzig, sehr gebildet und gepflegt, kam schon zu Großvaters Zeiten in die Werkstatt, weil sie mit Doris' Mutter die Schulbank drückte und sozusagen mit ihr groß geworden ist. Seit Gründung des Autohauses kaufte sie auch ihre Neuwagen hier.

»Halte ich dich auf?«, fragte Frau Merian; ihr war die Ruhelosigkeit von Doris aufgefallen.

Nach einer kurzen Denkpause legte Doris die Besorgnis um ihre Nichte ab. Sie konnte sich eigentlich immer auf Corinna verlassen und so räumte sie ihrer Kundin den Vorrang ein. Frau Merian hielt Doris auch nicht lange auf. Sie suchte bloß nach ein paar Prospekten, um sich Geschmack zu holen für ein neues Fahrzeug. Doch die große Tür vom Autohaus war noch nicht ganz zusammengeschoben, da wurde Doris schon wieder von einem unguten Gefühl befallen. Kurz teilte sie ihrer Mutter mit, dass sie in einer dringenden Angelegenheit wegen Corinna in den Park müsse.

»Ist was passiert?«, rief Gerda ihr nach, erhielt aber keine Antwort mehr.

Eilig hastete Doris durch die Stadt und bog schließlich in den Park ein mit festem Ziel; Eisdiele. In ihrer Aufregung vergaß sie völlig, dass sie eigentlich die Öffentlichkeit meiden wollte. Aber die Leute begegneten ihr mit der gewohnten Höflichkeit, so dass Doris unbeirrt des Weges schritt. Als sie die Eisdiele im Park vor Augen hatte, verlangsamte sie ihr Tempo und hielt gezielt Ausschau nach ihrer Nichte. Doch es fehlte jede Spur von ihr. Ratlos drehte sich Doris suchend um ihre eigene Achse, überlegte, welche Richtung Corinna eingeschlagen haben konnte. Dann fiel ihr der Lieblingsort im Park ein, den Corinna gerne aufsuchte. Mit wachsamem Auge durchschritt Doris den Park, schaute in jede Abbiegung. Schließlich gelangte sie an den künstlich angelegten See. Dort fütterte Corinna gerne die Enten und dort gab es auch eine kleine Sitzecke, die mit einer erhöhten Hecke eingesäumt war. Und tatsächlich konnte sie aus der Ferne zwei Personen ausmachen, die auf der Parkbank saßen. Eine Frau kam hinzu, die Doris nicht so recht erkennen konnte und setzte sich dazu, als würde sie beide gut kennen. Verunsichert pirschte sich Doris heran und lauschte, unter Einhaltung aller Sicherheitsmaßnahmen, dem Gespräch, welches die Drei angeregt führten, wobei Doris ihre Nichte deutlich heraushörte, die der Frau erklärte, dass sie ihrem Nachbarn bei der Wäsche geholfen hatte.

»So, du hast Walter bei der Wäsche geholfen«, sagte die Fremde verdutzt, »machst du das öfters für deine Tante?«

Verwirrt und gereizt lauschte Doris dem Gespräch weiter zu.

»Nein«, antwortete Corinna, »für Constanze muss ich das nicht tun. Sie besitzt einen so großen Kleiderschrank, dass sie ohnehin nur einmal im Jahr waschen muss und außerdem kommen die meisten Klamotten eh in die Reinigung, mit Hausarbeit hat sie's ohnehin nicht.«

Doris platzte beinahe vor Wut über Corinnas Geplapper und die Unverfrorenheit, wie sie ihren grässlichen Zweitnamen benutzte, um ihre wahre Identität zu verleugnen. Sie musste ihre Zähne fest zusammenbeißen, um nicht einen lauten Schrei loszulassen.

»Dann kann sie wohl auch nicht kochen«, schloss die Fremde aus dieser Aussage.

»Na ja«, gab Corinna überspitzt von sich, »sie hält sich überwiegend mit Tiefkühlpizza und Mikrowelle über Wasser.«

Mit einer leisen Atemübung holte Doris ihre innere Ruhe zurück, um mit Gelassenheit zum Gegenschlag anzusetzen. Sie freute sich schon auf die entsetzten Gesichter, wenn sie plötzlich vor ihnen stand. Aber zunächst verfolgte sie noch das Gespräch.

»Walter«, sagte die Fremde vertraut und verwirrt, »wer ist denn diese Constanze? Bist du mit ihr befreundet?« Sie klang sehr entsetzt.

»Nein Mama«, entfuhr es Walter, »wie kommst du darauf?«

Mama, wirkte wie ein Stichwort auf Doris. Jetzt würde sie die Bombe platzen lassen und zeigen, wer diese Constanze wirklich war. Mit einem triumphalen Grinsen auf den Lippen wanderte sie um die Hecke herum und stellte sich vor die Drei. »Hallo, ich bin Constanze«, stellte sich Doris vor und griente auf Walter hinab, der geschockt nach Luft schnappte. Seine Mutter beäugte ihn dabei skeptisch. Dann schwenkte Doris ihren Blick auf Corinna, der es nicht gelang, eine Erklärung abzuliefern, warum sie ausgerechnet mit ihrem Nachbarn hier saß, der sie angeblich nicht sonderlich schätzte. Auch Walter verharrte gelähmt vor Schock und so nutzte Doris die allgemeine Verwirrtheit und spielte ihre Rolle weiter. Sie lächelte Corinna dabei heuchlerisch freundlich an.

»Schön, dass du dich mit Walter schon angefreundet hast«, sagte sie im netten Ton und schaute Larsens Mutter kurz an, die bestürzt zu ihr aufschaute. Durch die entsetzten Gemüter ließ sich Doris weiter anspornen und zu einer unbedachten Handlung hinreißen und setzte noch einen drauf, um ihrem homophilen Kollegen eine Lektion zu erteilen. Sie übertölpelte Walter, beugte sich vor und nahm sein Gesicht in ihre Hände. »Du, Schatz«, sagte sie sanft, »ich kann mich leider nicht aufhalten – ich muss noch in die Reinigung und in den Supermarkt – die Tiefkühlpizza ist dort im Angebot, ach ja, und der Hund muss auch noch zur Pediküre.« Nach diesem überkandidelten Satz drückte sie ihm einen lauten Kuss auf die Lippen und zuckte selbst ermahnend zusammen. Was stellte sie da nur an? Aber im nächsten Moment spielte sie ihre boshafte Rolle einfach weiter, überspielte ihre Verlegenheit und tätschelte liebevoll Walters Wangen. »Bis später, Liebling.« Dann packte sie ihre Nichte am Arm und zog sie blitzschnell hinter die Hecke und wanderte den Weg entlang.

Walters Verstörtheit erreichte nach diesem Kuss seinen Höhepunkt, wobei ihm sein Körper einen Streich spielte. Wie gelähmt konnte er seiner Chefin nur noch nachschauen, wie sie mit ihrer Nichte die Flucht ergriff. Die Geschehnisse konnte er kaum realisieren, die ihm und auch Doris erheblichen Erklärungsbedarf bescherten, wenn das an die Öffentlichkeit geriete. Auf so etwas konnte er gut verzichten. Seine Chefin musste einen Kurzschluss in ihren Gehirnwindungen erhalten haben, anders konnte er sich ihr Verhalten nicht erklären.

»Das ist ja wohl nicht dein Ernst«, fauchte Maria und durchbrach damit seine Gedanken, »das ist doch keine Frau für dich!«

Entrüstet scheute Walter zurück. »Sie ist nicht meine Freundin.«

»Ach, dann hast du sie also nicht geküsst«, entgegnete sie scharf.

»Nein«, entfuhr es Walter erregt, über diese böse Anschuldigung, »sie hat mich geküsst!«

Aufgebracht sprang Maria auf. »Nicht?«, stieß sie ungläubig aus, »und warum hast du dir noch die Zeit genommen, deine Lippen anzufeuchten?«

»Ich habe nicht…« Er brach den Satz ab. An der Mimik seiner Mutter konnte Walter klar erkennen, dass sie darauf beharrte und wahrscheinlich stimmte es sogar. »Na schön«, gab er klein bei, »dann habe ich meine Lippen befeuchtet, es war ein Reflex«, entschuldigte er seine Reaktion.

Fassungslos erhob seine Mutter ihre Arme und wandte sich ab und lief ein paar Schritte Richtung See. »Es soll mir ja egal sein, aber ich warne dich, sie ist Linkshänderin«, sagte sie im Weggehen und lief am See entlang.

Die Abneigung seiner Mutter gegen Linkshänder, von der Walter wusste, ließ ihn erschöpft ausatmen, weil er diese Meinung als sehr vorurteilsvoll betrachtete. Obwohl, auf Doris passte es ohne Zweifel, befand er, aber woran seine Mutter erkannt haben wollte, dass sie zu dieser Menschengruppe gehörte, konnte er jetzt nicht nachvollziehen.

Walter sprang auf und warf einen kontrollierten Blick über die Hecke. Seine Chefin wanderte mit ihrer missratenen Nichte den Weg entlang, und sie schien nicht gerade freundliche Worte für das Mädel übrig zu haben. Schnell eilte er dann seiner Mutter nach. Für ihn bedurfte es an Erklärung, was sie hier wollte. Mehr als einmal hatte er ihr erklärt, dass er es nicht gerne sah, wenn sie sich in seiner Nähe aufhielt. »Hör zu«, redete er auf seine Mutter ein, als er sie eingeholt hatte, »diese Frau ist bloß eine Nachbarin, die mich nicht sonderlich leiden kann. Deswegen hat sie dieses Theater abgezogen - und außerdem habe ich dir gesagt, dass du dich hier nicht aufhalten sollst.«

Hastig wandte sich Maria ihrem Sohn zu. Erst jetzt riefen sich wieder seine ermahnenden Worte in ihr Gedächtnis, die auf guten Gründen beruhten. »Entschuldige, aber ich wollte nur ein wenig spazieren gehen.«

Walter verzichtete, ihr nochmals die Gründe zu erläutern und wurde plötzlich von einem kleinen weißen Pudel abgelenkt, der an Marias Beinen hochsprang.

»Tobi«, stieß Maria erfreut aus und tätschelte dem kleinen Tier den Kopf.

Verdutzt sah Walter auf diesen Hund nieder. »Du kennst diesen Köter?«

Ungeachtet seiner bösen Bezeichnung für das Tier, ging Maria in die Hocke. »Natürlich«, sagte sie liebevoll, nahm den Kopf des Hundes in ihre Hände, »du bist doch ein ganz Süßer, nicht wahr?«, sagte sie glücklich und knuddelte das Tier, als sei es einer ihrer Enkelkinder.

»Hallo Maria«, ertönte plötzlich eine abgehetzte Männerstimme, »er ist mir einfach davongelaufen, als er dich gesehen hat«, erklärte er, wobei seine Blicke an Walter hängen blieben.

»Tag«, grüßte Walter knapp und versuchte diesen älteren Herrn einzuordnen, aber so sehr er sich auch bemühte, er konnte diesen weißhaarigen Kerl keiner Ahnengalerie zuteilen.

Höflich reichte ihm der große Unbekannte die Hand. »Albert«, stellte er sich in vornehmer Manier vor und hielt Maria hilfreich seine Hand hin.

Warmherzig lächelte Maria zu dem älteren Herrn auf und benutzte seinen hilfreichen Arm als Rettungsanker. Von da an war der kleine Hund nur noch Nebensache, welcher schwanzwedelnd zum See hinunter tapste.

Skeptisch beäugte Walter die beiden Turteltauben, worauf Maria eine kurze Erklärung abgab.

»Das ist mein Sohn Walter«, stellte sie ihn vor.

»Oh«, stieß der Alte angenehm überrascht aus, »ich bin ein sehr guter Bekannter Ihrer Mutter.«

»Seit wann?«, brachte Walter nur noch verstört heraus.

»Wir sind uns begegnet, als du mir deine neue Wohnung gezeigt hast«, erklärte Maria, was diesem alten Herrn die Verlegenheit in die Glieder fahren ließ.

»Ich muss Ihnen wohl gestehen«, setzte er zu einer Erklärung an, »dass ich Ihre Mutter angefahren habe...«

»Was?«, unterbrach Walter ihn aufgeregt, »davon weiß ich ja gar nichts.«
Maria legte besänftigend ihre Hand auf Walters Schulter. »Es war meine
Schuld«, verteidigte sie diesen Albert, »ich bin ihm vor den Wagen
gerannt.« Sie himmelte Albert an. »Es ist ja nichts weiter passiert«,
bagatellisierte Maria und hatte von da an nur noch Augen für ihn. Ließ
ihren Sohn völlig außer Acht. »Wir telefonieren«, fügte sie abwesend
hinzu.

Albert reichte Walter die Hand. »Ich hoffe, wir sehen uns bald wieder.«

Verlassen stierte Walter den Beiden nach. Er konnte kaum glauben, was
dieser alte Lüstling mit seiner Mutter angestellt hatte. Sie benahm sich wie
ein Teenager.

Unterdessen schimpfte Doris mit ihrer Nichte, die durch ihre Lügen-
aktion den Weg bereitet hatte zu ihrer Kurzschlusshandlung. »Tu das ja
nie wieder!«, fauchte sie Corinna von der Seite an, »was hast du dir
eigentlich dabei gedacht, ihn anzulügen?«

»Ich bin gestürzt«, entgegnete Corinna und zog vorsichtshalber ihren
Kopf in Deckung, »und Walter hat mir geholfen – ich hatte Angst, ihm zu
sagen, wer ich wirklich bin.«

»Ach ja?« Hastig stoppte Doris ab und blickte Corinna wütend an. Die
schluckte hart. »Und dann machst du ihm die Wäsche?«

Über sich selber überrascht, zuckte Corinna mit der Schulter. »Ich finde
Walter nett.«

»Ach tatsächlich«, entfuhr Doris wütend, »wie lange, glaubst du, hättest
du ihm verschweigen können, dass ich deine Tante bin?«, schimpfte sie,
»und dieses Gequatsche über mich hättest du dir allerdings ersparen
können«, wetterte Doris weiter, »und hör auf, ihn Walter zu nennen!«

Corinna atmete mutig durch und setzte zum Konter an. »Ich weiß gar
nicht, wer hier in Wirklichkeit wen nicht mag – er ist doch ganz nett.«

Doris wollte gerade explodieren als sie die besorgte Stimme von ihrer
Mutter vernahm, die wie aus dem Nichts plötzlich neben ihnen stand.

»Was ist denn los?«, verlangte Gerda Berichterstattung, warum Doris so
eifrig wütete.

Ertappt zuckte Doris zusammen und warf einen hektischen Blick zur
Hecke, bevor sie antwortete. »Nichts«, sagte sie nur knapp und hoffte,
dass ihre skandalträchtige Szenerie nicht aufflog. Wie nur in aller Welt

konnte sie sich dazu nur hinreißen lassen? Wenn das bekannt würde, nicht auszudenken.

Misstrauisch kniff Gerda ihre Augen zusammen und beäugte ebenfalls die Sitznische, die gerne Anklang bei verliebten Pärchen fand. »Sicher?«, fragte sie unterdessen, »was war denn hinter der Hecke los?«

Ein warnender Blick erfasste Corinna, der ihr suggerierte, kein Wort über das letzte Ereignis auszuplappern. »Wir haben bloß einen Nachbarn getroffen«, spielte Doris die Angelegenheit herunter und fasste ihre Mutter am Arm und führte sie durch den Park, weit weg von dem Tatort.

Als Doris endlich ihre Haustür aufschließen konnte, stieß sie einen befreiten Seufzer aus. Hier in ihren vier Wänden konnte sie sich in Sicherheit wägen und blieb vor unangenehmen Situationen verschont. Als erstes suchte sie ihr Schlafzimmer auf, um in etwas Bequemeres zu schlüpfen. Sie stand gerade in Unterwäsche vor dem Kleiderschrank, als Corinna rein platzte.

»Sag mal, kennst du einen Rüdiger?«, wollte sie wissen.

Aufgerüttelt wirbelte Doris herum und schaute zu ihrer Nichte. »Ja, wieso?«, gab sie zögerlich zu.

»Der steht vor der Tür«, sagte sie gelangweilt, »soll ich ihn rein lassen?«

»Nein«, antwortete Doris spontan. Sie wollte ihn nicht sehen, überhaupt reichte ihr der Bedarf an Männern und so zog Corinna wieder ab. Doch dann entschied sie anders, weil ihr der Kostenvoranschlag in den Sinn kam, da schien es ihr angemessener, die Angelegenheit clever zu lösen. »Corinna!«, rief sie ihrer Nichte nach, »lass ihn rein.«

»Jahh«, stöhnte sie lahm, »du weißt auch nicht, was du willst.«

Schnell huschte Doris in eine Jeans, schlüpfte in eine luftige Bluse und eilte durch den Flur in den Wohnbereich, wobei sie ihre Bluse noch zurecht zog und vor dem Spiegel im Gang kurz durch ihre Haare wuselte, die etwas durcheinander geraten waren. Mit einem gespielten Sonntagslächeln schlenderte sie dann Rüdiger entgegen, der vor dem Küchentresen im Essbereich stand und geduldig wartete.

Glücklich strahlte Rüdiger Doris entgegen. Ihre fröhliche Art, die sie ihm entgegenbrachte, erfüllte ihn mit Hoffnung.

»Was führt dich zu mir?«, stellte Doris eine höfliche Frage, dessen Antwort sie eigentlich wusste, und nur dank ihrer Beherrschung konnte sie ihr aufgesetztes Lächeln beibehalten. Sie schätzte es nicht sonderlich, wenn man ihr spontan zu Leibe rückte und schon gar nicht, wenn jemand nicht verstand, Privatleben mit dem Geschäftlichen auseinanderzuhalten. »Ich wollte mal nachhören, ob du mit mir essen gehst?«, säuselte er ihr entgegen.

Doris wandte sich um und schaute zu Corinna rüber, die flegelhaft auf dem Sofa herumlungerte. »Na ja, wie du siehst, bin ich nicht alleine«, sagte sie und hoffte, Rüdiger akzeptierte ihre Ausrede.

»Hast du denn keine Eltern, wo sie mal bleiben kann?«, schlug er vor und lächelte überlegen, »außerdem scheint mir, sie braucht dich nicht.«

Ernüchtert schaute Doris den Quälgeist an. »Nein«, gab sie ihm klar zu verstehen und bereute bereits jetzt schon, ihn rein gelassen zu haben, und wandte eine neue Strategie an, »Herrenberg schätzt es nicht sonderlich, wenn ich mich mit Vertragspartnern einlasse.«

Ungläubig grinste Rüdiger. »Du lässt dir doch wohl nicht vorschreiben, in wen du dich verlieben darfst?«

Na schön, dachte Doris und rückte nun mit ihren wahren Beweggründen heraus. »Ich habe kein Interesse.«

Rüdiger griff nach Doris' Hand, setzte sich auf einen der Barhocker vorm Tresen und zog sie zwischen seine Beine. »Gib uns eine Chance«, flüsterte er, wollte vor Corinna keine laute Diskussion führen, »ich weiß, was mit dir los ist.«

Entrüstet scheute Doris zurück. »Was weißt du?«

Rüdiger lugte an Doris vorbei und beäugte Corinna kurz und überlegte, ob es sinnvoll sei, vor ihren Ohren darüber zu sprechen. Dann fuhr er im gedämpften Tonfall fort. »Na ja, von deinem Unfall – und dass du keine Kinder bekommen kannst – und von deinen gescheiterten Beziehungen – und dass du seither traumatisiert bist.«

Entsetzt riss Doris ihre Augen auf. »Wer hat dir das denn erzählt?«, presste sie gedämpft im scharfen Tonfall hervor.

»Bettina.«

Bestürzt blies Doris ihre Wangen auf. Wie konnte Bettina so mit ihrem Gebrechen hausieren gehen? »Wie kann sie nur?«

Schnell griff Rüdiger nach ihrer zweiten Hand und sah sie eindringlich an. »Beruhige dich, sie möchte dir doch nur helfen.«

»Helfen?« Doris schnappte erregt nach Luft.

Rüdiger lachte. »Ich bin die beste Therapie für dich.«

»Ich brauche keine Therapie«, lehnte Doris im gedrückten Tonfall ab, was Rüdiger nicht hinderte, einfach seine Hände um ihr Gesicht zu legen und zu küssen. Für einen Moment gab sie seiner Leidenschaft nach, was Rüdiger schon hoffen ließ, doch dann schlugen Doris' Alarmglocken an. Mit vorgespieltem Glücksempfinden lächelte sie ihn an und schnappte nach Luft. So konnte sie etwas Abstand von ihm gewinnen.

Als sie so nach Luft japste, glaubte Rüdiger schon, ihr Herz gewonnen zu haben und lächelte triumphierend zurück. »Siehst du, deine Theorie stimmt – Frau Diplom-Küsserin – ein Kuss kann Emotionen auslösen.«

Das reichte Doris. Bettina hatte anscheinend ihr ganzes Leben offenbart, und er glaubte diese gewonnenen Erkenntnisse zu seinem Vorteil ausschlachten zu können, aber da spielte Doris nicht mit. Mit vorgetäuschter Friedfertigkeit lächelte sie und spielte die Verlegene. Geschickt bedeutete sie ihm ihr zu folgen und so erhob er sich in seiner vollen Größe und schlenderte Doris durch die Garderobe nach, dort warf sie einen verstohlenen Blick ins Wohnzimmer. »Heute ist schlecht«, redete sie beschwichtigend auf ihn ein, öffnete die Tür und stellte diesen Riesen in Position, lächelte dabei.

Hoffnungsbeladen himmelte Rüdiger seine Angebetete an, die ihn in guter Hoffnung hielt. Vorgebeugt spitzte er seine Lippen. »Sag mir wann?«, schmachtete er und erhielt tatsächlich noch einen Kuss bevor Doris ihm den Todesstoß versetzte und ihn weg schubste, so dass er rückwärts taumelnd auf dem Hosenboden landete.

»Nie«, wütete Doris und warf die Tür zu.

»Doris!«, rief Rüdiger ihr nach, doch die überhörte ihn und kehrte unbeirrt ins Wohnzimmer zurück, wo sie gleich von Corinna wissbegierig angeschaut wurde.

»Was meinte er eigentlich mit Diplom-Küsserin?«

Mist, fluchte Doris gedanklich, dass Corinnas Ohren mehr aufnehmen konnten, als ein hochwertiges Richtmikrophon. Kurz überlegte sie, ob sie diesen Teil ihrer Vergangenheit offenlegen sollte.

Der Spitzname Diplom-Küsserin beruhte auf einem wissenschaftlichen Experiment, der ihr in der neunten Klasse zugeteilt wurde. Ihre Freundinnen und sie waren nichts weiter als ein Haufen dummer Gören mit einer bezeichnenden Schafskopfnaivität ausstaffiert. Da konnte selbst die Tatsache nicht drüber hinwegtäuschen, dass sie zerrissene Jeans trugen und coole Sprüche los ließen, die ihre Eltern an den Rand des Wahnsinns trieben. Auch das Schmökern in Jugendzeitschriften half da nicht weiter, es wurde jedoch Neugier geweckt. Besonderes Interesse galt einem Artikel übers Küssen, aber niemand konnte genau nachvollziehen, was wirklich passierte, wenn man es gerade ausübte. Also was lag da näher, als es selber mal zu testen. Gründlich suchten die Mädels einen Jungen aus, den sie für ihr Experiment brauchten. Die Wahl fiel auf Axel. Er war der tollste Junge auf der Schule. Er wirkte trotz seiner erst 14 Jahren schon sehr erwachsen, und obwohl ihm die Mädels zu Füßen lagen, hatte er selber auch nicht die geringste Ahnung, teilte aber dieselbe Neugier. Da Doris als einzige gerade Zähne besaß und keine Spange trug, wählte Axel sie als seine Partnerin aus. Als Anschauungsobjekt postierte sich Doris mit Axel in einer abgelegenen Ecke des Schulgeländes, umringt von ihren Freundinnen. Sie umarmten sich zärtlich, so wie in den billigen Liebesfilmen und pressten ihre Lippen aufeinander und berührten zaghaft ihre Zungen. Für Doris ein unvergessliches Erlebnis, an dem sie noch lange zu kauen hatte. Plötzlich nahm sie ein Gekreische wahr und fast im selben Moment wurden sie von einer Lehrerin auseinandergerissen. Wenig später standen Doris und Axel im Rektorzimmer.

Rektor Hasenkamp flößte trotz seiner zierlichen Erscheinung seinem Gegenüber mächtigen Respekt ein und kannte bei Verstößen keine Gnade. Um Axel zu schützen nahm Doris die gesamte Schuld auf ihre Kappe und schob zur Erklärung eine wissenschaftliche Studie vor. Genau dies musste sie dann auch unter Beweis stellen und ein Referat halten. Um zu vermeiden, von der Schule zu fliegen, und dass sie es ernst meinte, ging sie auf den Deal ein. Die ganzen Osterferien verbrachte Doris mit diesem Referat. Damit war der Ungezogenheit aber noch nicht genüge Rechnung gezahlt und so wurde Doris von ihrer Mutter unter Arrest gestellt, nachdem sie eine deftige Ohrfeige erhielt. Eine Zeit lang musste Doris immer wieder an Axel denken und hätte alles darum gegeben ihn zu treffen, aber sie durfte nur noch unter Begleitschutz das Haus verlassen. Und so benutzte sie ihr Projekt als Seelentröster. Mit jedem Wort, das Doris schrieb, ließ ihr Kummer nach. Sie schrieb sich alles von der Seele und widmete ein Kapitel ihren Gefühlen: »*Der Kuss als Auslöser von Emotionen*«. Sicher, ein großer Teil des Referats bestand damals aus einer Menge Theorien, aber im Laufe ihres Lebens, fanden ihre Theorien Bestätigung.

Rektor Hasenkamp fing Gefallen an Doris' Referat und so musste sie es der gesamten Schule in der Aula vortragen und irgendjemand aus der zehnten Klasse verpasste ihr dann den Spitznamen. Ihr Liebeskummer flammte erneut auf, als sie Axel mit einer anderen sah und er mit seinen Erfahrungen als Superküsser herum protzte. Die Enttäuschung darüber fraß sie beinahe auf, und um ihren Kummer zu ersticken, legte sie ihre Energie auf den Lernbereich und mauserte sich zur Musterschülerin. Die Methode Liebeskummer mit Arbeit zu bekämpfen, blieb lange Zeit ein alt bewährtes Rezept. Heute hingegen flüchtete sie vor der Liebe, und zum Glück bestand bei Rüdiger keine Gefahr des Rückfalls.

Ungeduldig stand Corinna vor ihrer Tante, ihre Hände in die Hüften gestemmt. »Was ist?«, drängte sie und legte ihren Kopf schief, »ich warte auf deine Erklärung.«

»Ich finde, du wirst dich noch ein paar Jahre in Geduld üben müssen«, entschied Doris.

Zur gewohnten Zeit trafen Doris und Corinna zum sonntäglichen Essen bei ihren Eltern ein. Paul saß im Wintergarten, sein Gesicht hinter dem Käseblatt verborgen, um sich vor den vorlauten Attacken seiner Enkelin zu schützen, und so half Corinna ihrer Oma, gemeinsam mit Doris den Tisch im Esszimmer einzudecken.

»Was habt ihr gestern noch unternommen?«, fragte Gerda so daher, nicht, dass es sie wirklich interessierte, rein um Interesse zu zeigen.

»Nichts besonderes«, erklärte Corinna und warf lässig aus der Hüfte heraus die Servietten auf den Tisch, »Doris hat mit irgend so einem Typ rumgeknutscht.«

Entsetzt ließ Gerda das Besteck fallen. »Der aus dem Park?«, hakte sie forschend nach.

Angespannt hielt Doris die Luft an.

»Nöö, irgend so ein anderer«, plapperte Corinna unbekümmert aus, worauf Doris mit einem todesverachtenden Blick ihrer Mutter bestraft wurde, den Doris grollend an Corinna weitergab.

»Ich glaube, du gehst heute zu Fuß zum Bahnhof«, drohte sie ihrer verräterischen Nichte an.

»Doris!«, herrschte Gerda ihre Tochter an und stapfte wutentbrannt Richtung Küche, »ich hätte dich gerne gesprochen.« Ungeduldig wartete sie an der Tür, die sie für ihre Tochter offen hielt.

Um ihre Mutter nicht noch mehr zu verärgern, folgte Doris ohne Gegenwehr ihrer Aufforderung und stellte sich schon mal auf eine längere Standpauke ein. An der Tür verpasste Gerda ihrer Tochter einen kräftigen Schubs, so dass sie mehr in die Küche hinein stolperte, und so hielt sie in ihrer Wut mit ihrer Predigt erst gar nicht lange ein.

»Verdammt noch mal Doris, was ist mit dir los? Hast du plötzlich sexuellen Nachholbedarf, dass du gleich mit mehreren Männern rummachen musst?«, schlug sie verbal auf Doris ein.

»Ich habe mit niemandem rumgemacht!«, schrie sie mit derselben Heftigkeit zurück.

»Nicht in diesem Ton!«, verbat sich Gerda und holte zu einem Schlag aus, was in Doris schlimme Jugenderinnerungen hervorrief. Seit dem Vorfall in der Schule reagierte ihre Mutter allergisch auf Jungs, vor allem wenn sich Doris zum Küssen mit ihnen einließ, wobei schon harmlose Wangenküsse bei ihrer Mutter Hysterie auslösten. Doris vermochte schon gar nicht mehr zu zählen, wie oft sie die Hand ihrer Mutter zu spüren bekam. Erst durch die feste Beziehung mit Mark, legte sie diese Form von Bestrafung ab, doch nun war ihre Panik wieder ausgebrochen.

Hastig hob Doris schützend ihre Hand und schaute ihre Mutter mahnend an. »Vorsicht«, warnte sie, »für deine Ohrfeigen bin ich zu alt.«

»Dann benimm dich auch entsprechend«, wütete ihre Mutter weiter und stemmte ihre Hände in die Hüften, »mit wem hast du im Park herumgeknutscht?«, forderte sie eine Erklärung.

»Ich habe nicht herumgeknutscht«, wehrte sich Doris gegen diesen billig wirkenden Ausdruck.

»Lüg mich nicht an! Ich habe es ganz deutlich gesehen!«

Über ihre eigene Dummheit verärgert, suchte Doris nach schlichtenden Worten. »Er ist ein neuer Nachbar«, erklärte sie und glaubte, dass sie mit ihrer Nachbarschaftsgestik ihre Mutter milde stimmen konnte.

Gerda ließ sich nicht besänftigen. »So!«, stieß sie fuchsig aus, »ein Nachbar. Küsst man die jetzt?«

»Mein Gott, es war doch bloß ein harmloser kleiner Kuss«, spielte Doris die Angelegenheit herunter, »und außerdem saß seine Mutter daneben.«

Auch die Tatsache, dass von diesem Unbekannten die Mutter dabei gewesen sein sollte, konnte Gerda nicht beruhigen. »Doris, wir haben auch Nachbarn, aber wir küssen uns nicht!« Wütend lief sie auf und ab.

Doris schaute ihrer Mutter nach und überlegte, ob es nicht besser sei, ihre wahren Beweggründe zu nennen.

»Und das auch noch in aller Öffentlichkeit«, schimpfte Gerda unterdessen weiter, »bist du denn noch nicht genug im Gerede? Musst du den Leuten auch noch Bestätigung liefern?« Sie sah ihre Tochter verzweifelt und enttäuscht an. Sie konnte mit solchen Dingen nicht gut umgehen.

Doris schwieg. Rache als Motiv anzugeben, konnte ihre Mutter mit Sicherheit auch nicht beruhigen.

»Was ist mit dem anderen Mann?«, forschte Gerda weiter nach.

»Nichts«, gab Doris patzig zurück.

»Verstehe, auch bloß so ein harmloser Kuss«, war Gerda erbost und stellte sich drohend vor Doris, »wenn du schon Nachholbedarf hast«, fuhr sie mit eisiger Stimme fort, »dann mach' es bitte heimlich und nicht in der Öffentlichkeit, und schon gar nicht vor Corinna. Ich habe geglaubt, du hast diese Marotten endlich abgelegt und bist zu einem anständigen Mädchen geworden.« Sie wandte sich enttäuscht ab.

In Doris stieg Wut hoch, als ihre Mutter mit diesen Vorwürfen kam. Sie tat ja gerade so, als sei sie eine Dorfhure. Aufgebracht riss sie Gerda am Arm herum. »Du hast es gerade nötig, mir eine Moralpredigt zu halten«, warf sie ihr vor.

Kaum hatte Doris diesen gemeinen Satz ausgesprochen, da spürte sie auch schon die flache Hand ihrer Mutter im Gesicht. Gerdas gesamte Emotionen wurden dabei entladen. Sie wusste genau, worauf Doris anspielte, wodurch sie sich massiv angegriffen und zutiefst verletzt fühlte.

Gerda war das einzige Kind der Wiegels und somit Alleinerbin der Werkstatt. Nur allzu gern hätte ihr Vater gesehen, dass sie den Gesellen heiratete, um die Existenz der Firma zu sichern. Der junge Mann zeigte aber kein Interesse und so ging Gerda eine Verlobung mit einem anderen ein, der wiederum auch ein schweres Erbe anzutreten hatte. Dann erlitt Vater Wiegel einen Herzanfall und musste in den Vorruhestand. Um die Existenz zu retten schritt Gerda zur Tat. Sie löste ihre Verlobung, marschierte in die Werkstatt, legte dem Gesellen ihr Problem dar und machte ihm einen Heiratsantrag mit der Auflage, dass er den Meister ablegen musste.

Doris' Großvater bezeichnete bis zum heutigen Tag Gerdas Handeln als eine Heldentat. Ihr eigener Vater erwartete nun Ähnliches von ihr, dass sich endlich ein starker Partner an ihrer Seite zeigte und sie den Laden übernahm. Dabei benötigte Doris keinerlei männlichen Beistand, weil sie alle Qualifikationen vorweisen konnte, um die Firma alleine zu führen.

Geschockt hielt Doris ihre Wange. Trotz ihres Alters war sie immer noch nicht vor den Ohrfeigen ihrer Mutter sicher.

Mit Enttäuschung erfüllt sah Gerda ihre Tochter an. »Du weißt genau, dass diese außerordentliche Situation, außergewöhnliches Handeln abverlangte«, rechtfertigte sie sich, »und dein Vater ist weiß Gott kein schlechter Mann.«

Betreten und beschämt senkte Doris ihr Haupt mit der bitteren Erkenntnis, ihre erste verdiente Ohrfeige erhalten zu haben. Was war bloß los mit ihr? Sie ließ sich von Rachegefühlen leiten und zu unüberlegten Handlungen hinreißen. War beleidigend und pampig. Reuig schaute sie ihre Mutter an. »Es tut mir leid«, sagte Doris kleinlaut und hoffte auf Vergebung, doch Gerda zeigte keinerlei Anstalten zur Versöhnung und so folgte ihr verachtendes Schweigen.

An diesem Nachmittag beschäftigte sich Walter hingegen mit ganz anderen Gedanken. Mit Taschenrechner und Bleistift saß er an seinem Küchentresen und überschlug seine Finanzen. Plötzlich griente er vor sich hin, weil er einen abtrünnigen Gedanken führte, den Doris in eine prekäre Situation drängen sollte, ohne dass er Eigenschaden nehmen musste. Kündigung lautete das Zauberwort. Damit konnte er Doris an einer wunden Stelle noch mehr verletzen. Wenn er kurzerhand die Firma verließ, stand die Systemumstellung brach. Sollte sie doch Babyface Rüdiger anflehen, um ihr Projekt durchzuziehen. Dieser Gedanke gefiel ihm besonders gut, da er ja wusste, dass sie ihn nicht sonderlich schätzte.

Mit Sonne im Herzen läutete Walter so die Arbeitswoche ein. Auch wenn an diesem Morgen alle Ampeln auf Rot standen und die Blechkarawane nur schleppend voran kam, wuchs seine Freude mit jedem Meter, den der Wagen zurücklegte, an. Mit einem bösen Grinsen im Gesicht bog Walter auf den Parkplatz ein, wobei er mehrmals den Namen Westermann vor sich her murmelte, der er heute gar nicht begegnet war. Ihr Wagen stand noch an gewohnter Stelle als er abfuhr. Ein Grinsen der Befriedigung huschte über sein Gesicht bei der Vorstellung, sie habe verschlafen, und so lenkte er mit vergnüglicher Miene seinen Wagen in seine Parknische ein, doch bevor er richtig in der Lücke stand wurde er von hinten heftig angestoßen, mit einem dumpfen Bums. Sein Wagen wurde durchgerüttelt, und vor Schreck würgte Walter den Motor ab. Sofort stieg er aus, um den Übeltäter zu ermitteln und traute kaum seinen Augen, als Doris aus ihrer silbernen, auf Hochglanz polierten Luxuskarosse stieg und den Schaden betrachtete.

Doris konnte selber ihr Missgeschick kaum fassen. Sie hatte das Tempo ihres Kollegen unterschätzt, glaubte, dass er schneller in die Parknische einbog, und schon hing sie ihm hinten drauf. Den Schaden ihres Fahrzeuges, das gerade mal eine Schramme abbekam, betrachtete sie dabei als Bagatelle, aber dass sie ausgerechnet Walters Wagen erwischte, dessen gesamte Heckschürze auf dem Boden lag, wurmte sie.

Entsetzt und geschockt blickte Walter auf den Schaden nieder, überhörte dabei das höfliche »Guten Morgen« was sich Doris abrang.

»Sehen Sie sich das an!«, stieß er mit wilder Gestik erregt aus, »Sie haben mir den Stoßfänger abgefahren.«

Fachkundig prüfte Doris den Schaden. »Na ja«, setzte sie zum Schlichten an, »das ist schnell behoben. Ich werde es bei meinen Eltern reparieren lassen«, versuchte sie beruhigend auf ihren Angestellten einzuwirken.

»Wenn man das überhaupt noch beheben kann«, befürchtete Walter, was ihm sehr nahe ging. Er hing an dem kleinen Wagen.

»Nu´ regen Sie sich nicht so auf«, konterte Doris. Sie verstand seine Aufregung nicht. »Es ist bloß ein Auto, man kann es ersetzen.«

Walters Augen weiteten sich. Diese Aufgeblasenheit, die Doris ihm entgegenbrachte, kotzte ihn an. »Ja«, stieß er erregt hervor und schnaubte wie ein angriffslustiger Bulle, »für Sie ist es nur ein Auto. Sie können sich ja zu jeder Zeit einen neuen Wagen kaufen, außerdem hänge ich an dem kleinen Wagen«, wütete er laut, wobei er mit jedem Wort mehr und mehr seine Hochachtung vor seiner Chefin ablegte.

»Nu' regen Sie sich mal wieder ab«, konterte Doris, »ich werde den Wagen ja reparieren lassen. Meine Eltern betreiben eine Kfz-Werkstatt. Hinterlegen Sie die Wagenschlüssel und Papiere beim Pförtner, ich lasse den Wagen dann abholen«, erklärte sie und musste schon tief durchatmen, ihre Geduld nicht zu verlieren.

Hier befand Walter, dass nun der richtige Zeitpunkt erreicht sei, Doris eine Breitseite zu verpassen. Ihr zu verdeutlichen, dass er so was, wie Selbstachtung besaß, wo sie nicht allein bestimmen konnte, was ablief. »Oh nein«, lehnte er strikt ab, kramte in seiner Innentasche seines Jacketts, zückte seine Brieftasche hervor und zog seinen Fahrzeugschein heraus und reichte ihn samt Schlüssel Doris, die aber verweigernd vor ihm stand und ihn bloß vernichtend ansah, »Sie können selber zum Pförtner gehen, ich bin nicht Ihr Hampelmann.«

Der Ton, den Walter anschlug, passte Doris überhaupt nicht. Angekratzt und verdutzt über seine Kühnheit schaute sie kurz um sich, hoffte, dass niemand den Schlagabtausch mit anhörte, was sie sonst zwang, härtere Maßnahmen zu ergreifen. Seine Erregtheit, konnte sie zwar gut verstehen, aber den Ton, den er hier anschlug hielt sie nicht für angemessen. Zum Glück nahm niemand von ihnen Notiz, und so drehte Doris mit einer geringschätzigen Geste ab, worauf Walter sie am Ärmel zurückhielt. Empört zog Doris ihren Arm weg. »Finger weg«, stieß sie wütend aus, »sonst lernen Sie den Eisberg mal richtig kennen.«

Respektlos legte Walter zu ein paar heftigen Worten auf. »Sie glauben wohl, Sie können mit Ihren Leuten umspringen, wie Sie wollen – ich mache da aber nicht mit – auch wenn Sie mich befördert haben, gehöre ich nicht zu Ihrem Marionettenclub.«

»Undankbarer Rüpel«, zischte Doris.

Überlegen schob Walter unbeeindruckt sein Kinn vor. »So sehen Sie mich also? Als einen Rüpel. Wissen Sie was, Sie können mich mal. Ich kündige, dann können Sie sehen, wie Sie mit der Systemumstellung klarkommen.« Ihm entfuhr ein überhebliches Lächeln. Auf diesen Moment, ihr das sagen zu können, freute er sich schon den ganzen Morgen. »Dann können Sie Babyface Wenders um Hilfe anflehen.«

Als der Name Wenders fiel musste Doris erst einmal ihren Groll herunterschlucken, konterte dann aber mit einem ebenbürtigen Lächeln. »Bevor Sie diesen Schritt wagen, sollten Sie Ihren Vertrag genauestens studieren.« Sie deutete abfällig auf seinen Wagen. »Mein Angebot mit der Reparatur steht. Ich werde meinen Eltern auf jeden Fall Bescheid geben. Das können Sie sich überlegen, und jetzt räumen Sie Ihren Schrott weg«, presste sie noch zornig hervor und stapfte unbeeindruckt zu ihrem Wagen herum und stieg ein. Sie setzte ein Stück zurück, lenkte ihren Wagen an der Unglücksstelle vorbei und stellte ihn in ihrer Parknische ab. Sie schaute noch wütend zu ihrem Kollegen hinüber, als sie auf den Personaleingang zumarschierte. Was nahm sich dieser Kerl nur heraus?

Durch ihr selbstauferlegtes Tempo traf Doris ziemlich abgehetzt im Büro ein, wünschte außer Atem ihrer Kollegin einen »Guten Morgen« und ließ sich dann erschöpft auf ihren Sessel fallen.

Karin schaute perplex zu ihr rüber und bevor sie zurückgrüßen konnte, fuhr ihr Doris schon ins Wort, wobei sie sehr gereizt klang.

»Ich weiß, ich bin spät dran«, beugte sie gleich mit einer Entschuldigung vor, »ich hatte einen Unfall auf unserem Parkplatz«, erklärte sie und atmete tief durch, um ihren Puls wieder herunterzufahren, dann verstaute sie ihre Handtasche.

Karin erhob sich von ihrem Stuhl, nahm ein paar Unterlagen vom Tisch und schlenderte auf Doris zu. »Ist was Schlimmes passiert?«, fragte sie besorgt nach.

»Nein«, stieß Doris erschöpft aus, »ich habe Larsens Wagen bloß das Hinterteil abrasiert.«

Karin zog eine Schnute. »Oh«, entfuhr es ihr und legte die Unterlagen ab, »ich habe die Post schon geöffnet.«

In Doris flammte ihre Wut erneut auf. »Du hättest mal hören sollen, was er mir alles an den Kopf geworfen hat.«

»Männer reagieren nun mal empfindlich, wenn es um ihre Autos geht.«

»Er hat sich weniger wegen seinem alten Karren aufgeregt, sondern mehr wegen mir.« Sie faltete ihre Hände und führte sie nachdenklich zur Stirn, kehrte in sich und versuchte wieder ihre innere Ruhe zu finden. »Ich weiß gar nicht, was plötzlich mit ihm los ist?«, sagte sie abwesend. Sie klang ratlos und verzweifelt.

»Was meinst du damit?«, verstand Karin nicht so recht.

»Seit er neben mir wohnt, ist er mir gegenüber so feindselig eingestellt, und ständig rasseln wir aneinander.«

Mitfühlend schaute Karin auf ihre Kollegin nieder. »Vielleicht fühlt er sich beobachtet«, hielt sie für möglich.

Doris kam wieder ins Leben zurück. Genervt rollte sie ihre Augen. »Ich habe ihn nicht gebeten, neben mich zu ziehen. Karins Bemerkung schien plausibel, aber das gab ihm nicht das Recht, beleidigend und handgreiflich zu werden, und seine freche Behauptung, sie führe einen Marionettenclub, fand damit auch keine Erklärung. Um sich nicht wieder in Rage zu reden, hielt sie kurz inne und schloss für Sekunden ihre Augen, dann schaute sie zu Karin auf, die sie mitfühlend ansah. Sie musste ihrem Unmut Luft verschaffen. »Er hat mir sogar angedroht, zu kündigen.«

»Er will gehen?«, stieß Karin überrascht aus.

»Tja, stell dir mal vor«, brauste Doris wieder auf, »er wirft mir vor, ich behandle ihn, wie eine Marionette, dieser undankbare Flegel. Aber so einfach kommt er nicht aus seinem Vertrag raus.«

Entsetzt weitete Karin ihre Augen und schaute Doris argwöhnisch an, die ihr sehr befremdlich vorkam. So boshaft kannte sie ihre Vorgesetzte gar nicht. »Wie meinst du das, er kommt so schnell nicht raus?«

»Er hat einen Managervertrag, der über fünf Jahre läuft, den er nur gegen eine Ablöse aufheben kann.«

»Doris«, stieß Karin entsetzt aus, »hast du ihm wenigstens eine Probezeit gelassen?«

»Nein«, antwortete sie, überzeugt richtig gehandelt zu haben, »wozu? Er hat den Job doch schon lange genug ausgeübt - und ich habe ihn nachträglich dafür entlohnt.«

Verständnislos schüttelte Karin den Kopf. »Hast du dir mal überlegt, dass er mit seinem neuen Aufgabenbereich überfordert sein könnte?«

»Ach Blödsinn«, konterte Doris, »er übte diese Tätigkeit schon seit Monaten aus - ich verlange doch nichts Außergewöhnliches von ihm.«

»Sein neuer Aufgabenbereich ist aber jetzt wesentlich umfangreicher«, warf Karin Bedenken ein, »darauf war er wahrscheinlich nicht gefasst, und wenn er gehen möchte, solltest du ihn gehen lassen.«

»Niemals«, lehnte Doris konsequent ab, »dazu ist er viel zu wichtig, und das weiß er. Darum habe ich vorgebeugt, damit er mich mit Kündigung nicht erpressen kann.«

Bei Karin stellten sich die Nackenhaare auf. Doris' Verhalten empfand sie widerwärtig. »Glaubst du, dass dieser Druck gut für eure Zusammenarbeit ist?«

Uneinsichtig stieß Doris Luft aus.

»Was ist nur los mit dir? So kenne ich dich ja gar nicht.« Karin sah auf Doris flehend nieder. »Du hast ihm ja regelrecht Handschellen angelegt. Kein Wunder, dass er sich als Marionette fühlt«, warf sie Doris vor.

Pikiert zuckte Doris mit ihren Mundwinkeln. »Ich weiß gar nicht, was du hast. Er hat den Vertrag doch so unterschrieben.«

»Ja«, stieß Karin voller Entrüstung aus, »weil du ihn vermutlich überrumpelt hast.«

»Na und? Wenn schon.«

»Glaubst du, dass du dich jetzt noch auf seine Loyalität verlassen kannst? Das ist ja wie Krieg.«

»Ja richtig!«, entfuhr es Doris und sprang auf, was Karin zurückscheuen ließ, »einen Krieg, den er angefangen hat.« Sie warf erregt ihre Arme hoch. »Du hättest hören sollen, wie er bei Prassel über mich abgelästert hat.«

»Seit wann interessiert dich, was die Leute hinter verschlossenen Türen quatschen?«

»Sie war aber nicht verschlossen«, entgegnete Doris laut.

»Und wenn schon«, konterte Karin scharf, »dass Prassel dir seinen Hammer zeigen wollte, scheint dich überhaupt nicht zu berühren.«

»Das war ja noch schmeichelhaft.« Sie atmete tief durch, um sich zu beruhigen, was ihr nicht gelang. »Als Eisberg hat er mich bezeichnet«, wütete sie weiter, »und man bräuchte eine mit Starkstrom betriebene Heizdecke, um mich aufzutauen.«

Karin konnte ihr Entsetzen über Doris' Rachegelüste nicht verbergen. »Und ich bin sicher, du hast es zu deinem Vorteil ausgespielt.«

Darüber schwieg sich Doris aus und schob nur ertappt ihr Kinn vor.

»Aber Doris«, versuchte Karin schlichtend auf sie einzureden, »deswegen konntest du ihm doch nicht diese Klauseln in seinem Vertrag verpassen.«

»Das habe ich doch nicht deswegen gemacht«, verteidigte sich Doris, »sondern, weil er mir wichtig ist.«

»Mensch Doris, das ist unmoralisch. Und wenn du jetzt ein Problem mit ihm hast, solltest du nicht auf diesem Vertrag herum reiten, das bringt dich nicht weiter. Du solltest lieber ein klärendes Gespräch mit ihm führen.«

»Oh nein«, lehnte Doris bestimmt ab, »nicht, bevor er sich entschuldigt hat.«

»Du solltest auf diesen Eisberg nicht so sehr herum reiten.«

Erregt stieß Doris Luft aus und schaute Karin einen Moment verunsichert an. Überlegte, ob sie ihrer Kollegin alles anvertrauen sollte. »Es geht hier nicht nur um den Eisberg«, erklärte sie schließlich, weil sie eine zweite Meinung brauchte, wie sie weiter verfahren sollte, »er hat Wenders volltrunken im Bowlingcenter angepöbelt, worauf ich ihn dann nach Hause gebracht habe, und dann hat er versucht über mich herzufallen.« Sie schnaubte gepresst. »Und dann spielt er mir tagelang einen Blackout vor und verrät sich dann auch noch blöd.«

Geschockt erstarrte Karin. »Davon hast du gar nichts erwähnt.«

»Ich wollte kein Aufsehen, weil ich verhindern wollte, dass er fliegt und die Systemumstellung gestoppt wird. Und ich hatte auch die Hoffnung, dass er sich ordnungsgemäß entschuldigt.« Ihr entfuhr ein eisiges Lachen. »Aber der denkt überhaupt nicht daran. Und jetzt glaubt er, mich mit seiner Kündigung einschüchtern zu können.«

Einlenkend schaute Karin ihre Vorgesetzte an. »Umso wichtiger ist es, dass du mit ihm redest«, befand sie, wenn Doris die Systemumstellung nicht riskieren wollte.

»Er muss mit mir reden«, stellte Doris klar, »ich werde den Anfang nicht machen und zu Kreuze kriechen.« Das fehlte ihr noch.

Verständnislos über Doris' Verbohrtheit schüttelte Karin ihren Kopf. »Bitte!«, stieß sie laut aus, »dann riskiere doch, dass er kündigt. Aber komm mir dann nicht angejammert.« Immer noch fassungslos wandte sie sich ab. »Ich bin Kaffee trinken. Dann kannst du in Ruhe darüber nachdenken.« Unbeirrt steuerte Karin auf die Tür zu und verließ das Büro.

»Bist mir ja eine tolle Hilfe«, murmelte Doris angekratzt und fixierte ihr Telefon, was sie an eine weitere lästige Aufgabe erinnerte. Sie musste ihre Eltern anrufen, damit Walters Wagen wieder in Ordnung kam. Dazu war sie nun mal als Verursacherin verpflichtet. Sie griff nach dem Hörer, ließ aber noch für einen Moment ihre Hand darauf ruhen. Wieder stieg ihre Wut an. Ihr stand nicht der Sinn danach, ausgerechnet jetzt bei ihrer Mutter zu Kreuze kriechen zu müssen. Warum musste ihr nur dieses blöde Malheur unterlaufen? Dann auch noch ausgerechnet mit Walter. Hastig riss sie den Hörer hoch und wählte die Nummer des Autohauses.

»Autohaus Wiegel«, hörte sie nach kurzem Klingeln ihre Mutter sagen.

Doris hielt kurz inne. »Hier ist Doris«, sagte sie ruhig. Auf Antwort brauchte sie nicht zu hoffen. Nach einem ausgiebigen Krach hüllte sich ihre Mutter stets in Schweigen, um ihre Tochter mit Ignoranz zu strafen. Aber das kratzte Doris wenig, weil sie wusste, dass ihre Mutter trotzdem zuhörte und wenn Not anstand, würde sie auch entsprechend handeln, und so redete sie einfach auf sie ein. »Mutter, ich hatte einen Unfall«, erklärte sie knapp.

»Ist dir was passiert!«, unterbrach sie Doris sofort und zeigte mit ihrer aufgeregten Stimme ihre gesamte Besorgnis und löste ihr selbstauferlegtes Schweigegelöbnis.

»Nein, es ist nur ein Blechschaden. Ich habe einem Kollegen bloß die Heckschürze abgefahren.«

»Na Gott sei Dank«, stieß Gerda erleichtert aus.

»Könntet ihr den Wagen abholen und schnellstens reparieren? Er steht hier auf dem Firmengelände.«

»Mal sehen«, spielte Gerda einen ausgebuchten Terminkalender vor, ließ ihre Tochter mit Absicht etwas zappeln.

»Es ist kein großer Akt«, konterte Doris, die sehr wohl bemerkte, dass Mutter sie hinhielt, »die Schürze muss nur wieder montiert werden.«

»Ja«, willigte Gerda schließlich ein, »wir kümmern uns drum. Ich denke, dass wir das bis heute Abend schaffen.«

»Danke.«

»Aber«, warf Gerda ein, »dafür könntest du dich erkenntlich zeigen.«

Gereizt schloss Doris ihre Augen und hielt kurz inne, um ihre scheinbare Ruhe zu bewahren. »Gerne«, heuchelte sie dann ihrer Mutter vor, die sie auf gar keinen Fall erneut verärgern wollte, um keine Absage zu riskieren.

Zur selben Zeit saß Walter niedergebeugt über seinem Tisch zusammengesackt, vor sich liegend seinen Arbeitsvertrag, der ihm aufzeigte, dass er nicht nur an Doris' Strippen hing, sondern auch eine Schlinge um den Hals trug, die ihm nun deutlich die Luft abschnürte. Ärger stieg in ihm hoch, dass er sich durch seine dumme Beleidigung übertölpeln ließ. Durch seine anderen Patzer würde er nun die Hölle auf Erden erleben. Plötzlich wurde er von einer Person aufgeschreckt, die unangemeldet in sein Büro platzte und die Tür heftig wieder zuwarf.

»Hat man dir ins Gehirn geschissen?«, schmetterte ihm Karin entgegen, »wie konntest du nur diesen bescheuerten Vertrag unterschreiben?« Erregt wanderte sie auf seinen Schreibtisch zu. Anstatt in die Pause zu gehen, sah sie eher eine Notwendigkeit, mit ihrem Bruder ein paar Takte zu reden, was einer großen Besorgnis zu Grunde lag.

Karin Sommer und Walter Larsen waren Halbgeschwister und schon seit knapp fünf Jahren lebten sie in der Angst aufzufliegen, weil Karin ihn heimlich in die Firma eingeschleust hatte. Diese Gutmütigkeit beruhte auf Walters langer Arbeitslosigkeit, die ihn in tiefe Depression gedrängt hatte. Da kaum Aussicht bestand, dass Walter unter diesen Familienverhältnissen eingestellt würde, wandte Karin damals eine betrügerische List an, um Walter diesen Job zu ermöglichen. Mit dieser kleinen Durchtriebenheit manövrierte sie den damaligen Personalchef, Herrn Vogt in arge Bedrängnis. Dies funktionierte aber auch nur, weil Karin mit Mädchennamen nicht Larsen hieß, worauf Vogt keine familiären Zusammenhänge finden konnte. Dieses Unterfangen sollte für Walter allerdings nur kurzfristig zur Rehabilitierung dienen. Spätestens nach zwei Jahren sollte Walter aus der Firma wieder ausscheiden. Aber seine

Bequemlichkeit bremste ihn immer wieder aus, auch fühlte er sich sicher und sein jetziger neuer Aufgabenbereich gefiel ihm sogar sehr gut.

»Tut mir leid«, bat Walter reuig um Verzeihung, »ich habe die Vertragsklauseln übersehen.«

Karin grunzte bloß spöttisch.

Bedauernd suchte Walter nach Worten seiner Beweggründe. »Ich wollte nur noch für ein Jahr die Gelegenheit ausnutzen...«

Karin glaubte ihm kein Wort. Aufgeregt rang sie nach Luft. »Mensch Walter, das erzählst du mir schon seit Jahren.«

»Ja, ich weiß«, gab er bedauernd zu, »aber ich muss gestehen, der Job gefällt mir eigentlich ganz gut.«

Fuchsig stieß Karin einen Laut aus. »Damit riskierst du aber meinen, wenn das rauskommt. Darauf habe ich keine Lust. Und deinen bist du dann auch los«, gab sie ihm klar zu verstehen. Schnaubend lief sie umher. »Und dann ziehst du auch noch ausgerechnet in Doris' Nähe...«

»Das konnte ich ja nicht wissen«, blaffte er zurück, »du hättest mich ja warnen können.«

»Wie denn?«, platzte es aus Karin heraus, und sie ermahnte sich selber, nicht so laut zu tönen, »ich habe ja selber nicht gewusst, dass sie umgezogen ist.« Aufgeregt warf sie ihre Arme hoch. »Sieh zu, dass du irgendwie da wieder raus kommst. Noch fünf Jahre in dieser Angst zu leben, halte ich nicht durch.«

»Wie denn?«, stieß Walter ratlos aus.

Wütend, über seine Unbeholfenheit stützte sich Karin auf dem Schreibtisch auf und sah ihn böse an. »Du könntest mit einer Entschuldigung anfangen, wegen deiner rüden Attacken«, presste sie durch ihre Zähne, »sie wartet nämlich darauf.«

Eingeschüchtert schluckte Walter. »Du weißt davon?«

»Ja«, fauchte Karin ihn fuchsig an, »sie hat es mir eben erzählt, weil sie sehr aufgebracht ist.«

Uneinsichtig stieß Walter einen verächtlichen Laut aus und überlegte, ob er Karin von dem Aufeinandertreffen im Park berichten sollte. Er ließ es. Wenn Karin erführe, dass ihre Mutter schon auf Doris getroffen war, würde sie das nur noch mehr beunruhigen.

Verzweifelt fasste sich Karin an die Stirn, atmete schwer. »Rede mit ihr, sie ist doch kein Unmensch.« Eindringlich schaute sie ihren Bruder an. »Vielleicht lässt sie sich ja auf einen Deal ein«, redete sie auf Walter ein, hoffte, dass er Einsicht zeigte, »sonst hast du die Hölle auf Erden. Vergiss nicht, sie sitzt am längeren Hebel.« Ohne weiteren Kommentar floh Karin aus seinem Büro.

»Verdammt«, fluchte Walter. Wahrhaftig musste er mit Doris reden, um wenigstens Reue zu zeigen. Wer wusste schon, was sie sich sonst noch einfallen ließe, um ihn zu schädigen.

Auf Karins Gemüt lag immer noch starke Wut, als sie wieder ins Büro zurückkehrte. Doris schenkte ihr keine Beachtung. »Und?«, sprach Karin sie an, »hast du darüber nachgedacht, den Anfang zu setzen?«

»Kümmere dich um deinen eigenen Kram«, murmelte Doris und blickte nur aus den Augenwinkeln zu ihr hinüber.

»Dann führe doch deinen Privatkrieg«, bemerkte Karin scharf und warf sich auf ihren Sessel.

Eine Weile grummelte Doris vor sich hin. »Ach Scheiße«, fluchte sie plötzlich, sprang auf und stapfte zur Tür hinaus. Auf dem Gang zückte sie ihr Handy hervor und durchsuchte es nach Walters Nummer, während sie auf den Aufzug zusteuerte. Plötzlich schoben sich die Türen von dem Fahrstuhl auf und Walter blickte ihr entgegen, worauf sie ihr Tempo verlangsamte bis zum Stillstand. Sie schob ihr Handy wieder in ihren Blazer zurück, während Walter zögerlich auf sie zuschritt. »Wollten Sie zu mir?«, stellte Doris ihm eine unterkühlte Frage.

Eingeschüchtert stand Walter vor ihr. »Ja«, nickte er.

Kurz orientierte sich Doris und schritt auf eine Tür zu, die zu einem kleinen Besprechungsraum führte. Mit einladender Gestik wies sie ihrem Angestellten einen Platz in einer gemütlichen Clubsesselecke an. Aus taktischen Gründen ließ sie die Tür offen stehen und setzte sich dann ihm gegenüber. So konnte sie verhindern, dass weder sie noch er laut wurden. Immer noch aufgebracht aber äußerlich ruhig, schob sie ihre Beine übereinander und wartete darauf, dass er endlich einmal ein paar Worte des Bedauerns fand.

Die Wut, die in Doris schlummerte, konnte Walter deutlich spüren, obwohl sie schwieg. Umso schwieriger erwies sich nun die Aufgabe, die richtigen Worte zu finden, so dass sie auch aufrichtig klangen, was ihm in seinem Gemütszustand sehr schwer fiel. »Es tut mir leid«, fing Walter nach einer Weile an und legte mächtig Reue in seine Stimme; hoffte so, Doris damit beeindrucken zu können, aber die zeigte keinerlei Reaktion, woraus er schloss, dass ihr diese knappe Entschuldigung nicht ausreichte. »Ich habe mich in letzter Zeit mehrmals unmöglich gegen Sie verhalten«, fuhr er fort, »ich weiß nicht, was mich jeweils geritten hat, ich werde mich künftig zügeln.« Wieder wartete er eine Reaktion ab. Dann endlich eine Regung. Sie stützte sich auf eine Armlehne und schaute ihn eindringlich an, schwieg aber immer noch.

Okay, dachte Walter und redete sich Mut zu. Was er jetzt sagen wollte, fiel ihm sehr schwer. »Ich bitte vielmals um Verzeihung«, sagte er und fühlte sich dabei sehr erniedrigt, »und ebenfalls für den Eisberg.«

Zufrieden nickte Doris, deren innere Ruhe wieder eingekehrt war. »Ich nehme Ihre Entschuldigung an«, sagte sie ruhig, »und was das Gespräch zwischen Ihnen und Herrn Prassel betrifft, das hätte ich nicht belauschen dürfen«, lenkte sie ein und hielt kurz inne, »mir ist bewusst, dass ich nicht bei jedem beliebt bin, und das stört mich auch nicht. Und zugegeben, ich habe Ihre böse Bemerkung zu meinem Vorteil ausgeschlachtet, weil ich nicht riskieren wollte, dass Sie einen Rückzieher machen. Weil ich Sie für einen guten Mann halte.«

»Sie haben mich mit dem neuen Vertrag aber festgenagelt«, warf Walter vorsichtig Kritik ein.

Doris nickte zustimmend. »Ja, ich habe Sie bewusst mit den Klauseln festgenagelt, was Ihnen andererseits auch Sicherheit gibt.«

Das sah Walter etwas anders, weil die Bedeutung seiner Rechte weit unter der ihren lag. Wenn sie ihn loswerden wollte, würde ihr schon etwas einfallen, dass er am Ende dennoch den Kürzeren zog und das Dumme daran war, er selber lieferte ständig genügend Zündstoff, der seinen Abschuss rechtfertigte. Er warf aber keinen Einwand dazwischen und hörte Doris weiter zu.

»Tut mir leid, wenn der Anschein entstanden ist, dass ich Sie als Marionette benutzen wollte. Ich habe Ihre offene und ehrliche Art immer sehr geschätzt, vor allem Ihre konstruktive Kritik war mir immer sehr wichtig.« Sie schaute ihn inständig an. »Ich würde sehr bedauern, Sie zu verlieren«, fügte sie hinzu und klang, trotz ihrer kühlen Art, aufrichtig.

Erstaunt nahm Walter ihre Worte auf. Offenbar stand sie gar nicht auf Arschkriecher, was ihn in eine günstigere Position rückte und er einen zaghaften Versuch starten konnte, mildernde Umstände zu erzielen, wobei er ganz bedacht seine Worte wählte und versuchte ruhig und sachlich zu bleiben, wenigstens nach außen hin. »Offen gestanden, arbeite ich mit Ihnen auch gerne zusammen, und ich bin Ihnen auch für meine berufliche Veränderung sehr dankbar – nur stelle ich mir meine Zukunft etwas anders vor – nicht sofort – aber in näherer Zukunft, möchte ich mich verändern.« Erwartungsvoll schaute er Doris an und hoffte auf ihr Verständnis. Innerlich angespannt wartete er auf eine Antwort, doch sie grübelte nur abwesend.

»Okay«, sagte sie plötzlich, »ich bin bereit über eine Vertragsauflösung auf gegenseitigem Einverständnis nachzudenken – ohne Ablösung.«

Walter atmete innerlich auf, doch dann folgte ein bedrohlicher Nachsatz.

»Vorausgesetzt, Sie beenden Ihre angefangenen Arbeiten.« Nun wartete Doris auf ein Signal.

Einverstanden nickte Walter. Auch wenn dieser Deal keine absolute Entwarnung bedeutete, so ließ er jedoch hoffen. »Einverstanden«, willigte er ein und legte noch einen Vorschlag seinerseits nach, »ich bin auch zu dem Entschluss gekommen, wegzuziehen – dann kommen wir uns privat nicht mehr in die Quere.«

»Wegen mir müssen Sie nicht wegziehen.« Peinlich berührt musste Doris ihre Stimme auffrischen. »Wenn wir uns beide zusammenreißen, wird das mit unserer Nachbarschaft schon klappen.« Sie stand auf, worauf Walter sogleich auch aufstand. Wieder grübelte sie, wobei sie Walter eindringlich anschaute und nahm dann all ihren Mut zusammen. »Ich möchte mich auch entschuldigen – für meinen Auftritt im Park.« Verlegen zuckte sie mit ihren Mundwinkeln. Dieses peinliche Zusammentreffen haftete immer noch auf ihrer Seele. »Ich habe mich zu sehr von Rachegelüsten leiten lassen.« Sie atmete schwer, von starken Selbstvorwürfen hervorgerufen. »Nicht auszudenken, wenn der Chef das erfährt.«

Über diese Maßnahmen wollte Walter auch nicht nachdenken. Und in diesem Moment wurde ihm bewusst, dass sie in dieser Angelegenheit im selben Boot saßen. »Ich habe es niemandem erzählt«, flüsterte er ihr vertrauensvoll zu.

Für diesen Beruhigungsversuch hatte Doris nur einen zynischen Laut übrig, den sie kommentierte. »Es gibt Zeugen.«

»Meine Mutter kennt Sie nur als Constanze.«

»Irgendwann wird sie dahinterkommen«, befürchtete Doris, »spätestens wenn ich ihr hier über den Weg laufe.«

»Nein«, schloss Walter aus und das konnte er definitiv. Aus der Angst heraus einen verräterischen Hinweis zu geben, dass Walter und Karin Geschwister waren, mied seine Mutter die Firma Herrenberg konsequent. Und außerdem lag für sie die Firma ja auch nicht gerade um die Ecke. Das verriet er Doris natürlich nicht. »Sie trägt normalerweise eine Brille«, erklärte er stattdessen, »Sie sind für sie nichts weiter, als eine junge blonde Frau. Außerdem können Sie sich auf ihre Verschwiegenheit verlassen. Sie weiß, welche Problematik das mit sich führt. Sie würde mir niemals schaden.«

Diese Erkenntnis beruhigte Doris zwar aber besiegte nicht ihre Scham. Unangenehm berührt über ihre Dummheit, streckte sie ihm die Hand entgegen. »Frieden?«

Mit einem gehörigen Schuss Bewunderung schlug Walter ein. Diese Frau besaß doch mehr Charakter, als er glaubte und ihr Kuss betrachtete er nun als eine geheime Trophäe. Prassel würde vor Neid erblassen, wenn er es ihm erzählen dürfte. »Frieden«, stimmte er zu und beobachtete, wie Doris das Zimmer verließ, sich ihm aber auf dem Gang wieder zuwandte.

»Ach so«, fiel ihr noch ein, »ich habe mit meinen Eltern in der Werkstatt einen Termin für Sie vereinbart. Wenn Sie Ihren Schlüssel und Papiere an der Pforte hinterlegen, kümmern die sich darum.«

»Mach ich«, antwortete er einverstanden.

Doris schaute ihn grübelnd an und unterbreitete ihm, wider ihrer Natur, einen Vorschlag. Damit wollte sie ihm aber ein wenig Entgegenkommen zeigen. »Ich fahre heute Abend auch in die Werkstatt meiner Eltern. Wenn Sie möchten, nehme ich Sie gerne mit – falls Sie Vertrauen in meine Fahrkünste setzen.«

Um seine Vorgesetzte nicht zu verletzen, nickte Walter einverstanden. »17 Uhr an meinem Wagen«, teilte Doris knapp mit und marschierte zielstrebig wieder in ihr Büro. Sie streckte ihren Daumen hoch, als Karin sie anblickte, die ihr zufrieden zulächelte.

Wie vereinbart stand Walter pünktlich an Doris' Wagen und musste auch gar nicht lange auf sie warten. Sie grüßte nur mit einem knappen »Hallo« und Sekunden später steuerte Doris den Wagen Richtung Werkstatt des Autohauses Wiegel. Stumm saßen sie nebeneinander. Eine unerträgliche Situation für Walter. Mit vielen seiner Kolleginnen und Kollegen führte er täglich ungezwungene Kommunikation, die zum erträglichen Miteinander beitrug und so überlegte er, ob es sinnvoll sei, auch bei seiner Chefin mal ein ungezwungenes Gespräch anzuleiern. Doch sie zeigte sich reserviert, wie immer, und so schwieg er, wie immer.

Als Doris auf den Parkplatz des Autohauses einbog und Walter der Name des Autohauses ins Auge sprang, wurde ihm bewusst, woher er den Namen kannte, den die ungezogene Göre, Nichte seiner Chefin, benutzte, um ihn an der Nase herumzuführen. Er fuhr seit einiger Zeit täglich daran vorbei. Obwohl allgemein bekannt war, dass Doris vorher bei ihren Eltern im Autohaus gearbeitet hatte, hatte er sie mit diesem Autohaus nicht in Verbindung gebracht. Und so stellte er nun doch mal eine persönliche Frage.

»Ihre Eltern heißen Wiegel?«, war er verwirrt und brannte darauf, Aufklärung zu erlangen. Seine Mutmaßung lief darauf hin, dass er ihren Verlobungsring damals falsch deutete und sie womöglich verheiratet war.

Doris blickte ihren Kollegen an, als sie den Wagen quer vor dem Eingang stoppte. »Nein. Meine Mutter ist eine geborene Wiegel«, erklärte sie bereitwillig, »meine Eltern haben den Firmennamen meiner Großeltern übernommen.«

»Dann ist sie also diese gewisse Constanze«, resümierte Walter.

Genervt atmete Doris durch und schloss kurz ihre Augen. »Nein, das ist mein Zweitname.« Sie sah ihn auffordernd an, endlich auszusteigen und keine peinlichen Fragen mehr zu stellen.

Walter verstand die negativen Signale, die sie aussandte und so stieg er aus und beobachtete nur noch, wie Doris ihren Wagen hinter das

Gebäude steuerte. Mit einem schweren Seufzer wandte er sich der großen Glastür des Autohauses zu und bedauerte, dass sie nicht mehr in der Firma ihrer Eltern arbeitete. Ihm wäre so vieles erspart geblieben.

Mit großen Schritten steuerte er wenig später auf die Verkaufstheke zu, auf den akkurat geputzten Kacheln, wobei seine Blicke von den neuesten Luxuskarossen und Sportwagen abgelenkt wurden. Dann stand er vor dem Tresen, wo ihm eine nette, attraktive Frau entgegen strahlte und freundlich begrüßte.

»Mein Name ist Larsen«, fing Walter an und wurde sogleich unterbrochen.

»Ah, Sie sind der arme Tropf, der von meiner Tochter angerempelt wurde«, scherzte Gerda liebevoll und sah ihn bedauernd an, »Sie müssen sich noch etwas gedulden, wir hatten heute sehr viel zu tun«, erklärte sie und unterbreitete ihm zur Entschädigung ein nettes Angebot. Sie bat Walter, in der gemütlichen Sitzecke zu warten und versorgte ihn mit Kaffee und einer kleinen Schale mit Plätzchen, die ihm sehr bekannt vorkamen.

Behaglich und gut aufgehoben lehnte sich Walter in einem Sessel zurück. Eines musste er den Westermanns lassen; sie verstanden etwas davon, ihre Kundschaft bei Laune zu halten. Mit jeder verstrichenen Minute gefiel ihm mehr und mehr der Luxus, König Kunde zu sein auf Kosten seiner Chefin. Mit der Tasse Kaffee in der Hand, ließ Walter seine neugierigen Blicke umherwandern und blieb plötzlich an einer schlanken Vitrine hängen, die neben der Sitzgruppe stand. Eine Vielzahl von Pokalen standen dicht gedrängt in dem gläsernen Gehäuse, die Erfolge an Autorennen bescheinigten. Von Wissensdurst getrieben stand Walter auf und betrachtete die Pokale genauer. Aus den Augenwinkeln heraus wurde er auf die dazugehörigen Urkunden aufmerksam, die daneben an der Wand hingen. Ausgestellt auf Doris Westermann. Dabei wurde er sogar auf einen Kfz-Meisterbrief aufmerksam, der ebenfalls ihren Namen trug. Mächtig beeindruckt stieß er Luft durch seine Lippen aus. Er bewunderte Frauen, die anpacken konnten, auch wenn es ihm schwer fallen wollte, sich seine stets perfekt gestylte Vorgesetzte in einem Blaumann vorzustellen mit Öl verschmierten Händen. Dann plötzlich stand Mutter Westermann neben ihm.

»Ihre Tochter fährt Rennen?«, konnte Walter seine Begeisterung nicht eindämmen.

»Nein, nicht mehr«, antwortete Gerda sichtlich erleichtert, »sie hat nach einem schweren Unfall aufgehört«, hing sie zur Erklärung an, wobei in ihr die argen Erinnerungen wieder hochstiegen, »es grenzt an ein Wunder, dass sie es überlebt hat.« Sie blickte auf seine leere Tasse. »Möchten Sie noch einen Kaffee?«

»Gerne«, antwortete Walter und reichte ihr ohne Zögern seine Tasse.

Als Gerda an den Tresen zurückmarschierte, kam Doris durch die Werkstatt ins Verkaufshaus geschlendert und blieb hinter der Verkaufstheke stehen. Sie lächelte ihrer Mutter entgegen.

»Was führt dich hier her?«, erkundigte sich Gerda gewohnheitsgemäß.

»Ich habe mir heute Morgen bei der Aktion eine tiefe Schramme am Stoßfänger zugezogen, die habe ich gerade ausgebessert. Das muss noch trocknen.«

»Brauchst du einen Ersatzwagen?« Gerda ging um die Theke herum und schenkte Kaffee in die Tasse ein.

Dankbar schaute Doris ihre Mutter an. »Wäre ganz lieb, ich tausche die Wagen auch gleich morgen früh wieder aus.«

Gerda lächelte gütig. »Kein Problem.« Sie reichte Doris die Tasse. »Bring Herrn Larsen doch bitte den Kaffee.«

Verachtend schaute Doris ihre Mutter an. »Er ist mein Angestellter.«

»Hier ist er ein Kunde«, gab Gerda unmissverständlich zu verstehen. Sie duldete keine Klassengesellschaften.

»Toller Kunde«, zischte Doris zurück, »er bekommt auf meine Kosten seinen Karren repariert.«

»Du hast ihn schließlich kaputt gemacht«, konterte Gerda spitz, »und jetzt lass ihn nicht warten.«

Fuchsig grunzte Doris. »Du untergräbst meine Autorität.«

»Du kannst auch gerne zu Fuß nach Hause gehen«, drohte Gerda kalt lächelnd. Sie verstand es hervorragend, vor ihrer Kundschaft das Gesicht zu wahren.

Grollend schnappte Doris die Tasse und schritt auf ihren Kollegen zu, der vorgebeugt in die Vitrine schaute und ihr sein Hinterteil hinstreckte. Er bemerkte gar nicht, als sie hinter ihm stand, was sie schon beinahe wieder zu einer unüberlegten Handlung hinreißen ließ. Zu gerne hätte sie ihm jetzt einen Klaps auf seinen Hintern verpasst, doch sie hielt ein und räusperte sich stattdessen, um seine Aufmerksamkeit zu erlangen.

Mit einem bewundernden Spruch auf den Lippen richtete Walter seinen Körper auf, drehte sich um und schrak fürchterlich zusammen, als seine Chefin vor ihm stand.

»Ganz ruhig«, redete Doris triumphierend auf ihn ein, »Sie müssen wegen mir nicht in Ohnmacht fallen.«

Stockend nahm er die Tasse entgegen. »Ich war auf Sie nicht gefasst – Danke.« Er deutete kurz auf die Vitrine. »Ich bin beeindruckt.«

Mit einem Zucken ihrer Braue, tat Doris seine Bewunderung ab. Sie betrachtete diese Vitrine mehr mit gemischten Gefühlen. Ihretwegen hätten die Pokale längst einem anderen Blickfang weichen können. Doris betrachtete die Trophäensammlung vergangener Tage nur noch als ein Überbleibsel triumphaler Tage, die sie mehr und mehr in den Leichtsinn trieb, was am Ende zu ihrer körperlichen und seelischen Verkümmerung führte und ihr Leben veränderte. Für einen Moment liefen die Bilder des schrecklichen Rennunfalls vor ihren Augen ab.

Durch einen Fahrfehler geriet Doris' Wagen ins Schleudern und überschlug sich dann mehrmals. Zwei Stunden verweilte sie eingeklemmt hinter dem Steuer bis sie endlich mit der Rettungsschere befreit werden konnte. Sie erlitt schwere innere Verletzungen, dazu viele Knochenbrüche und Blutergüsse. Niemand hätte damals für möglich gehalten, dass sie dies überleben würde. Wochenlang lag sie im künstlichen Koma und rang mit dem Tod. Sie gewann den Kampf, allerdings mit der schweren Diagnose, niemals Kinder bekommen zu können, was zum Bruch ihrer ersten Beziehung führte.

»Staubfänger«, entgegnete Doris abwertend seine Bewunderung. Und mehr empfand sie für die vergoldeten Blechpokale wirklich nicht mehr. »Die Reparatur zieht sich etwas hin«, fügte sie hinzu. Zuvor hatte sie mitbekommen, wie ihr Vater lauthals herum fluchte, doch kaum hatte sie den Satz ausgesprochen, da stand Paul neben ihnen. Grimmig blickte er Walter an.

»Gehört der rote Klapperkasten zu Ihnen?«

Walter schluckte hart und nickte bedächtig und richtete sich schon mal auf schlimme Nachrichten ein.

»Tja, junger Mann«, fing Paul an und schüttelte aufgebend seinen Kopf, »Ihr Wagen ist ein wirtschaftlicher Totalschaden.«

Entsetzt riss Walter seine Augen auf und starrte den Monteur an.

Unbeeindruckt deutete Paul auf Doris. »Meine Tochter kann Ihnen ein Angebot für einen Neuen machen, sie wird den Alten großzügig in Zahlung nehmen.«

Erstaunt schob Doris ihre Brauen hoch. Was war denn mit ihrem Vater los? Schon seit Jahren durfte sie keine Geschäfte mehr in seinem Laden abschließen.

»Moment«, wollte sich Walter nicht so abspeisen lassen, »kann man da wirklich nichts mehr machen? Ich trenne mich ungern von dem Wagen, er ist ein Erbstück meiner Oma.«

»Oh«, stieß Doris geringschätzig aus, »Sie scheinen sich häufig mit Altlasten herumzuplagen.« Mit diesen Worten drehte sie ab und steuerte wieder mit einem erstaunten Kopfschütteln auf die Theke zu, weil sie Vaters Verhalten immer noch nicht fassen konnte.

Gerda streckte ihr einen Wagenschlüssel entgegen. »Ein netter junger Mann, dein Kollege«, befand sie, »der würde gut zu dir passen.«

Ihrem Kupplungsversuch begegnete Doris mit einem bissigen Grunzen und konnte mit einer herablassenden Äußerung nicht inne halten. »Er ist ein Angestellter.«

»Nicht so überheblich«, mahnte Gerda ihre Tochter, bei der schlagartig ihr Respektsgefühl geweckt wurde. Es lag nicht in Doris' Natur Menschen geringschätzig zu begegnen.

»Du weißt, wie die Herrenberg-Hausordnung lautet«, versuchte sie ihre Überheblichkeit zu überspielen.

Gerda erwiderte ihr spöttisches Grunzen. »Als hätten dich Verbote jemals beeindruckt«, konterte sie scharfzüngig.

Stimmt, musste Doris gedanklich zugeben und schmunzelte verlegen. Je verbotener desto lieber überschritt sie die Grenzen, aber sich deswegen Walter an den Hals hängen? Lieber nicht.

Walter hingegen kämpfte immer noch mit der niederschmetternden Diagnose, wobei er seiner Chefin flehend hinterher schaute.

»Doris ist eine gute Partie«, hörte Walter plötzlich Paul tönen, der ihr ebenfalls nachschaute, »sie wird den Laden irgendwann mal übernehmen. Wenn Sie Doris heiraten, werden Sie nie mehr Sorgen mit Autos haben.«

Entsetzt, über dieses merkwürdige Angebot, richtete Walter sein Augenmerk auf Paul. »Hören Sie«, wagte Walter vorsichtig einen Einwand, »der Aufwand scheint mir doch sehr übertrieben und außerdem hänge ich an dem kleinen Wagen.« Wehleidig schaute er Paul flehentlich an. Sicher wusste er, dass sein kleiner Wagen nicht mehr den Sicherheitsstandards entsprach, aber bis zum nächsten TÜV hätte er ihn doch noch gerne gefahren, was finanziell auch ein herber Rückschlag für ihn bedeutete.

Plötzlich erhielt er von Paul einen Knuff. »Sie brauchen sich nicht aufregen. Ich habe Ihren Wagen noch einmal retten können«, sagte Paul plötzlich und grinste innerlich. Er liebte diese kleinen Gags, mit denen er die Leute schon mal schocken konnte. »Aber Sie sollten dringend für einen Neuen sparen«, konnte er mit einer fachmännischen Bemerkung nicht zurückhalten.

Erleichtert atmete Walter auf. »Danke für das Wunder.«

Als hätte jemand die Reset-Taste gedrückt, standen sich Doris und Walter wieder mit der gewohnten Distanz am nächsten Morgen gegenüber. Ein Zustand, mit dem sich beide gut anfreunden konnten, wobei jeder hoffte, dass nicht wieder irgendwelche Ereignisse oder Unbesonnenheiten, alles wieder aufwühlte. Reibungslos konnten sie so auch den Mitarbeiterstab für die Systemumstellung gründen, der vorwiegend aus Arbeitern der eigenen Firma bestand, die Walter größtenteils ausgewählt hatte, wofür Doris ihn mit guter Menschenkenntnis lobte.

Karin hingegen wollte dem Frieden nicht so sehr trauen und nutzte jede Gelegenheit, ihren Bruder zur Vorsicht zu mahnen, solange er keine schriftliche Entwarnung von Doris erhielt, womit sie auch nicht rechnete, solange die Systemumstellung anhielt.

Als Doris am Freitag ihren Schreibtisch aufräumte und dem Feierabend entgegensah, betrachtete sie die Woche als sehr erfolgreich und konnte nun ihre Konzentration auf die Verhandlungen mit dem Versandhaus Goldmann lenken, die mal wieder anstanden. Auch blieb sie von weiteren

Peinlichkeiten verschont, so dass das Gespött um ihre Person nach und nach abklang. Nebenher musste sie aber noch einem anderen Projekt ihre Aufmerksamkeit widmen. Verbandsgemeindebürgermeister Herbereit hatte zu seinem 55. Geburtstag zu einem Umtrunk ins Bürgermeisteramt eingeladen. Herrenberg nahm die Einladung sehr ernst.

Herbereit gehörte ein großes Grundstück, welches an der Firma grenzte, genau darauf hatte es Herrenberg abgesehen. Allerdings stand er damit nicht alleine. Also setzte er alles daran, um seine Gunst zu gewinnen. Für Doris hieß dies, eine ausgeklügelte Rede zu schreiben, was ihr nicht besonders schwer fiel. Aber sie mit Herrenberg einzustudieren, damit sie auch saß, würde noch viel Geduld von ihr abverlangen.

Doch zunächst strebte Doris an, das nächste Wochenende ohne Zwischenfälle zu überstehen. Dafür redete sie Corinna eine halbe Stunde lang ins Gewissen und stellte Regeln auf, die insbesondere die Nähe zu Walter untersagte, was bei Missachtung mit einem öden Wochenende bei den Großeltern bestraft wurde. So ging Doris ruhigen Gewissens samstags bei ihren Eltern für ein paar Stunden aushelfen. Doch als sie drei Stunden später zu ihrem Haus hinauf schlenderte, kam Corinna aus Walters Haustür heraus.

Mit halb zugekniffenen Augen blickte Doris ihr wütend entgegen. »Sagte ich nicht...«

Keck warf Corinna ihren Kopf in den Nacken. »Ich habe mich bloß entschuldigt.« Erhobenen Hauptes wanderte sie an ihrer Tante vorbei und marschierte nach Gegenüber.

Misstrauisch schaute Doris ihr nach, schenkte ihr aber Glauben und hoffte flehentlich, dass es auch wirklich stimmte.

Das Wochenende lief perfekt; und so besaß Doris montags auch die nötige Energie, eine perfekte Rede zu schreiben und sie mit Herrenberg einzustudieren. Letzteres erwies sich jedoch als schwierig. Bei Herrenberg trat die gewohnte Pressephobie ein, als er erfuhr, dass diese auch anwesend sein würde. Und so saß Doris am darauffolgenden Tag erneut in seinem Büro und trichterte ihm wichtige Betonungen ein, damit auch die Pointen saßen.

Als Doris am Nachmittag bei Frau Koch im Büro das Goldmann-Projekt besprach, betrachtete sie dies als willkommene Abwechslung. Doch plötzlich wurde sie von ihrem Handy unterbrochen. Karin teilte ihr völlig aufgelöst mit, dass ihre Anwesenheit im Büro dringend erforderlich sei. Doris ließ erst gar keine Zeit verstreichen und eilte sogleich los. Aber der Aufzug ließ auf sich warten und als sie endlich aus ihm heraustreten konnte, kamen ihr ein paar Sanitäter entgegen und trugen Herrenberg auf einer Bahre durch den Gang. Entsetzt lief Doris auf die Männer zu und erkundigte sich nach seinem Wohlbefinden.

Der Notarzt, ein junger Kerl, schob sie gleich zur Seite. »Behindern Sie nicht unsere Arbeit«, schleuderte er ihr aufgeregt an den Kopf und lief mit den Sanitätern unbeirrt zum Aufzug.

Hilflos schaute Doris den Männern nach, dann wirbelte sie herum und eilte ins Büro. Karin stand am Schreibtisch und legte gerade das Telefon ab. Noch unter dem Schock stehend richtete sie gleich ihren Blick zu Doris, als diese hereingeschneit kam und gleich einen Stopp an der Tür einlegte.

»Er fasste sich plötzlich ans Herz und stöhnte laut, bekam keine Luft mehr«, erklärte Karin besorgt, »und dann stand auch schon der Notarzt in der Tür – der Chef hatte ihn wohl schon fürsorglich angerufen.«

Nach Fassung ringend schritt Doris auf Karins Schreibtisch zu. »Das ist ja furchtbar.«

Nachdenklich und zaudernd schaute Karin Doris an. »Der Chef möchte, dass du auf den Empfang gehst – es war ihm sehr wichtig.«

Doris' Fassungslosigkeit schlug in leichte Aggression um. »Habt ihr jetzt keine anderen Sorgen?«

In würdiger Haltung streckte Karin ihren Körper. Den Schock schien sie plötzlich überwunden zu haben. »Wir können nicht aufhören zu atmen, nur weil jemand einen Schwächeanfall erleidet.«

Doris entglitten die Gesichtszüge und sie zeigte entsetzt zur Tür, wo Herrenberg eben hinausgetragen wurde. »Schwächeanfall?«, stieß sie aus, »der Chef ist gerade raus getragen worden.« Sie empfand Karins Haltung als pietätlos.

Entschlossen wanderte Karin um ihren Schreibtisch herum, packte Doris an den Schultern und sah sie eindringlich an. »Hier geht es um die Firma. Wir müssen jetzt stark sein. Du weißt, was davon abhängt.«

Karins Appell zog sich wie ein Energieschub durch Doris' Körper. »Okay«, stimmte sie zu und fasste Mut. Beschwörend und konzentriert erhob sie ihre Hände. Wenn sie vertretungsweise auf den Empfang wollte, mussten noch einige Maßnahmen getroffen werden. Das größte Problem, welches gelöst werden musste; Doris brauchte einen Begleiter. Wie immer stand auch dieser Empfang einem gewissen Motto zu Grunde, worauf Herbereit großen Wert legte, dass es eingehalten wurde. Bisher hielt sich Doris nie daran, aber bedingt durch die bevorstehenden Grundstücks-verhandlungen, hielt sie eine Ausnahme einzulegen für angebracht. »Ich brauch' was zum Anziehen und einen Mann«, zählte sie auf.

Zögerlich stand Karin vor Doris, bevor sie etwas zu den Forderungen sagte. »Frau Koch weiß schon Bescheid und legt dir was zurecht und einen Mann habe ich auch.« Pflicht erfüllend griff Karin nach einem Schriftstück auf ihrem Schreibtisch und reichte es Doris. Das Wichtigste hatte Doris nicht bedacht. »Hier, die Rede.«

Perplex starrte Doris ihre Angestellte an. Herrenberg lag noch nicht einmal im Krankenhaus, da hatte sie schon alles Notwendige erledigt. Gleichgültig winkte Doris ab. »Die kenne ich auswendig.« Sie sah Karin fest an. »Wen hast du als meinen Begleiter auserwählt?«, wollte sie nur noch wissen.

Karin wurde verlegen und musste sich räuspern bevor sie mit einer niederschmetternden Verkündung aufwartete. »Nun ja«, fing sie zaghaft an und schluckte, »deinen Nachbarn.«

Entsetzt riss Doris ihre Augen auf. Ihre Augäpfel schienen beinahe heraus zu kugeln. »Nein«, lehnte sie ab, »jeden, aber nicht er. Außerdem ist er ein Angestellter.« Sie grollte laut. »Und; er steht auf Bewährung.«

»Schön«, konterte Karin abgebrüht, »soll ich Wenders anrufen?«

Ein Brechreiz überkam Doris. »Den schon gar nicht. Dann haben wir wieder neues Gerede.«

Mit verschränkten Armen wartete Karin auf eine Lösung. »Okay, nenne mir einen guten Bekannten von dir und ich ruf ihn an.«

Ratlos wanderten Doris' Augen umher. »Warum ausgerechnet er?«, verlangte sie plötzlich zu wissen. Der Gedanke, mit Walter Larsen auf eine Party zu gehen, behagte Doris überhaupt nicht.

»Na ja«, versuchte Karin beschwichtigend auf Doris einzureden, »er ist ein leitender Angestellter, ledig und er wohnt gleich neben dir. Dann braucht unser Chauffeur nicht unnötig durch die Gegend zu fahren und euch aufsammeln.« Sie schaute zur Uhr. »Ich habe mir erlaubt, ihm früher frei zu geben.«

Grübelnd stand Doris da, überlegte, ob sie nicht einen Alleingang wagen sollte und räumte der Vernunft Vorrang ein. Hier war nun mal eine außergewöhnliche Situation entstanden, die außergewöhnliches Handeln erforderte. Und da Walter schon in den Startlöchern stand, wollte sie Karins Bemühungen vor ihm nicht untergraben. Ohne weiter darüber nachzugrübeln schritt Doris zur Tat. Viel Zeit blieb ihr nicht mehr. Bereits um 18 Uhr begannen die Feierlichkeiten, gerade mal eine Stunde Zeit, sich frisch zu machen, passendes umzuziehen und sich zu stylen.

Als nächstes suchte Doris Frau Koch auf, die ihr einen Kleidersack in die Hand drückte. Doris vertraute ihr blind und schaute nicht einmal nach, was sie ihr ausgewählt hatte.

Frau Koch griff nach einem zweiten Kleidersack, der an einer Kleiderstange hing. »Für Herrn Larsen habe ich einen Anzug – bevor er wieder mit diesem grässlichen Teil von letztens erscheint. Ich habe ihn extra für ihn angefertigt.«

Trotz ihrer Anspannung musste Doris lachen. »Dann haben Sie wirklich nur Maß genommen?«, spielte sie auf die Begebenheit in Walters Büro an.

Etwas verlegen schob Koch ihr Kinn vor. »Ich habe ihn schon etwas provoziert«, gestand sie ein.

»Nehme ich Ihnen das mal so ab.« Doris griff nach dem Kleidersack. »Ich nehme ihn auch gleich mit.«

Eine halbe Stunde später eilte Doris mit den Kleidersäcken bepackt den Aufgang zu ihrem Haus hinauf. Walters Wagen stand schon in der Parkbucht, und von weitem erblickte sie ihre Freundin Bettina, die mit ihren Kindern vor der Haustür wartete, was ihre Wut auf Bettina aufs Neue entfachte. Wie konnte sie nur ihr halbes Leben vor Rüdiger preisgeben? Übellaunig ließ Doris ihr einen flüchtigen Blick zukommen, drückte ihr ihren Kleidersack in die Hand und bog dann zu Walters Haustür ab, klingelte heftig und nicht lange, da stand er perplex vor ihr.

»Frau Koch wollte kein Risiko eingehen«, erklärte Doris und drückte ihm lieblos den Kleidersack in die Hand, »anziehen und in 20 Minuten bei mir«, ordnete sie an und stapfte dann sofort zu ihrem Haus hinüber, blickte Bettina dabei streng an.

Eingeschüchtert folgte Bettina ihrer Freundin in die Wohnung. »Warum bist du denn so sauer?«, hakte sie vorsichtig nach.

Gereizt wandte sich Doris nach ihr um, hielt aber mit einem Wutanfall zurück, der Kinder wegen, die schon an ihr vorbeigehuscht waren und brav am Esstisch Platz genommen hatten. »Wie konntest du Rüdiger nur mein ganzes Leben erzählen?«, fauchte sie leise.

Reuig sackte Bettina zusammen. »Es tut mir leid – ich wollte doch nur vermitteln.«

»Danke«, entgegnete Doris schroff, »was willst du überhaupt hier?«

Irritiert fuhren Bettinas Brauen hoch. »Deine Firma hat mich angerufen.«

»Du hättest nicht kommen brauchen«, schnaubte Doris ablehnend und schaute planlos umher.

»Ach Doris«, jammerte Bettina schuldbewusst, »nun sei doch nicht mehr so böse mit mir.«

Nachdenklich schaute Doris ihre Freundin an, die wehleidig um ihre Gunst rang. Mit einem tiefen Atemzug vertrieb sie ihre schlechte Laune und begrüßte innerlich, dass Bettina ihr helfen wollte. Das nahm ihr schon mal eine Sorge ab. »Ich bin nicht mehr sauer«, lenkte sie ein, aber nicht ohne etwas klar zu stellen, »mach das nie wieder.«

Beschwörend erhob Bettina ihre Hand. »Versprochen.«

Um keine weitere Zeit zu verlieren, wanderte Doris gleich ins Bad ab, um sich etwas frisch zu machen, dann begab sie sich in Bettinas Hände, die nur wenige Handgriffe benötigte sie herzurichten. Mit einem kleinen Zeitvorsprung begab sich Doris danach ins Schlafzimmer und schlüpfte ins Kleid, welches sie doch für sehr gewagt hielt und kämpfte mit dem Reißverschluss, ihn zu schließen.

Bei Walter hingegen trat mal wieder das alt bekannte Problem auf. Die Krawatte ordentlich an den Hals zu legen. Nach zehn Minuten Selbstversuch gab er auf und stopfte diesen Strang in die Jacketttasche, wobei er übellaunig grummelte, weil er seine Chefin erneut um Hilfe bitten musste. Wie peinlich.

»Westermann«, murmelte er und musste an das Gespräch mit seiner Schwester denken, die ihm diese schwere Bürde auftrug, mit ihr auf den Empfang zu gehen. Sie betrachtete diese Gelegenheit, um heute ein paar Pluspunkte bei Doris zu sammeln. »Lass deinen Charme spielen« klangen ihm ihre Worte im Ohr und wahrlich wollte er alles dran setzen ihr zu imponieren, was ihn etwas nervös werden und hoffen ließ, dass ihm keine Fehler unterliefen. Unwillkürlich fasste er an seine Jacketttasche. Ach, wie ärgerlich diese Unbeholfenheit.

Um Doris nicht warten zu lassen, ließ er keine weitere Zeit verstreichen und stapfte zu ihr hinüber und klingelte.

Wau, dachte Bettina als sie die Tür öffnete und Walter vor ihr stand, an den sie sich noch gut erinnern konnte. Nur wirkte er nun wesentlich stattlicher, und nüchtern besaß er weit mehr Vorzüge als Rüdiger. »Hallo«, grüßte Bettina verzückt und sah ihn fragend an.

Auch Walter wusste Bettinas Gesicht gut einzuordnen. Da sie aber nicht auf ihre Begegnung einging, verzichtete er auch darauf, was ihm dennoch peinlich aufstieß. »Larsen«, stellte er sich vor, »ich bin Frau Westermanns Begleiter auf dem Empfang«, stammelte er.

Bei Bettina erhoben sich erpicht die Brauen. Von wegen nur Nachbarn, dachte sie und glaubte eher an eine geheime Romanze, die sie Doris durchaus gönnte. Freundlich ebnete sie ihm den Weg.

Nur zögerlich folgte Walter ihrer netten Geste, versuchte, Bettinas tiefgründige Blicke zu ignorieren und hörte nur, wie die Tür sacht wieder ins Schloss fiel, woraufhin er sich nach ihr umdrehte.

»Bitte«, sagte Bettina mit einladender Gestik, worauf Walter in den Wohnbereich schritt, wo er gleich von zwei kleinen Kindern angestarrt wurde, die brav am Tisch saßen. Er schätzte den Jungen auf vier Jahre und das Mädchen auf sechs, womit er gut lag. Walter lächelte angespannt auf sie nieder, ließ zur Ablenkung seine Blicke umherwandern und stellte fest, dass Doris ohne jeden Schnickschnack wohnte. Die Wände im mediterranen Stil gehalten. Über den Tresen zur Küche hin, blickte er auf eine aufpolierte Anrichte. Alles stand ordentlich an seinem Platz. Ein Zeichen, dass sie nicht viel benutzt wurde.

Das Mädel, ziemlich dürr und staksig, inspizierte Walter plötzlich etwas genauer, wofür sie extra aufgestanden war. »Hallo«, rief die Kleine zu ihm auf, »ich bin Lara.«

»Ich bin Walter«, antwortete er freundlich mit leichter Verlegenheit, weil nicht nur die Tochter ihn anstarrte, sondern die Mutter auch.

»Hebst du mich auf den Barhocker?«, fragte die Göre.

»Lass Herrn Larsen bitte in Ruhe«, mahnte Bettina und nahm dabei nicht für eine Sekunde ihren Blick von ihm.

»Das macht doch nichts«, sagte Walter großzügig und hievte das kleine Mädchen auf den Hocker. Von nun an starrte ihn die Kleine aus Augenhöhe an und auch Bettina nagte mit ihren Blicken weiter an ihm. Teilte so unverhohlen ihre Begeisterung mit.

»Bist du mit Doris befreundet?«, horchte Lara ihn wissbegierig aus.

Um nicht den Eindruck zu erwecken, er habe Krieg mit Doris, wählte er die diplomatische Variante. »Nun ja, wir sind Kollegen und Nachbarn«, antwortete er, was Lara nicht hinderte, ihn weiter anzustarren, ebenso wie die Mutter, die versonnen dabei seufzte.

Plötzlich kam Doris überschäumend ins Wohnzimmer gerauscht und durchbrach Bettinas romantische Gedanken. »Verdammt«, fauchte sie verhalten, marschierte vor ihre Freundin und streckte Walter ihren entblößten Rücken zu, ohne Walter wahrzunehmen. Ihr Kleid klaffte weit auf. »Ich krieg diesen Reißverschluss nicht zu«, wetterte sie, »ich frag mich, wozu ich überhaupt etwas anziehe?«

Ohne Aufforderung schob Walter den Reißverschluss zusammen und zog ihn zu.

»Danke«, stieß Doris erleichtert aus und erstarrte plötzlich. Verwirrt blickte sie ihre Freundin an. Hier stimmte etwas nicht. Hastig wirbelte sie herum und warf einen verächtlichen Blick auf ihren Kollegen, den sie erst jetzt registrierte und der jetzt erst durch Doris' fuchsige Reaktion bemerkte, dass er ihr mal wieder zu nahe gekommen war.

Entwaffnend erhob Walter seine Hände. »Sorry.«

Doris hielt mit ihrer Wut ein, weil ihr in diesem Moment bewusst wurde, dass, wäre Bettina nicht bestellt worden, sie auf seine Hilfe angewiesen gewesen wäre. Peinlich, so oder so, dachte sie. Verabscheuend und mit Groll in der Kehle drehte Doris ab und wanderte zu ihrem Telefon. Dieser Abend ging einfach an ihre Grenzen. Sie wählte eine Nummer, die sie auswendig wusste und schaute dabei kontrollierend ihren Kollegen an.

Verdrießlich presste Walter reuig seine Lippen zusammen, als er von Doris' todesverachtenden Blicken erfasst wurde. Anstatt Pluspunkte zu sammeln, driftete seine Skala weiter ins Erdreich ab. Ihren Blicken nach zu urteilen, vermutete Walter, dass noch eine Standpauke folgte.

Plötzlich wandte sich Doris ab und folgte ihrem Gespräch. »Hier ist Doris«, sprach sie in den Hörer, »ich wollte nur wissen, wie es deinem Mann geht?«

Margot Herrenberg war am anderen Ende der Leitung. »Peter geht es gut, er ist wieder Zuhause – ziemlich geschwächt – er hatte wohl noch mal Glück gehabt«, erklärte sie.

Erleichtert atmete Doris auf. »Freut mich zu hören«, sagte sie sanft und lächelte milde, »bestelle ihm einen schönen Gruß – und ich werde ihn würdevoll vertreten.«

»Mach ich, schönen Abend.« Dann legte Margot auf.

Missbilligend wurde Herrenberg von seiner sehr jungen Frau angeschaut. Er saß auf dem Sofa seines Großraumwohnzimmers und schwenkte einen Cognac in seiner Hand. Margot warf ihr langes, brünettes Haar nach hinten und schob ihr energisches Kinn vor. »Findest du nicht, dass dein Auftritt heute Nachmittag etwas überzogen war?«

Pikiert kippte er den Schnaps hinunter. »Was hätte ich denn tun sollen? Ich kann nun mal nicht reden, wenn die Presse anwesend ist.«

»Aber deswegen die Theatergruppe als Sanitäter anrollen zu lassen?«

Doris schlenderte nach ihrem Telefonat in den Essbereich zurück, wo Bettina mit ihrem Kollegen zusammenstand. Sie ließ Walter einen schlecht zu deutenden Blick zukommen, der Verdruss und Verlegenheit spiegelte, was bei ihm Magenschmerzen auslöste, weil er an die Konsequenzen seiner Grabschattacke nachdachte.

Plötzlich kehrte Doris ihrer Freundin den Rücken zu. »Ist alles in Ordnung?«, fragte sie nach und sah ihre Freundin über die Schulter an.

Akribisch begutachtete Bettina ihren Rücken. »Alles gut«, verkündigte sie, worauf Doris wieder etwas zufriedener wirkte.

Nur zu gut konnte Walter diese Zufriedenheit verstehen. Die Narbe, die ihm eben nicht verborgen blieb, die sich über ihren Rücken zog, sah nicht gerade schmückend aus und passte so gar nicht zu ihrem perfekten Aussehen. Ihm fiel dabei das Gespräch mit ihrer Mutter ein und vermutete, dass diese Narbe zu einem Überbleibsel ihres schweren Unfalls gehörte, von dem sie erzählt hatte.

Doris hingegen konnte keine absolute Zufriedenheit finden. Wehleidig sah sie ihre Freundin an. »Ich fühl' mich nicht wohl«, jammerte sie leidvoll und schlug ihre Hände über Kreuz auf ihre blanken Schultern, »ich komm' mir so nackt vor.«

»Doris, du siehst toll aus«, war Bettina begeistert, »ich wusste gar nicht, dass ihr so tolle Klamotten herstellt.«

Doris sah unglücklich an ihrem Busen herunter. »Ich weiß nicht, ich habe mehr an, wenn ich mir ein Handtuch umschlinge.« In diesem blassblauen Stoffrest fühlte sich Doris eher als Opfer einer Fleischbeschau. Das Kleid schmiegte sich eng an ihren Körper und brachte ihre Facetten voll zur Geltung und hörte auch schon eine Hand breit über dem Knie auf. Es grenzte für sie an ein Wunder, dass dieser Fummel überhaupt an ihrem Körper hielt.

»Na ja«, versuchte Bettina beruhigend auf ihre Freundin einzuwirken, »du trägst ja noch einen kurzen Blazer drüber.«

Gereizt stieß Doris Luft aus. »Wie soll man sich darin bewegen? Dieses Ding ist auf Taille geschnitten.« Sie marschierte in ihr Schlafzimmer zurück, schlüpfte in ein paar Schuhe und zog den Blazer über, der knapp über ihrer Hüfte endete. Dann zog sie einen Briefumschlag von ihrer Kommode. Der sogenannte Speck für den Herrn Bürgermeister. Vor ihrem Spiegel versuchte Doris mit ein paar Atemübungen ihre miese Laune zu vertreiben und wenig später schlenderte sie durch den Flur in den Wohnbereich zurück. Ihre Laune war nun etwas besser. Langsam steuerte sie auf Walter zu und reichte ihm das Kuvert. »Würden Sie das bitte aufbewahren?«, bat sie ihn nett und Walter gehorchte und verstaute den Umschlag in der Innentasche seines Jacketts.

»Willst du Walter mal heiraten?«, meldete sich Lara zurück und blinzelte Doris erwartungsvoll an, die perplex ihre Augenbrauen hochriss und ihren Blick auf Walter richtete, der ebenso verdutzt aus der Wäsche schaute. Für einen Moment verharrten diese Blicke, was bei Bettina wieder romantische Gedanken aufblitzen ließ, die aber sogleich zerschlagen wurden.

»Nein, sicher nicht«, antwortete Doris abwesend, mit einer Mischung aus Verlegenheit und Verzückung, dann wich sie seinen Blicken aus.

»Aber wenn doch, lädst du mich dann ein?«

Doris' Verlegenheit ließ nach und sie brachte sogar ein amüsiertes Lächeln in ihrem Gesicht unter. Sie sah die Kleine liebevoll an. »Ich verspreche es dir«, gelobte sie. Dann zupfte ihr der junge Mann am Kleid.

»Mich auch?«

Lieb lächelnd ging Doris in die Hocke. »Natürlich, dich auch.« Sie schloss den kleinen Mann in ihre Arme. »Ihr gehört doch zur Familie«, flüsterte sie sanft und drückte ihm einen Kuss auf die Stirn.

Bei Walter wurde ein merkwürdiges Gefühl entfacht, als er auf Doris nieder schaute, die ganz warmherzig den kleinen Mann liebkoste. Sie besaß doch so etwas, wie ein Herz, stellte er fest und spielte dabei unbedacht an seinem Ringfinger, weil ihm Pauls Worte im Ohr klangen.

Plötzlich ertönte die Türglocke, was Doris aufschrecken ließ, die sich schnell erhob und Walter flüchtig anblinzelte.

»Das ist für uns«, teilte sie mit und blickte auf die Uhr, »es wird Zeit.« Trotz der Eile nahm sie sich noch die Zeit, die kleine Göre in den Arm zu nehmen und sich bei Bettina zu bedanken. »Du kennst dich ja aus«, flüsterte sie ihr zu.

»Natürlich. Die Tür nur zuziehen«, antwortete Bettina lächelnd, »viel Spaß«, wünschte sie noch und konnte Doris nur noch nachschauen, wie sie zur Tür eilte, wobei sie von der Kommode im Vorbeigehen ihren Schlüssel und das Portmonee zog und in ihrem Blazer verstaute, der extra Täschchen dafür besaß. Eine Handtasche bevorzugte sie nicht. Für sie war das nur unnötiger Ballast, der sie im Alltag schon zur Genüge nervte.

Wie vermutet stand Johann, der Chauffeur, vor der Tür.

»Mäm«, grüßte er Doris mit tiefer Stimme und zupfte dabei an seiner Dienstmütze. Dann nickte er freundlich Walter zu.

Johann gehörte zu den kräftigen Männern und besaß auch die Statur eines Kleiderschranks, was er auch schon öfters in Funktion eines Bodyguards nutzte. Mit großen Schritten ging er vor und steuerte auf die Luxuslimousine zu und öffnete die hintere Tür. Doris stieg zuerst ein und rutschte gleich auf die andere Seite der Sitzbank durch. Während Johann geduldig die Tür offen hielt, wanderten Walters Blicke beeindruckt über die Staatskarosse. Schon immer träumte er davon, einmal mitfahren zu dürfen und jetzt raubte ihm die Ehrfurcht beinahe den Atem.

»Herr Larsen«, riss Doris ihn plötzlich aus den Gedanken und sah ihn ungeduldig in vorgebeugter Haltung an, »ich warte nicht gerne.«

Schnell besann sich Walter, kletterte hinein und blieb dicht neben der Tür sitzen, um einen großen Sicherheitsabstand einzuhalten, wobei er streng von Doris gemustert wurde. Ihren gereizten Gemütszustand konnte man im gesamten Wagen verspüren. Plötzlich betätigte sie einen Knopf an ihrer Tür, der die Trennscheibe zwischen der Fahrer- und Passagierkabine in Gang setzte.

Magenschmerzen hielten bei Walter wieder Einzug. Nun folgte wohl die fällige Standpauke, und so verfolgte er missmutig, wie die Trennscheibe Millimeter für Millimeter nach oben fuhr. Als er spürte, wie sich der Wagen in Gang setzte, und ihm somit jegliche Möglichkeit zur Flucht genommen wurde, setzte er sogleich zu einer Entschuldigung an, bevor seine Punkteskala in die Hölle abglitt. »Bevor Sie mir den Kopf abreißen«, eröffnete er seine Verteidigung, »tut mir leid, wenn ich Ihnen eben zu nahe gekommen bin, es war ein Reflex«, redete er auf sie ein, »ich werde künftig darauf achten einen Sicherheitsabstand einzuhalten«, fügte er beschwörend hinzu und versuchte dabei seine Blicke nicht auf ihre Schenkel zu richten, die von ihrem hochgerutschten Kleid bis zur Hälfte freigelegt wurden.

Verdutzt schaute Doris ihn an. »Vermittelte ich den Eindruck, dass ich Ihnen den Kopf abreißen wollte?«, fragte sie verunsichert nach.

Er nickte lahm und bedächtig und richtete seinen Blick bedeutungsvoll zur Trennscheibe.

Die Strenge, die Doris wohl ausstrahlte, ließ sie etwas verlegen werden. Sie musste ihrem Kollegen ja wie eine drakonische und verknöcherte Gouvernante vorkommen. »Tut mir leid«, sagte sie heiser, »das war nicht meine Absicht. Ich schließe die Scheibe immer.« Sie lächelte versöhnlich. »Ich bin nicht ganz unschuldig daran«, gab sie zu und verblüffte Walter mit diesem Zugeständnis, »Ihnen den Rücken zuzuwenden, musste Ihnen ja vorkommen, wie eine Aufforderung.« Sie atmete tief ein. »Obwohl ich mich mit dem Sicherheitsabstand gut anfreunden kann«, stellte sie klar.

Auf ihr Versöhnungsangebot nickte Walter einverstanden, was Doris zu einer Erklärung veranlasste, worauf ihre miese Laune beruhte.

»Ich gebe zu, ich bin ziemlich gereizt. Ich hatte so gehofft, der Chef ginge dieses Mal selber auf den Empfang.« Sie zog an ihrem Kleid, um ihre Schenkel zu bedecken, wobei sie gereizt stöhnte. »Und dieses Kleid macht mich auch wahnsinnig.«

»Sie sehen bezaubernd aus«, warf Walter ein Kompliment ein und dies meinte er ehrlich.

»Hören Sie bloß auf mir zu schmeicheln«, entgegnete Doris, »ich sehe aus, als wollte ich Kerle aufreißen.«

»Tun Sie nicht«, widersprach Walter keck und vergaß dabei, dass er neben seiner Vorgesetzten saß, »es zeigt Sie bloß von der ganz ungewohnten femininen Seite. Mir gefällt's.«

Entsetzt starrte Doris ihn an und stieß einen zynischen Laut aus, der Walter zur Räson mahnte. »Das glaube ich Ihnen gern«, konterte sie bissig, worauf Walter schnell eine Entschuldigung anbringen wollte, doch Doris ließ ihm nicht die Zeit dazu, »wir können ja gerne tauschen, dann wissen Sie, wie ich mich fühle.«

Um seiner Unverfrorenheit einen charmanten Tatsch zu verleihen, um sie milde zu stimmen, legte er einen Scherz nach. »Besser nicht«, lehnte er ab, »meine Beine sind nicht rasiert.«

Mit einem Schlag verflog Doris' miese Laune und sie lachte amüsiert und verzieh ihm seine persönliche Einschätzung ihrer Person, weil sie sich in der Tat etwas geschmeichelt fühlte. Sie lehnte sich entspannt zurück und ließ das so im Raum stehen und bemerkte gar nicht, wie Walter erleichtert aufatmete.

»Der Abend ist eigentlich viel zu schade, um ihn mit einem Empfang zu verschwenden«, sagte sie plötzlich und drehte ihren Kopf in Walters Richtung, »ein schöner Spaziergang durch den Park und anschließend ein kühles Bier im Biergarten, wäre mir jetzt viel lieber.«

Erstaunt über ihre Sehnsüchte, die sie als einen normalen Menschen auszeichnete, zog Walter seine Brauen hoch. So privat konnte er sie noch nie erleben und dieser Gedanke, den sie aussprach gefiel ihm. Der laue Sommerabend lud wahrhaftig zu einem Besuch im Biergarten ein. »Ja«, stieß er sanft aus, »das wäre mir jetzt auch lieber.« Unweigerlich musste er schlucken, wobei er an seine trockene Kehle fasste und dabei entsetzt zusammenzuckte. Seine Krawatte hing noch nicht am Hals.

Auch Doris zuckte leicht bestürzt zusammen, als seine Hand am Hals ruhte. »Lag keine Krawatte bei dem Anzug dabei?«

Mit geschultem Griff zog Walter das Teil aus seinem Jackett hervor und hielt es verlegen hoch. »Doch«, antwortete er knapp, worauf Doris geringschätzig stöhnte, aber ohne weitere Aufforderung gleich an ihn heran gerutscht kam, während er sein Jackett etwas von den Schultern gleiten ließ und seinen Hemdkragen hochschlug. In ihrer gewohnten Penibilität legte sie den Schlips an, richtete ihn und streifte den Strang schließlich glatt. Ein zarter Duft ihrer Hände drang dabei in Walters Nase und löste ein leichtes Magenkribbeln aus, was ihm seine Erinnerung an die erste Begegnung mit ihr wachrüttelte. Mein Gott, wie hatte er sich damals in sie verliebt.

»Sie sollten dringend einen Kursus belegen«, warf Doris plötzlich ein und ließ seine Erinnerung wie eine Seifenblase zerplatzen.

»Darf ich mich bei Ihnen anmelden?«, konterte er spitz.

Sie lachte vergnügt und richtete nochmals seinen Kragen. »Lassen Sie sich von Frau Sommer einen Termin geben.«

Ab hier glaubte Walter fest daran, seine Punkteskala nach oben treiben zu können.

Endlich fuhr der Wagen an das Eingangsportal vor. Johann stieg sofort aus und öffnete die Tür. Walter kletterte zuerst hinaus und reichte Doris hilfreich seine Hand, die sie sogar dankbar in Anspruch nahm.

Während sie anschließend Johann erklärte, dass er nicht auf sie warten müsse, weil sie zurück ein Taxi nehmen wollte, blickte Walter ehrfürchtig zum Eingangsportal des recht alten Rathauses hoch. Die sinkende Sonne färbte das Sandsteingebäude goldgelben ein und die hohen gebogenen Fenster glitzerten wie Diamanten, so dass es einem Königspalast ähnelte. In diesem Moment fühlte er sich sehr wichtig; wie ein Staatsmann.

Plötzlich schob Doris ihre Hand unter Walters Arm. »Sind Sie bereit?«, fragte sie sanft und schaute ihn eindringlich von der Seite an, der perplex, über ihre freiwillige Annäherung, nur nicken konnte, »von uns beiden hängt heute eine Menge ab«, erklärte sie und rief ihm damit das Gespräch zwischen ihm und seiner Schwester in Erinnerung, die ihm sehr deutlich erklärt hatte, was nicht nur für die Firma auf dem Spiel stand.

»Ich bin bestens informiert«, ließ er sie wissen, »Sie können sich auf mich verlassen«, sicherte er ihr zu und strebte wahrhaftig an alles zu geben, um seinen Kopf retten zu können.

Im Gleichschritt stiegen sie die Treppe hinauf und schritten an den großen, in Stein gehauenen Löwen vorbei, die links und rechts neben der Treppe standen, passierten den Eingang und wanderten durch die große Empfangshalle mit ihren meterhohen Säulen. Vor der großen Flügeltür, die zum Festsaal führte, stand ein älterer Herr im Frack vor einem Pult, auf dem das Gästebuch aufgeklafft lag. Der Herr begrüßte Doris sogleich mit Namen und reichte ihr einen Kugelschreiber. Schnell trug sie sich mit Firma Herrenberg ein und unterschrieb. Dann reichte sie den Kuli an ihren Kollegen weiter. Hier fanden die Worte von seiner Mutter Bestätigung. Seine Chefin führte die Feder tatsächlich mit der linken Hand. Walter war das noch nie aufgefallen.

Als sie kurz darauf den Festsaal betraten, bot ihnen ein junger Kellner ein Glas Sekt an. Nur aus reiner Höflichkeit nahm Walter das Glas an und betrachtete es missmutig, bevor er daran nippte.

»Gewöhnen Sie sich daran«, teilte Doris ihrem Kollegen mit. Ihr war seine verdrießliche Miene aufgefallen. »Es gibt hier kein Bier.«

Entsetzt starrte Walter sie an. »Kein Bier?«

Doris schüttelte lahm den Kopf.

»Wie soll man denn da in Partystimmung kommen?«

»Sie sind hier im Rathaus, nicht im Vergnügungspark.«

Einsichtig und dem Schicksal ergeben ließ Walter seine Blicke durch den Saal wandern, der einem Prunksaal eines Königlichen Hauses in nichts nachstand. Große Kristallleuchter hingen von der Decke, der Boden war mit edlem Parkett verlegt. Schwere Samt-Schals, mit Goldkordel zusammengebunden, säumten die hohen Bogenfenster. Am Ende des Saals stand eine Bühne, auf der eine Gruppe junger Musiker flotte Tanzmusik spielten. Davor lag die Tanzfläche, wo sich schon viele Paare tummelten, und kleine runde Tische, die für je zwei Personen peinlich genau abgezählt, reservierte Plätze bereithielten, bildeten eine Gasse bis zur Tanzfläche. Rechts neben der Bühne stand die Theke, in dunklem Holz gehalten und mit aufwendigen Messingbeschlägen versehen. Die Lautstärke der Musik war genauestens abgestimmt, so dass man sich an den Tischen gut unterhalten konnte, ohne sich anschreien zu müssen.

»Die oberen Hundert von Hochingen«, ließ Doris plötzlich abwertend verlauten. Aber trotz allem Spott, den sie verlauten ließ, konnte Walter nicht wirklich einschätzen, wie sie das gemeint hatte, aber Sekunden später stellte er fest, sie war eine von ihnen.

Als Doris durch die Gasse schlenderte Richtung Tanzfläche, wurde sie unentwegt angesprochen von diesen aufgetakelten Frauen, die nach Parfüm rochen, als hätten sie darin gebadet und dickes Make Up trugen, um ihre rissige Fassade zu verbergen. Im Schlepp ihre fettbauchigen und grimmigen Ehemänner. Es gab kaum ein Vorankommen. Von allen Seiten wurde sie begrüßt und Küsschen hier und Küsschen da. »Ach Doris, schön dich zu sehen« kam es aus ihren Mündern, dann folgte stets ein musternder Blick auf Walter, was Doris jedes Mal bewog, eine Erklärung abzugeben. Sie stellte ihn fortwährend als Chefinformatiker Larsen vor und betonte ausdrücklich, dass sie rein geschäftlich anwesend seien. Ein Spruch, der wie mechanisch von einem Band abgespielt wurde, aber so ließ sie erst gar nicht den Gedanken aufflackern, dass sie ein Paar sein könnten.

Geduldig trottete Walter nebenher und lächelte gequält und schüttelte freundlich die Hände, wenn dies gefordert war. Dann endlich erreichten sie in der Nähe der Theke ihren reservierten Tisch. Erstaunt blickte Walter auf das Platzschild nieder. *Herrenberg / Westermann* stand dort drauf.

»Sieht so aus, als hätte man mit Ihnen gerechnet«, konnte er mit einer Bemerkung nicht zurückhalten.

»Ja«, musste Doris bedauernd zugeben, »es ist halt das leidige Thema. Und wie immer stehe ich dann alleine da.« Sie lächelte ihn an. »Außer heute.«

Walter schaute durch den Saal. »Aber Sie kennen doch eine Menge Leute.«

Doris ließ einen geringschätzigen Blick durch die Menge wandern. »Auf das verlogene Volk kann ich gut verzichten«, ließ sie bissig verlauten und das war ihre wirkliche Meinung zu diesen Leuten. Es gab nur ganz wenige Ausnahmen, mit denen sie freiwillig das Gespräch suchte. Im Großen und Ganzen tummelten sich hier Geschäftsleute, von denen gut die Hälfte ihren Wohlstand nur vorgaukelten, um in dieser Liga hier mit tummeln zu dürfen, wobei natürlich über ihre Mitstreiter mächtig gelästert wurde, die des Konkurses entlarvt wurden.

Walter verzichtete auf einen Kommentar. Als Unbedarfter hielt er es für besser mit seiner Meinung einzuhalten. Dann beobachtete er, wie Doris ihren Blazer von den Schultern gleiten ließ und für einen Moment nachdenklich verharrte, wobei er an ihrem Blick ihre Besorgnis erkennen konnte. Ihr Gedanke beruhte darauf, ob sie wirklich den Blazer ausziehen sollte. Schließlich hing sie ihn über die Stuhllehne.

»Kommen Sie«, sagte Doris plötzlich und stieß Walter auffordernd an, »gehen wir an die Theke.«

Von dem Gedanken angetan, folgte Walter seiner Chefin, die beim Barkeeper gleich einen Martini bestellte. Er hingegen bevorzugte Wodka-Lemon. Diese soften Getränke lagen ihm nicht.

Stumm prostete Doris ihrem Kollegen zu, dann schweiften ihre Blicke zur belebten Tanzfläche ab. Unbewusst wog sie im Rhythmus der Musik ihren Oberkörper und nippte dabei immer wieder an ihrem Drink. Walter hingegen konnte dieser steifen Party nichts abgewinnen. Gelangweilt stand er neben Doris, die mittlerweile nicht nur ihren Oberkörper bewegte, sondern auch ihre Hüften mitschwingen ließ. Flotte Rhythmen beflügelten sie immer mehr, mal wieder ein Tänzchen zu wagen. Schon lange nicht mehr verspürte sie diesen Wunsch. Und bis auf den zaghaften Versuch mit Rüdiger stand sie auch schon lange nicht mehr auf dem

Parkett. Dieser Gedanke rüttelte sie wieder wach. Beim Tanzen mit Rüdiger ließ ihre Vernunft sie im Stich. Sie blickte Walter kurz von der Seite an. Bei ihm dürfte sie dieser Gefahr nicht ausgesetzt sein, befand sie und tippte ihm fast im selben Moment auf die Schulter.

»Ich würde gerne tanzen«, teilte Doris ihm fast bestimmend mit.

Entsetzt scheute Walter zurück. »Was?«

»Bitte«, flehte sie sanft und legte einen liebenswürdigen Blick auf, »lassen Sie uns ein wenig Spaß haben.«

»Der wird Ihnen schnell vergehen!«, spöttelte Walter über seine Tanzfähigkeiten, »außerdem dachte ich, wir sind nicht zum Vergnügen hier.«

Doris ließ gar keinen Widerstand zu. Schnell nahm sie ihm das Glas aus der Hand, stellte es mit dem Ihrigen auf dem Tresen ab und zog ihn auf die Tanzfläche. Während Walter Überlegungen anstrebte, wie er in diesem Fall einen Sicherheitsabstand einhalten sollte, legte Doris ungehemmt ihre Hand in seine und wartete darauf, dass er sie umfasste.

Walter beugte sich vor. »Nur zur Warnung – mit Sicherheitsabstand wird das hier nicht funktionieren«, gab er ihr zu verstehen.

»Ich werde es überleben«, versicherte Doris; und kaum hatte sie den Satz ausgesprochen, zog Walter sie ruckartig an seinen Körper, ohne sie jedoch an den Bauch zu pressen. Er verzog dabei seinen Mund zu einem überlegenen Lächeln und bedeutete ihr mit seinem intensiven Blick, dass sie nun ihm die Führung überlassen musste, zumindest auf der Tanzfläche. Und es vergingen nur Sekunden, da waren sie schon fest mit dem Rhythmus verwurzelt. Bravourös führte Walter seine Chefin über das Parkett und verstand es hervorragend seine Hände unter Kontrolle zu halten, wobei er wünschte, sie hätte ihren Blazer anbehalten.

Plötzlich nahm Doris einen guten alten Freund der Familie wahr, der ungewohnter weise auch auf der Tanzfläche mit einer Dame seine Runden drehte, von der Doris glaubte, sie zu kennen. Sie zog sich etwas an ihrem Tanzpartner heran. »Kann es sein, dass Ihre Mutter hier ist?«

Aufgerüttelt zuckte Walter zusammen und blickte suchend umher. Doris drehte ihn in die richtige Position und deutete mit ihren Blicken auf ein tanzendes Paar.

Walter klaffte die Kinnlade herunter. »Ja«, stellte er erschüttert fest und wankte von da ab nur noch auf der Stelle hin und her, »mit diesem Kerl aus dem Park«, presste er hervor. Auch erkannte er seine Mutter kaum wieder, die sich im eleganten Kleid präsentierte, dazu Pumps mit Absatz. Auch ihre Haare zeigten sich ungewohnt gestylt und sie trug ihre Brille.

Freudig überrascht strahlte Doris ihren verstörten Kollegen an. »Ach, Sie kennen Dr. Albert?«

Nachdenklich kniff Walter seine Augen zusammen ohne seine Blicke von seiner Mutter zu nehmen. »Ich bin ihm nur kurz begegnet«, erklärte er, »Dr. Albert, sagten Sie?«

Doris nickte. »Dr. Theo Albert.«

»Der Mann ist Arzt?«, hakte Walter nach, seine Blicke immer noch auf Theo und Mutter gerichtet.

»Nein, Rechtsanwalt«, antwortete Doris und beobachtete das Paar, das wie zu einer Einheit verschmolzen tanzte.

»Sie kennen den Mann näher?«, forschte Walter weiter nach. Er musste unbedingt mehr über diesen veralteten Casanova in Erfahrung bringen und erfuhr mehr, als ihm lieb war.

»Ja, sehr gut sogar, er ist mit meiner Familie eng befreundet.«

Aufgerüttelt durch die Gefahr, die plötzlich von diesem Mann ausging, stellte Walter seine Bewegungen gänzlich ein. Eng befreundet, hallte ihm dabei durch den Kopf. Eine Katastrophe bahnte sich da an. Durch Mutters Bekannten, drohte seine und Karins Tarnung aufzufliegen. Ihm musste schnellstmöglich gelingen mit seiner Mutter ein Gespräch zu führen, um sie zu warnen, bevor sie durch ihre Unwissenheit etwas Verräterisches äußerte.

Walters Interesse an Dr. Albert betrachtete Doris mit Verwunderung. Sie tippte ihrem abwesenden Kollegen auf die Schulter und brachte sich wieder in Erinnerung. »Was ist los?«, fragte sie nach.

Walter versuchte gefasst zu wirken und schaute Doris an. »Na ja, ich sorge mich halt. Ich kenne diesen Mann nun mal nicht. Ich möchte nicht, dass meine Mutter Opfer eines Lüstlings wird«, erklärte er seine Besorgnis und überlegte, wie er ein schnelles Vieraugengespräch mit seiner Mutter arrangieren konnte.

Walters Fürsorge, die er für seine Mutter hegte, amüsierte Doris und sie musste ein Lachen unterdrücken. »Dr. Albert ist Witwer und ein ganz lieber Mensch«, erklärte sie, »ich stelle Ihnen Dr. Albert gerne vor.« Mit einem Schlag trat bei Doris Verlegenheit ein, weil ihre Erinnerungen an den Park geweckt wurden. Ihre Kühnheit haftete regelrecht an ihrem Schamgefühl, aber immer davor drücken würde ihr nicht gelingen, wenn Walters Mutter mit Theo eine Freundschaft pflegte. Auch verließ sie sich auf Walters Aussage, dass seine Mutter sie ohnehin nicht wiedererkannte und wenn doch, so musste sie auf ihre Verschwiegenheit hoffen. Mit einem tiefen Atemzug schöpfte sie Mut und knuffte ihren Kollegen an. »Kommen Sie, gehen wir zu ihnen«, sagte Doris entschlossen und wollte losmarschieren, doch Walter riss sie wieder herum und umklammerte sie.

Ohne Vorwarnung wollte Walter tunlichst vermeiden, dass Doris und Mutter wieder aufeinandertrafen, wobei er in seiner Panik seinen vereinbarten Sicherheitsabstand vergaß und Doris mehr schwebend über das Parkett schleppte, tiefer ins Gewühl, und stellte sie dort wieder ab. »Ich finde, das hat Zeit«, sagte er äußerlich lässig, »stören wir die Beiden nicht.«

Perplex schaute Doris ihren Kollegen an, der ihr nicht die kleinste Chance ließ, darauf zu antworten. Sofort nahm er wieder den Rhythmus auf und führte sie wieder über die Tanzfläche, wobei er ein theaterreifes Sonntagslächeln auflegte, das Doris verzückt erwiderte.

Doris hätte den ganzen Abend tanzen können, wären da nicht die lästigen Gratulationen gewesen, die Bürgermeister Herbereit plötzlich mit einer kleinen Ansprache einleitete. Da niemand den Anfang wagte zu gratulieren, schritt Doris zur Tat. Doch zuvor suchte sie ihren Platz auf und zog ihren Blazer über. Bedeutsam schaute sie Walter dabei an, der ihren Blick gut zu deuten wusste.

»Schutzmaßnahme?«, fragte er spitzfindig nach, worauf Doris listig lächelte.

»Ja«, japste sie bestätigend und beugte sich vertrauensvoll zu ihrem Kollegen rüber, »der kleine Mann tätschelt gerne«, flüsterte sie ihm zu und bedeutete ihm ihr zu folgen.

Mit Walter als Begleitschutz wanderte Doris auf die Bühne und trat ans Mikrofon. Zunächst stellte sie sich und Walter vor und begann dann mit einem charmanten Lächeln, welches sie Herbereit zuwarf, ihre Rede, die sie etwas abwandelte, weil sie mehr auf Herrenberg zugeschnitten war. Dann forderte sie von Walter den Gutschein an, überreichte ihn und setzte noch ein paar sülzende Worte nach, die Herbereit in Verzückung versetzten, was ihm Tränen in die Augen trieb, die er sich gerührt aus den Augenwinkeln wischte. Mit lang ausgestreckten Armen forderte er dann seine Belohnung an, die obligatorischen Küsse auf die Wange, wobei er ungeniert Doris an ihren Schultern packte und sie heranzog, wobei sie sich vorbeugen musste, weil er ihr gerade mal bis unter die Achseln reichte.

Auch Walter musste beim Gratulieren einen Diener ablegen, um ihn nicht von oben herab anzuschauen, was besonders höflich wirkte. Doris betrachtete Walters Benehmen als überaus diplomatisch, wobei sie wusste, dass Herbereit auf Unterwürfigkeit stand, weil ihm das etwas Größe verlieh.

Als sie die Stufen der Bühne wieder hinab schritten, lief Doris ihren Eltern in die Arme, die mit den Merians zusammenstanden. Gerda streckte ihrer Tochter gleich die Arme entgegen und begrüßte sie mit einer kurzen Umarmung, aber weniger um sie herzlich zu empfangen, sondern mehr um ihr einen giftigen Satz ins Ohr zu flüstern, weil durchs Walter Anwesenheit, ihre Wut wieder hervorgerufen wurde.

»Hat sich aus dem Blechschaden etwas entwickelt, oder übst du dich in Schadensbegrenzung?«, züngelte sie bissig, dann lächelte sie lieb Walter an und begrüßte ihn mit einem sanften Händedruck.

Paul hingegen drückte Walter sehr forsch die Hand. »Schön, dass Sie Doris begleiten«, sagte er, wie ein glücklicher Vater, der seine Tochter in sicheren Händen wog. Doch Doris nahm ihm gleich jegliche Hoffnung und sagte mal wieder ihren Spruch auf, während Walter von Frau Merian erfasst wurde, die ein Kompliment nicht zurückhalten konnte.

»So einen netten Kollegen, hätte ich mir auch gewünscht.«

Nur dank seiner Disziplin konnte Walter seiner Schamröte trotzen und blickte dabei unweigerlich Doris an, die verlegen ihren Blick abwandte. Plötzlich vernahm Walter eine vertraute Stimme, die ihn wachrüttelte.

»Walter?«, war Maria verwirrt und stierte ihren Sohn an, dem es fast die Stimme verschlug und er daher nur holprig antworten konnte.

»Hallo – Mutter.« Mehr kam aus ihm nicht hervor.

Erstaunt strebte Maria Aufklärung an. »Was machst du denn hier?«

Mit einem Räuspern holte Walter seinen Verstand zurück und deutete auf Doris. »Ich bin mit meiner Chefin hier, Frau Westermann«, erklärte er übertrieben deutlich und hoffte, seine Mutter verstand seine Warnung, »stell dir vor, wir sind in Vertretung von Herrn Herrenberg hier.«

Bei Doris hielten ganz andere Gedanken Einzug, die darauf beruhten, dass Maria sie wirklich nicht wiedererkannte, die wahrhaftig skeptisch an sie herantrat und ihr die Hand reichte.

»Guten Abend Frau Westermann«, grüßte Maria zaghaft und grübelte.

Mit würdiger Haltung erwiderte Doris ihre höfliche Begrüßung. Sie merkte sehr wohl, dass Larsens Mutter versuchte sie einzuordnen. »Freut mich Sie kennenzulernen«, tat sie, als stünde sie zum ersten Mal vor Maria und legte dabei ein überaus freundliches Lächeln auf.

Immer noch nachdenkend beäugte Maria ihr Gegenüber. »Mich auch«, antwortete sie ebenso höflich und wurde plötzlich von Theo abgelenkt, der hinzu kam, der sogleich Doris in die Arme nahm und sie lieb drückte.

»Hallo Doris«, grüßte er sie hocherfreut und schaute sie liebevoll an, »wie geht es dir?«

»Danke gut«, antwortete Doris ebenfalls erfreut, »schön dich zu sehen«, fügte sie hinzu, was sie auch so meinte. Theo gehörte zu den Menschen, die Doris als gute und wahre Freunde bezeichnete. Sie liebte seine gütige und warmherzige aufrichtige Art.

Maria nutzte diesen kurzen Plausch, um ihre Brille zu lupfen, wobei sie so tat, als müsse sie sich etwas aus dem Augenwinkel fischen. In Wahrheit wollte sie so nur Doris ohne Brille betrachten, um einen Vergleich zu ziehen, mit der Dame aus dem Park. Theo jedoch unterbrach sie. Er wandte sich ihr zu und legte seinen Arm behutsam auf ihre Schulter.

»Ihr habt euch schon bekannt gemacht?«, staunte er überrascht.

»Ja«, erklärte Doris, »ich arbeite mit ihrem Sohn zusammen«, fügte sie zur Erklärung bei und deutete auf Walter.

Liebevoll schaute Theo seine Begleitung an. »Da kann man mal sehen, wie klein die Welt doch ist.« Sein Blick schwenkte zu Walter rüber, was ihn kurz grübeln ließ. »Wir sind uns schon mal begegnet«, erinnerte sich Theo und reichte ihm die Hand, was Walter nur unter eisigem Lächeln erwiderte mit einem freundlichen Nicken.

Behutsam drehte Theo Maria herum und deutete auf die Westermanns. »Das sind Gerda und Paul Westermann, Doris' Eltern und meine besten Freunde.« Dann deutete er stolz auf Maria. »Meine gute Bekannte Maria Seitz«, stellte er sie dann vor.

Verzückt griff Gerda nach Marias Hand und begrüßte sie herzlich und strahlte Theo gönnerhaft an, dass er endlich wieder eine nette Gefährtin gefunden hatte. Paul hingegen begrüßte Maria neutral. Anderer Leute Beziehungen interessierten ihn nicht sonderlich.

Bei Walter hingegen brach Panik aus, die er nur schwerlich unterdrücken konnte, als Theo seine Mutter als Maria Seitz vorstellte und auch bei Maria setzte ein aussichtsloses Gefühl ein. Dieses enge Freundschaftsverhältnis zwischen den Westermanns und Theo bedeutete das Ende ihrer guten Freundschaft, wollte sie ihre Kinder nicht ans Messer liefern.

Bei Doris hingegen herrschte leichte Irritation. »Ihre Mutter heißt Seitz?«, richtete sie eine Frage an Walter.

Walter stockte und musste hart schlucken, weil er spürte, wie sich eine Schlinge um seinen Hals legte. Dennoch blieb er cool. »Ja«, bestätigte er, »sie ist zweimal verwitwet.«

»Oh«, stieß Doris betroffen aus, »das tut mir leid.« Sie schaute Theo und Maria unauffällig an. »Vielleicht bahnt sich ja eine neue Beziehung an.«

Darüber wollte Walter nicht annähernd nachdenken, was er mit einem Lächeln überspielte.

Zum Glück nahmen die Gratulationen ein Ende und es wurde wieder Musik gespielt und wie nach einer rettenden Hand flehend, stand plötzlich Paul vor seiner Tochter und entführte sie auf die Tanzfläche, was Theo ebenfalls beflügelte, so dass er Maria aufforderte, die aber ablehnte.

»Sei mir nicht böse«, tat sie erschöpft und lächelte Theo um Verständnis bittend an, »aber ich möchte mich noch etwas ausruhen.«

Um ihre Neugier zu stillen, ergriff Gerda sogleich die Gelegenheit und überrumpelte Theo regelrecht und forderte ihn zum Tanzen auf. Sie wollte unbedingt Näheres über diese Beziehung erfahren. Für Walter endlich die Gelegenheit, mit seiner Mutter Klartext zu reden, doch sie kam ihm zuvor.

»Deine Chefin sieht der Frau im Park sehr ähnlich«, sagte sie verwirrt.

Bevor Walter antworten konnte, musste er seine Stimme auffrischen, die etwas unter seiner Verlegenheit litt. »Mag sein«, räumte er ein, »aber sie ist es nicht.« Mahnend schaute er sie von der Seite an. »Wenn du regelmäßig deine Brille tragen würdest, würde dir der Unterschied auffallen. Ein Wunder, dass du sie heute trägst.«

Pikiert schob Maria ihr Gestell zurecht. »Theo hat mit mir geschimpft.«

Entrückt legte Walter seinen Kopf schief. »Ach, seit wann hörst du auf das, was dir Männer sagen?«, entfuhr ihm vor Verzückung, dass endlich jemand Einfluss auf seine Mutter besaß und so konnte er nur schwerlich Worte finden, ihr diesen Mann nun auszureden, »wie eng bist du mit diesem Dr. Albert befreundet?«, forschte er sich heran.

»Wir treffen uns zum Spazieren«, erklärte Maria.

Skeptisch beäugte Walter seine Mutter. »Spazieren? Mehr nicht?« Er breitete fragend seine Arme aus. »Und heute Abend?«

»Theo hat mich eingeladen, weil dieser Empfang unter einem Motto steht. Da hat er mich gefragt, ob ich ihn begleite.« Sie hielt kurz inne. »Und ja, ich mag ihn«, gab sie zu verstehen. Er sollte wissen, dass sie nur aus Rücksicht wegen ihm und Karin auf Theos Freundschaft verzichten würde und traf ihren Sohn an seiner empfindsamen Seite.

Bedauernd schaute er seine Mutter an. »Du weißt, was davon abhängt«, redete er auf sie ein, auch wenn es ihm leid tat. Aber die Konsequenzen, die insbesondere auf Karin lauerten, standen weit über allen Gefühlen.

»Du brauchst dir keine Sorgen machen«, versicherte Maria.

Doris hingegen konnte ihr Glück kaum fassen, dass sie nach vielen Jahren mal wieder mit ihrem Vater auf der Tanzfläche stand. Früher gab es häufig diese Abende, wo sie mit ihm ausgelassen tanzte, und sie liebte ihren Vater dafür. Er hatte es ihr sogar gelehrt, doch durch die Querelen im Familienbetrieb brachen die schönen Momente abrupt ab, doch nun war einer dieser schönen Jugenderinnerungen wieder ganz nahe.

Immer noch in Glückseligkeit gefangen kehrte Doris irgendwann zu ihrem Kollegen zurück und strahlte ihn an. Sie fasste ihn an seiner Hand und zog ihn aufs Tanzparkett. Durch ihre ausgelassene Laune und ihr überschäumendes Temperament, welches sie plötzlich an den Tag legte, gerieten allerdings Walters gute Tanzmanieren etwas ins Abseits. Und wie ausgewechselt hielt er plötzlich eine ganz andere Frau in seinen Armen.

Ihre offizielle Haltung hatte sie gegen ausgelassene Heiterkeit ersetzt. Sie lachte sehr viel und präsentierte sich von ihrer charmanten und liebevollen Seite. Immer wieder verharrten ihre Blicke kurz. Momente, die Walters Sorgen seiner Mutter wegen, vergessen ließ.

Die Zeit verging im Flug und irgendwann zog es Doris und Walter an das Büfett, welches etwas abseits, in einer VIP- Lounge aufgestellt stand. Enttäuscht bummelte Walter mit einem Dessertteller neben Doris her, vorbei an einer langen Tafel, auf der nur Appetithäppchen drapiert lagen, so üppig, dass man eine Pinzette benötigte, um diese auf den Teller zu bugsieren. Er beobachtete die anderen Gäste, die nur zögerlich ihre Teller beluden, weil jeder dieser Kleinigkeiten wohl ein Vermögen kostete, und so tat er es ihnen gleich, um nicht als unverschämt zu gelten. Dann folgte er Doris, die auf einen der Stehtische zusteuerte, die in Hussen aus edlem Damast steckten. Ein Pärchen stand dort, das Doris mit Vornamen ansprach. Doch bevor sie wieder ihren Spruch aufsagen konnte, fuhr Walter ihr ins Wort und übernahm selber diesen Part. Er grinste danach überlegen und schob dann in eleganter Manier einen dieser Luxushappen in den Mund.

Doris gönnte ihm diesen kleinen Triumph und befand, dass dieser Spruch wie eine billige Rechtfertigung klang.

Als sich das Pärchen am Stehtisch verabschiedete, war das auch für Doris ein Aufruf zu gehen. Nach kurzem Verabschieden beim Gastgeber quetschte sie sich mit Walter zum Ausgang und winkte dabei noch kurz ihrer Mutter zu, während Walter suchend seinen Blick durch die Menge schweifen ließ.

»Haben Sie immer noch Angst um Ihre Mutter«, warf Doris eine Frage ein. Seine besorgte Miene sprach Bände.

»Nein«, log Walter, weil er sich wahrhaftig keine Sorgen wegen Theo machte, da er ihn nun für einen anständigen Mann hielt. Seine Sorgen beruhten nun mehr darauf, wie seine Mutter die Auflösung seiner Freund-schaft verkraftete.

»Aber?«, hakte Doris nach, wissbegierig um seine Besorgnis.

Walter grübelte über ein Argument seiner Fürsorge nach. »Ich überlege gerade, wie eng die Freundschaft zwischen meiner Mutter und Ihrem Bekannten ist.«

»Na ja«, wollte sich Doris nicht festlegen, »scheint, sie mögen sich. Aber dazu kann man im Moment nicht viel sagen, schließlich kennen sie sich ja gerade erst.«

Zustimmend nickte Walter und befand, seine Vorgesetzte hatte recht. Nach so kurzer Zeit, kann man sich noch gar nicht richtig verliebt haben.

Als Doris und Walter die Stufen des Rathauses hinabstiegen, die von großen Halogenscheinwerfern bestrahlt wurden, hatten sie Glück, dass gerade eines der Taxis angerauscht kam, die den ganzen Abend für die Gäste bereit standen. Für Doris ein Segen, dass sie gleich einsteigen konnte und nicht noch warten musste. Erschöpft ließ sie sich auf die Rückbank sinken und schaute Walter an, der neben ihr Platz nahm.

»Entschuldigen Sie bitte«, warnte sie Walter und streifte ihre Schuhe ab, »mir tun die Füße weh.«

»Aber ich habe doch gar nicht draufgestanden«, spaßte Walter.

»Stimmt«, lachte Doris, »mir war beinahe so, als würde ich über die Tanzfläche schweben«, bemerkte sie spitz und spielte damit auf seine Kühnheit an, wo er sich erlaubte, sie übers Tanzparkett zu tragen.

Ihr Lachen nahm Walter als eine verzeihliche Geste auf und so konterte er ebenbürtig. »Ich wollte Ihre Füße schonen.«

Kommentarlos lächelte Doris und lehnte sich entspannt zurück, schloss ihre Augen und hielt inne um ein wenig Kraft zu tanken.

Von ihrer Ruhe verzaubert betrachtete Walter seine Chefin, die von den vorbeihuschenden Laternen immer kurz angeleuchtet wurde. Verzückung hielt mit jeder verstreichenden Sekunde bei ihm mehr und mehr Einzug. Heute lernte er Doris von einer ganz anderen Seite kennen. So ganz natürlich, dass es schon so etwas wie Vertrautheit ausstrahlte. Seine Blicke wanderten schließlich an ihrem Körper hinunter und ruhten dann ungeniert auf ihren Schenkeln, die von dem spärlichen Licht der Mittelkonsolenbeleuchtung angestrahlt wurden. Ihr Kleid war noch etwas höher gerutscht und hatte ihre Beine noch mehr freigelegt, als wie schon auf der Hinfahrt.

»Nur gucken, nicht anfassen«, schreckte Doris ihn plötzlich auf.

Überführt zuckte Walter zusammen und richtete seine Augen nach vorne und bemerkte gar nicht, wie sie amüsiert über seine Verlegenheit lächelte.

»Schöner Abend«, sagte Walter so daher, um von seiner Unverfrorenheit abzulenken.

»Ja«, bestätigte Doris leise, »nur schade, dass man von dem Büfett nicht satt werden konnte.«

Walter nickte bestätigend und drehte seinen Kopf in ihre Richtung. »Sie haben nicht zufällig eine Tiefkühlpizza im Haus?«, witzelte er.

Doris verstand den kleinen Seitenhieb, der auf ihre Begegnung im Park beruhte, nahm ihn aber mit Humor auf. »Leider nein«, antwortete sie und überlegte kurz, »aber eine Idee.« Sie beugte sich vor, legte dem Fahrer ihre Hand auf die Schulter und gab eine neue Richtung an.

Der Wagen hielt irgendwo in einer kleinen Seitenstraße. Schnell kramte Doris etwas Kleingeld aus ihrer Blazer-Tasche und gab es dem Fahrer nach vorne, mit der Bitte, sie nach 45 Minuten wieder hier abzuholen. In der Zwischenzeit war Walter schon um den Wagen herumgewandert und hielt Doris die Tür auf und half ihr hinaus. Unbedacht warf er die Tür sofort wieder zu und das Taxi sauste wieder ab. Entsetzt zeigte Doris mit ausgestrecktem Finger dem Taxi hinterher.

»Meine Schuhe«, sagte sie lahm, fast gelähmt vor Bestürzung.

Gelassen schaute Walter auf ihre nackten Füße nieder. »Na ja«, redete er tröstend auf sie ein, »er kommt ja gleich wieder.«

Missmutig, aber dennoch in ihr Schicksal ergeben, marschierte Doris auf ein kleines Fastfood-Restaurant zu. Ernas Schnellimbiss stand über dem Eingang auf der Leuchtreklame zu lesen. Stutzend folgte Walter der Fährte seiner Chefin, die unbeirrt barfuß auf die kleine Gaststätte zuwatschelte und diese betrat.

Doris liebte dieses kleine Schnellrestaurant. Hier bei Erna feierte sie früher mit ihrem Renn-Team ihre Siege oder Niederlagen. Frust-Trinken oder ausgelassene Party. Auch nutzte sie Ernas Imbiss gerne, wenn sie nach einem Geschäftsessen immer noch großen Hunger oder Durst verspürte, wenn der Tellerrand mal wieder größer als das Steak war und der Wein mehr Durst auslöste als löschte. Bei Erna konnte Doris auch ihre guten Manieren draußen lassen, ein Stubbi Bier trinken und die Pommes mit den Fingern essen.

Doris kannte Erna aus der Schule her. Damals als sie verkündete, einen Schnellimbiss zu eröffnen, hielt Doris ihre Klassenkameradin für verrückt, heute war sie ihr ewig dafür dankbar. Seit sie wieder in der Nähe wohnte, suchte sie Erna auch wieder häufiger auf und nicht nur nach den langweiligen Empfängen oder Geschäftsessen.

Sie wanderte an den kleinen Nischen vorbei, mit den Kunstledern bezogenen Bänken und fixierte zielgenau die Theke. Die kalten Kacheln verliehen ihren geplagten Füßen dabei wohltuende Kühlung.

Nur ein junges Pärchen saß in einer der Nischen gleich am Fenster.

Erna lachte Doris schon von weitem entgegen, als sie auf die Theke zusteuerte. Sie wusste genau, was Doris hier her führte.

Von ihrem Aussehen her passte Erna gar nicht in diesen Schnellimbiss. Ihre schlanke Figur und ihr gepflegtes Äußere waren eher untypisch für eine Wurstverkäuferin.

»Hallo Doris«, grüßte sie freundlich und musterte kurz ihren Begleiter, »siehst aus als kommst du von einem wichtigen Event und bist nicht satt geworden«, bemerkte sie scharfsinnig.

»Genau«, antwortete Doris vergnügt, und Ernas neugierigen Blicken zum Trotz verzichtete sie auf ihren gewohnten Spruch.

Unterdessen überflog Walter die Speisekarte, die über der Theke aushing und traf eine schnelle Entscheidung. »Currywurst mit Pommes und Bier«, sagte er entschlossen.

Walter sprach Doris aus der Seele, die sich seiner Bestellung anschloss. Nicht lange da schlenderten sie auf eine der Nischen zu. Mit dem Tablett in der Hand warf Walter seiner Kollegin einen Seitenblick zu.

»Sie haben Ihren Spruch vergessen«, flüsterte er ihr zu.

Amüsiert beugte sich Doris zu ihm rüber. »Ich dachte, Sie machen das jetzt.«

Kommentarlos schmunzelte Walter zurück und wählte eigennützig eine Nische aus, ziemlich in der Mitte des Lokals und setzte sich Richtung Tür, um das erwartete Taxi erspähen zu können. Als Doris ihren Platz ihm gegenüber einnahm, konnte er immer noch nicht fassen, mit ihr in einem Fastfood-Restaurant zu sitzen, bei Currywurst, Fritten und einer kühlen

Flasche Bier. Bewundernd beobachtete er, wie sie mit einem Ausdruck im Gesicht, gerade noch dem Hungertod entkommen zu sein, nach einer Fritte fingerte und sie in den Mund stopfte, dann griff sie nach ihrer Flasche Bier und nahm einen kräftigen Schluck. Ab hier sah er nicht mehr die Vorgesetzte in ihr.

Walter war mit seiner Portion längst fertig, als Doris ihr letztes Stück Wurst mit dem Piker aufstach und im Mund versenkte. Zufrieden rieb sie ihre fettigen Finger an der Serviette ab, warf sie auf den Teller und schob dann alles zur Seite. Mit einem Seufzer ließ sie sich zurückfallen, kreuzte ihr Finger und ließ sie in den Schoss fallen. Zufrieden lächelte sie ihn an.

»Was ist mit Ihnen?«, warf Doris ihrem Kollegen plötzlich eine Frage zu, worauf er zusammenfuhr und nur mit einem Schulterzucken antwortete, »Sie beobachten mich die ganze Zeit so fassungslos.«

Peinlich angezählt zuckte Walter mit der Schulter, weil ihm erst jetzt bewusst wurde, dass er sie die ganze Zeit angestarrt hatte. »Na ja.« Er suchte nach Worten. »Sie verblüffen mich.«

Skeptisch lachte Doris. »Ich habe eher das Gefühl, Sie quält die Freundschaft zwischen Ihrer Mutter und Theo.« Sie sah ihn eindringlich an, worauf Walter verzagt seine Schulter hoch schob. »Ist der Gedanke so abstoßend für Sie, mit meiner Familie befreundet zu sein? Und mit mir?«

Beinahe wäre Walter ein »Ja« herausgerutscht, was aber nicht gegen Doris sprach sondern an der Problematik von ihm und Karin lag. »Nein«, antwortete er schnell und schob, weil er diese Begründung nicht preis geben konnte, ratlos seine Schulter hoch, worauf Doris mit nachdrücklichem Blick eine Erklärung forderte.

»Nun ja«, fing Walter zaghaft mit einer Erklärung an, »ich denke, dem Chef wird das nicht gefallen, wenn wir befreundet sind. Er hasst doch Vetternwirtschaft und enge Freundschaften innerhalb der Firma.«

»Sie haben ja Sorgen«, lachte Doris unbekümmert, »so schlimm ist es nun auch wieder nicht«, beruhigte sie ihn, »und was in unseren Familien passiert, da haben wir doch gar keinen Einfluss drauf.« Sie schaute in sein besorgtes Gesicht. »Außerdem bin ich mit vielen unserer Angestellten zur Schule gegangen, die duzen mich alle. Natürlich nicht, wenn der Chef dabei ist. Darüber hinaus.« Doris hielt kurz inne und schaute umsichtig umher. »Gibt es jede Menge Affären im Haus. Wenn ich das alles ahnden würde, könnten wir den Laden schließen.«

»Und der Chef weiß das nicht?«, war Walter verblüfft.

»Doch natürlich«, entgegnete Doris, »Frau Vock liefert ihm doch diese Informationen und ich beruhige ihn dann und versichere ihm, dass ich das beobachte und unter Kontrolle halte.« Sie stützte sich auf dem Tisch ab »Sie sehen; unserer Freundschaft steht nichts im Wege.«

Erstaunt stieß Walter einen Pfiff aus. »Dann könnten Sie sich auch eine Beziehung mit einem Angestellten vorstellen?«, hakte er interessiert nach.

»Nein«, gab Doris klar zu verstehen, »als leitende Angestellte sollte man das tunlichst vermeiden«, erklärte sie, »ich liefe Gefahr ausgenutzt zu werden. Und ich wäre dann auch nicht mehr ganz unbefangen. Unter alten Schulkameraden ist das schon schwierig genug.« Sie grübelte kurz. »Na ja, und bei Führungspersonal greift der Chef auch hart durch.«

Dieser Einwand konnte Walter sehr gut verstehen, was ihn zu einem Scherz hinreißen ließ, weil er an Pauls Kupplungsversuch denken musste. »Schade«, seufzte er in gespielter Enttäuschung, »ich hätte so gerne den Rat Ihres Vaters befolgt.«

Neugierig schaute Doris ihn an. »Der wäre?«

»Er meinte, ich solle Sie heiraten.«

»Du liebe Zeit«, platzte es aus Doris lachend heraus.

»Ja«, fuhr Walter fort, »er meinte, mit Ihnen als künftige Autohausbesitzerin, bräuchte ich mir keine Sorgen mehr um Autos machen.«

Doris stieß einen verzagten Laut aus, als er ihr Erbe ansprach, weil er Informationen besaß, über die sie noch nie mit jemanden aus der Firma gesprochen hatte. Ausnahmslos. Aber es war nun mal Fakt, den sie irgendwann ohnehin bekanntgeben musste, nur hätte sie den Zeitpunkt gerne selber gewählt. Sie lenkte ihre Gedanken wieder auf ihren Einwand. »Sehen Sie. Da haben wir's schon. Sie verkaufen sogar Ihre Seele, um günstig an Autos zu kommen und wären sogar bereit, ihr Bett mit einem Eisberg zu teilen.«

Erschöpft ließ Walter seinen Kopf absinken. Dieser Spruch traf ihn sehr und stellte all seine Bemühungen, Doris zu gefallen in den Schatten. Nicht einen Schritt weiter war er gelangt. Er schaute wieder auf. »Für den

Eisberg habe ich mich doch entschuldigt, was Sie angenommen haben«, verteidigte er sich.

»Stimmt«, gab Doris zu und schaute ihn herausfordernd an, »aber Ihre Entschuldigung bedeutet nicht, dass Sie Ihre Meinung geändert haben und auch nicht, dass ich es Ihnen verziehen habe.«

Dieser Spruch klang wie aus dem Buch der Weisheiten. »Dann sind Sie mir also immer noch böse?«

Doris antwortete nur mit einem unschlüssigen Schulterzucken, was Walter anspornte zu beweisen, dass er sie nicht für gefühlskalt hielt, auch wenn es etwas schmalzig ausarten würde. Er griff nach ihrer Hand, als wolle er sie begrüßen und schaute sie fest an. »So«, sagte er bestimmt, »um jetzt ein für alle Mal was klar zu stellen. Ich gebe zu«, fing er an, »als ich Sie als Eisberg bezeichnet habe, habe ich es in diesem Moment auch so gemeint.«

Doris setzte sich pikiert auf, ließ sich aber von Walters beschwichtigenden Geste einschüchtern. Er schloss nun ihre Hand mit beiden Händen ein, um ihr seine Aufrichtigkeit zu symbolisieren.

»Als wir das erste Mal aufeinander trafen«, fuhr er fort, »fand ich Sie sogar sehr nett und verständnisvoll.« Er musste kurz lachen. »Erinnern Sie sich noch? Sie haben mir Schokolade angeboten.«

Verlegen senkte Doris ihr Haupt. »Ich weiß.«

»Aber ab da haben Sie sich sehr verändert. Sie haben nach und nach eine Mauer um sich herum gebaut, was Sie sehr abweisend wirken ließ, woraus ich schloss, dass Sie ziemlich überheblich sind und ungerecht, doch als wir vor Kurzem das klärende Gespräch geführt haben, bemerkte ich Ihren Gerechtigkeitssinn und mir wurde klar, dass Sie in Ihrer Position eine gewisse Distanz halten müssen.« Er sah sie eindringlich an. »Und seit heute weiß ich ganz genau, dass Sie kein Eisberg sind. Eine Frau, die so liebevoll mit Kindern umgeht, in der schlägt ein sehr gütiges Herz. Und jetzt sitze ich der Frau gegenüber, mit der ich vor fünf Jahren vor dem Personalbüro saß, die mich liebevoll mit Schokolade versorgt hat.«

Verlegen senkte Doris ihren Blick, starrte auf Walters Hände, die ihre fest umschlossen, die keine Zweifel an seiner Aufrichtigkeit ließen, was Walter nun nutzte, um seine Entschuldigung vorzutragen.

»Ich habe Sie sehr verletzt und das tut mir leid«, fuhr er zaghaft fort, »ich habe meine Meinung geändert und ich bitte Sie erneut um Verzeihung.«

Durch Walters rührendes Statement wurde Doris von Verlegenheit regelrecht durchgerüttelt. Sie musste erst ihre Stimme auffrischen, um antworten zu können. »Sie haben eine sehr seltsame Art sich zu entschuldigen.« Sie versuchte ihre Hand aus seinen Fängen zu lösen, doch Walter hielt sie unbeirrt fest und schaute sie bezwingend an. Forderte jetzt eine Stellungnahme. »Ich nehme Ihre Entschuldigung an«, sagte sie heiser und musste sich ihre Verlegenheit weg räuspern, »und ich verzeihe Ihnen.«

Walter atmete auf. »Danke«, sagte er und lachte sie erleichtert an, wovon Doris sich anstecken ließ, was ihn anspornte, noch mehr zu schmeicheln, »ich halte dann nochmals um Ihre Hand an, wenn Sie das Autohaus übernommen haben. Dann stehen wir beide nicht mehr unter dem Zwang von Herrenberg.«

Doris musste lachen über seine Beständigkeit, was Walter falsch deutete und ihn pikiert zu einer Recherche veranlasste. »Sie halten mich immer noch für schwul. Nicht wahr?«

»Oh«, stieß Doris angegriffen aus und blickte vorwurfsvoll, »das habe ich nie behauptet«, stritt sie ab und versuchte erneut ihre Hand wegzuziehen, die Walter nun noch fester einschloss und sie ungläubig anschaute, was sie zum Einlenken bewog, »okay, ich habe es geglaubt«, gab sie zu, »aber nicht lange.«

Ihr Dementi ließ Walter zu einer unüberlegten Frage verleiten. »Ach«, stieß er neugierig aus, »wann ist Ihnen denn diese Erkenntnis gekommen? Im Park?«

Walters Bemerkung trieb Doris in die Verlegenheit, die sie geschickt überspielte. Sie mochte an ihren peinlichen Ausrutscher gar nicht mehr denken, der sie schon den ganzen Abend verfolgte, aber es war tatsächlich der Anstoß ihrer Meinungsänderung. Das wollte sie natürlich nicht zugeben. »Vielleicht?«, konterte sie findig mit einer Gegenfrage.

»Gut, dass wir das geklärt haben«, zeigte sich Walter zufrieden und legte gleich einen weiteren Scherz nach, »dann steht unserer Ehe ja nichts im Wege.«

»Können Sie sich wirklich vorstellen, mit mir verheiratet zu sein?«, interessierte Doris diese Frage.

»Aber ja«, antwortete er voller Überzeugung, »Sie sind klug, charmant und äußerst attraktiv. Die perfekte Frau.«

Doris merkte sehr wohl, dass er mit dieser Aussage nur um ihre Gunst kämpfte. »Du liebe Zeit. Tragen Sie da nicht ein wenig zu dick auf?«

»Keines Wegs«, beteuerte Walter, »darüber hinaus werden unsere Kinder die hübschesten sein.«

»Vergessen Sie's«, schmetterte Doris scherzhaft sein Vorhaben ab, was Walter etwas irritiert zurückscheuen ließ.

»Mögen Sie etwa keine Kinder?«

Doris wurde auf seine Frage hin peinlich berührt durchgerüttelt. Mit ihrer saloppen Antwort hatte sie gehofft, die Thematik zu beenden und nicht in diese Richtung zu lenken, die sie an ihrem wunden Punkt traf. »Doch«, antwortete sie verzagt.

»Verstehe«, sagte er enttäuscht, »die Karriere ist wohl wichtiger.«

»Nein«, wehrte sich Doris gegen diesen unberechtigten Vorwurf, »ich mag Kinder sogar sehr gern«, stellte sie klar, um nicht als karrieregeil zu gelten, worauf Walter indiskret mit nachdrücklichem Blick eine Erklärung forderte, was Doris zunächst zögern ließ. Aber im nächsten Moment gab sie ihm die Antwort dazu. »Ich kann keine bekommen«, gestand sie frei weg, wobei sie seltsamerweise Erleichterung in ihrer Brust spürte.

Anders bei Walter, der in diesem, doch sehr intimen Moment, am liebsten in ein Erdloch gekrochen wäre. Wenn er nur ansatzweise ihr Schicksal erahnt hätte, er hätte ihr diese Peinlichkeit erspart. »Tut mir leid«, sagte er reuig, »ich wollte Ihnen nicht zu nahe treten.«

»Kein Problem«, verzieh Doris ihm dieses Fettnäpfchen, »ist ja nicht Ihre Schuld.« Sie schluckte hart, um ihre schlechte Erinnerung an ihren Unfall herunterzuwürgen und legte eine Erklärung nach. »Mir ist da ein Unfall während eines Rennen passiert.«

Mitfühlend drückte Walter ihre Hand und kommentierte es nicht weiter, um nicht tiefer in ihren Wunden zu bohren und lächelte sie liebevoll an, was Doris dankbar erwiderte. Plötzlich spürte Walter, wie sich ein warmer Schwall durch seinen Körper zog, als hätte jemand ein Feuer angezündet. Und wahrhaftig war es jenes Feuer, das sich vor fünf Jahren schon mal bei ihm entfachte. Nein, schrie seine innere Stimme. Du darfst dich nicht verlieben, aber schon im selben Moment, verspürte er das Verlangen, ihr die Wahrheit zu beichten, sie dann in den Arm zu nehmen und zu küssen. Doch seine Vergangenheit rief ihn zur Räson.

Auch Doris sah in diesem Moment nicht mehr den Angestellten in ihm und vergaß alles um sich herum. Ihre Blicke verharrten, was in ihr ein Feuerwerk der Gefühle auslöste. In seinen dunklen Augen tief verloren, irrten ihre Empfindungen haltlos umher und ließen ihre guten Vorsätze wanken, wie auch immer sie noch lauteten. Sie versuchte sich zu erinnern. Wollte sie niemals eine Bindung mit einem Kollegen eingehen, oder wollte sie sich generell nicht mehr verlieben? Wie auch immer, Walter brachte ihre Gefühle gehörig durcheinander. Aber vielleicht hatte ihre Mutter einfach nur Recht und sie litt bloß unter Nachholbedarf. Ein natürliches Verlangen nach ein wenig Zärtlichkeit. Wahrscheinlich brauchte sie nur einen Mann, um ihre sexuellen Bedürfnisse zu stillen. Vielleicht sollte sie ihr altes Grundprinzip aufgeben, sich nur an festen Beziehungen zu halten, stattdessen Sex nach Bedarf vollziehen. Pfui Doris, mahnte ihre innere Stimme, was führst du nur für jämmerliche Gedanken?

Von einem heftigen Knall wurde sie wieder ins wahre Leben zurückgeholt. Jemand hatte ein paar beigefarbene Wildlederpumps heftig auf den Tisch abgestellt und ihre gedankliche Romanze unterbrochen.

Gleichermaßen zuckte sie mit Walter gemeinsam zusammen und es vergingen einige Sekunden, bis sie merkten, dass sie immer noch ihre Hände hielten, die sie dann hastig zurückzogen und sittsam auf dem Tisch übereinanderlegten. Dann warfen sie zeitgleich einen hastigen Blick auf die Schuhe, dann auf die störende Person, die diese auf den Tisch geknallt hatte und grinsend von oben auf sie herabsah.

»Mutter«, stieß Doris ertappt aus und nahm sofort, wie auf Knopfdruck, eine würdige Haltung ein. Verlegen und mit verstörtem Blick schaute sie abwechselnd die Schuhe und ihre Mutter an. »Wo hast du die her?«

»Wir hatten wohl denselben Taxifahrer«, erklärte sie beißend, wobei ein strenger Blick an Walter haften blieb, der scheinheilig zu ihr aufschaute. Kollege, fuhr es durch Gerdas Gedanken, die starke Zweifel daran hegte.

»Woher wusstest du, dass es meine sind?«, warf Doris eine Frage ein.

»Doris«, stieß Gerda enttäuscht aus, »ich bin deine Mutter.«

Walter richtete einen fragenden Blick an Gerda, die sogleich bereitwillig eine Erklärung ablieferte.

»Wissen Sie«, fing sie an und schnatterte weiter, während Doris abtauchte und ihre Schuhe überstreifte, »es ist so eine schlechte Angewohnheit von Doris. Immer und überall muss sie ihre Schuhe ausziehen und lässt sie dann stehen oder irgendjemand spielt ihr einen Streich und versteckt sie.«

Pikiert richtete sich Doris wieder auf und warf einen bösen Blick auf ihre Mutter, die aber unbeeindruckt fortfuhr.

»Sie glauben gar nicht, wie oft wir neue Schuhe kaufen mussten, oder diese peinliche Sache, als sie ohne Schuhe ihre Meisterurkunde entgegen nehmen musste«, eiferte sie, unbeeindruckt der Gefühle ihrer Tochter, weiter, »vor allen Leuten ist sie barfuß auf die Bühne geschritten und hat ihre Urkunde entgegen genommen.«

Verärgert über Gerdas verräterisches Geschwätz murrte Doris leise, während ihr Kollege bemüht ein Lachen unterdrückte. »Ich habe mir das doch schon bei offiziellen Anlässen abgewöhnt«, schmollte Doris, »und außerdem wartet unser Taxi«, gab sie vor, um zu verschwinden, bevor ihre Mutter noch mehr aus dem Nähkästchen plauderte. Doch Gerda kam ihr zuvor. Sie legte ihre Hand kurz auf Doris' Schulter und bedeutete, dass sie sitzen bleiben solle.

»Wir haben das Taxi wieder weggeschickt, ich dachte, wir setzen uns noch etwas gemütlich zusammen«, verkündigte sie.

Bei dem Ausdruck gemütlich, konterte Doris mit einem müden Lächeln. Es gab schon lange keine Gemütlichkeit mehr in ihrer Familie. Aber sie gab nach und beobachtete, wie ihr Vater mit einem voll beladenen Tablett anmarschiert kam.

Auch Paul fand in diesen snobistischen Büfetts keine Befriedigung. Und wenn er eines hasste, dann mit hungrigem Magen ins Bett zu steigen. Für Doris hielt er sogar eine besondere Überraschung bereit. Er spendierte ihr und ihrem Kollegen eine Flasche Bier und forderte Doris mit einem freundlichen Blick auf, durchzurutschen, was sie brav befolgte.

Unterdessen scheuchte Gerda Walter ans andere Ende der Bank. Musternd betrachtete sie den jungen Mann und griff plötzlich nach seiner Hand, worauf er überrascht und befremdet zur Seite schaute.

»Sie haben eine nette Mutter«, lobte Gerda und grinste Walter an, »sie passt auch sehr gut zu Theo.« Sie tätschelte kurz Walters Hand ermutigend, als wolle sie ausdrücken, dass alles gut werden würde.

Walter musste bei ihren Worten hart schlucken. »Danke«, antwortete er verzagt auf Gerdas Kompliment und sah sich gezwungen, die Beziehung zwischen seiner Mutter und Theo zu korrigieren, »ich glaube nicht, dass sie wirklich zusammen sind.«

Enttäuscht über seine Naivität, warf Gerda ihr Kinn in Falten. »Sie glauben doch wohl nicht allen Ernstes, die Beiden gehen nur mit dem Hund Gassi?«, züngelte sie und fingerte eine Pommes von Pauls Tablett und stopfte sie in den Mund.

Wieder musste Walter hart schlucken. »Sie glauben....?« Er stockte, traute sich gar nicht den Satz zu Ende zu denken, geschweige auszusprechen.

Doch Gerda ging ganz selbstverständlich mit dieser Thematik um. »Dass sie Sex haben?«, stellte sie für ihn die Frage, »natürlich«, beantwortete sie diese auch gleich selber und bemerkte, wie Walter angewidert sein Gesicht verzog, »halten Sie das für absurd?«

Unschlüssig schob er seine Schulter hoch, was aber weniger daran lag, dass er diesen Gedanken als widerlich empfand, sondern eher seine Sorge entfachte, dass seine Mutter ernsthaft verliebt sein konnte.

Bevor Walter diesen Gedanken zu Ende spinnen konnte, schaute Gerda ihn und Doris abwechselnd an. »Und was läuft zwischen euch beiden?«, interessierte sie brennend, worauf Doris und Walter sich bedeutsam anschauten, was Doris gleich zur Gegendarstellung bewog, bevor Gerda sich in etwas rein steigerte.

»Wir sind Kollegen«, stellte Doris klar, »und was du eben auch gesehen hast; der Schein trügt.«

»Ja, ja«, konterte Gerda ungläubig, »ich weiß, das hast du ja eben oft genug erwähnt.«

Pikiert setzte sich Doris auf. »Du weißt, dass Herrenberg Klüngeleien auf Ebene der Chefetage nicht duldet.«

»Natürlich«, stieß Gerda sarkastisch aus, »als würdest du dich an Regeln halten. Grenzt ja an ein Wunder, dass du die Straßenverkehrsordnung einhältst.« Sie tat diese Thematik mit einem lässigen Schulterzucken ab. »Außerdem bist du von ihm nicht abhängig.«

Mit einem fuchsigen Blick holte Doris zum Gegenschlag aus. »Ich nicht«, bestätigte sie wütend, »aber...«

»Wir sind wirklich nur Kollegen«, warf Walter dazwischen, was er mit einem nachdrücklichen Blick unterstrich, worauf Gerda dann endlich Ruhe gab. Aber an ihrem Blick erkannte Doris, dass sie ihnen nicht glaubte, hielt aber mit weiteren Argumenten zurück, weil ihre Mutter in jedem weiteren Wort bloß Bestätigung sehen würde.

»Du solltest Doris in Ruhe lassen«, brummte Paul dazwischen, »die Dinge werden ihren Weg gehen und du wirst es rechtzeitig erfahren.«

Von seinen verteidigenden Worten zuckten Gerda und Doris gleichermaßen zusammen. Perplex starrten sie ihn an, weil niemand so recht glauben wollte, dass er gerade seine Tochter verteidigt hatte.

Irgendwann saßen alle in einem Taxi, Walter eingepfercht zwischen den Westermann-Frauen. In Gedanken vertieft, die um seine Mutter schwirrten, starrte er vorweg. Inständig hoffte er, dass Gerda Unrecht hatte und seine Mutter mit Theo nur eine Bekanntschaft verband. Er würde sich diese Pein, die er seiner Mutter damit bereiten würde, niemals verzeihen.

Um dem Fahrer ein aufwendiges Wendemanöver zu ersparen, entschied Doris, mit ihrem Kollegen schon am Kreisel auszusteigen, wobei Gerda wieder ein merkwürdiges Verhalten an den Tag legte. Sie klopfte Walter aufs Bein, bevor er ausstieg und schaute ihn flehend von der Seite an.

»Passen Sie gut auf Doris auf«, trug sie ihm vertrauensvoll auf.

Gerdas Kupplungsversuche begegnete Walter mit einem milden Lächeln, kommentierte es aber nicht, aber Fragen taten sich bei ihm auf. Und als er mit seiner Kollegin auf der Straße stand und Doris dem Taxi noch nachschaute, wollte er seine auch Fragen beantwortet haben.

»Sucht Ihre Mutter einen Schwiegersohn oder ein Kindermädchen?«

Von dem Benehmen ihrer Mutter etwas angekratzt, schob Doris ihr Kinn vor und überlegte kurz. »Ich fürchte, beides«, antwortete sie mit belegter Stimme.

Kommentarlos lächelte Walter und hielt ihr galant den Arm hin, was Doris sogar annahm und schlenderte mit ihm über den Gehweg. Ein Pfannkuchen ähnliches Gebilde am Himmel beleuchtete ihnen dabei den

Weg. Versonnen legte Doris ihren Kopf in den Nacken und schaute zum Vollmond hinauf.

»Hübsch, nicht?«, sagte sie abwesend.

Die romantischen Gefühle seiner Kollegin konnte Walter nicht teilen. »Ich weiß nicht, mir beschert der Kamerad immer schlaflose Nächte.«

Doris lächelte vergnügt. »Sie sind mondsüchtig?«

»Und wie«, spöttelte Walter, »ich reiße mir dann die Klamotten vom Leib, steige aufs Dach und heule die ganze Nacht.«

»Oh«, stieß Doris verzückt aus und aus ihrem Lächeln wurde ein Lachen, »dann bekomme ich ja noch ein schönes Schauspiel geboten.«

Walter stieß einen verächtlichen Laut aus. »Glauben Sie mir, es wird furchtbar.«

Sie bogen ab und stiegen den Aufgang hinauf, während Doris weiter über die Mondnacht philosophierte.

»Ich finde, der Vollmond lädt zu einem schönen Spaziergang ein«, sagte sie mit warmherziger Stimme, »mit einem netten Partner durch den Park schlendern, etwas schmusen und küssen.« Vor ihren Häusern schaute Doris ihren Kollegen an, der ihr perplex und fest ins Gesicht schaute, welches vom Mond hell beleuchtet wurde. Sie lächelte abwesend und führte ihre romantische Phase leise fort. »Oder nackt durch den See schwimmen.«

Angetan kniff Walter seine Augen zusammen. »Ist das eine Einladung?«, hakte er verunsichert nach und wartete auf eine kleine Andeutung, die ein Verlangen preisgab, was ihm erlaubte, die Grenze des Verbotenen zu überschreiten. Und schon wieder stand sein Herz in Flammen.

»Gute Nacht«, hörte er sie dann sanft sagen, was ihn wieder zur Besinnung brachte und er sah, wie sie sich charmant lächelnd abwandte und auf ihre Tür zusteuerte.

Puh, stieß Walter gedanklich aus und schaute ihr noch nach und wartete, bis sie hinter ihrer Haustür verschwunden war. Gerade noch mal gutgegangen, dachte er. Er musste dringend wieder den nötigen Abstand zu ihr gewinnen, bevor sich seine Flamme zum Flächenbrand ausweitete und ihn zu unüberlegten Handlungen hinreißen ließ, was ihn letzten Endes nur noch tiefer in die Misere ritt, was Karin mit ausbaden musste.

Dann kam ihm ein Blitzgedanke, wie er Marias Freundschaft mit Theo retten konnte. Er musste dringend mit Karin darüber reden.

Bei Doris hielten die Glückshormone immer noch Einzug, als sie schon längst im Bett lag. Der gelungene Abend gab ihr seelischer Auftrieb und ließ sie in eine glückliche Zukunft schauen, beruflich wie privat. Die versöhnliche Annäherung ihres Vaters betrachtete sie dabei als besonders wertvoll. Und Walter als ihr würdiger Begleiter und seine aufrichtige Art, ließen nun keine Zweifel mehr über seine Loyalität offen.

Als Doris am Morgen in ihren Wagen stieg und Walters kleiner Karren in ihr Augenschein fiel, musste sie wieder an den netten Abend denken, was ein kleines Lächeln in ihr Gesicht zauberte. Ein Zustand, den sie mit ins Büro nahm. Mit einem freudestrahlenden »Guten Morgen« betrat sie das Büro und wanderte mit wogenden Schritten um ihren Schreibtisch herum, versenkte ihre Handtasche im Schreibtisch und ließ sich auf den Sessel fallen.

Irritiert schaute Karin ihr nach, die gerade Kaffee aufbrühte.

»Was ist?«, holte Doris strahlend Erkundigung ein, als sie bemerkte, dass Karin sie verdutzt anschaute.

»Weiß nicht«, antwortete Karin unschlüssig und schaltete die Kaffee-maschine ein, »dafür, dass du dich gestern so aufgeregt hast, bist du außerordentlich gut gelaunt.«

Doris drehte ihren Stuhl Richtung Fenster. »Schau nur raus.« Sie deutete mit erhobener Hand und einem Hauch Theatralik in diese Richtung. »Es ist ein wunderbarer Tag.«

Verdutzt über Doris' ungewohntes Verhalten schüttelte Karin irritiert ihren Kopf. »Wenn du meinst.« Sie wanderte zu ihrem Schreibtisch. »Der Chef hat schon angerufen«, sagte sie unterdessen.

»Und?«, fragte Doris uninteressiert nach. Sie war viel zu glücklich, um einen Gedanken an Herrenberg zu verschwenden.

»Er bleibt noch drei Tage Zuhause.«

»Wunderbar«, stieß Doris freudig aus und schob sich unter ihren Schreibtisch, »dann haben wir ja sturmfreie Bude.« Sie griff nach ihrem Firmenhandy und kontrollierte das Display nach verpassten Anrufen und legte es gleich wieder ab.

Irritiert fiel Karin auf ihren Sessel nieder. »Du klingst, als seist du dem Chef gar nicht böse wegen gestern.«

Doris wog ihren Kopf. »Du, es war einfach toll«, schwärmte sie und lächelte abwesend, »das war wirklich ein schöner Empfang.«

Kritisch beäugte Karin ihre Vorgesetzte. »Trotz Larsen?«

Dankbar lächelnd drehte Doris ihren Kopf in Karins Richtung. »Ja«, nickte sie, »er hat sich wirklich vorbildlich benommen. Darüber hinaus ist er auch sehr witzig.«

»Dann bist du gut mit ihm klargekommen?«, forschte Karin vorsichtig nach, um in Erfahrung zu bringen, wie die Dinge um Walter standen.

»Oh ja«, sagte Doris sanft und wog verträumt ihren Kopf, »er ist sehr charmant und zuvorkommend.« Abwesend und wie auf einer Wolke schwebend, drehte sie ihren Sessel hin und her. »Und tanzen kann der.«

Mit leichter Besorgnis betrachtete Karin ihre Chefin. »Du hörst dich an, wie ein verliebter Teenager.«

Doris fuhr zusammen. »Blödsinn«, stritt sie ab und musste gedanklich schon eingestehen, dass am gestrigen Abend des Öfteren die Grenze der Intimsphäre überschritten wurde. Ins Besondere bei Erna im Imbiss. »Er war halt nur nett«, begründete sie ihre Schwärmerei und musste plötzlich an Walters Mutter denken und schlug damit ein anderes Thema an, »weißt du, was lustig war?«

Beunruhigt beäugte Karin ihre Chefin. »Nein, was?«

»Seine Mutter war mit einem guten Freund meiner Familie zusammen dort.«

»Mutter?«, stieß Karin entsetzt aus und zuckte gleich selbstermahnend zusammen. Sie musste Ruhe bewahren, um sich nicht zu verraten.

»Ja, seine Mutter«, bestätigte Doris, ohne einen Verdacht zu ahnen, »Larsen war zunächst sehr besorgt.« Sie lächelte amüsiert, weil ihr seine Fürsorge in Erinnerung kam. »Aber ich konnte ihn beruhigen.«

»Kann man ihm nicht verübeln – ich möchte auch nicht gerade mit der Familie vom Chef Freundschaft schließen müssen.«

»He«, mahnte Doris leicht entrüstet, »was soll das denn heißen? Meine Familie ist nett – und Dr. Albert auch.«

»Entschuldige – ich habe jetzt mehr an Herrenberg gedacht«, legte Karin eine Ausflucht nach.

Doris bohrte nicht weiter nach, gönnte ihr diese Ausrede. Auch wurden ihre Gedanken mit einer ganz anderen Sache beschäftigt. Sie überlegte, ob sie Walters Vertrag ändern sollte, um ihm ein wenig Sicherheit zu bieten?

Eine halbe Stunde später stand Doris vor Karins Schreibtisch und reichte ihr ein Schriftstück. »Würdest du mal bitte gegenlesen?«

Erstaunt schaute Karin zu ihr auf, als sie bemerkte, dass sie einen Vertrag in der Hand hielt. »Doris, das ist nicht mein Ressort.«

»Nu' mach schon«, drängte sie, »es ist Larsens – ich habe ihn entschärft – schau doch mal bitte.«

Nur zögerlich erwies Karin ihr den Gefallen und staunte nicht schlecht über die Änderungen. Nach sorgfältigem Lesen gab sie das Vertragsblatt an sie zurück, mit einer kleinen neutralen Anmerkung. »Bist du sicher, dass du deine Trümpfe aus der Hand geben möchtest?«

»Ich möchte ihm das Gefühl nehmen, erpressbar zu sein.« Sie sah ihre Angestellte bittend an. »Würdest du dich bitte darum kümmern?«

Mittlerweile wusste Karin den Sinneswandel ihrer Vorgesetzten nicht mehr einzuschätzen. Was war nur plötzlich los mit ihr?

Walter stand gerade mit einem Mann aus der Haustechnik zusammen und besprach die ersten Abrissarbeiten in der Produktion, als Karin sein Büro betrat, was sie zwang, einen Moment zu warten, bis sie ihm die Neuigkeit präsentieren konnte.

»Gut, dass du da bist«, sagte Walter und beobachtete, wie Karin mit einer hellbraunen Mappe wedelte, was ihn ablenkte, »was ist damit?«

»Doris schickt mich.« Sie erhob provokant die Mappe. »Was hast du mit ihr angestellt?«, interessierte Karin sehr.

Irritiert verzog Walter sein Gesicht. »Nichts.«

»Na«, wollte Karin nicht glauben, »für nichts schwärmt sie aber in verdammt hohen Tönen von dir.«

»Du hast doch gesagt, ich soll meinen Charme einsetzen.«

»Ja, aber nicht ihr den Kopf verdrehen.«

Walter warf Karin fragende Blicke zu. »Was meinst du damit?«

Sie reichte ihm die Mappe. »Hier, ihre Liebeserklärung.« In ihrer Stimme schwang Sarkasmus, was darauf beruhte, dass ihr Bruder genau wusste, wie er auf Frauen wirkte. Für ihn stellte es eine Leichtigkeit dar, die

Frauen herum zu kriegen; und würde Mutter nicht ständig den Wachhund abgeben, er wäre schon längst verheiratet gewesen.

Rätselnd nahm Walter die Mappe entgegen, schlug sie auf und überflog das Vertragsdatenblatt. Ungläubig rieb er seine Stirn. »Wow«, stieß er verblüfft, über Doris' Sinneswandel aus, »unglaublich.«

Unglaublich, das befand Karin auch, dass es ihm sogar gelang, Doris zu erweichen, die immer sachlich und objektiv blieb. »Sie sagt, sie möchte dir die Angst nehmen, erpressbar zu sein.« Fassungslos und gleichermaßen beeindruckt schüttelte sie ihren Kopf. »Du hast anscheinend ihre Hormone durcheinandergewirbelt, beim Tanzen.«

Unweigerlich musste Walter an den gestrigen Abend denken, an dem er Doris von ihrer ganz privaten und herzlichen Seite kennenlernen durfte. »Da bekomme ich ja regelrecht ein schlechtes Gewissen.«

»Bloß keine Sentimentalitäten«, holte Karin ihn wieder ins wahre Leben zurück. Hier ging es um ihrer beider Zukunft. Sie beobachtete, wie Walter hinter den Schreibtisch wanderte, sich setzte und einen Kuli hervorzog. »Was war denn mit Mama los? Wieso war sie dort und was ist das für ein Mann?«, holte sie unterdessen Erkundigungen ein.

Ernüchtert fuhr Walter zusammen, was sein Anliegen wieder in den Vordergrund drängte. »Ach ja«, fing er mit seiner Erklärung an, »darüber muss ich mit dir reden.« Mit gemischten Gefühlen in der Brust schaute er sie an. »Mama war gestern mit einem sehr guten Freund der Westermanns zusammen, ein Dr. Albert«, erklärte er gedankenvoll.

»Was heißt zusammen?«, forderte Karin genauere Auskunft.

»Ich weiß nicht genau«, antwortete er unschlüssig, »sie ist ihm vor ein paar Wochen vors Auto gerannt, kurz nach dem sie bei mir war.«

»Wie, vors Auto gerannt?«, reagierte Karin entsetzt, »warum weiß ich nichts davon?«

»Ich habe es ja auch nur per Zufall erfahren.«

Grüblerisch streifte Karin eine Strähne aus ihrem Gesicht. »Und jetzt ist sie mit ihm zusammen?«

Erregt gestikulierte Walter mit seinen Armen. »Ich weiß auch nicht genau. Angeblich geht sie nur mit ihm spazieren, während Westermanns Mutter glaubt, dass sie nicht nur mit dem Hund Gassi gehen.«

Verdutzt legte Karin ihr Kinn in Falten. »Was denn für ein Hund?«

Walter geriet aufgeregt ins Stocken, weil ihm der Ernst der Lage wieder bewusst wurde. »Na, ein Hund eben, von diesem Dr. Albert.«

Von Walters Erregbarkeit angestachelt erkannte Karin die Gefahr, die von Theo ausging. »Dann kann er uns also gefährlich werden?«

Walter wankte unschlüssig mit dem Kopf. »Ja und nein.«

»Was soll das denn heißen?«, entfuhr es Karin.

»Nun ja, Mutter kennt die Problematik.« Er schaute bedrückt zu Karin auf, was sie gleich auf den Plan rief.

»Aber?«

»Was ist, wenn Mutter sich ernsthaft verliebt hat?«, sprach er seine Bedenken aus.

Karin stützte sich mit vorwurfsvollem Blick auf seinen Schreibtisch auf. »Das, mein Lieber, liegt einzig und allein in deiner Verantwortung«, gab sie ihm gnadenlos zu verstehen.

»Ja, es ist meine Schuld«, gab er gereizt zurück, »darum halte ich es für sinnvoll, mit Westermann zu reden.«

Entsetzt richtete sich Karin auf und schaute ihn ungläubig an. »Ist dir der Vollmond nicht bekommen?«, wetterte sie auf ihn ein, wobei sie sich sehr zähmen musste nicht laut zu werden, »wir können ihr keine Beichte ablegen.«

»Doch«, widersprach Walter, »Sie ist ein sehr verständnisvoller Mensch. Wir haben uns lange unterhalten und sie hat mir alle meine Patzer verziehen. Bei dem Gespräch habe ich sogar erfahren, dass sie der Hausordnung feindselig gegenüber steht. Sie duldet sogar innerbetriebliche Affären...«

»Hallo!«, rief Karin ihn wach, »wir haben aber keine Affäre. Ich habe dich auf betrügerische Weise in die Firma geschleust.«

»Wir müssen ihr ja nicht alles auf die Nase binden.«

»Wir hätten es Vogt, unserem alten Personalchef, sagen müssen, worauf Vogt bei Herrenberg seine Erlaubnis hätte einholen müssen. Und du weißt, dass noch nie ein Verwandter von Mitarbeitern aus der Chefetage eingestellt worden ist.«

Bei Walter setzte bei dem Namen Vogt ein Brechreiz ein. »Ach Vogt«, stieß er verächtlich aus, »dieser verlogene Moralapostel.« Walter schätzte diesen Mann überhaupt nicht. Seine Moralpredigt, die er sich von ihm anhören musste, lag ihm noch in guter Erinnerung, dabei nahm er es selber mit Frauen nicht so ernst. Als er kurz darauf in Rente ging, kam ihm nichts Besseres in den Sinn, als seinen Ruhestand in Thailand zu verbringen.

»Ob verlogen oder nicht«, unterbrach Karin Walters Gedanken, »Doris ein Geständnis abzuliefern, hilft uns leider nicht weiter, da sind ihr auch die Hände gebunden. Du wirst dich ja wohl noch erinnern, wie die Dame aus dem Personalbüro geflogen ist, als sie sich mit einem Verkäufer eingelassen hat.« Sie atmete aufgeregt durch. »Du weißt, dass ich auf den Job angewiesen bin, ich hab noch ein Haus abzutragen.«

»Das weiß ich«, sagte Walter ruhig, »aber überlege doch; damals als ich mich beworben habe, wurden händeringend Leute gesucht, dann hat Vogt halt bei mir eine Ausnahme gemacht und wenn er den Chef nicht informiert hat, ist das doch nicht unsere Schuld.«

Karin war entsetzt über Walters Naivität. »Doris wird sich bei Vogt erkundigen.«

»Das dürfte ihr schwer fallen«, sagte Walter selbstsicher, »der ist in Thailand abgetaucht. Und wer weiß.« Ein gemeines Grinsen legte sich über Walters Gesicht. »Vielleicht hat er sich ja schon zu Tode gebumst.«

Angewidert verzog Karin ihr Gesicht. »Du bist vulgär.«

»Und? Was hältst du von diesem Vorschlag?«

Nachdenklich schaute Karin auf ihren Bruder nieder. »Ich weiß nicht«, war sie unsicher, »dann beruht Mutters Beziehung auf einer Lüge.«

Unbeeindruckt verzog Walter seine Mundwinkel. »Sie hat durch unseren Betrug, immerhin so diesen Dr. Albert kennengelernt.«

»Aber, hätte ich nicht schon längst Doris informieren müssen?«, wurde Karin von Bedenken befallen.

»Nein«, antwortete Walter, »wir behaupten, dass wir Vogt absolutes Stillschweigen versichert haben, damit nicht der Eindruck entsteht, dass jemand aus der Chefetage bevorteilt wird, und meine Abmahnung liefert sogar noch den Beweis.« Der letzte Gedanke gefiel Walter besonders. Nie hätte er für möglich gehalten, seine Verwarnung mal zu seinem Vorteil auszunutzen.

Ablehnend schüttelte Karin den Kopf. »Ich weiß nicht; dazu fehlt mir der Mut. Und ich glaube auch nicht, dass Mama davon begeistert ist.«

»Schlaf eine Nacht drüber«, räumte Walter ihr Bedenkzeit ein.

»Nein«, lehnte Karin mit absoluter Sicherheit strikt ab, »ich habe schon genug gelogen. Wir reiten uns immer noch tiefer in den Schlamassel rein.« Sie deutete auf den Vertrag, den Walter dann unterschrieb und ihn wieder an sie aushändigte. Bittend schaute er sie dabei an.

»Bist du dir ganz sicher?«, fragte er eindringlich nach und hoffte, seine Schwester doch noch zur Umkehr zu bewegen. Doch die nickte fest entschlossen.

»Glaub mir, das ist besser so, und wenn Mama den Mann gerade erst kennt, wird sie darüber hinweg kommen. Außerdem ist sie zu alt für so'n Quatsch.« Sie wedelte mit dem Vertrag. »Sei froh, dass Doris so gnädig ist, das solltest du nicht riskieren.«

Einsichtig nickte Walter. Wahrscheinlich sorgte er sich wirklich zu sehr um seine Mutter. »Na schön, belassen wir alles beim alten«, stimmte er zu, griff nach einem kleinen Notizzettel und reichte ihn Karin ebenfalls, »würdest du das Westermann geben, das ist der Termin für morgen mit Wenders.«

Als Karin das Büro wieder betrat, wurde sie sogleich von Doris neugierig beäugt.

»Und?«, hakte sie gleich nach, »wie hat Larsen reagiert?«

Mit einem Schmunzeln wanderte Karin auf Doris' Schreibtisch zu und legte den Vertrag ab. »Er hat dein Geschenk unterschrieben«, erklärte sie mit einem gewissen Unterton, den sie nicht weiter kommentierte und stattdessen die kleine Notiz auf dem Schreibtisch ablegte, »das ist der Termin mit Wenders.«

Angewidert stieß Doris einen Laut aus. Konnte sie nicht auch einmal beschenkt werden?

Der Termin sollte nicht die einzige miese Nachricht des Tages bleiben. Am späten Nachmittag erreichte Doris ein Anruf von Frau Hirz vom Empfang.

»Da möchte Sie ein Herr Jansen sprechen, er wartet hier an der Lobby.«

Aufgeschreckt zuckte Doris zusammen. Die Nachricht traf sie wie ein Hammer. »Mark Jansen?«, hakte sie verstört und verwirrt zugleich nach.

»Ja. Soll ich ihn rauf schicken?«

Doris verharrte stumm. »Ja«, antwortete sie dann nach einer Weile und dementierte aber sogleich, »nein, ich komme runter.« Bestürzt legte sie auf und lehnte sich erschöpft zurück. Ihr Herz fing an zu rasen, weil eine Flut von Erinnerungen an Mark Jansen in ihr ausgelöst wurde, was sie versuchte, mit leisen Atemübungen unter Kontrolle zu halten. Alle schönen Momente, die sie mit Mark verlebte, stiegen in ihr auf, was wiederum den Trennungsschmerz in ihr hervorrief, mit der Frage im Kopf, was er nach all den Jahren von ihr wollte?

»Doris?«, rief Karin sie plötzlich an und unterbrach ihre Gedanken, »alles in Ordnung?«, war sie besorgt.

Doris nickte nur abwesend. Dann sprang sie auf und stürzte aus dem Büro. Karin konnte ihr nur noch perplex nachschauen.

Als Doris auf den Aufzug zumarschierte, überlegte sie kurz, ob sie das Treffen nicht besser absagen sollte, doch sie entschied anders. Wenn sie jetzt kniff, würde sie nie erfahren, wie sie wirklich noch zu ihm stand.

Der Aufzug fuhr die Stockwerke hinab, dann sprang die Tür auf und von weitem konnte Doris Mark schon in der Lobby sehen. Er betrachtete eines der großen Gemälde, die dort ausgestellt waren, von jungen und unbekannten Künstlern, die darauf hofften, entdeckt zu werden.

Nur zögerlich schritt Doris auf Mark zu, ihre Knie zitterten. Plötzlich drehte er sich um, als vermutete er sie und erfasste sie sofort mit seinen Blicken und steuerte gleich auf sie zu. Er strahlte Doris an, streckte ihr seine offenen Arme entgegen, schloss sie fest ein und drückte sie liebevoll. Sekunden vergingen. Sekunden, die darlegten, dass Doris nicht mehr das Geringste für Mark empfand. Sie mochte ihn weder halten noch küssen. Sie wollte nur noch eins, raus aus seiner Umklammerung. Er erstickte sie beinahe. Doris löste sich aus seiner Umarmung, was ihn nicht hinderte, sie an den Schultern zu packen.

»Lass mich dich ansehen«, sagte er und lächelte liebevoll, als käme er gerade von einer langen Reise zu seiner Liebsten zurück. Es war dieses knabenhafte Lächeln, welches Doris immer so sehr an ihm mochte, das sie regelrecht entwaffnete, doch nun schien sie immun dagegen.

»Du bist sehr attraktiv geworden«, schmeichelte er und ließ seine Blicke über ihr Gesicht wandern.

»Na ja«, legte Doris zu einem Scherz auf, »ölverschmierte Blaumänner sind hier nicht gefragt.«

Mark lachte, was in ihm den Sonnyboy von früher hervorbrachte. Doris konnte keinerlei Veränderung an ihm ausmachen, weder äußerlich, noch verhaltensmäßig, er war nicht ein Stückchen erwachsener geworden.

Allen Gefühlen zum Trotz führte Doris ihn durch die Halle, hinüber zu einer abgelegenen Sitzgruppe, die hinter ein paar künstlichen Palmen versteckt lag. Hier konnten sie ungestört miteinander reden.

Ihr gegenüber sitzend, stützte Mark seine Ellenbogen auf den Knien ab und schaute sie kurz an, bevor er sein Anliegen vorbrachte. »Ich möchte gerne meine Goldmünzen veräußern«, kam er dann schnell auf den Punkt.

»Bitte«, hatte Doris keinen Einwand und spürte, wie sie nach und nach ihre innere Ruhe zurückfand, »es sind deine, ich hatte sie dir geschenkt.«

»Ja, nur – sie liegen in deinem Tresor, auf der Bank.«

Das war Doris völlig entgangen. »Ich werde mich darum kümmern«, versprach sie ihm in kühler Geschäftsmanier.

Mark nickte dankbar und blickte sie an. »Wie geht es dir sonst so?«, erkundigte er sich.

»Gut, danke«, teilte Doris knapp mit. Mehr Informationen wollte sie ihm nicht mitteilen. Die ganzen Jahre hatte es ihn nicht interessiert. Warum sollte sie ihm jetzt Auskunft über ihr Leben erteilen? Als sie ihn so ansah, stieg Enttäuschung in ihr hoch, darüber, dass sie jahrelang einem Mann nachtrauerte, für den sie schon längst nichts mehr empfand. Wieso hatte sie es nie bemerkt? »Was macht die Familie?«, stellte sie eine höfliche Gegenfrage, obwohl es sie nicht interessierte und sie diese Frage nur stellte, um sich von ihrer Enttäuschung abzulenken.

Mark lehnte sich zurück. »Die wächst«, antwortete er selbstzufrieden, »wir bekommen im März unser viertes Kind«, verkündete er nicht ganz ohne Stolz.

An seiner Bemerkung spürte Doris, dass er ihre Trennung nicht im Geringsten bereut hatte. Nicht ein bisschen. In diesem Moment erreichte Doris' Enttäuschung ihren Höhepunkt und wühlte sie wieder auf, wobei sie nicht ganz sicher war, ob sie ihn hassen sollte, oder sich selber, über ihre Dummheit, einem Mann nachgetrauert zu haben, der aus reinem Egoismus seine Beziehung aufgab, um mit einer Anderen eine Familie zu gründen. Sie verspürte plötzlich den Drang zu gehen. Sie musste weg von hier, weg von ihm. »Ich muss mich verabschieden«, sagte Doris plötzlich, stand auf und blickte auf ihn nieder, »ich habe noch viel zu tun«, gab sie als Grund an.

Mark erhob sich auch. »Ich hoffe, du bist nicht sauer, dass ich hier her gekommen bin? Ich wollte dich nicht privat...«

Feige war er auch noch, dachte Doris. Hatte wohl Angst, sie könne ihm eine Szene vorspielen. Hier in der Öffentlichkeit wog er sich in Sicherheit. »Nein, das geht schon in Ordnung«, sagte sie beherrscht, »ich sag' auf der Bank Bescheid, dann kannst du die Münzen abholen«, erklärte sie knapp, wandte sich um und marschierte davon, ließ ihn einfach stehen. Einen Moment länger und sie wäre ihm an die Gurgel gegangen, obwohl dieses Treffen, endlich Aufschluss gab über ihre Gefühle zu Mark. Zu schade nur, dass dieses Gespräch nicht schon vor ein paar Jahren stattfand. Vielleicht hätten Werner und sie dann eine Chance gehabt. Die lange Zeit, die sie mit Mark verlebte, zog nochmals an ihr vorbei, was Zweifel in ihr weckte, ob sie die Jahre als immer glücklich empfinden sollte und stellte in Frage, ob Mark sie jemals wirklich liebte.

Die Wut, die in Doris herrschte, ließ sie an diesem Tag kaum noch sachlich handeln, sodass sie sich den Feierabend herbeisehnte, um eine Runde durch den Park zu joggen, um ihre Aggressionen abzubauen und sie anschließend in Rotwein zu ertränken. Da der Chef zum Glück zuhause noch seinen Schwächeanfall auskurierte und er sie so nicht mit Sonderaufgaben belasten konnte, verstaute sie pünktlich ihr Firmenhandy in der Schublade und zog ihre Handtasche hervor. Karin, die ebenfalls ihre Sachen zusammensuchte, schenkte sie dabei keinerlei Aufmerksamkeit. Normalerweise wechselte sie mit ihr noch ein paar Worte, was Karin nun sehr irritierte, weil sie Doris' Stimmungswandel von himmelhochjauchzend zu tief betrübt nicht erklären konnte. Sie versuchte aber nicht nachzuhaken, ließ sie einfach ziehen und folgte ihr wenig später.

Doris konnte gar nicht schnell genug ihren Wagen aufsuchen. Hastig riss sie ihre Wagentür auf, stieg ein und sauste kurzum los und übersah dabei an der nächsten Einbiegung ein Fahrzeug, welches von rechts kam und bohrte ihre Motorhaube in die Seite des Wagens. Es schepperte laut.

»Verdammt!«, schrie sie und schlug gereizt auf ihr Lenkrad ein und ließ dann erschöpft ihren Kopf darauf niedersinken.

Plötzlich riss jemand ihre Wagentür auf.

»Frau Westermann«, sprach ein Angestellter sie besorgt an und fasste sie behutsam an die Schulter.

Doris drehte ihren Kopf in seine Richtung. »Alles gut«, signalisierte sie mit einer beschwichtigenden Geste und stieg aus. Mutlos betrachtete sie den Schaden und sah, wie Walter über seine Mittelkonsole kletterte und auf der Beifahrerseite ausstieg. Genervt sackte er zusammen, als er Doris als seinen Unfallgegner ausmachte. Und nur auf Grund ihres großzügigen Entgegenkommens hielt er mit einem Wutanfall ein.

»Tut mir leid«, sagte Doris reuig und fassungslos über ihr Ungeschick, »ich war in Gedanken.«

Weitere Angestellte versammelten sich um die Unfallstelle, tuschelten und fachsimpelten, ob die Wagen noch reparabel seien, was Doris gar nicht wahrnahm in ihrer Verzweiflung und Besorgnis um Walter.

»Geht es Ihnen gut?«, erkundigte sie sich, worauf Walter betrübt auf seinen kleinen Wagen schaute, in dem Doris' Motorhaube steckte.

»Mir schon«, antwortete er abwesend, und deutete auf seinen Wagen, »aber ihm nicht.«

Sacht fasste Doris nach seinem Arm, suchte nach tröstenden Worten, wobei sie für besser hielt, ihm nicht gleich die Wahrheit zu sagen, dass dieser Schaden nun irreparabel war. »Das wird schon wieder«, redete sie beruhigt auf ihn ein, »wir bringen Ihren Wagen zu meinen Eltern.«

Ein schwacher Trost, der nicht darüber hinwegtäuschen konnte, dass ihm sein Feierabend gehörig vermiest wurde und er nun für einige Tage Bus fahren musste.

Mit Hilfe von ein paar Kollegen schoben sie Doris' Wagen in eine Parklücke. Der Kotflügel war so heftig eingedrückt, dass er am Reifen schliff und sie damit nicht mehr fahren konnte. Walters Wagen hingegen war noch fahrbereit und mit einem kräftigen Ruck an der Fahrertür konnte er auch dort wieder einsteigen. Gemeinsam fuhren sie dann ins Autohaus.

Walters miese Laune verpestete die Luft, so dass Doris gar nicht wagte etwas zu sagen und ging im Geiste schon die Szenerie durch, wenn Walter die niederschmetternde Nachricht von seinem Wagen erhielt. Sie konnte sich dies selber nicht verzeihen, ihm diesen Schaden angerichtet zu haben, was ihn zwang, in einen neuen Wagen zu investieren, zumal es ihr sehr unangenehm aufstieß, zum zweiten Mal kurz hintereinander einen Unfall verursacht zu haben und das mit dem selben Gegner.

Als habe Paul über die Nachrichten von dem Unfall erfahren, stand er auch schon zur Stelle, als Walter den Wagen auf den Parkplatz lenkte. Sofort stieg Doris aus und erklärte ihrem Vater den Vorfall, wobei sie tiefe Reue zeigte, um sein Verständnis zu erbetteln.

»Könntest du meinen Wagen in der Firma abholen?«, flehte sie ihren Vater dann kleinlaut an.

Ohne Kommentar nickte Paul und streckte ihr seine flache Hand entgegen, worauf Doris sogleich ihren Wagenschlüssel aus dem Blazer zog und ihn in seine Hand legte. Wenn Paul sich nett zeigte, durfte man nicht lange zaudern, sonst konnte der liebenswerte Anfall schon wieder vorbei sein.

Begutachtend wanderte Paul um Walters Wagen herum und betrachtete fachmännisch den Schaden. »Tja, mein guter Freund«, sagte er vertraut zu Walter, »das zu reparieren lohnt sich nicht mehr. Das ist nun wirklich ein wirtschaftlicher Totalschaden.«

Bei Walter senkten sich die Schultern ab und seine Augen weiteten sich, worauf Doris schon mal in Deckung ging. Dann wurde sie auch schon von seinem wütenden Blick erfasst. »Ich brauch einen neuen?«, stieß er entrüstet aus, worauf Doris verzagt nickte.

»Ja«, antwortete Paul, »ich hätte da einen guten Gebrauchten«, schlug er vor.

Entsetzt stieß Walter einen Laut aus, schaute Paul fassungslos an, dann wieder Doris. »Machen Sie das mit Absicht?«, fuhr er sie erregt an, »anderer Leute Autos zu Schrott fahren, damit Ihr Vater neue verkaufen kann?«

Gereizt schloss Doris kurz ihre Augen und holte dann zum Gegenschlag aus. »Nein«, entgegnete sie, »wir machen bloß aus der Not eine Tugend!«

»Toll«, entfuhr es Walter, wobei er erregt seine Arme hochwarf, »die Versicherung wird mir nicht gerade viel für den Karren bezahlen.« Er schaute bewegt seinen Wagen an. »Können Sie mir wenigstens etwas Vergleichbares anbieten?«

Verächtlich grunzte Paul. »Ich verkaufe keine Schrottkarren.«

Fassungslos rang Walter nach Luft, konnte auf Pauls unverschämte Bemerkung gar nicht antworten, was Doris erwog, die Flucht zu ergreifen, bevor er gänzlich explodierte. Seinen Zorn konnte sie dabei gut verstehen.

Mit einem gereizten Laut betrat Doris kurz darauf das Autohaus.

»Über was regt sich denn Larsen so auf?«, wollte Gerda wissen, als Doris eintrat. Sie hatte die angeregte Diskussion beobachtet, aber den Schaden konnte sie nicht sehen.

»Über mich«, entgegnete Doris und deutete nach draußen, »ich habe gerade seinen Wagen getötet.« Über sich selber erbost wanderte sie ins Büro durch und verbarrikadierte sich hinter dem Schreibtisch, auf dem genügend Arbeit lag, womit sie ihre Gedanken ablenken konnte. Haltlos wanderten ihre Blicke über die Papierstapel. »Verdammt«, fluchte sie und schlug mit der Faust auf den Tisch. Diese Art Ablenkung hatte den ganzen Tag schon nicht funktioniert.

Gerda folgte ihrer Tochter und schaute sie mitfühlend an. »Er wird sich schon wieder beruhigen, er mag dich doch und außerdem ist es nur ein Auto«, redete sie tröstend auf sie ein.

Fuchsig blickte Doris zu ihrer Mutter auf. »Larsen mag mich nicht«, stellte sie klar.

Gerda verschränkte ihre Arme und legte den Kopf schief. »Ach«, stieß sie ungläubig aus, »gestern Abend sah das aber ganz anders aus.«

»Mutter«, presste Doris verärgert hervor, weil ihr die falschen Deutungen auf die Nerven gingen, »wir sind Kollegen und wir waren rein beruflich zusammen.«

»So!«, schleuderte sie Doris an den Kopf, »ist das so üblich, dass man mit Kollegen Händchen hält?«

Genervt schloss Doris ihre Augen.

»Ist das die neue Art von Zusammenarbeit?«, schimpfte Gerda weiter.

Doris rang nach Luft. »Ich habe mit ihm nicht...« Sie brach den Satz ab. Doch, musste sie sich gedanklich eingestehen. Walter hielt tröstend ihre Hand. Oh Gott, dachte sie peinlich berührt, sie hatte ihm sogar sehr persönliche Dinge erzählt, über die sie eigentlich nie redete.

Gerda durchbrach ihre Gedanken. »Was ist nur aus dir geworden?«, entgegnete sie verbittert und noch bevor Doris sich verteidigen konnte, zählte sie auf: »Erst dieser Computermensch, jetzt ein Kollege, zwischendurch ein Nachbar«. Erschöpft fiel sie zusammen und stürzte aus dem Büro, wobei sie noch sagte: »Willst du mit ganz Wenningen ins Bett?«

Empört über diese böse Unterstellung, rang Doris nach Luft. »Mutter!«, rief sie ihr nach, sprang auf und stapfte ihr verärgert hinterher. Das wollte sie doch nicht auf sich sitzen lassen. Wütend riss Doris die Tür auf und schrie gleich darauf los. »Ich bin mit niemand ins Bett ge.....«. Sie würgte den Satz ab und verschluckte das letzte Wort, woran sie beinahe erstickte. Frau Merian stand vor ihr und schaute verblüfft Gerda hinterher.

»Gerda, bist du fertig?«, fragte sie ihr nach und schwang ihren Blick dann auf Doris, »hallo Doris, hilfst du wieder aus?«

Gequält lächelte Doris und überspielte ihre Verlegenheit. »Ja, kann ich was für Sie tun?«

»Nein, ich wollte nur deine Eltern abholen.« Sie blickte kontrollierend auf ihre Armbanduhr. »Ich bin wohl etwas zu früh«, bemerkte sie und folgte dann ihrer Freundin.

Um weiteren Peinlichkeiten aus dem Weg zu gehen, drehte Doris wieder ins Büro ab und sagte dem Papierkram ihren Kampf an.

Plötzlich stand ihr Vater in der Tür. Sie schaute ihn nur aus den Augenwinkeln heraus an.

»Ich hole deinen Wagen morgen ab«, teilte er freundlich mit.

»Danke«, sagte Doris dankbar und niedergedrückt.

Paul schritt auf den Schreibtisch zu. »Ich konnte Larsen überreden, den kleinen BMW zu kaufen, da muss er nur noch 2tausend darauflegen. Den alten hat er gleich hier gelassen. Die Tür hält nicht mehr richtig. Du musst dich jetzt noch entscheiden, ob du den Schaden der Versicherung meldest.«

Ermattet schüttelte Doris ihren Kopf. »Nein, ich werde den Schaden so bezahlen und die Hälfte von dem neuen Wagen auch. Das bin ich ihm schuldig.«

Paul beäugte Doris kritisch. Diese gedrückte Stimmung, die er nur von ihren Trennungen her kannte, besorgte ihn. »Was ist los mit dir«, fragte er mit ungewohntem Feingefühl nach, was Doris gar nicht wahrnahm.

»Ach nichts«, spielte sie ihren Kummer herunter, »es war halt nur ein scheiß Tag.«

Paul bohrte nicht weiter nach. Nach all den Querelen, die zwischen ihnen standen, würde sie ihm ihr Herz ohnehin nicht ausschütten, und so fing er ein anderes Thema an, von dem er wusste, dass Gerda es in ihrem Zorn nicht angesprochen hatte. »Deine Schwester hat angerufen.«

Aufgeschreckt setzte sich Doris. »Ist was passiert?«

»Nein. Sie kommt am Samstag mit Corinna und wird dann auch hier bleiben. Sie wollen auf das Parkfest.«

Als Paul das Parkfest erwähnte verschleierte sich Doris' Blick und ein Lächeln huschte über ihr Gesicht, was Paul erleichtert erwiderte, weil er glaubte, dass Doris' Kummer nur auf reinem Ärger beruhte.

»Wir sind dann zum Bowling«, erklärte Paul, »wenn du noch bleiben möchtest, dann werfe doch bitte den Firmenschlüssel in den Briefkasten, wenn du gehst.« Er wandte sich ab. »Gute Nacht«, wünschte er im Weggehen und verblüffte Doris damit. Argwöhnisch schaute sie ihrem Vater nach. In einer verkehrten Welt stand sie plötzlich. Mutter traktierte sie mit Vorwürfen und Vater zeigte sich von seiner besorgten Seite. Wie sollte sie das nun verstehen? Ihre Gedanken schweiften wieder zum Parkfest ab.

»Parkfest«, murmelte Doris versonnen vor sich hin. Sie war schon so lange nicht mehr dort gewesen, und so tauchte sie in schöne Erinnerungen ein, die sehnsüchtige Gedanken bei ihr entfachten.

Das Parkfest gehörte früher immer zum Highlight des Jahres, was sie mit ihrer gesamten Familie besuchte. Dabei war dieses Volksfest eher schlicht gestrickt, aber jeder liebte es. Für die Kinder wurde immer ein buntes Unterhaltungsprogramm geboten, mit Riesenrutsche und Hüpfburgen, und für die Erwachsenen wurde vielfältige Unterhaltung in einem Festzelt geboten mit Tanz und Tombola, und überall im Park verstreut standen Verkaufs-stände jeder Art, wo auch privat die Leute ihren alten Krempel und Künstler ihre Werke verkaufen durften. Aber für Doris gab es nur einen wahren Grund, das Parkfest zu besuchen. An jeder Ecke standen auch Buden, die kulinarische Spezialitäten aus aller Welt anboten. Genau das Richtige für eine Frau, die nicht gerne am Herd stand. Dieser Gedanke ließ sie wieder etwas besser gelaunt sein.

Die Zeit verging wie im Flug. Die Uhr zeigte bereits kurz nach neun, als Doris darauf blickte, was sie erwog, schnell ihren Heimweg mit dem Bus anzutreten. Der firmeninterne Leihwagen stand ihr leider nicht zur Verfügung. Nach einem Kontrollgang durch alle Räume schloss sie das Autohaus ab und wanderte dann über den Parkplatz zum Haus ihrer Eltern hinüber. Ein besorgter Blick in den Himmel ließ sie in Eile versetzen. Durch den heißen Sommertag hatten sich schwere Wolken gebildet und bedrohlich zusammengezogen und es hatte auch schon ein paarmal geblitzt. Wie vereinbart warf Doris den Firmenschlüssel in den Briefkasten, dann spurtete sie zur Bushaltestelle. Die ersten Regentropfen fielen schon als sie in den Bus stieg und bis zur ihrer Haltestelle war das Gewitter schon voll im Gange. Missmutig stieg Doris aus und zog schützend ihren Blazer über den Kopf. Im Laufschritt hastete sie den Weg zu ihrem Bungalow hinauf und ließ wenige Schritte vor ihrer Tür ihren Blazer wieder auf ihre Schultern gleiten und durchsuchte ihre Handtasche nach ihrem Hausschlüssel und sackte verzweifelt zusammen.

»Oh nein«, fiel es ihr ein, und sie hätte sich in diesem Moment selber ohrfeigen können. Durch Vaters nettes Entgegenkommen, hatte sie vergessen, ihren Hausschlüssel vom Wagenschlüssel abzutrennen. Schutzlos stand sie nun da und grübelte nach einer Lösung. Mittlerweile waren ihre Kleider vom Regen so aufgeweicht, dass sie an ihrem Körper klebten und das Wasser rann an allen ihren Körperteilen herunter. Verzweifelt streifte sie einige Strähnen aus ihrer Stirn und schaute sehnsüchtig nach oben. Warum besaß sie kein Vordach, was ihr jetzt etwas Schutz geboten hätte?

Der Regen ließ nicht nach. Im Gegenteil. Die Tropfen wurden noch schwerer, angetrieben von einem heftigen Wind, der Doris, trotz der warmen Luft, vor Kälte erstarren ließ. Ein Telefon wäre die Rettung, fuhr es ihr durch den Sinn, und sie bedauerte im selben Moment, dass sie ihr privates Handy nur im Notfall mitführte, weil sie sich von belanglosen SMS und ständigen Whats-App-Nachrichten einfach nur noch belästigt fühlte und diese sie nervten. Wie aus einem Reflex heraus warf sie einen Blick auf Walters Tür. Er konnte ihre Rettung sein. Sie verwarf diesen Gedanken jedoch gleich wieder. Die fortgeschrittene Uhrzeit schien ihr unangemessen, ihn noch zu stören. Aber andererseits lauerte der Tod hinter ihr, und so sah sie schon die Schlagzeile im heimischen Käseblatt. *»Chefsekretärin ertrank vor ihrer Haustür«.* Ein Schauder lief ihr bei diesem Gedanken über den Rücken und Sekunden später stand sie bei ihrem Nachbarn vor der Tür und klingelte. Es vergingen nur Sekunden, da öffnete Walter schon und starrte ihr verdutzt entgegen, und noch bevor er etwas sagen konnte, überrumpelte Doris ihn gleich.

»Ich weiß, es ist schon spät, aber ich habe mich ausgesperrt und brauche dringend ein Telefon«, erklärte sie in knappen Worten und hoffte auf sein Verständnis.

Walter brauchte einen Moment, um einen klaren Gedanken fassen zu können, weil Doris' zerzaustes und leidendes Aussehen sehr befremdlich auf ihn wirkte. Dann besann er sich und ebnete ihr den Weg. »Hat Ihr Handy aufgegeben?«, fragte er sie, als sie eintrat.

Erschöpft blieb Doris kopfschüttelnd in der Diele stehen. »Nein«, stöhnte sie, »ich habe es so gut wie nie dabei.« Missmutig schaute sie an sich hinab und betrachtete die Pfütze, die sich unter ihr gebildet hatte, was Walter dazu bewegte, erst ins Gäste WC, gleich neben der Diele, abzubiegen. Dort zog er ein Handtuch vom Haken und drückte es Doris in die Hand, damit sie sich trocknen konnte.

Niedergedrückt seufzte Doris. »Danke«, sagte sie und rubbelte sogleich ihre Haare ab und fuhr sich mit dem Handtuch durchs Gesicht, während Walter sein Mobilfunktelefon von einem Regal holte und es ihr reichte.

»Das ist mir wirklich sehr unangenehm«, beteuerte Doris peinlich berührt und hatte im Nu einhändig eine Nummer gewählt, während sie mit der anderen Hand weiterhin ihre Haare abrubbelte und auf Anschluss wartete. Doch vergeblich. Ihre Eltern waren noch nicht vom Bowlen zurück. Verzweifelt starrte sie das Telefon an und versuchte Mutters Handynummer in Erinnerung zu rufen, ebenfalls vergebens. Nun gab es für sie nur noch eine Möglichkeit. Ein Taxi zu rufen und zum Bowling-Center zu fahren, um ihre Eltern aufzusuchen, falls ein Taxi sie in diesem triefenden Zustand überhaupt mitnahm. In diesem aussichtlosen Gedanken vertieft fiel sie betrübt zusammen. Was für ein scheiß Tag war das nur? Plötzlich stiegen alle grässlichen Ereignisse hoch und zogen sie noch tiefer in eine Depression, die sie kaum ertragen konnte, weil insbesondere das Treffen mit Mark sie immer noch beschäftigte, der unweigerlich den Unfall zu Folge hatte, gefolgt von Mutters bösen und unberechtigten Vorwürfen. Sie sehnte sich in diesem Moment nach einer tröstenden Hand und ein paar starken Armen die ihr Halt boten. Ratsuchend schaute sie ihren Kollegen an, der sie nicht einmal ins Bowlingcenter fahren konnte, weil er zurzeit selber keinen Wagen besaß. Dank ihr.

»Sie können mir nicht zufällig eine Nummer eines Taxiunternehmens nennen?«, wimmerte Doris leise und unterdrückte ein Schluchzen. Doch ihr Kinn zitterte verräterisch.

Unbeholfen stand Walter vor ihr, wusste nicht was er anstellen sollte, um sie zu trösten. Die Situation war doch sehr ungewöhnlich für ihn. »Leider nein«, sagte er einfühlsam und nahm ihr das Telefon aus der Hand, »wo wollen Sie denn auch hin?«

Ratlos starrte Doris das Telefon in seiner Hand an. »Wie wär's mit einer Brücke für den freien Fall?« Niedergeschlagen senkte sie ihr Haupt und schluchzte leise vor sich hin. Ihre Tränen liefen dabei unaufhaltsam ihre Wangen hinunter. Peinlich berührt über ihren Gefühlsausbruch, hielt sie sich das Handtuch vors Gesicht. Plötzlich spürte sie Walters Hand auf ihrer Schulter, der sie behutsam an seinen Körper zog. Kraftlos gab Doris nach und ließ ihren Kopf auf seine Schulter sinken und spürte, wie ihr Kollege tröstend über ihre Schulter strich.

»Hat Sie der Unfall so sehr mitgenommen?«, fragte er einfühlsam nach, von Gewissensbissen geplagt, weil er sie so angefahren hatte. Er drückte sie dabei noch etwas fester an sich heran, auch wenn ihre nassen Kleider gerade sein Hemd ertränkten.

Schüttelnd erhob Doris ihren Kopf und blickte ihren Kollegen mit geröteten Augen an. »Der ganze Tag war irgendwie daneben«, klagte sie heiser, »entschuldigen Sie.« Ihre Verlegenheit brannte erneut auf. Noch nie verlor sie vor einem Kollegen ihre Haltung. »Ist normalerweise nicht meine Art, mich bei meinen Angestellten auszuheulen.« Sie erstarrte kurz. Und doch hatte sie sich schon bei einer Angestellten ausgeweint. Erst kürzlich lag sie Karin in den Armen. Hoffentlich wurde das nicht zur Gewohnheit.

»Na, na, na«, mahnte Walter scherzhaft, um sie ein wenig aufzuheitern, »jetzt und hier bin ich ein lieber Nachbar.«

Verzagt stieß Doris einen Laut aus. Dann erblickte sie den Schaden, den sie bei Walter angerichtet hatte. »Ich habe Sie ganz nass gemacht.« Ihre Blicke wanderten an ihrem Körper hinunter. »Und ich ruiniere Ihren Fußboden.«

»Machen wir einen Versicherungsschaden draus«, witzelte Walter unbekümmert und konnte sogar ein kleines Lächeln auf ihr Gesicht zaubern, »ich schlage vor, Sie ziehen sich erst einmal aus.«

Aufgerüttelt schaute Doris ihren Kollegen argwöhnisch an. »Bitte?«

Walter zupfte an ihrem patschnassen Ärmel. »Na ja, raus aus den nassen Sachen.«

Befangen und verunsichert zuckte Doris mit ihrem ganzen Körper, was Walter dazu trieb, sie ohne Wenn und Aber durch seinen Flur ins Bad zu schieben. Er zog ein frisches Handtuch aus einem Regal und drückte es ihr in die Hand.

»Schön heiß abduschen«, sagte er im Befehlston und würgte gleich ihre Gegenwehr ab, »sonst sind Sie mir morgen krank.« Er deutete auf seinen Bademantel, der an der Tür hing. »Den können Sie anziehen.« Dann schloss er die Tür und ließ sie alleine.

Befremdet stand Doris im Bad und blieb mit ihren Blicken schließlich an ihrem Spiegelbild hängen. Sie sah grausig aus. Ihre Augen stachen verquollen hervor und ihre Haare lagen zerzaust auf dem Kopf.

Als Doris wenig später in den Essbereich trat, waren alle Wasserschäden bereits beseitigt. Auch ihr Kollege trug ein frisches T-Shirt. Nun stand er hinterm Küchentresen, lächelte ihr aufmunternd entgegen und bereitete ein Heißgetränk zu.

Doris wurde von einem unangenehmen Gefühl befallen, als Walter sie so anschaute, als könne er sie röntgen. Sie steckte völlig nackt in seinem Bademantel, weil ihre Kleidung bis auf die Unterwäsche vom Regen völlig durchtränkt worden war. Sogar ihre Uhr hatte sie abgestreift und auf einem Handtuch im Bad ausgelegt, neben ihrer Handtasche. Darüber hinaus war sie abgeschminkt, ihre Haare nur lieblos trocken geföht und, sie trug ihre Brille. So rannte sie nur Zuhause schon mal herum, und das auch nur, wenn kein Besuch anstand. Der viel zu große Bademantel verlieh ihr dabei nicht gerade viel Vertrauen. Er hing locker über ihre

Schulter und schliff fast auf dem Boden. Die viel zu langen Ärmel hatte sie hochgekrempelt.

Walter schaute etwas verdutzt, als er ein dünnes, silbernes Gestell auf ihrer Nase wahrnahm. »Sie tragen eine Brille?«, war er erstaunt und musste dabei an seine Mutter denken, die ihre auch kaum trug.

Doris nickte. »Enttäuscht?« Ihre Stimme klang immer noch belegt.

»Nein, nur ungewohnt.«

»Ich musste meine Kontaktlinsen herausnehmen, weil...« Sie sprach den Satz nicht zu Ende und dennoch wusste Walter, was sie meinte. Liebevoll schenkte er ihr ein Lächeln.

»Geht's denn jetzt wieder besser?«

Doris nickte mit Verlegenheit und zog verunsichert das Revers zu.

Walter lächelte sie an und schob ihr das Heißgetränk unter die Nase. »Ich habe Ihnen etwas Heißes zum Trinken gemacht.«

Vorsichtig beschnupperte Doris diesen Cocktail im Teeglas und verzog ihr Gesicht. »Grog, im Sommer?«

»Ist gut gegen Erkältung.«

»Der wird mich umhauen«, befürchtete sie und nippte vorsichtig. Sie betrachtete ihren Kollegen dabei über ihren Tassenrand, der ihr nachdenklich zuschaute, was sie zu einer Erklärung veranlasste, wozu sie ihre Stimme auffrischen musste. »Mir ist das alles wirklich sehr unangenehm«, sagte sie leise vor Beklemmung, »wenn mich hier jemand so sieht, könnte man auf dumme Gedanken kommen«, sprach sie ihr Missbehagen aus. In Gedanken hörte sie schon das Firmengetratsche.

Ihr Unbehagen konnte Walter gut nachvollziehen, was er jetzt natürlich ganz auf die Gentleman-Art abhandeln würde. Hier sah er eine Gelegenheit, sein Vertrauen auszubauen und eine Brücke zu schlagen, um ihr zeitnah eine Beichte abzulegen, sofern sich Karin dazu durchringen konnte, seiner Idee doch noch zuzustimmen. Mit gestrecktem Arm deutete er auf sein Wohnzimmerfenster. »Keine Sorge. Die Rollläden sind unten, niemand sieht Sie«, redete er vertrauenswürdig auf sie ein, »und ich werde es auch nicht ausposaunen«, versicherte er ihr und lächelte sie lieb an, wobei ihm seine Mutter in den Sinn kam, die unter einer Brillenphobie litt. Er zog Kreise mit seinem Finger vor seinem Gesicht. »Tragen Sie die Kontaktlinsen aus Überzeugung oder Eitelkeit?«

Doris zuckte leicht zurück und erstarrte für einen Moment nachdenklich, doch dann lächelte sie. »Aus überzeugter Eitelkeit«, scherzte sie und so verflog ein Teil ihrer Besorgtheit, was sie trotzdem dazu veranlasste, einen zweiten Versuch zu starten, ihre Eltern zu erreichen. Als Walter ihr das Telefon reichte, schaute er sie mahnend an.

»Aber kein Taxi.«

Verlegen wandte sich Doris ab. »Versprochen«, sagte sie leise und musste wenig später aber schon wieder aufgeben. Niedergeschlagen betrachtete sie das Telefon in ihrer Hand. »Meine Eltern sind noch nicht zuhause.« Ratlos schob sie ihre Schulter hoch. »Normalerweise bleiben die nicht so lange.«

Ohne Zögern nahm Walter ihre Tasse in die Hand und kam um den Tresen herum. »Kommen Sie«, forderte er sie auf, »setzen wir uns solange ins Wohnzimmer.«

Ohne Gegenwehr folgte Doris ihrem Kollegen, der ihr eine gemütliche Sofaecke einrichtete. Sie durfte sogar ihre Füße hochlegen und so lag sie Sekunden später in einer Ecke gekuschelt und trank ihren Grog. Wenig später stellte sie die Tasse auf dem kleinen Tisch ab und fiel wieder erschöpft ins Kissen. Für einen Moment schloss sie die Augen. Sie wollte einfach nur ihren Geist etwas herunterfahren und endlich abschalten. Den Tag beenden und am besten vergessen.

Plötzlich vernahm Doris ein ungewöhnliches, schrilles Geräusch. Im Halbschlaf fuhr sie ihren Arm aus und blinzelte in die Richtung, woher sie das Geräusch ortete. Plötzlich erfasste sie eine Hand, was sie aufschrecken ließ. Mit einem Mal war sie hellwach und riss ihre Augen auf, konnte ihre Umgebung aber nur verschwommen erkennen, weil sie ihre Brille nicht trug.

»Guten Morgen«, vernahm sie die Stimme ihres Kollegen, der ihr die Brille entgegenstreckte. Er saß auf dem Wohnzimmertisch und hielt einen kleinen Glockenwecker in der Hand. Amüsiert griente er sie an.

Schnell griff Doris nach ihrer Brille, klappte die Bügel auseinander und setzte sie auf. Schlaftrunken fuhr sie sich durchs Haar. »Wie spät ist es?«, erkundigte sie sich währenddessen.

»Halbsieben.«

Entsetzt weitete Doris ihre Augen. »Was!«, rief sie und richtete sich auf, »warum haben Sie mich nicht früher geweckt?«

Er stieß einen matten Laut aus. »Das habe ich versucht, bis eben«, beteuerte er, »und ich bezweifle, dass Sie Westermann heißen.«

Fragend schob Doris ihre Brauen zusammen.

»Sie reagieren überhaupt nicht auf den Namen.«

»Und haben Sie es mal mit Doris versucht?« Sie hielt das Revers vom Bademantel zu, schlug eine Wolldecke zurück und schwang ihre Beine heraus. Erst jetzt bemerkte sie, ihr Kollege hatte sie liebevoll zugedeckt und nicht nur fürsorglich ihre Brille abgezogen.

»Ja«, antwortete Walter unterdessen und erhielt wieder einen fragenden Ausdruck ihrerseits.

»Heiße ich so auch nicht?«

»Doch«, antwortete Walter und schob grübelnd sein Kinn vor, worauf Doris mit nachdrücklichem Blick eine Antwort forderte, »Sie meinten, ich solle mich zu Ihnen legen.«

»Oh«, stieß Doris verlegen aus und wollte gleich eine Erklärung abliefern für ihre paradoxe Reaktion, die darauf beruhte, dass Corinna schon mal nachts am Bett stand und darum bettelte, neben ihr liegen zu dürfen, doch Walter gab ihr nicht die Gelegenheit dazu.

»Habe ich aber nicht gemacht«, versicherte Walter, woran Doris zweifellos glaubte. Dazu war das Sofa nicht tief genug, dass zwei Personen darauf Platz gefunden hätten.

Sie schaute in sein betröppeltes Gesicht, das seinen gesamten Misserfolg ausdrückte, was Doris zum Lachen brachte. »Was soll's«, fand sie sich ab, »dann komme ich heute eben mal wieder zu spät.«

»Sie haben einen wirklich tiefen Schlaf – dann ist mir eben die Idee mit dem Wecker gekommen.« Er stellte den Wecker ab und stand auf. »Eine Weile hatte ich überlegt, es mal mit Constanze zu probieren«, spöttelte er und grinste auf sie nieder.

Angekratzt rollte Doris ihre Augen und zog eine Schnute. »Das hätten Sie nicht überlebt«, gab sie ihm unmissverständlich zu verstehen, »ich hasse diesen Namen.«

Walter schritt amüsiert zum Küchentresen. »Wenn Sie möchten, können Sie ins Bad«, sagte er unterdessen, was Doris auch dankbar in Anspruch nahm, um auch ihre Blase zu entleeren und eigentlich hatte sie auch gehofft, ihr Kostüm wieder anziehen zu können, aber Fehlanzeige. Alles hing noch leicht klamm am Kleiderbügel und so kehrte sie wieder im Bademantel zurück. Als sie an den Küchentresen trat, bot Walter ihr den Platz gegenüber an und schob ihr eine Tasse Kaffee zu und einen kleinen Teller mit einem Marmeladentoast. Dankbar lächelte Doris ihn an und nahm eine Briese vom duftenden Kaffee ein, der die Luft erfüllte, doch bevor sie ihrem Kollegen Gesellschaft leistete, griff sie nach dem Telefon, das etwas abseits auf der Theke lag.

»Ich bin so frei«, teilte sie kurz mit und wählte die Nummer ihrer Eltern und war auch schnell verbunden.

»Doris«, stieß Gerda verwirrt aus, »was ist los?«

Nachdenklich schweifte Doris' Blick zu ihrem Kollegen ab. »Du«, fing sie zögerlich an, »ich konnte gestern nicht in meine Wohnung, weil mein Hausschlüssel am Wagenschlüssel hängt. Ich habe die Nacht bei einer Nachbarin verbracht. Kannst du mir den Schlüssel bringen?«

»Aber natürlich«, antwortete Gerda selbstverständlich, »aber es dauert einen Moment. Wo soll ich denn hinkommen?«

Einen Moment zögerte Doris. »Sie wohnt gegenüber«, erklärte sie und hoffte, dass Walter noch kein Namensschild besaß, was sie sonst entlarven würde.

»Alles klar, bis gleich.«

Kritisch beäugte Doris das Telefon. Mutters ungewöhnlich verständnisvolles Verhalten irritierte sie. Ebenso verwirrt wurde sie von Walter beäugt, als sie auf den Barhocker kletterte.

»Nachbarin?«

Verlegen verzog Doris einen Mundwinkel. »Meine Mutter reagiert im Moment etwas hysterisch auf Männer«, erklärte sie ihre kleine Notlüge.

Walter lächelte nur milde auf ihre Ausrede. Unbeirrt, was ihr Kollege nun über sie dachte, biss Doris genüsslich in den Toast und spülte mit einem Schluck Kaffee nach. Sie schaute Walter dabei an, der sie heute sehr erstaunte. In seinem adretten Outfit wirkte er so aufgeräumt, während bei ihr der Schlenderhannes Einzug hielt, was sie veranlasste, ihr Revers zu kontrollieren und zog es sicherheitshalber zu.

»Liegt heute etwas besonders an?«, fragte Doris kauend, um den Anlass seines ordentlichen Outfits zu erfahren.

Walter nickte. »Ja, Wenders kommt heute.«

Gereizt sackte Doris zusammen. »Oh nein«, stöhnte sie, »den habe ich schon völlig verdrängt.« Auf ihn konnte sie heute gut verzichten. Mit ihm im Nacken, würden die Katastrophen wieder volle Fahrt aufnehmen. In ihr Elend ergebend verschlang sie den Toast und trank ihren Kaffee aus. »Muss ich unbedingt dabei sein?«, versuchte sie sich zu drücken.

»Anordnung vom Chef.« Walter rutschte vom Hocker und erreichte mit wenigen Schritten einen Stuhl, über dem sein Jackett hing. Nach einem gezielten Griff in eine Tasche hielt er, wie nach einem gelungenen Zaubertrick, seine Krawatte hoch und blickte seine Chefin erwartungsvoll an. Ohne eine Aufforderung abzuwarten, glitt Doris vom Hocker und schlenderte auf Walter zu.

»Der Chef ist nicht da«, startete sie einen neuen Versuch, um Wenders aus dem Weg zu gehen.

»Kneifen gilt nicht.« Er reichte ihr den Schlips, den sie mit schüttelndem Haupt entgegennahm und wieder übers Jackett warf.

»Lassen Sie ihn weg. Für Wenders müssen Sie sich nicht schön machen.« Sie blickte Walter mit flehenden Blicken an. »Ich hasse diesen Mann«, erklärte sie und geriet dabei etwas in Rage, »er ist so sehr aufdringlich«, begründete sie ihren Verdruss.

Ermutigend lächelte Walter. »Da müssen Sie nun durch.« Mitfühlend schaute er auf Doris nieder, die ganz dicht vor ihm stand. Es gelang ihm nicht, seine Blicke von ihr zu nehmen. Alles an ihr wirkte plötzlich so vertraut, als wäre sie schon immer ein Bestandteil seines Lebens gewesen. Dabei war sie die erste Frau mit der er frühstückte. Außer mit seiner Mutter natürlich.

Walters Blicke wirkten hypnotisch auf Doris und sein Aftershave schien ihre Sinne zu benebeln und wie von einer fremden Macht gesteuert, fuhr ihr Arm um seinen Hals. Zeitgleich gab Walter seinem inneren Drang nach und legte seine Arme um Doris' schlanke Taille und presste sie an seinen Körper. Ihre Lippen trafen aufeinander und verschmolzen zu einem innigen Kuss, mit einer gehörigen Portion Leidenschaft.

Doris' Alarmglocken, die sonst zuverlässig anschlugen, schwiegen wie ausgeschaltet. Ihre guten Vorsätze waren außer Kraft getreten. Es gab nichts was sie aufhielt. Ungehemmt zog sie sich noch fester an ihn heran, ließ ihn ihren Körper spüren, konnte gar nicht genug bekommen. Nicht einmal die Frage nach dem Warum, oder was danach kam, beschäftigte sie in diesem Moment. Sie kostete einfach nur diesen Kuss aus und genoss ihn bis ins kleinste Detail. Plötzlich erklang ein Leuten an Walters Tür. Ernüchternde Besinnung trieb die Beiden auseinander. Schuldbeladen und voller Reue verharrten ihre Blicke. Sie fühlten sich wie zwei ungezogene Kinder, die nun nach einer einigermaßen glaubwürdigen Ausrede für ihr Handeln suchten.

»Das wird meine Mutter sein«, mutmaßte Doris verlegen mit belegter Stimme, »ich sollte sie nicht warten lassen.« Ohne Walter nochmals anzusehen, wandte sie sich mechanisch ab und ging mit unsicherem Gang zum Ausgang. Was war nur los mit ihr? Wieso schlug ihre Alarmglocke nicht an, die sonst immer einwandfrei funktionierte? Nachholbedarf, hallten ihr Mutters Worte im Ohr.

Während Doris das Haus verließ sackte Walter erschöpft zusammen und rang nach Luft. »Wow«, stieß er überwältigt aus und musste eingestehen, dass Prassel gute Menschenkenntnis besaß. Doris war wahrhaftig ein Vulkan, an dessen Lava er sich soeben die Finger verbrannte. Aber was bewog sie nur dazu, sich mit ihm einzulassen? Ob er ihr tatsächlich den Kopf verdreht hatte? Wie auch immer, er musste kühlen Kopf bewahren. Wenn Karin sich entschloss Doris reinen Wein einzuschenken, konnte sie dies als einen erpresserischen Akt verstehen.

Doris hingegen wurde unterdessen von ihrer Mutter skeptisch beäugt, als sie vor die Tür trat. Kritisch zupfte Gerda an dem Bademantel herum.

»Was hat du denn da an?«, fragte sie entsetzt.

»Einen Bademantel«, entgegnete Doris grantig und wanderte mit ihren blanken Füßen über die noch tropfnassen Pflastersteine hinüber zu ihrem Haus. Mit unterdrücktem Groll schaute sie auf ihre zerfledderte Zeitung nieder, die vollgesogen mit Wasser in Einzelteilen am Boden klebte. Irgendwann, schwor sie gedanklich, würde sie dem Kerl auflauern und ihm das Tagesblatt um die Ohren hauen. Mit diesem Anflug schlechter

Laune wandte sie sich ihrer Mutter zu, schenkte der Zeitung keinerlei Beachtung, und forderte mit ausgestreckter Hand ihren Hausschlüssel, den Gerda ihr in die Hand legte, wobei sie von ihr streng gemustert wurde und mit einem Kommentar nicht einhalten konnte.

»Deine Nachbarin muss sehr groß sein«, bemerkte Gerda zweiflerisch und roch an Doris, »und ich wette, sie rasiert sich, und das nicht an den Beinen.«

Auf weitere Vorwürfe gefasst schloss Doris ihre Tür auf und ärgerte sich nun über Walters verräterisches Aftershave. Ziemlich eilig betrat sie ihre Wohnung und stapfte durch die Diele ins Wohnzimmer und wandte sich dort nach ihrer Mutter um, die mit verschränkten Armen ungeduldig mit ihren Fingern darauf herum trommelte und auf eine Beichte wartete.

»Ist *Sie*«, betonte Gerda überspitzt, »auch nur so jemand, mit dem man eine Nacht verbringt?«

Niedergeschlagen senkte Doris ihre Lider während Gerda weiter auf sie einschimpfte.

»Wie viele Nachbarinnen dieser Art gibt es denn?«, wütete sie und schritt hastig auf Doris zu, die reflexartig ihre Hände schützend hoch nahm.

»Es gibt keinen Grund mich zu ohrfeigen«, hielt Doris ihre Mutter auf Distanz, obwohl dieses Mal eine ordentliche Watsche angebracht gewesen wäre, um ihre sexistischen Gedanken wieder aus dem Kopf zu prügeln.

»Ach ja«, entgegnete Gerda aufgebracht und bedeutete Doris mit einer bezeichneten Geste, dass sie ihr nicht über den Weg traute, »zu wem gehört dieser Bademantel?«, forderte sie bedingungslose Aufklärung.

Gereizt über ihre eigene Dummheit, stemmte Doris ihre Hände in die Hüften. »Na schön«, fing sie an, es war besser ihrer Mutter die Wahrheit zu sagen, als dass sie glaubte, sie würde sich durch sämtliche Nachbarbetten schlagen, »*Sie*«, betonte Doris überspitzt, »ist ca. einsfünfundachtzig groß, rasiert sich, ist mein Kollege und heißt Walter Larsen.«

Ekstatisch riss Gerda ihre Augenbrauen hoch. »Larsen?« Mit einem Ausdruck der Verzückung schaute sie zur Tür, als vermutete sie, er würde jeden Moment hereinkommen. »Er ist dein Nachbar?«

»Ja, was glaubst du wohl, warum er vorgestern mit mir am Kreisel ausgestiegen ist?«

»Was soll ich schon geglaubt haben?«, konterte Gerda mit einer bissigen Gegenfrage, wobei sich ihr noch mehr Fragen stellten, »er ist nicht auch zufällig der Mann aus dem Park?«, forschte sie weiter.

Doris nickte geständig. »Ja.«

Mit freudigem und erleichtertem Gesichtsausdruck sah Gerda ihre Tochter an. »Dann ist es doch was Ernstes?«

»Nein«, antwortete Doris etwas überreizt und belebte den Zorn ihrer Mutter erneut, worauf sie sicherheitshalber einen Schritt zurück trat, um aus ihrer Reichweite zu bleiben, »ich habe nichts mit ihm – und auch mit keinem anderen«, schwor sie.

»Und der Knabe, den du hier vor Corinna abgeknutscht hast?«

»Das war Wenders«, beichtete Doris gefügig, »der Computerfritze.«

»Und was hat es mit ihm auf sich?«

»Nichts«, antwortete Doris, und bevor Gerda weiter auf sie einschimpfte, legte sie gleich eine Erklärung vor, »ich gebe zu, wir haben uns geküsst und es hätte nicht vor Corinna passieren dürfen.« Verletzt zuckte Doris mit ihrer Schulter. »Ich fand ihn anfänglich ganz nett«, sagte sie hilflos und rang nach Worten, »aber irgendwie?–.«

»Und was empfindest du für Larsen?«

Ratlos schob Doris ihre Schultern hoch. »Ich weiß nicht«, antwortete sie unschlüssig, wobei tausend Dinge durch ihre Gedanken zogen. Sie wusste ihren Kollegen nicht einzuschätzen. In ihrer Verzagtheit stieß sie einen leisen Seufzer aus. »Er mag mich nicht sonderlich.«

»So«, wollte Gerda nicht wahrhaben, »du trägst seinen Bademantel und sein Aftershave klebt an dir.«

»Er war doch nur höflich, weil ich in den Regen gekommen bin und meine Kleidung völlig aufgeweicht war.« Bei diesem Satz flackerte leichte Panik bei Doris auf. Kraftlos ließ sie ihren Kopf absinken. »Ach Mama«, jammerte sie vor Verzweiflung und versetzte Gerda damit in Staunen. Mit Mama sprach ihre Tochter sie schon lange nicht mehr an, sie empfand es für kindlich und entschied sich irgendwann für Mutter. An diesem Ausdruck erkannte Gerda die Verzweiflung, die in Doris brodelte; und so trat sie an ihre Tochter heran und packte sie mitfühlend an den Schultern.

»Was ist passiert?«

»Ich fürchte, ich habe jetzt eine Ohrfeige verdient. Ich habe einen Fehler begangen.«

»Ich denke, du bist zu alt dafür.«

Selbstquälerisch und bestürzt schüttelte Doris ihren Kopf. »Wir haben uns gerade geküsst.«

Verständnislos zuckte Gerda zurück. »Aber das ist doch kein Fehler, wer ließe sich nicht gerne von ihm küssen?«

Entrückt starrte Doris ihre Mutter an. »Ich sollte mich auf so was nicht einlassen. Er ist ein Angestellter.« Sie griff grüblerisch in ihr Haar. »Wer weiß, was er daraus macht?«

Ungläubig über Doris' bösen Verdacht, lächelte Gerda ihr zuversichtlich zu. »Glaubst du, er will dich kompromittieren?«

»Kann ich das ausschließen?« Tausend Dinge schossen ihr durch den Kopf. Durch den neuen Vertrag hatte sie sogar alle ihre Trümpfe aus der Hand gegeben. Wie konnte sie sich nur so derart von seinem Gesülze einlullen lassen? Und nun lagen auch noch zahlreiche Visitenkarten von ihr aus, die auf eine ereignisreiche Nacht schließen ließen. Wie blöd war sie nur? Wer weiß, vielleicht hatte er ihr sogar etwas in den Grog gemischt und anstößige Fotos von ihr geschossen, und hoffentlich hatte niemand gesehen, wie sie eben im Bademantel sein Haus verließ.

»Ich kann nicht glauben, dass Larsen so hinterlistig ist«, versuchte Gerda auf ihre Tochter beschwichtigend einzuwirken, »seine Mutter ist mit Theo zusammen, wie sollte er dir dann jemals wieder unter die Augen treten?«

Die ganze Angelegenheit trieb Doris fast in den Wahnsinn. Sie wusste nun überhaupt nicht mehr, was sie noch glauben sollte. Gepeinigt von Ungewissheiten sackte sie zusammen und ließ betrübt und zweiflerisch ihren Kopf auf Gerdas Schulter fallen.

Tröstend strich Gerda ihrer Tochter übers Haar. »Ich bin überzeugt, dich quälen ganz andere Sorgen – du hast dich in ihn verliebt und suchst jetzt nach Gründen ihn abzuschmettern.«

Aufgeschreckt erhob Doris den Kopf. »Nein«, stritt sie bestimmt ab und erntete von ihrer Mutter ein mildes Lächeln.

»Oh doch«, ließ sich Gerda von ihrer Meinung nicht abbringen, »du hättest dich auf dem Empfang sehen sollen – du sahst so glücklich aus.«

»Er ist mein Kollege und so soll es auch bleiben.«

»Du solltest dir den Kerl schnappen«, riet Gerda, »bevor es eine andere tut. Leg deine schlechten Erfahrungen einfach ab und wage wieder einen Anfang, sonst ereilt dich wirklich noch der Nachholbedarf und du fällst deine Nachbarn an«, scherzte sie aufmunternd, worauf Doris gepeinigt Luft ausstieß. Scherze dieser Art konnten sie im Moment nicht aufheitern. Flehend schaute Doris ihre Mutter an. »Behandle das bitte vertraulich.«

»Aber natürlich. Jetzt mach dich fertig, sonst kommst du zu spät.«

Zu spät kam Doris allemal. Nur gut, dass Gerda ihr den Wagen überließ, so konnte sie wenigstens ihre Verspätung etwas eingrenzen. Bevor Gerda am Autohaus ausstieg, fasste sie vertrauensselig nach Doris' Hand, die auf dem Schalthebel ruhte.

»Du kannst den Wagen gerne behalten, für die nächsten Tage«, bot Gerda großzügig an«, und lächelte gütig, womit sie Doris etwas verblüffte, »und lass dir das mit Larsen nochmal gut durch den Kopf gehen«, startete sie einen erneuten Versuch, ihr den Kollegen schmackhaft zu machen.

Gedanklich hielt Doris an ihrem Nein fest. Mutters Wunsch-Schwiegersohn schloss sie definitiv aus. Eine Beziehung mit Walter würde doch nur Probleme mit sich führen. So konnte sie privat und geschäftlich gar nicht mehr auseinanderhalten, was durch die Freundschaft zwischen Maria und Theo ohnehin schon getrübt würde und ihr Urteilsvermögen einschränkte und was bei der Belegschaft mit Sicherheit noch für genügend Unmut sorgte. Außerdem wollte sie ihre Freundschaft nicht mit einer möglichen Beziehungskrise überschatten. »Danke, für den Wagen«, schnitt sie geschickt das Gespräch ab und lächelte milde, wobei sie in Gedanken schon die Sorge quälte, wie sie Walter nach diesem Vorfall überhaupt entgegentreten sollte und wie sie wieder den respektvollen Abstand zu ihm zurückgewinnen konnte?

Abgehetzt traf Doris im Büro ein und wurde von Karin argwöhnisch gemustert.

»Entschuldige«, sagte Doris leicht außer Atem und marschierte auf ihren Schreibtisch zu, »ich bin mal wieder zu spät. Ich hatte mich gestern Abend ausgesperrt und kam nicht in meine Wohnung«, erklärte sie unterdessen, dann zog sie gewohnheitsbedingt eine Schublade auf und merkte jetzt erst, dass sie gar keine Handtasche mitführte, weil sie gar keine benötigte, da ihre gesamten Papiere in Walters Bad schlummerten. Niedergeschlagen sackte sie auf ihren Sessel und zog ihr Handy hervor. Sie bemerkte gar nicht, dass sie von Karin verdutzt beäugt wurde.

»Schicke Brille; neu?«

»Nein«, antwortete Doris immer noch abgehetzt, »die habe ich schon länger, ich trage sie nur nicht gerne.« Sie schob ihren Ärmel zurück, um nach der Zeit zu schauen, blinzelte aber nur ihr nacktes Handgelenk an. In der Eile hatte sie vergessen, ihre Ersatzuhr anzulegen. Mit gereiztem Stöhnen blickte sie zur Wanduhr. Dann lehnte sie sich zurück und versuchte mit ein paar tiefen Atemzügen ihre innere Ruhe wieder zu erlangen. Zwanzig Minuten blieben ihr noch, bevor sie in den Ring steigen musste und auf ihren Kollegen und Wenders traf.

»Alles in Ordnung«, unterbrach Karin etwas bekümmert ihre Gedanken.

Aufgeschreckt warf Doris ihrer Angestellten einen Blick zu. »Ja.«

Eine halbe Stunde später marschierte Doris, wie vereinbart, strammen Ganges auf den kleinen Konferenzraum zu. Auf dem Weg dorthin schob sie mindestens 20 Mal ihren Ärmel zurück um nach der Uhrzeit zu schauen und immer wieder schaute sie nur ihr blankes Handgelenk an.

Abgehetzt, von der Ungewissheit getrieben, ob sie gut in der Zeit lag, riss Doris die Tür vom Konferenzraum auf und stürzte hinein. Walter stand alleine im Raum und wartete. Abrupt stoppte sie ab, blickte ihn verlegen an und grüßte zunächst mit einem gedämpften »Hallo« worauf ihr Kollege nur nickte, ohne jede Anzüglichkeit, was Doris sehr begrüßte. Nervös rieb sie ihren Nacken und überlegte, ob es nun angebracht sei, über das Vorkommnis in seiner Wohnung zu reden? Und wieder schob sie ihren Ärmel zurück und stieß einen verzagten Laut aus, als sie schon wieder ihr nacktes Gelenk betrachtete.

»Wir sind zu früh«, nahm Walter ihr den Schrecken, zu spät zu sein.

Diese Erkenntnis konnte Doris nicht gerade beruhigen, und als sie ihren Blick wieder erhob, beobachtete sie, wie Walter ihre Uhr aus dem Jackett zog und zwischen seinen Fingern herabbaumeln ließ. »Die habe ich heute Morgen bei Ihnen im Bad liegen lassen«, sagte sie mit belegter Stimme, trat langsam an ihn heran und forderte mit ausgestrecktem Arm ihr Eigentum zurück, welches er ihr anstandslos in die Hand legte.

»Ja«, antwortete Walter, »und das ist nicht alles.« Wieder griff er in sein Jackett und trieb Doris damit die Anspannung ins Gesicht. Ob er ihr nun ihre Unterwäsche präsentierte? Doch er zog nur eine kleine Schachtel hervor und streckte ihr diese mit flacher Hand entgegen. Es waren ihre Kontaktlinsen. »Ich dachte, Sie bräuchten sie.«

Erleichtert und verlegen zugleich atmete Doris auf, als er ohne jede weitere Anzüglichkeit ihr die Schachtel entgegenstreckte. »Danke.«

Vertrauensvoll schaute er sie an. »Ich wusste nicht, wie ich Ihre Handtasche einschmuggeln sollte...«, flüsterte er.

»Kein Problem«, sah sie es ihm nach und stopfte ihre Kontaktlinsen in ihren Blazer. Aufgewühlt rang Doris nach Luft und versuchte dann ihre Uhr anzulegen. »Mir ist das sehr unangenehm.«

Durch Doris' Beunruhigung wurde bei Walter ein erhebendes Gefühl geweckt. Durch ihren Patzer, der nun wie ein Makel auf ihrem Sauber-Frau-Image lastete, konnte er hingegen nun den Gentleman heraushängen lassen, wofür sie ihm auch noch ewig dankbar sein würde. »Es ist nichts passiert, was Ihnen peinlich sein müsste«, redete Walter beschwichtigend auf sie ein.

»Nichts passiert?«, entfuhr es Doris, wobei ihr beinahe die Uhr aus den Händen glitt, die sie aber geschickt wieder auffing, »leiden Sie an Gedächtnisschwund?« Haltlos warf sie ihre Arme umher und suchte nach einer plausiblen Erklärung. »Ich weiß nicht, was mich geritten hat...« Erregt schnappte sie nach Luft. »Ich habe noch nie mit einem Kollegen...« Sie stockte. Ihre Scham ließ nicht zu, diesen Satz zu Ende zu sprechen. Stattdessen sah sie kurz kontrollierend zur Tür. »In meiner Position sollte ich so was tunlichst vermeiden«, rügte sie sich selber, »es schränkt mein Urteilsvermögen ein.«

»Nun regen Sie sich doch nicht so auf«, redete Walter tröstlich auf sie ein, »wir sollten das auf die Kavalier-Art abtun«, riet er ihr, worauf Doris ihm einen fragenden Blick zuwarf, »genießen und schweigen.«

Genießen und schweigen, fuhr es Doris durch den Kopf, was sie als einen guten Vorschlag empfand, obwohl sie sich ihre Unbesonnenheit kaum verzeihen konnte. Als seine Chefin sollte sie ihre Sinne beisammen halten. Es gab genug Männer auf der Welt, womit sie ihre Bedürfnisse befriedigen konnte. Warum ausgerechnet musste sie über Walter stolpern, einem Angestellten? Lahm wandte sie sich ihm wieder zu. »Ich verlasse mich auf Sie«, stimmte sie zu und sah ihn flehentlich an.

Wie ein Ehrenmann erhob Walter seine rechte Hand. »Ich schwöre«, sicherte er ihr zu und sah in ihr gepeinigtes Gesicht, das ihn plötzlich sehr berührte und seine Flamme für Doris wieder auflodern ließ. Zu gerne hätte er sie jetzt in den Arm genommen und erneut geküsst, gäbe es da nicht seine verkorkste Vergangenheit, die auf ihm und Karin lastete, wofür sie womöglich kein Verständnis aufbrachte. In dem Moment verwarf er den Gedanken ihr jemals ein Geständnis abzuliefern.

Seine Gedanken wurden schier unterbrochen. Rüdiger stand plötzlich in der Tür und klopfte am Rahmen, mit einer Mappe in der Hand. Hastig wandten sich Walter und Doris ihm zu und räusperten sich verlegen, weil sie sich ertappt fühlten, wobei Doris ihre Uhr schnell in ihrem Blazer verschwinden ließ, als wolle sie ein Beweismittel verbergen.

Mit verletzter Würde schritt Rüdiger auf die beiden zu, von denen er glaubte, dass sie eine heimliche Affäre unterhielten, wobei er einen verächtlichen Blick auf seinen Rivalen warf. Übellaunig warf er die Mappe auf den Konferenztisch. »Auf große Erklärungen habe ich jetzt keine Lust«, teilte er angekratzt mit, wobei sein verachtender Blick wieder an Walter haften blieb, »ich hoffe, Sie sind zufrieden«, züngelte er zweideutig, was Doris in Alarmbereitschaft versetzte. Doch ehe sie einen weiteren Gedanken fassen konnte, wurde sie Zeuge, wie Rüdiger kurz seinen Arm ausholte und mit geballter Faust auf Walters Gesicht einschlug. Schlag KO ging ihr Kollege zu Boden und schlug mit dem Hinterkopf auf. Geschockt schrie Doris auf; und während Rüdiger auf seinen Konkurrenten nieder schaute, konnte sie emotional nicht verhindern, ihm eine kräftige Watsche zu verpassen.

Mit zusammengepressten Lippen, die Rüdigers tiefe Verbitterung zum Ausdruck brachte, sah er Doris an. »Das bestätigt meine Vermutung.« Dann zog er beleidigt ab.

Ungeachtet Rüdigers Behauptung, kniete sich Doris gleich neben ihren Kollegen, der mittlerweile auf seinem Po saß und benommen sein Kinn festhielt. Besorgt ließ sie ihre Blicke über sein Gesicht wandern. »Wie fühlen Sie sich?«

Stöhnend zog Walter seine Beine an und legte seine Arme auf den Knien ab. »Mir ist etwas schummrig«, sagte er leicht benommen und ließ seinen Kopf absinken, der wie ein Stein auf seinen Schultern saß.

»Bleiben Sie sitzen«, befahl Doris besorgt und erhob sich eilig, »ich hole Hilfe.« Sie zückte ihr Handy hervor und alarmierte Schwester Reh aus dem Krankenzimmer, die unverzüglich im Konferenzzimmer eintraf.

Reh gehörte zu den älteren und resoluten Frauen und ging nicht gerade zimperlich mit den Leuten um, wurde deswegen auch liebevoll als Dr. Frankenstein bezeichnet. Ebenso wenig bewies sie Respekt vor leitenden Angestellten und so auch nicht vor Doris.

»Was ist denn genau passiert?«, holte Reh gleich Erkundigung ein, als sie neben Walter kniete, der immer noch auf dem Boden saß. So auf Anhieb konnte sie bei Walter kein Gebrechen ausfindig machen.

Einen kurzen Moment zögerte Doris, doch bevor Walter etwas erklären konnte, fiel sie ihm ins Wort. »Herr Larsen ist gestürzt und dann auf den Hinterkopf gefallen.«

Irritiert schaute Walter zu Doris auf. Was redete sie denn da?

Reh schaute ihren Patienten genau an und bemerkte nun die geschwollene Stelle an seinem Kinn. »Wo haben Sie das her?«

Nervös blickte Doris ihren Kollegen an und ergriff sofort wieder selber das Wort. »Wie ich schon sagte, er ist gestolpert.« Nervös hantierte sie mit ihren Händen, suchte nach einer plausiblen Ausrede. »Na ja, er ist erst mit dem Kinn am Tisch hängen geblieben und dann auf den Kopf... gefallen.«

Fachmännisch schaute Reh in Walters Augen und schob mit ihrer Hand seinen Kopf hin und her. »Da können Sie ja froh sein, dass Sie nicht auf den Mund gefallen sind und ihre Lippen verschont blieben«, sagte sie, während ihr Blick kritisch zu Doris hinauf wanderte, die bei ihrer Bemerkung ertappt zusammengezuckt war, weil sie vermutete, man könne ihr das Missgeschick von heute Morgen im Gesicht ablesen, was Rehs Verdacht bekräftigte, dass Doris nicht ganz die Wahrheit geschildert hatte. »Klingt komisch«, befand sie und grunzte ungläubig. Dann zog sie an Walters Arm. »Kommen Sie«, forderte sie ihn auf, worauf er alle Kraft zusammen nahm und dank ihrer Hilfe wieder auf die Beine kam. Immer noch leicht benommen stieß er erschöpft Luft aus, was Reh zu einer vorsorglichen Maßnahme zwang. »Ich lasse ihn ins Krankenzimmer bringen, dann kann ich ihn etwas beobachten«, teilte sie Doris mit, die einverstanden nickte.

»Muss das sein?«, wehrte sich Walter und musste sich sogleich an den Kopf fassen, der mächtig brummte.

»Ja«, antwortete Reh konsequent und setzte Walter auf einem Stuhl ab, »mir ist lieber, ich halte Sie etwas unter Kontrolle.«

»Frau Reh hat Recht«, redete Doris ebenfalls auf Walter ein und erntete von Reh einen misstrauischen Blick.

»Ich hätte gerne gewusst, was wirklich vorgefallen ist.«

Mit aufgelegtem Pokerface konterte Doris abgebrüht. »Sie misstrauen doch nicht etwa Ihrer Vorgesetzten?«

Mit spöttischem Grunzen wandte sich Reh wieder Walter zu. »Gleich kommen zwei Jungs.« Ungläubig beäugte sie Doris aus den Augenwinkeln und klopfte dabei Walter auf die Schulter. »Passen Sie so lange auf den Knaben auf«, wies sie an und wanderte hinaus.

Einen Moment zögerte Walter noch, um sicher zu gehen, dass Reh nicht mithören konnte. Dann stellte er Doris zur Rede. »Warum haben Sie gelogen?«, flüsterte er ihr erregt zu und hielt sich seinen dröhnenden Kopf.

»Was soll ich machen?«, konterte Doris ebenfalls leise und hielt einen kontrollierten Blick auf die Tür, »soll ich Wenders anschwärzen? Dann müssen Sie auch damit rechnen, dass er die Geschichte im Sportcenter zum Besten gibt.« Sie schaute ihn eindringlich an. »Im Grunde steht es nun 1:1«, fügte sie hinzu und hoffte allerdings auch, dass ihr Kollege keinen Folgeschaden davontrug.

Einsichtig ertrug Walter diese Schmach, aber nicht ohne Nachsatz. »Ich bring diesen Kerl um.«

Mit beschwichtigender Geste schaute Doris ihn an. »Stopp, wir sollten dazu erst einmal den Kostenvoranschlag anschauen«, riet sie, »vielleicht hat Wenders sozusagen...« Sie verzog verzagt das Gesicht und erhoffte Verständnis von ihrem Angestellten. »...Eine Kopfprämie berücksichtigt«, fügte sie ironisch hinzu.

Walter schaute sie argwöhnisch an. »Oh«, spöttelte er dann, »schönes Wortspiel.« Wieder hielt er sich den Kopf.

Mitfühlend betrachtete Doris ihren angeschlagenen Angestellten. »Lassen Sie mich wissen, wenn Sie was brauchen.«

»Keine Sorge«, zischelte Walter durch seine Zähne, »Dr. Frankenstein wird mich schon mütterlich umsorgen.«

»Wenn es Ihnen wieder etwas besser geht, sollten Sie sich den Rest vom Tag frei nehmen«, riet Doris bekümmert, »Sie dürfen auch mit dem Taxi fahren. Ich erstatte es Ihnen.«

Bevor Walter darauf noch etwas sagen konnte, betraten zwei kräftige Männer den Raum, die im Haus zusätzlich als Ersthelfer fungierten, nahmen ihn ins Sandwich und begleiteten ihn hinaus.

Ihren Mitarbeiter in sicheren Händen wissend, wanderte Doris mit dem Kostenvoranschlag in ihr Büro, warf ihn auf den Schreibtisch und ließ sich mit einem schweren Seufzer auf den Sessel fallen.

Karin schaute zu ihr hinüber. »Du wirkst gestresst«, bemerkte sie.

»Ja, bin ich auch«, gestand Doris und ließ ihre Blicke zu Karin wandern. »Larsen musste ins Krankenzimmer«, erklärte sie und lieferte in knappen Sätzen einen Bericht über den Vorfall ab, wobei sie dieselbe Geschichte anwandte, wie zuvor bei Reh. Sie hielt es für besser, wenn nicht zu viele von der Wahrheit erfuhren.

»Der Arme«, war Karin entsetzt und wollte in ihrer Besorgnis schon zum Telefon greifen, um sich bei ihm um sein Wohlbefinden zu erkundigen, konnte aber im letzten Moment noch einhalten, »können wir irgendwas für ihn tun?«

Doris schüttelte den Kopf. »Reh kümmert sich um ihn. Ich habe ihm auch geraten nach Hause zu fahren, wenn Reh ihr Okay gibt.«

Als der Name Reh fiel, überkam Karin ein Schauder, weil diese Fürsorge mehr unter Überlebenstraining fiel, was sie noch mehr beunruhigte, und so fieberte sie der nächsten Gelegenheit entgegen, um sich nach seinem Wohlbefinden zu erkunden. Erst in ihrer Mittagspause konnte Karin ihren Bruder per Handy erreichen. »Wie geht es dir?«, schmetterte sie ihm ungeduldig eine Frage ins Ohr.

»Soweit ganz gut«, antwortete Walter, der gerade durch den Personaleingang spazierte.

»Liegst du noch im Krankenzimmer?«

»Nein, ich bin gerade auf dem Weg nach Hause«, erklärte er und schritt zielstrebig auf ein Taxi zu, das auf dem Parkplatz auf ihn wartete.

»Brauchst du Hilfe?«, hakte Karin besorgt nach. Sie wusste nur zu gut, dass Walter seine Gebrechen gerne herunterspielte.

»Nein«, antwortete er gereizt, über ihre übertriebene Fürsorge, »ich habe bloß eine Beule am Kopf.«

»Reh hält dich doch nicht umsonst unter Beobachtung«, entfuhr es Karin aufgeregt.

»Mach dir keine Sorgen«, redete Walter beruhigend auf sie ein, riss die Taxitür auf und stieg hinein. Er wandte sich kurz dem Fahrer zu und teilte ihm seine Adresse mit. Dann widmete er sich wieder dem Gespräch. »Es ist alles gut«, fuhr er leichtfertig fort.

Na schön, dachte Karin fuchsig, weil sie sich ausgetrickst fühlte, startete aber keinen weiteren Versuch, auf ihn einzureden und beendete das Gespräch. Schnell durchstöberte sie ihr Handy nach einem Kontakt und stellte die Verbindung her. »Ja, hallo Mama, hier ist Karin«, meldete sie sich. In knappen Sätzen informierte sie Maria.

»Ist er schlimm verletzt?«, hakte diese besorgt nach.

»Ich hoffe nicht. Aber er ist mit dem Taxi nach Hause, da stimmt doch was nicht«, befand Karin. Ihre Stimme klang sehr aufgeregt, wovon sich Maria anstecken ließ.

»Na schön«, redete Maria beschwichtigend auf Karin ein, »ich fahr zu ihm und schau nach.«

Entspannt lag Walter der Länge nach auf seinem Sofa. Den Nacken gestützt von der Lehne, konnte er bequem liegen, ohne dass ihn seine Beule quälte. So ähnlich lag er auch die ganze Zeit lang bei Reh im Krankenzimmer, die ihm zur Stütze eine Kissenrolle unter den Nacken gelegt hatte, damit er nicht auf der Beule liegen musste.

Plötzlich wurde er von seiner Türglocke hochgeschreckt, wobei sich seine Kopfschmerzen zurückmeldeten, was ihn kurz aufstöhnen ließ. Etwas benommen blinzelte er auf seine Armbanduhr und wunderte sich, wie doch schon die Zeit vorangeschritten war.

Wieder ertönte die Türglocke, wieder und wieder.

»Ja!«, rief Walter zur Tür, »ich komm ja schon.« Schwerfällig wälzte er sich zur Seite, schwang seine Beine vom Sofa und sprang auf. Ein kurzer Schwindel ließ ihn ein wenig zurücktaumeln. Er konnte sich aber an der Lehne abstützen und vollständig aufrichten. Ermattet tapste er zur Tür und öffnete.

»Na endlich«, dröhnte ihm Marias Stimme entgegen, die ihren Sohn sogleich akribisch begutachtete, »wie geht es dir?«

Etwas perplex schaute Walter auf seine Mutter nieder. »Gut«, antwortete er irritiert, »warum bist du hier?«

»Warum?«, stieß Maria fassungslos aus, »Karin hat mir erzählt, du wärst gestürzt. Sie macht sich Sorgen.«

»Sie übertreibt«, bagatellisierte Walter, doch Maria gab keine Ruhe. Hastig umfasste sie sein Gesicht, drehte es ins Licht und beäugte kritisch die geschwollene Stelle an seinem Kinn.

»Du siehst aus, als hättest du eine Schlägerei gehabt«, stellte sie eine fachmännische Diagnose, die Walter etwas ertappt zusammenfahren ließ.

»Ach quatsch«, stritt er ab, »ich bin gestürzt, weiter nichts.«

»Du fährst doch nicht umsonst mit dem Taxi«, hielt Maria ihm seine gespielte Gleichgültigkeit vor.

»Natürlich nicht«, stöhnte Walter gereizt, »Westermann ist mir gestern in die Seite gekracht. Der Wagen ist Totalschaden«, erklärte er, worauf Maria entsetzt ihre Hände vor den Mund schlug, worauf er beschwichtigend seine Hände erhob, »es ist nichts passiert.«

Hastig umfasste Maria mit großer Besorgnis seinen Kopf, worauf Walter kurz aufschrie, weil sie ihm auf die Beule drückte. Sie zog seinen Kopf herunter und betastete nun achtsam die Erhebung auf seinem Hinterkopf.

»Mein Gott«, entfuhr es Maria, »die ist ja größer als eine Buckelpiste.«

Erregt richtete sich Walter auf. »Übertreib nicht.« Und wahrhaftig verspürte er keinerlei Kopfschmerzen mehr und Schwindel.

Ohne Wenn und Aber schob Maria ihren widerspenstigen Sohn in die Diele, warf mit dem Fuß die Tür zu und schob ihn durch bis ins Wohnzimmer. »Das muss gekühlt werden«, warf sie fachmännisch in den Raum und wanderte eilig in die Küche zum Kühlschrank, wobei sie nebensächlich ihre Handtasche auf dem Tresen ablegte. Dann zog sie ein

Eiswürfelförmchen hervor, und durchstöberte ein paar Schubladen. »Hast du denn keine Gefrierbeutel?«

»Nee«, antwortete Walter genervt, »was soll ich damit?«

»Dann hätte ich dir jetzt einen Eisbeutel daraus machen können.« Sie grübelte einen Moment. »Dann nehmen wir eben einen Wasch-handschuh«, kam ihr eine neue Idee und legte die Eiswürfelform auf dem Tresen ab. Als sie Anstalten unternahm, ins Bad zu wandern, kam Walter ihr hastig zuvor, weil ihm Doris' Kostüm in den Sinn kam. Das würde ihm eine Menge Erklärungen einbrocken und so eilte er sofort los.

»Ich hol schon einen!«, rief er im Weggehen, stürzte förmlich ins Bad und zog ebenso hastig das Kostüm von der Tür, welches dort ordentlich am Bügel hing und versenkte es samt Unterwäsche und Handtasche im schlanken Wäschekorb. Da dieses Teil keinen Deckel besaß, zog er das Handtuch neben dem Waschbecken von der Stange und warf es darüber. Diese vorsorgliche Maßnahme sah er als notwendig an, für den Fall, dass seine Mutter doch mal den Weg ins Bad einschlug. Dann riss er eine Schublade auf, zog einen Waschhandschuh hervor und marschierte wieder an den Tresen zurück. Dort schaute er dann seiner Mutter zu, wie sie ihm liebevoll einen Eisbeutel herrichtete und ihm diesen reichte.

Mit dankbarer Geste wanderte Walter zu einem Sessel hinüber, warf sich dort hinein und legte seinen Eisbeutel vorsichtig an. Maria folgte ihm und schaute ihn betroffen von oben an.

»Wie ist denn das passiert?«, fragte sie ihn in mütterlicher Vorsorge.

»Na ja«, antwortete Walter lapidar, »gestolpert halt und blöd angeeckt«, erklärte er dann im weitesten Sinn Doris' Version. Wobei er sich mit der anderen Hand den Nacken trocken rieb, weil Wasser an seinem Kopf herunter rann.

Maria erkannte dieses kleine Wasserproblem. Ein Gefrierbeutel wäre halt die bessere Lösung gewesen; und so eilte sie gleich Richtung Bad. »Ich hol dir ein Handtuch«, rief sie auf dem Weg dorthin. Weil an der Handtuch-stange kein Handtuch hing, zog Maria in ihrer Eile das Handtuch vom Wäschekorb herunter und wurde auf den beigen Rock aufmerksam. Irritiert fasste sie nach ihm. Na nu, dachte sie, unterhielt ihr Sohn etwas eine Beziehung? Und wer war diese Frau? In ihrer Neugier lupfte sie den

Rock, um Näheres über die Unbekannte zu erfahren, wobei ihr eine Handtasche ins Auge sprang, die ihre Spannung ins Unerträgliche trieb.

»Mama!«, rief Walter unterdessen, »wo bleibst du? Der Waschlappen nimmt kaum noch Wasser auf!«

»Ja«, rief Maria hastig zurück, wollte aber auf gar keinen Fall das Feld räumen, ohne Gewissheit zu erlangen, »ich muss gerade noch aufs Klo!« Sie schob die Tür bei und kramte die Handtasche hervor, wobei ihr feinste Spitzenunterwäsche in die Finger kam, die sie bewundernd kurz anlupfte, dann aber ihr Augenmerk wieder auf die Handtasche richtete, diese öffnete und eine Ausweismappe herauszog. »Da schlägt's dich nieder«, murmelte sie verblüfft und sank auf das Klo nieder, als sie Doris' Ausweis in den Händen hielt.

Eine Weile hielt es Walter auf dem Sessel noch aus, dann verlor er die Geduld. Die Eiswürfel schmolzen nur so dahin, so dass er seiner Mutter folgte und an die angelehnte Tür klopfte. »Bist du eingeschlafen?«

Hastig sprang Maria hoch und zog die Tür auf. Mit ausgestrecktem Arm hielt sie Walter den Ausweis entgegen und starrte ihn wütend an, der furchtsam einen Schritt zurück trat, und mit beiden Händen den triefenden Waschhandschuh zum Schutz vor sich hielt.

»Was hat das zu bedeuten?«, schrie Maria ihn heftig an, entriss ihm den Waschlappen und warf ihn heftig ins Waschbecken.

»Nichts«, versicherte Walter ängstlich, »das ist nicht so, wie es aussieht.«

Anklagend deutete Maria auf den Wäschekorb, der alle Beweise barg, die auf eine ereignisreiche Nacht, oder noch mehr hindeuteten.

»Das ist reine Nachbarschaftshilfe«, beteuerte Walter, worauf Maria auf diesen schön umschriebenen Ausdruck laut grunzte, »glaub mir«, flehte Walter, »Westermann hat sich bloß ausgesperrt und hier übernachtet...«

»Ach ja!«, platzte es aus Maria heraus, »und dann zieht sie sich aus lauter Dankbarkeit aus und wandert dann splitterfasernackt aus deiner Wohnung raus!«

Bedacht nickte Walter. »Ich weiß, das klingt komisch. Aber so war's.«

Maria grollte laut, stieß Walter zur Seite und wanderte erregt ins Wohnzimmer, wo sie dann wild umherlief und den Ausweis auf den Tisch segeln ließ.

Eilig folgte ihr Walter. »Sie war natürlich nicht nackt, sie trug meinen Bademantel...« Er schaute seiner Mutter nach, wie sie umherwanderte und verzweifelt wild gestikulierte, aber keine Worte fand. »Mama beruhige dich doch«, redete Walter sacht auf sie ein, worauf sie plötzlich ihre Arme in die Höhe warf und auf ihn zukam, sodass Walter vorsichtshalber einen Schritt zurück trat.

»Beruhigen!?«, schrie sie ihn an, »du erwartest, dass ich meine Beziehung aufgebe und du unterhältst eine heimliche Affäre mit deiner Chefin!«

»Tu ich nicht«, erwiderte Walter heftig.

»Nein«, entgegnete Maria mit wirrem Blick, »das nennt man ja jetzt Nachbarschaftshilfe«, presste sie zynisch hervor.

»Sei nicht so sarkastisch«, mahnte Walter.

Maria stieß einen zornigen Laut aus. »Weiß sie von Karin und dir?«

»Nein, natürlich nicht«, ereiferte sich Walter brüskiert.

»Natürlich nicht!«, wiederholte Maria wütend, »du suchst wohl nur deinen Vorteil aus dieser Beziehung.«

Er trat an seiner Mutter heran, packte sie an den Schultern und schaute sie eindringlich an. »Nein«, dementierte er vehement, »es ist nicht so, wie du denkst. Glaub mir.«

Maria schob hastig seine Hände weg. »Warum versteckst du dann ihre Sachen?«

Erschöpft sackte Walter zusammen. »Weil ich genau diese Diskussion verhindern wollte.«

»Ich glaube dir kein Wort«, erwiderte Maria verbittert. Ihr Kinn zitterte erregt dabei. »Du musst ja ein toller Hengst sein, dass sie sich darauf einlässt.« Angewidert schaute sie verachtend ihren Sohn an, der mit Schuld beladen keine tröstenden Worte fand. »Und wie toll, dass du keinerlei Verpflichtungen eingehen musst. Sie kann sich ja nicht einmal outen, ohne selber zu fliegen. Wenn Karin nicht in Mitleidenschaft gezogen würde, ich würde euch beide hochnehmen.« Hastig wirbelte Maria herum, rannte zur Tür und riss sie auf. »Ich bin fertig mit dir!«, rief sie verletzt und stürzte hinaus.

»Fuck!«, schrie Walter ihr nach und stapfte ihr eilig hinterher.

Etwas früher als sonst, stellte Doris den Wagen in ihrer Parknische ab und stieg aus. Da einige Aufgaben, durch Walters KO-Schlag, aufgeschoben werden mussten, konnte sie etwas früher frei nehmen. Sie schaute gerade den Weg zu ihrem Haus hinauf und überlegte, ob sie ihrem Kollegen einen kurzen Besuch abstatten sollte, um unter anderem auch nach seinem Wohlbefinden zu schauen, als sie sah, dass eine Frau den Weg hinab geeilt kam. Bei genauerem Hinschauen erkannte sie Maria, die wie eine Dampfwalze auf sie zugerollt kam. Sicherheitshalber blieb Doris am Anfang des Weges stehen, um sie passieren zu lassen und beobachtete, wie Walter plötzlich aus seinem Eingang gestürzt kam und seiner Mutter folgte.

»Sie sollten sich was schämen!«, wurde Doris plötzlich von Maria angewütet, die nun neben ihr stand, »sich auf so was einzulassen!«

Perplex schaute Doris Maria nach wie sie wutschnaubend an ihren Wagen stapfte und dort plötzlich schluchzend zusammenbrach. Kauernd verharrte diese neben ihrer Wagentür und wimmerte vor sich hin.

Hilfsbereit eilte Doris auf sie zu und hockte sich neben sie. »Frau Seitz«, sprach sie Maria behutsam an, doch sie zeigte keinerlei Reaktion und wimmerte immerzu weiter, »was ist mit Ihnen?« Plötzlich bemerkte Doris, wie Walter angeschnauft kam und sich auf Socken neben sie stellte. Fragend richtete sie ihren Blick nach oben. »Was hat sie?«

Ratlos, wie er das erklären sollte, zog Walter seine Schultern hoch, irgendwie überfiel ihm in diesem Moment das Gefühl, dass er und Karin nun aufflogen. »Sie hat Ihre Sachen gefunden«, erklärte er, weil ihm nichts Besseres einfiel und weil es ja auch irgendwie die Wahrheit war, »nun glaubt sie...« Er ließ den Satz offen, den Doris auch ohne genauere Erklärung verstand und nur mit einem gereizten Augenaufschlag kommentierte. Sie hatte so gehofft, dass ihr Missgeschick nicht so weite Kreise zog. Hier sah sie nun Erklärungsbedarf, dieses Missverständnis aus der Welt zu schaffen, doch zunächst schaffte sie gemeinsam mit Walter Maria wieder ins Haus und setzten sie auf einen Sessel ab. Vorgebeugt und ihre Hände vor dem Gesicht geschlagen saß Maria dort und heulte sich die Seele aus dem Leib.

»Frau Seitz«, redete Doris sanft auf Maria ein, die vor ihr hockte, »Sie müssen sich keine Sorgen machen… zwischen mir und Ihrem Sohn läuft nichts…und es muss auch niemand um seinen Job fürchten.«

Doris' Erklärung ließ Maria noch bestürzter aufheulen, so dass Doris ratlos zu ihrem Kollegen aufschaute, der Überlegungen anstrebte, wie er nun mit der Wahrheit rausrücken konnte, die nun unumgänglich schien. Auch mochte er nicht weiter lügen, aber wie nur, konnte er größeren Schaden von Karin abwenden? Im Grunde konnte er nur auf Doris' Verständnis hoffen.

Doris durchbrach seine Gedanken. »Aber sie heult doch nicht wegen mir«, war sie verwirrt.

Einen Moment zögerte Walter noch, dann fasste er Mut und wagte einen zaghaften Anfang seiner Beichte. »Im weitesten Sinne schon.«

Interessiert zog sich Doris an der Sessellehne hoch. »Wie muss ich das verstehen?«, hakte sie skeptisch nach.

»Nun ja.« Walter zauderte. Die Ungewissheit, wie Doris nun reagieren könnte, ließ ihn sein Herz bis zum Hals hochschlagen. »Sie hat wegen Ihnen ihre Beziehung zu Theo aufgegeben.«

Ein jämmerliches Getöse von Maria ertönte, worauf Doris entsetzt ihre Augen weitete. »Was?«, stieß sie empört aus, »das haben Sie doch wohl nicht von ihr verlangt, nur weil Sie mit mir nicht befreundet sein wollen?«

Ängstlich trat Walter vorsichtshalber einen Schritt zurück und musste durch seine aufkommende Angst seine Stimme auffrischen, um ihr nun eine Antwort geben zu können. »Nein. Sondern um Karin und mich zu schützen.«

Verdutzt fuhren Doris' Brauen in die Höhe. Sie überlegte wie Karin und Walter zusammenpassten. Eine Affäre schloss sie allerdings aus. Das hätte er seiner Mutter wahrscheinlich nicht auf die Nase gebunden. »Könnten Sie mal so reden, dass ich es auch verstehe?«, forschte sie sich heran.

Plötzlich, wie aus der Pistole geschossen, sprudelte es aus Walter heraus. »Karin und ich, wir sind Geschwister. Halbgeschwister besser gesagt, deswegen konnten wir unsere Verwandtschaft auch geheim halten.«

Bevor Doris auf diesen Schock reagieren konnte, wurden ihre Gedanken von einem kräftigen Aufheulen unterbrochen, was vom Sessel aus empor dröhnte. Zeitgleich, von dem Heulen aufgeschreckt, starrten Walter und

Doris auf Maria nieder, die zusammengekauert im Sessel saß und nun wehleidig weiter schluchzte. Mit einem Gemisch aus Bewunderung und Entsetzen schwenkte Doris' Blick auf Walter um. Ihre Bewunderung galt seinem dreisten Verhalten, sich einfach über das Firmengesetz hinwegzusetzen und Entsetzen über seine und Karins Pokerhaltung, dies über die Jahre hinweg erfolgreich durchzuziehen, wobei sie sich allerdings auch ein wenig hintergangen fühlte. Besonders von Karin, die genau wusste, dass Doris Herrenbergs Firmenpolitik überhaupt nicht schätzte und in ihr eine Unterstützerin hätte sehen müssen. Aber was konnte sie Karin vorhalten? Wenn Herrenberg davon erfuhr, würde er sofort handeln, da hatte selbst sie keinen Einfluss drauf.

Ratlos schüttelte Doris ihren Kopf, in dem ihre Gedanken nur so umherirrten. Mit Walters Geständnis stand das Systemumstellungsprojekt auf dem Spiel und wenn Maria ihre Beziehung zu Theo halten wollte, so würde die Wahrheit unaufhaltsam an den Tag kommen, wollten sie nicht ein Leben lang Versteckspielen, was Theo als Jurist auch niemals dulden würde. »Ihnen ist wohl klar, dass ich Ihnen und Karin nicht helfen kann, wenn der Chef das erfährt, und das wird er, wenn Ihre Mutter die Beziehung zu Theo halten will«, erklärte sie und wurde erneut Zeugin, wie Maria wieder zu schluchzen begann.

»Ich glaube nicht, dass Theo etwas mit Betrügern zu tun haben möchte«, klagte Maria unter Tränen.

Bei Marias jammernden Worten wurde Walter von Schuldgefühlen heimgesucht. Niedergedrückt nickte er. Mit seinem Übermut hatte er nicht nur Karins Job gefährdet, sondern auch noch Mutters Liebe zerstört. »Ja«, hauchte er matt, »aber Karin trifft keine Schuld, ich habe sie gedrängt.«

Doris entfuhr ein zynisches Lachen. »Das dürfte den Chef wenig interessieren«, hielt sie ihm vor, wobei ihr gleich ein weiterer Vorwurf in den Kopf kam, »Sie stellen mit Ihrem Geständnis auch die System- umstellung aufs Spiel.«

»Wir müssen es dem Chef ja nicht sofort sagen«, schlug Walter vor, wobei seine Blicke zu Maria wanderten, die aufgewühlt den Kopf schüttelte, was ihn in diesem Moment wenig beeindruckte, weil er nun mehr Schadensbegrenzung für vorrangig hielt. Wenigstens wollte er

Karins Job retten. »Ich werde meinen Job erledigen und dann verschwinden.« Von einem wehklagenden Aufschrei von Maria wurden seine Gedanken durchbrochen, was wie eine Mahnung auf ihn einwirkte. »Tut mir leid, dass ich deine Beziehung zerstört habe«, redete er auf seine Mutter ein und trat vorsichtig an sie heran und legte seine Hand tröstend auf ihre Schulter ab, die Maria sofort wegscheuchte. Sie mochte Walters verlogene Annäherung nicht, was Doris gut nachempfinden konnte. Aber andererseits, hätte sich Walter nicht über Herrenbergs sture Firmenpolitik hinweggesetzt, wäre dem Unternehmen ein verdammt guter Mitarbeiter durch die Lappen gegangen. Plötzlich wurde sie von Skepsis befallen. Warum nur wählte Walter diesen riskanten Weg? Bei all seinen Qualifikationen standen ihm doch alle Türen offen.

»Wieso?«, stellte Doris eine knappe Frage in den Raum, die Walter erstarren ließ, was sie beflügelte nachzubohren. Mit forderndem Blick stellte sie ihre Frage erneut.

»Nun sag es ihr«, forderte Maria bestimmend und richtete ihren Blick zu Walter auf, »hör endlich mit dem Lügen auf.«

Als Walter so von den Frauen angestarrt wurde, kam er sich vor, als stünde er vor der Anklagebank. Aufgebend sackte er zusammen. »Na schön«, stieß er aus und sammelte Kraft, um ein umfangreiches Geständnis abzulegen. Karin würde ihn dafür für immer hassen. »Ich wurde unehrenhaft entlassen und konnte keinen neuen Job gefunden, mit meiner verkorksten Beurteilung«, fing Walter mit seiner Erklärung an, wobei sein Körper anfing zu zittern, weil ihm die Ungerechtigkeit, die ihm damals zu Teil wurde, wieder hoch kam, »mein Chef hatte damals alles dran gesetzt mir meine Zukunft zu verbauen. Dann habe ich mich weitergebildet, aber mein Zeugnis las sich halt nicht so gut…«

»Was haben Sie angestellt?«, verlangte Doris zu wissen.

»Nun.« Walter musste hart schlucken. »Ich wurde des Diebstahls bezichtigt.«

Erstaunt fuhren Doris' Brauen nach oben. »Was haben Sie geklaut?«

»Nichts«, entfuhr Walter verärgert, »mir ist mein eigener Taschenrechner zum Verhängnis geworden.«

»Und Sie konnten dieses Missverständnis nicht aufklären?«

Bedrückt über seinen damaligen Misserfolg schüttelte Walter seinen Kopf. »Nein, leider nicht.« Er zuckte mit der Schulter. »Zugegeben, mein Chef wollte mich auch loswerden.« Über seine eigene Blödheit verärgert stieß Walter einen Laut aus. »Ich hätte es nicht soweit kommen lassen dürfen. Es wäre besser gewesen rechtzeitig selber zu gehen, aber ich glaubte, dass ich noch eine Abfindung kassieren konnte, wenn ich gekündigt würde…«

»Dann haben Sie sich also verzockt«, warf Doris etwas respektlos ein.

Verzagt nickte Walter.

»Wieso haben Sie keinen Anwalt eingeschaltet?«, verstand Doris nicht.

Ratlos zuckte Walter mit der Schulter. »Ich wollte das nicht so aufbauschen, auch glaubte ich nicht, dass mein Chef mich überall ankreidet.«

Verständnislos schüttelte Doris den Kopf. »Wenn Theo das erfährt, wird er mit Ihnen schimpfen«, warnte sie ihn vor, wobei ihr eine neue Frage in den Sinn kam, »wie ist es Ihnen gelungen Herrenberg zu überlisten?«, interessierte Doris.

»Karin hat ihm geholfen«, warf Maria ein. Sie klang nun etwas gefasster.

»Ja«, stimmte Walter zu, »da Karin einen anderen Mädchennamen trägt, konnte man zu mir keinen Zusammenhang finden.«

»Und Ihr Zeugnis?«, bohrte Doris interessiert nach.

Walter zögerte einen Moment, bevor er mit seiner Erläuterung fortfuhr. »Karin hat bei meiner Bewerbung so getan, als sei unserem Personalchef das Zeugnis abhanden gekommen. Er war damals so beschämt, dass er mich eingestellt hat, weil halt meine Qualifikationen auch keine Zweifel offen ließen.« Walter musste kurz durchatmen. »Eigentlich sollte dieser Job nur als Sprungtuch dienen, aber irgendwie fühlte ich mich wohl in der Firma.« Er schaute Doris um Nachsicht flehend an. »Wäre ich nicht in Ihre Nähe gezogen, wäre meine Mutter Ihrem Bekannten nie begegnet und alles wäre gut gegangen.«

Bei Walters Erklärung wurde bei Doris ein romantischer Gedanke entfacht. Sie glaubte an eine wunderbare Macht, die hier Schicksal gespielt hatte. »Dann wäre Ihre Mutter nie einem wunderbaren Menschen begegnet«, bemerkte sie verständnisvoll, worauf Maria wieder aufheulte, worauf Doris einfühlsam ihre Hand auf Marias Schulter legte. »Sie sollten mit Theo reden und ihm alles erklären.«

Mit geröteten Augen schaute Maria zu Doris auf. »Das kann ich nicht. Ich konnte ja nicht einmal mit ihm Schluss machen…«

»Du hast mit ihm noch nicht Schluss gemacht?«, warf Walter überrascht ein.

Beschämt schüttelte Maria ihren Kopf. »Ich konnte es nicht. Ich habe behauptet, ich sei nun ein paar Tage zu meiner Schwester gefahren, um etwas Zeit zu gewinnen und meine Gefühle in den Griff zu bekommen…« Verzweifelt ließ sie ihren Kopf absinken. »Es ist doch alles so sinnlos.«

»Nun seien Sie doch nicht so negativ«, mahnte Doris, »rufen Sie Theo an, er ist ein sehr verständnisvoller Mensch.«

»Nein«, wehrte sich Maria trotzig, worauf Doris keine Sekunde zögerte und sich suchend umschaute und dann gezielt auf die Küchentheke zuwanderte und nach dem Telefon griff. Im Nu hatte sie eine Nummer gewählt und war auch schnell verbunden.

»Hallo Theo, hier ist Doris. Hast du spontan Zeit? Es gibt da ein paar Leute, die wollen mit dir reden.« Doris lächelte zuversichtlich zu Maria rüber, die beschämt ihren Kopf in den Händen vergrub. »Fein«, freute sich Doris, »dann treffen wir uns gleich bei Marias Sohn.« Als Doris das Telefon zurücklegte, schaute sie es eine Weile nachdenklich an. Sie bemerkte dabei gar nicht, dass Walter an sie herantrat, mit ihrem Ausweis in der Hand.

»Was werden Sie dem Chef sagen?«, stellte er ihr eine Frage, worauf sie ihn aufgeschreckt von der Seite ansah.

»Keine Ahnung«, antwortete sie unschlüssig, »ich denke, erst einmal gar nichts. Wir sollten das auf uns zukommen lassen.« Sie bemerkte ihren Ausweis in Walter Händen und griff sogleich danach und verstaute ihn in ihrer Jackentasche.

Besorgt presste Walter seine Lippen zusammen. »Sie machen sich mitschuldig.«

Für seine Sorge hatte Doris nur ein mildes Lächeln übrig. »Machen Sie sich um mich keine Sorgen. Meine Tage in der Firma sind ohnehin gezählt.« Sie schob sich an Walter vorbei und wanderte ins Bad. Sie fand es an der Zeit ihre Visitenkarten einzusammeln. Walter folgte ihr sogleich, um sich für die Indiskretion seiner Mutter zu entschuldigen und um ihr den Umstand zu erläutern, warum ihr Kostüm so unliebsam im Wäschekorb gelandet war. Peinlich berührt erblickte er, dass Doris' Handtasche aufgeklafft darüber lag. Er bemerkte sehr wohl ihre verletzten Gefühle, dass jemand ihre Privatsphäre durchstöbert hatte.

»Tut mir leid. Ich hatte versucht Ihre Sachen zu verstecken.«

Angekratzt griff Doris nach ihrer Handtasche, schloss sie und warf sie sich über die Schulter. Dann zog sie nach und nach ihre Kleider aus dem Wäschekorb und legte sie über ihren Arm. »Vor Müttern ist nichts sicher«, presste sie leicht verärgert hervor, wobei ihr Verdruss nicht nur Maria galt, sondern auch ihrer Mutter, vor der sie nichts verbergen konnte. Ein Schicksal, dass sie wohl mit allen Kindern dieser Erde teilte.

Mit zusammengepresstem Mund nickte Walter bestätigend. Doris sprach ihm aus der Seele.

Als Doris ins Wohnzimmer zurückkehrte nutzte Maria gleich die Gelegenheit sich bei ihr zu entschuldigen. Reuig stellte sie sich vor ihr. »Entschuldigen Sie meine Neugier«, sagte sie zu tiefst beschämt, »ich hatte mich so gefreut, dass Walter eine Freundin hat und wollte doch nur wissen wer...« Um Nachsicht flehend schaute sie Doris an, die aber nicht zum antworten kam, weil Walter, der hinter ihr stand, einen Kommentar einwarf.

»Ach. Seit wann?«, stieß er perplex aus und erntete von Doris, die sich nach ihm umwandte, einen versteinerten Blick, der ihm bekundete, dass sie in einer Hinsicht nun Verbündete waren und auch ein Geheimnis hüteten. Hier sah Walter auch den Grund, warum Doris so friedfertig blieb.

Mit einem Verlegenheitsräusper wandte sich Doris wieder Maria zu und lenkte das Thema um. »Ich wünsche Ihnen viel Erfolg und alles Glück der Erde mit Theo.«

Bei Maria drehte sich der Magen um, als Doris Theo nun ins Spiel brachte. Die Ungewissheit, wie er nun reagieren würde, zerfraß sie. »Werden Sie gleich auch hier sein?«, fragte sie nach, als erhoffte sie von Doris Schützenhilfe.

»Nein. Das ist Ihre Angelegenheit.« Sie wandte sich Walter zu. »Sie sollten Ihre Schwester informieren. Ist wohlmöglich ratsam, wenn sie auch kommt«, riet Doris, dann wandte sie sich ab und verließ das Haus. Zurück blieben zwei betröpfelte Menschen, die sich mit Selbstvorwürfen überhäuften.

Als Doris ihr Kostüm in ihrer Wohnung über einen Barhocker ablegte, wusste sie die neue Situation, die nun zwischen ihr und ihren Angestellten herrschte, noch nicht so genau abzuschätzen. An die Reaktion von Herrenberg wollte sie dabei noch gar nicht denken. Sie hoffte, dass dieser Tag der Offenbarung noch in weiter Ferne lag, so dass zumindest die Systemumstellung zeitnah abgewickelt werden konnte. Eine Weile stand Doris noch grübelnd herum, dann entschied sie eine Runde durch den Park zu wandern. Ein wenig frische Luft bekam ihr sicher gut. Beim Italiener konnte sie noch eine Kleinigkeit zu sich nehmen und den Tag mit einem Glas Rotwein beenden.

Als Doris wenig später vor ihre Haustür trat, blieben ihre Blicke kurz an Walters Haustür hängen. In diesem Moment wusste sie nicht so genau, ob sie mit ihrem Handeln zufrieden sein konnte, oder ob sie sich leichtfertig auf den Holzweg begeben hatte. Mit einem Lachen begab sie sich schließlich auf den Weg. Was kümmerte sie die Zukunft. Ihr Weg war ohnehin vorgezeichnet und wie es nun für Walter und Karin weiterging, war nicht ihr Problem.

Die Sonne senkte sich schon, als Doris die Terrasse von der Pizzeria betrat. Der kleine braungebrannte Kellner kam gleich auf sie zu und begrüßte sie höflich.

»Hallo Doris«, säuselte er ihr vertraut entgegen und streckte seinen Arm einladend Richtung Restaurant, »Theo hat dich gesehen und möchte, dass du an seinen Tisch kommst.«

Theo winkte Doris sogleich zu, als sie ihn erblickte. Maria saß glücklich an seiner Seite, ebenso Karin und Walter, die allerdings weniger glücklich wirkten und in Gedanken wohl schon beim Rapport vor Herrenberg standen. Auch Doris empfand diese Offensive etwas voreilig. Hier im Restaurant saßen einige Mitarbeiter, von denen sie glaubte, dass sie zu Vocks Spionagering gehörten. Somit schmolz ihr erhoffter Zeitpuffer und so stellte sie sich schon für morgen auf den Rechenschaftsbericht bei Herrenberg ein. Aber als Theo ihr glücklich entgegen strahlte, fühlte sie sich für alle Unannehmlichkeiten, die auf sie lauerten, schon entschädigt.

Bei Karin spielten sich noch andere Gedanken ab, und nicht nur, dass sie nun tief in Doris' Schuld steckte, auch ihr Gewissen spielte ihr einen Streich, was sie gleich erwog auf Doris zuzugehen, um ein paar schlichtende Worte an sie zu richten. An Herrenberg wollte sie dabei noch gar nicht denken.

Doris begegnete Karin mit einem sanften Kopfschütteln. »Ich seid ganz schön mutig, so direkt an die Öffentlichkeit zu gehen«, sprach sie Karin an, die verzagt mit ihrer Schulter zuckte und einen verstohlenen Blick zum Tisch warf, »du weißt, was morgen auf dich zukommt.«

Sicher wusste Karin das. »Theo wollte es so«, erklärte sie und war eher bestrebt ihr Bedauern auszudrücken, »es tut mir leid«, kam es aber nur aus ihr heraus und schaute Doris flehentlich um Vergebung an.

»Schon gut«, sagte Doris gütig, fasste Karin am Arm und begleitete sie zum Tisch zurück, »ich hätte wahrscheinlich genauso gehandelt«, gestand sie währenddessen, und kaum am Tisch angekommen wurde sie von Theo in Empfang genommen. Liebevoll packte er sie an den Schultern und redete sogleich, mit unverhohlenem Glücksempfinden, auf sie ein.

»Das Leben und die Liebe gehen oft seltsame Wege«, fand Theo einen treffenden Spruch und lächelte Doris liebevoll und dankbar an, »und dank dir, bleibt mir meine Liebe erhalten.« Er drückte Doris sanft an seine Seite und schaute in die Runde. »Und wenn Herrenberg euch Ärger bereitet, bekommt er es mit mir zu tun«, setzte er scherzhaft nach, obwohl es ihm ernst damit war.

Doris entfuhr ein Lachen und wünschte sich insgeheimen, dass Herrenberg wirklich mal an Theo geriet, der ihm mal eine ordentliche Verabreibung verpasste.

Theo zog einen Stuhl heran und platzierte Doris zwischen Walter und Karin und vom Glück berauscht winkte er sogleich den Kellner herbei und orderte eine weitere Flasche Wein. Nur kurze Zeit später prosteten sich alle vergnügt zu und tranken auf die Liebe. Es vergingen zwei weitere Runden Rotwein, als Theo plötzlich die Idee aufgriff, auf die Freundschaft zu trinken. Ein Ritual, das Doris sehr gut kannte und gar nicht so sehr von angetan war. Es bedeutete nichts anderes, als dass jeder jeden küssen musste. Ausnahmslos.

Unwillkürlich wanderte ihr Blick zu Walter rüber, der ahnungslos neben ihr saß. Nein, schrie ihr Verstand innerlich, nicht schon wieder.

Unterdessen sorgte Theo dafür, dass alle Gläser gefüllt wurden, dann erhob er sich feierlich und forderte jeden auf ihm zu folgen. Als alle mit ihren Gläsern standen legte Theo gleich los. Er trat an jedem heran und forderte einen Kuss, den er dann mit einem Schluck Wein besiegelte.

Als Theo plötzlich vor Walter stand, nahm er zum Mutantrinken schon mal vorher einen kräftigen Schluck und zuckte nach einer knappen Lippenberührung sofort zurück. Diese Form von Intimitäten behagte ihm überhaupt nicht. Sein Augenmerk biss sich dann an Doris fest, die gerade von seiner Mutter geküsst wurde. Sie würde er am liebsten mit Haut und Haaren verspeisen, so wie am Morgen. Aber ob sie sich jetzt, nach diesen Geständnissen, noch dazu hinreißen ließ? Wohl kaum.

Leicht nervös fieberte Doris dem Kuss entgegen, als Walter nun vor ihr stand. Sie musste sich zusammen nehmen, um ihm nicht zu erliegen, wovon er glauben konnte, sie wolle mehr von ihm. Mit einem gequälten Lächeln stieß sie ihr Glas plötzlich an seines. »Bringen wir's hinter uns«, flüsterte sie ihm zu und stellte sich in Position, und als Walters Lippen auf ihre trafen konnte Doris nicht verhindern, dass sie sich kurz zu einem innigen Kuss vereinigten. Von ihrer Vernunft wieder zur Räson gerufen, zuckte Doris plötzlich zurück und räusperte sich verlegen.

Bei Walter wurde Erstaunen ausgelöst. So ganz aussichtslos schien die Lage offensichtlich gar nicht zu sein für ihn.

Während Doris hoffte, dass dieser kleine Ausrutscher unbemerkt blieb, schmiedete Walter an einen Plan, wie er Doris' Herz erobern konnte.

Als alle wieder auf den Plätzen saßen, beugte sich Maria ihrem Sohn zu. »Sie ist die Frau aus dem Park«, flüsterte sie ihm fest überzeugt und ganz sicher zu.

»Ja«, bestätigte Walter leise, »und kein Kommentar.«

Niemand vermochte mehr zu beurteilen, wie viele Flaschen an diesem Abend vertilgt wurden, auf jeden Fall genug, dass Walter seinen Schwager beauftragte Karin abzuholen, mit denen er und Doris dann auch nach Hause fuhren, während Doris Maria samt Theo in ein Taxi setzte.

Erschöpft atmete Doris auf dem Rücksitz durch und streifte ihre Schuhe gewohnheitsbedingt ab, während Karin volltrunken neben ihrem Mann saß und versuchte den Abend zu erläutern, was er mit jedem ihrer Worte stets mit einem geduldigen: »Ja, Liebling«, kommentierte.

Als Karins Mann den Wagen vor der Bungalowsiedlung stoppte, klopfte Doris ihm von hinten dankbar auf die Schulter.

»Danke, junger Mann«, lallte sie ihn ihm über die Schulter, dann angelte sie im Fußraum nach ihren Schuhen und stieg aus. Ebenso Walter, der auf der Bordsteinseite ausstieg und auf Doris wartete, die den Wagen noch passieren ließ, bevor sie auf ihn zugewackelt kam. Überlegen hielt sie ihm ihre Schuhe vor die Augen, die sie an ihren Fingern baumeln ließ.

»Siehst du«, säuselte sie altklug, »dieses Mal habe ich an meine Schuhe gedacht.« Sie stieß ein fettes überlegenes Lachen aus und tapste unsicher den Weg zu ihrem Haus hinauf.

»Ihhja!«, stieß Walter in Cowboymanier aus und folgte Doris, ebenso unsicher. Der Rotwein hatte seiner Motorik mächtig beigesetzt, und kaum stand er zwischen den Häusern, da konnte er Doris nur noch nachschauen, wie sie geschickt ihren Schlüssel in den Zylinder steckte und ihre Tür aufschob. Begleitet mit einem lauten Hicks trat sie dann ein, wobei ihr ein Schuh unbemerkt aus der Hand entglitt. Walter wollte ihr schon zurufen, hielt aber schnell inne und als Doris die Tür lieblos zuschlug, steuerte er auf ihren Eingang zu und nahm sich den Pumps an. Mit einem Schmunzel im Gesicht streichelte er zärtlich das Oberleder und steckte ihn in sein Jackett. Sollte Doris ihn doch morgen suchen.

Von dem lauten Schrillen des Weckers wurde Doris morgens unsanft aus den Schlaf gerissen, was sie hochfahren ließ. Einen Moment lang saß sie aufgerichtet im Bett, ließ sich aber dann wieder ins Kopfkissen fallen. Ihr Kopf fuhr Karussell. Mit ausgestrecktem Arm schlug sie dann auf dieses plärrende Ungeheuer ein und schaltete es aus. Nach einer Weile wälzte sie sich aus dem Bett, schleppte sich mühevoll ins Bad und stellte sich unter die Dusche. Der angenehme Duschstrahl, der auf sie niederprasselte, belebte so nach und nach wieder ihren Verstand, und als sie sich wenig später im Spiegel betrachtete, befand sie ihren Zustand als gar nicht so aussichtslos. Auf dem Weg zur Küche arbeitete ihr Verstand schon fast wieder normal und nur ihre Kleidung, die auf dem Weg ins Bad überall in der Wohnung verteilt lag, ließ auf ihre kleine Sauforgie schließen. Aber das kümmerte sie wenig. Auf dem Weg zur Küche sammelte sie die Einzelteile auf und legte sie im Wohnzimmer auf einem Sessel ab.

Nach ein paar Tassen Kaffee arbeiteten ihre Sinne wieder glockenklar und als sie kurzum in der Diele stand und ihren Teint betrachtete, beurteilte sie ihr Äußeres als sehr zufriedenstellend.

»Perfekt«, lobte sie sich selber, »Doris, du bist ein wahres Genie«, murmelte sie, doch als sie sich nach ihren Schuhen umsah, blickte sie überrascht auf einen einzelnen Pumps, der ungewohnt quer vor dem kleinen Schuhschrank lag. Eine Weile stutze Doris. Gestern Abend hatte sie alle beide in der Hand, das wusste sie genau. Oder, war sie so betrunken, dass sie doppelt gesehen hatte? Entmutigt sackte sie zusammen und zog eine Tür des Schuhschrankes auf und zog ein anderes Paar hervor. Wie ärgerlich, dachte sie, die Schuhe waren gerade erst neu.

Um sich vor dem grellen Tageslicht zu schützen, kramte sie noch schnell ihre Sonnenbrille aus einer Schublade hervor und trat in hoheitsvoller Haltung vor die Tür.

»Hallo Frau Nachbarin!«, dröhnte Doris eine vertraute Männerstimme entgegen. Bei näherem Hinschauen erkannte sie Walter, der im grellen Sonnenlicht stand und die Strahlen beinahe reflektierte. Und trotz des übermäßigen Alkoholkonsums wirkte er frisch und munter.

»Hi!«, erwiderte sie zaghaft. Eigentlich hatte sie gehofft auf Walter nicht zu treffen. Sie brauchte dringend wieder den nötigen Abstand zu ihm, gerade nach diesem gestrigen Abend, wo sie sich wieder leichtfertig zu ihm hingab, woraus er sicher schloss, sie wolle mehr von ihm, was ja auch irgendwie stimmte. Ach verdammt, fluchte Doris gedanklich, konnten sie nicht einfach nur Sex und Spaß haben?

»Ich habe auf dich gewartet!«, rief Walter ihr zu und unterbrach damit ihre Gedanken, »ich dachte, du könntest mich mitnehmen.« Er wandte sich dem kleinen Wagen seiner Mutter zu. »Ich habe leider keinen Schlüssel zu diesem Karren.«

Etwas gequält lächelte Doris und zog ihre Tür zu und im nächsten Moment stolperte sie über die zerfledderte Zeitung, die unbeachtet immer noch vor ihrer Haustür lag. Grimmig schaute sie auf die Einzelteile hinab, die ihr beinahe zum Verhängnis wurden, stieg dann aber würdevoll darüber hinweg und während sie auf Walter zusteuerte, suchte sie ihren Eingang nach ihrem Schuh ab, aber Ergebnislos.

»Sag mal, suchst du irgendwas?«, erkundigte sich Walter scheinheilig.

»Nein«, log sie und starrte ihn durch ihre Sonnenbrille an.

»Gut«, kommentierte er und grinste innerlich, »was ist jetzt? Nimmst du mich mit?«, fragte er sie erneut.

Einen kurzen Moment zögerte Doris. »Ja«, antwortete sie etwas unsicher und hoffte, dass Walter nun nicht irgendeine Anstalt nahm, sie wegen des Kusses festzunageln.

»Danke«, sagte er aber nur und geleitete sie ohne jede Anmerkung zum Wagen, was Doris sehr begrüßte, in ihr aber dennoch das Bedürfnis geweckt wurde, Klartext mit ihm zu reden, ihm unmissverständlich zu verstehen zu geben, dass es keine gemeinsame Zukunft gab. Als sie nebeneinander im Wagen saßen legte Doris ohne Umschweife los.

»Hör zu«, fing sie an, »egal was gestern auch war, ich möchte nicht.« Sie stockte kurz, um Worte zu finden, ihn nicht zu kränken. »Das du denkst... ich wollte etwas von dir.« Sie schaute ihn verzweifelt von der Seite an, wobei ihr die Nervosität ein leichtes Zittern im Körper verursachte. »Es war ein Kuss, weiter nichts«, setzte sie nach und hoffte, dass Walter verstand.

»Ich sehe das genau so«, pflichtete Walter ihr bei, rein taktisch. Ihre Nervosität, die überall im Wagen zu spüren war, sprach eine andere Sprache, aber er wollte sie nicht drängen. Ihre Unsicherheit konnte er gut verstehen, nach all seinen Geständnissen.

»Gut«, zeigte sich Doris zufrieden und glaubte dennoch eine Erklärung für ihre abweisende Haltung abliefern zu müssen, »so eine Beziehung in Freundeskreisen bringt doch nur Probleme mit sich«, rechtfertigte sie sich und fuchtelte dabei haltlos mit den Händen umher, »vor allem wenn sie in die Brüche geht.« Sie atmete tief durch, um ihre Nervosität zu vertreiben. »Und glaub mir, ich weiß wovon ich rede.«

Hoppla, durchfuhr es Walters Gedanken, als er nun von Doris' wahren Gründen erfuhr, warum sie so ablehnend ihm gegenüber handelte. Ihre Abneigung beruhte auf schlechte Beziehungserfahrungen und nicht auf Skepsis, seiner Verlogenheit wegen. Das hieß für ihn noch mehr

Feingefühl zu entwickeln. »Was haben dir die bösen Jungs nur angetan?«, stellte er ihr eine vertrauliche Frage.

»Nichts«, entgegnete Doris aufgewühlt »außer, dass sie eine Familie mit mir gründen wollten.« Näher wollte sie darauf nicht eingehen. Er wusste ja schließlich von ihrem Leid.

»Oh«, stieß Walter erstaunt aus, mehr wollte ihm dazu im Moment nicht einfallen.

»Ja, Oh«, entgegnete Doris, »und dir wird es irgendwann nicht anders ergehen«, setzte sie nach und hoffte nun, dass sie ihren Standpunkt ausreichend begründet hatte und sie vor weiteren Avancen verschont blieb.

Doch Walter dachte da ganz anders. Sein herausgerutschtes »Oh« sollte mehr seine Anteilnahme bekunden. Er schämte sich sogar für seine männlichen Mitstreiter, die eine Beziehung von Kindern abhängig machten. Es gab so viele Kinder auf der Erde, die nach Eltern suchten, warum mussten es ausgerechnet eigene sein? Aber darauf wollte er nun nicht eingehen, eher war er bestrebt eine andere Strategie auszuarbeiten, um Doris' Herz zu erobern.

»Na komm«, sprach er vertraut auf sie ein, »du solltest endlich losfahren, wir sind spät dran.«

Zustimmend nickte Doris und begrüßte, dass Walter keine weitere Versuche startete, sie zu überzeugen. »Ich weiß«, antwortete sie, »das ist auch ganz gut so«, presste sie hervor, »dann bleiben uns die verlogenen Blicke der Lästermäuler erspart.«

Wie gehofft blieben Doris die gesprächshungrigen Lästermäuler an diesem Morgen erspart, wodurch sie natürlich mit einer gehörigen Portion Verspätung im Büro eintraf. Niedergebeugt vor ihrem Schreibtisch, fand sie Karin vor, die gerade eine dicke Tablette in einem großen Glas mit Wasser versank und keinerlei Reaktion von ihr erhielt. Eigentlich hatte Doris damit gerechnet, dass Karin schon an einem Strang im Büro hing, eigenhändig von Herrenberg aufgezogen. Doch von ihm fehlte jede Spur. Komisch empfand sie, weil sein Wagen auf dem Parkplatz stand.

»Hi«, sprach Doris rücksichtsvoll ihre Kollegin an und marschierte dann gewohnheitsbedingt an ihren Schreibtisch und verstaute dort ihre

Handtasche. Von Karin immer noch kein Mucks. »Ist der Chef arg sauer?«, schob sie eine neugierige Frage nach.

Nur zaghaft kam von Karin ein Kopfschütteln. Ihre starken Kopfschmerzen ließen keine größeren Bewegungen zu. »Keine Ahnung. Ich habe ihn noch nicht gesehen«, erklärte sie mühsam, »ich bin auch erst eben eingetroffen. Ich war noch bei Dr. Frankenstein, mir eine Tablette besorgen.« Sehnsüchtig betrachtete sie ihr Glas in dem sich sprudelnd die Tablette auflöste, die Linderung ihrer Qualen versprach. Im Moment spürte Karin jeder ihrer einzelnen Gehirnzellen, die im Rotwein ums Überleben strampelten.

Irritiert ließ sich Doris auf ihren Sessel fallen. »Aber da ist er doch«, sagte sie so daher und grübelte nach, warum er sich nicht zeigte.

»Und das er da ist!«, brüllte Herrenberg plötzlich, der wie aus dem Nichts nun im Rahmen seiner Bürotür stand.

Wie aus einem Alptraum erwacht schoss Doris in die Höhe und wandte sich ihrem Chef zu, der seine Arme in die Hüften gestemmt hatte und Karin vorwurfsvoll betrachtete, die keinerlei Rührung zeigte. Immer noch fixierte sie ihr Glas.

Doris streckte sich zu einer würdigen Haltung und begrüßte Herrenberg lässig. »Hi Chef, gibt es irgendwas Besonderes?«, fragte sie scheinheilig nach.

Doris' unbeeindrucktes Verhalten trieb Herrenberg die Röte ins Gesicht. »Kaum bin ich ein paar Tage nicht hier, verwandelt sich die Firma in ein Tollhaus!«, blaffte er, worauf Karin nun doch eine Reaktion zeigte und ihre Ohren mit flachen Händen versiegelte, um die Schallwellen seines Gebrülls abzuwehren.

Obwohl auch bei Doris der Schalldruck die Gehirnzellen durcheinander wirbelte, blieb sie äußerlich lässig und schob kaltschnäuzig ihr Kinn vor. »Ich weiß nicht, was Sie haben? Wir haben gewissenhaft unsere Arbeiten erledigt.«

»Ach ja?«, entgegnete Herrenberg zornig, »und dieses Saufgelage in der Pizzeria und diese Knutsch-Orgie nennen Sie gewissenhaft?«

»Das ist ja wohl unsere Privatsache, wie wir unsere Freizeit verbringen.«

Herrenberg sah das entschieden anders. Mit mahnendem Finger kam er mit ein paar Schritten auf Doris zu.

»Oh nein, meine Liebe«, presste er hervor, »wenn meine Sekretärinnen sich öffentlich einem Saufgelage hingeben mit kollektiver Knutscherei unter Kollegen, geht mich das sehr wohl etwas an! Es verstößt gegen die Firmenverordnung. Hier im Haus herrscht Anstand und Sitte. Da gehören Knutschereien unter Kollegen nicht dazu. Wenn wir das hier in der Chefetage so halten, glaubt es jeder tun zu dürfen!«

Beschwichtigend erhob Doris ihre Hände und verzog schmerzverzerrt ihr Gesicht. Herrenbergs Geschrei erbebte ihren Verstand. Aber sie nahm sich zusammen, um die Zusammenhänge zu erklären, über die er offensichtlich noch nicht unterrichtet wurde. »Es handelte sich um Bruderschaftsküsse unter Verwandten und engen Bekannten«, erläuterte sie zaghaft und wartete einen Gegenschlag ab, der nicht lange auf sich warten ließ. Herrenberg schluckte hart und riss verwirrt seine Augen auf.

»Wie muss ich das denn jetzt verstehen?«, forderte er erregt Aufklärung.

Hilfesuchend wanderten Doris' Blicke zu Karin rüber, aber die griff nach ihrem Glas und kippte es herunter. »Nun ja«, stammelte Doris, »Frau Sommer und Herr Larsen sind Geschwister.« Sie überdachte kurz ihre Erklärung. »Halbgeschwister genauer gesagt.«

Hastig wandte sich Herrenberg Karin zu. »Bitte!«, wütete er sie an, »wie kommt das?«

Doris tat diese Erkenntnis als selbstverständlich ab und antwortete mit einer respektlosen Gegenfrage. »Weil sie dieselbe Mutter haben?«

Herrenberg grunzte wütend auf ihre freche Antwort, ließ seine Blicke aber an Karin haften. »Wieso arbeiten Sie hier zusammen?«

Erschöpft atmete Karin aus. »Weil Herr Vogt, meinen Bruder eingestellt hat«, erklärte sie lahm.

»Niemals!«, entgegnete Herrenberg sicher, »warum sollte Vogt das getan haben?«

In Schulkindmanier erhob Karin ihren Zeigefinger. »Fachkräftemangel«, stieß sie dann hervor.

Herrenberg stutzte einen Moment, dann schaute er Doris vorwurfsvoll an und rang nach Worten. »Wieso weiß ich davon nichts?«, wütete er sie an, »haben Sie's gewusst?«

Doris gelang es ihre lässige Haltung beizubehalten. »Nein«, antwortete sie kaltschnäuzig, »Frau Sommer hat es mir gestern erst erklärt.«

»Wieso hat Vogt mich nicht unterrichtet?«, verstand Herrenberg nicht.

Karin meldete sich zu Wort. »Er wollte kein Aufsehen darum machen, damit nicht der Eindruck der Vorteilnahme entstand.« Müde blinzelte Karin ihren Chef an. »Vielleicht hat er es Ihnen ja gesagt und Sie haben es bloß vergessen.«

Verunsichert kniff Herrenberg seine Augen zusammen. Wurde er von Vogt informiert? Wie auch immer, verdrängte er diese Frage, dies war dennoch kein Grund, für die Knutsch-Orgie. Fassungslos gestikulierte er herum und blieb mit seinen Blicken an Doris hängen. »Und wieso knutschen Sie dann mit denen herum?«, verlangte er von ihr zu wissen.

Erschöpft atmete Doris durch und sammelte Kraft. »Frau Sommers und Herr Larsens Mutter hat sich in einen engen Freund meiner Familie verliebt.« Sie tat dies mit einem lässigen Schulterzucken ab. »Das ist so üblich in meinem Bekanntenkreis.«

Da Herrenberg keine handfesten Beweise besaß, Karin und Walter einen Betrug nachzuweisen, schnaubte er wütig und stapfte in sein Büro, an der Tür wandte er sich jedoch noch mal um. »Westermann zu mir!«, brüllte er und knallte die Tür zu.

Genervt sackte Doris zusammen, dann kreuzten sich ihre Blicke mit Karins, die spöttisch grunzte.

»Bruderschaftskuss?«, bemerkte Karin zynisch.

»Vorsicht«, mahnte Doris angekratzt und ärgerte sich, dass ihre kleine Unbesonnenheit doch bemerkt wurde. Aber ohne weiteren Kommentar stapfte sie in Herrenbergs Büro, der ihr gleich entgegen dröhnte, bevor sie überhaupt die Tür geschlossen hatte.

»Verdammt Doris!«, fluchte Herrenberg, »wie konntest du dich nur mit Personal einlassen?«

Ungerührt steuerte Doris auf den Schreibtisch zu, während Herrenberg weiter auf sie laut einwirkte.

»Und das mit Sommer und Larsen will ich geklärt haben«, bestand er drauf, »ich möchte, dass du das recherchierst!«

Ablehnend schüttelte Doris mit dem Kopf. »Nein. Ich werde nicht die Arbeit meines Vorgängers in Frage stellen.«

Schnaubend stieß Herrenberg Luft aus. »Du widersetzt dich meinen Befehlen?«

Lässig schaute Doris auf ihren Chef nieder. »Ja.«

»Das wäre ein Kündigungsgrund«, drohte er.

»Bitte«, gewährte Doris ihm diese Macht, »ich kann gerne gehen.«

Perplex, über Doris' Unerschrockenheit, scheute Herrenberg zurück. Er glaubte immer, mehr Macht über sie zu besitzen, was ihn nun noch mehr beflügelte sie anzumahnen. »Du solltest wissen, dass wenn du dich mit Angestellten einlässt, dies auf die anderen wirkt, wie ein Freibrief.«

»Stopp«, warf Doris ein, »ich habe mich mit Niemandem eingelassen. Und es gibt Dinge, die passieren einfach. Da habe ich keinen Einfluss drauf.«

»Aber du hast Larsen begünstigt«, hielt er ihr weiterhin vor.

»Habe ich nicht. Bis gestern wusste ich noch gar nicht, dass Karin mit Larsen verwandt ist. Außerdem hat er eine Verwarnung erhalten.«

»Gutes Stichwort«, entgegnete Herrenberg, »wie kommt es, dass du so einen beförderst?«

»Nur weil er mit seinem Chef ein Problem hat, heißt das nicht, dass er ein schlechter Mann ist. Außerdem, wird er sich nur noch um die Systemumstellung kümmern, dann ist er ohnehin weg.« Ungerührt schaute Doris ihrem Chef ins vor Wut rote Gesicht. »Wenn das dann alles wäre, ich habe zu tun.«

»Dafür wirst du nächste Woche alleine nach Frankfurt fahren und die Goldmann-Verhandlungen führen«, drohte er.

Unbeeindruckt schob Doris ihr Kinn vor. Damit konnte er sie schon lange nicht mehr schocken. Nach der ersten Verhandlung mit dem Verantwortlichen, Dr. Reichert, war Herrenberg nie wieder mitgefahren.

»Wenn du meinst«, tat Doris dies leger ab und wanderte aus dem Büro.

»Doris!«, rief er ihr mahnend hinterher, aber zwecklos.

Auch wenn Walter Larsen und Karin Sommer nicht gerade ein Mustermodell darstellten um den Beweis anzutreten, dass Vetternwirtschaft auch produktiv sein konnte, so beurteilte Doris dieses Unterfangen als einen weiteren Baustein in eine vernünftige Firmenpolitik.

Mit einem Schuss Selbstzufriedenheit kehrte Doris wieder an ihren Schreibtisch zurück. Freibrief, fuhren ihr Herrenbergs Bedenken in den Kopf, was ihr ein Grinsen ins Gesicht zauberte. Das gefiel ihr besonders.

Lahm drehte Karin ihren Kopf zu ihr rüber. »Dein Vater hat angerufen.«

Argwöhnt klotzte Doris zu Karin rüber, die erschöpft über ihren Schreibtisch hing. »Niemals«, nahm Doris ihr nicht ab. Ihr Vater würde hier nie im Leben anrufen, eher schnitt er sich die Zunge heraus.

»Doch«, beharrte Karin unter klagendem Gestöhne, »es stimmt aber, und jetzt hör auf mit mir zu diskutieren – ich bin nicht in Stimmung.«

Skepsis legte sich plötzlich auf Doris' Gemüt. »Und was wollte er?«

»Walter kann seinen Wagen abholen. Und den anderen kannst du noch behalten.«

Erstaunt verharrte Doris eine Weile. Was war nur mit ihrem Vater los, dass er plötzlich Geschenke verteilte?

Um Walter eine Busfahrt zu ersparen, nahm Doris ihn abends im Wagen mit. Stumm saßen sie nebeneinander. Walter hielt es für besser nichts zu sagen. An Doris' Haltung merkte er, dass sie ziemlich angespannt war, auch wusste er von Karin, dass in der Chefetage dicke Luft herrschte.

Doris fuhr an das Autohaus vor und setzte Walter dort ab. Sie sah, wie ihre Mutter am Schaufenster lauerte, die mit Sicherheit schon über die Geschehnisse vom Vorabend unterrichtet war und noch mehr erfahren wollte, und so entschied Doris gleich weiter zu fahren. Diese wilden Spekulationen, die wahrscheinlich in Gerdas Kopf herum spuckten, wollte sie nun nicht entgegenwirken. Ihr fehlte die Kraft dazu. Sie sehnte sich nur noch nach Ruhe und Abgeschiedenheit. Und genau diesen Plan setzte sie auch um, nachdem sie die zerfledderte Zeitung vor ihrem Eingang aufgelesen hatte, die sie am Morgen achtlos dort liegen ließ. Ihr Groll auf dem Zeitungsausträger flammte kurz auf, als sie die Einzelteile auf die Garderobenkommode ablegte. Doch als sie ihre Schuhe abstreifte, war dieser Anflug schlechter Laune schon verflogen. Um sich vor neugierigen Augen zu schützen fuhr sie ihre elektrischen Rollläden hinunter und warf sich dann aufs Sofa. Erschöpft saß sie angelehnt und mit ausgestreckten Beinen dort und genoss mit geschlossenen Augen die Ruhe, und endlich war Wochenende. Doch nach einer Weile wurde sie von ihrer Türglocke aufgeschreckt. Oh nein, fluchte sie gedanklich und versuchte die störende Person zu ignorieren, doch die zeigte sich sehr hartnäckig. Um dem Klingelhagel ein Ende zu setzen raffte sie sich schließlich auf und wanderte zur Tür.

»Ich komm ja schon!«, rief sie der Tür entgegen und hoffte, dass nicht ihre Mutter davor stand, doch als sie die Tür aufriss blickte sie auf einen beigen Pumps, der ihr jemand vorhielt. »Oh«, entfuhr ihr glücklich, wobei sie die rettende Person zunächst gar nicht wahrnahm.

»Hallo Cinderella«, hörte sie plötzlich Walters Stimme, der sie schelmisch angriente und ihr den Schuh reichte.

Völlig perplex starrte Doris den ehrlichen Finder an und griff mechanisch nach dem Schuh. »Danke«, sagte sie dann heiser und spürte, wie ihr Puls in die Höhe schnellte, der ihren Atem beschleunigte und bevor sie einen weiteren Gedanken fassen konnte, klebte Walter ihr schon an den Lippen, umschlang sie mit seinen kräftigen Armen und schleppte sie ins Haus. Geschickt schob er dabei die Haustür mit dem Fuß zu.

Überrascht ruderte Doris mit dem Pumps in der Hand unentschlossen mit ihren Armen umher und riss dabei die zerfledderte Zeitung von der Kommode, die sich auf dem Boden verteilte. Plötzlich setzte Walter sie im Wohnzimmer ab und umfasste ihr Gesicht.

»Als uns jetzt nicht an Morgen denken«, flüsterte er ihr zu und küsste sie erneut, ab da gab Doris jeden Widerstand auf und beide gaben sich der zügellosen Leidenschaft hin. Wie ausgehungerte Bestien fielen sie über einander her und rissen sich förmlich die Kleider vom Leib und liebten sich durch die halbe Wohnung. Niemand von beiden vermochte zu bestimmen, wann und wie sie am Ende im Bett landeten.

Sonnenstrahlen drückten sich durch den, auf Ripp gestellten, Rollladen, als Walter seine Augen aufschlug. Mit einer Mischung aus Glückseligkeit und Ungewissheit betrachtete er die leere Betthälfte. Er war gespannt, wie es nun weiterging. Ob Doris gerade nach einem Nudelholz suchte, um ihn aus dem Haus zu vertreiben? Mit dem Kissen im Rücken setzte er sich ins Bett und wartete geduldig.

»Hallo«, hörte er plötzlich Doris' sanfte Stimme, die im blass-blauen Bademantel gehüllt im Rahmen stand. Über den Arm trug sie seinen Badmantel, den sie noch besaß. Nur zögerlich trat sie ans Bett und legte dort den Bademantel am Fußende ab.

Jetzt bloß keinen Fehler machen, redete sich Walter gedanklich ein und griff nach Doris' Hand, worauf sie sich friedfertig auf die Bettkannte setzte. »Und wie geht es nun weiter?«, fragte er vorsichtig, worauf Doris zunächst nur unschlüssig mit der Schulter zuckte und etwas näher an ihn heranrückte.

»Keine Ahnung«, antwortete sie verunsichert, »ich kann das alles noch gar nicht richtig einordnen. Versteh mich nicht falsch – ich mag dich sehr…« Sie stockte, weil sie nicht wusste, wie sie ihre Gefühle beschreiben sollte. »Ich möchte jetzt aber keinen Rummel um uns haben.«

Hier sah Walter eine kleine Chance an Doris dran zu bleiben und musste sich selber auch zugestehen, dass er seine Gefühle zu Doris noch nicht genau definieren konnte. »Dann sollten wir das ganz langsam angehen«, schlug er einfühlsam vor und lächelte zuversichtlich, »wir müssen uns ja nicht direkt offenbaren.«

Eindringlich schaute Doris Walter an. »Du weißt, auf was du dich einlässt«, rief sie ihm in Erinnerung, worauf Walter verzagt nickte.

»Ja«, antwortete er sanft, »ich weiß, dass wir keine Kinder haben werden, und das werde ich dir nie vorhalten.« Er nahm ihr Gesicht in seine Hände und küsste sie zart. »Versprochen.« Ihm entfuhr plötzlich ein Schmunzeln. Der Gedanke, eine heimliche Affäre zu unterhalten, wirkte sehr spannend auf ihn, was aber auch ein kleines Problem mit sich zog. »Wir müssen nun aber eine Möglichkeit finden, wie ich hier ungesehen ein und ausgehen kann.«

Doris lachte zufrieden. Diese Beziehung würde anders werden. Nur sie und Walter würden davon wissen, zumindest für eine bestimmte Zeit. Von nun an hieß es erst einmal nur Sex und Spaß zu haben. »Wir graben einen Tunnel«, scherzte sie, rückte näher an ihn heran und schmatzte ihn ab, was Walters Puls antrieb und ihn erwog Doris' Brille abzuziehen, was ihn kurz stutzen ließ, als er sie auf die andere Betthälfte ablegte.

»Du trägst eine neue Brille?«

Doris schüttelte sacht den Kopf und schnurrte zufrieden. »Nein, das ist die fürs Bad.«

»So, so«, staunte er, »hast du für die Küche auch eine?«, züngelte er liebevoll.

»Nein«, konterte Doris charmant und nagte an seinem Ohr herum, »die Mikrowelle beherrsche ich blind«, scherzte sie, während Walter seine Hände in ihrem Bademantel vergrub, worunter Doris nichts trug, die ihn nun wild küsste. Und wieder nahm das zügellose Treiben seinen Anfang, doch plötzlich wurden sie von der Türglocke auseinandergetrieben.

Ernüchternd schob Walter Doris von sich. »Erwartest du jemanden?«, flüsterte er erregt.

»Nein«, antwortete Doris sorglos, rückte wieder an ihn heran und küsste ihn weiter ab. Doch das Klingeln ließ nicht nach. Wieder und immer wieder ertönte die Türglocke.

»Da ist aber jemand sehr hartnäckig«, befand Walter und konnte sich unter diesem Klingelhagel gar nicht auf Doris konzentrieren.

»Ignoriere es einfach«, riet Doris und ließ sich gar nicht aus der Ruhe bringen, doch dann folgte ein Klopfen am Rollladen.

»Doris!«, rief eine Stimme, »hey Doris!«, wurde diese energischer.

Erstarrt schauten sich Doris und Walter an.

»Doris, mach doch auf, Oma steht vor der Tür!«, rief Corinna.

Angespannt verharrte Doris. Was wollte ihre Mutter hier? »Moment«, rief sie schließlich zurück und angelte nach ihrer Brille, die Walter auf der anderen Betthälfte abgelegt hatte, »ich komme!« Sie legte ihren Finger auf Walters Lippen. »Bleib ruhig hier liegen«, sagte sie leise, »ich wimmele sie ab.« Schnell zog sie ihren Bademantel zurecht und eilte aus dem Schlafzimmer. Auf dem Weg zur Tür schnürte sie hastig den Gürtel zu. Bevor sie öffnete, richtete sie nochmals ihren Bademantel und atmete tief durch um ihre Anspannung aus dem Gesicht zu vertreiben, was ihr nicht ganz gelang. Als sie öffnete und Katja ihr die Tageszeitung reichte, kam nur ein gequältes Lächeln über ihre Lippen.

Triumphierend schaute Katja ihre Mutter an. »Ich sagte doch, sie ist noch zuhause, sonst läge die Zeitung nicht mehr hier.« Kurzum legte sie ihren Arm um ihre Schwester und drückte ihre Wange an die ihre. »Tag Schwesterherz«, grüßte sie knapp; und in dem Moment, als Gerda an Doris' Bademantel zupfte, schritt Katja in die Wohnung.

»Wieso bist du noch nicht angezogen?«, entgegnete Gerda und schaute Doris vorwurfsvoll an, die verlegen mit der Schulter zuckte und nervös ihrer Schwester nachblickte.

»Was wollt ihr hier?«, entfuhr es Doris gereizt.

»Dich abholen«, antwortete Gerda erstaunt, »zum Parkfest.«

Ach ja, fiel es Doris wieder ein. Das Parkfest. »Ich wusste nicht, dass ihr kommt.« Kribbelig und stockend suchte Doris nach Worten, die Bagage wieder loszuwerden. »Geht doch schon mal vor.«

Gerda stieß einen ablehnenden Ton aus. »Wir können auch hier auf dich warten«, sagte sie und musste sich schon sehr über ihre Tochter wundern, die sie als Frühaufsteherin kannte. Sie schritt an Doris vorbei und betrat das Wohnzimmer, und auch Corinna war mittlerweile wieder ums Haus gelaufen und grüßte ihre Tante mit einem lässigen: »Hi.« Dann vernahm Doris ein bewunderndes Pfeifen von Katja, die im Wohnzimmer stand und ihre Blicke auf ein Hemd gerichtet hielt, das schlottrig über dem Sessel hing und mit ihrer Hand auf die Tageszeitung zeigte, die in Einzelteilen im Übergang zur Diele auf dem Fußboden lag.

»Bist du über den Zeitungsjungen hergefallen?«, entfuhr es Katja, wobei ihre Stimme zwischen Entsetzen und Begeisterung schwang.

»Nein«, fauchte Doris angekratzt zurück und warf die aktuelle Zeitung auf den Esstisch. Dann ließ sie peinlich angeschlagen ihre Blicke durch die Wohnung wandern und nahm erst jetzt die verräterischen Spuren der letzten Nacht wahr, die sie entlarvten. Überall lagen zerstreut Walters und ihre Kleider herum, die sie sich regelrecht vom Leib gerissen hatten. Worauf Gerda geschockt ihre Tochter ansah.

»Ich bin entsetzt.« Angewidert hielt sich Gerda am Hals fest. »Was hat das zu bedeuten?«, forderte sie umgehend eine Erklärung.

»Dass Doris nicht alleine ist«, warf Katja eine Feststellung ein.

»Ja, ich bin nicht alleine«, entgegnete Doris borstig und schaute grantig ihre Schwester an, »und es ist nicht der Zeitungsjunge.«

»Wer?«, stieß Gerda befehlend aus, »einer von deinen tausend Nachbarn? Oder mal zur Abwechslung ein Kollege?«

Verweigernd verschränkte Doris ihre Arme. »Das geht dich nichts an«, konterte sie scharf. Komisch dachte sie dabei, weil Walter wahrhaftig zu beiden Personengruppen gehörte.

Mit eifrigem Blick starrte Gerda Richtung Schlafzimmer, was gleich Katja auf den Plan rief.

»Mama!«, rief sie warnend, »wag' nicht einmal dran zu denken.«

»Wir sollten Doris in Ruhe lassen«, warf Corinna ein und schaute ihre Mutter auffordernd an.

Verdutzt starrte Katja ihre Tochter an, die ihr plötzlich so fremd und erwachsen erschien. Von der rücksichtsvollen Seite kannte sie Corinna gar nicht. Aber sie befand, Corinna hatte recht. Sie fasste ihre Mutter am Arm und schaute sie auffordernd an. »Komm, wir sollten gehen.«

Mit unverhohlener Enttäuschung warf Gerda Doris einen abschätzigen Blick zu. »Ihr müsst ja wie Bestien übereinander hergefallen sein.« Mit erhobenem Kopf wandte sie sich dann ab und verließ das Haus. Corinna folgte ihr kommentarlos, während Katja mit bedauernder Miene ihre Schwester ansah.

»Sorry, dass wir so rein geplatzt sind.« Sie knuffte Doris aufheiternd am Arm. »Sehen wir uns gleich?«

Zweifelnd schob Doris ihre Schulter hoch. »Ich weiß nicht«, presste sie verächtlich hervor, »auf Mutters Schweigen kann ich gut verzichten.«

Bei aller Reue, die bei Katja entflammt war, konnte sie mit einem Spruch nicht zurückhalten. »Na ja«, lachte sie gepresst, »Hauptsache, du hattest Spaß.«

Angesteckt lachte Doris verlegen zurück und nickte, worauf Katja ihr auf die Schulter klopfte und mit begeistertem Kopfschütteln das Haus verließ.

»Ganz schön peinlich«, hörte Doris plötzlich Walter sagen, der hervorgekommen war, als er vernahm, wie die Tür ins Schloss fiel. Er vergrub seine Hände im Bademantel und ließ peinlich berührt seine Blicke durch das verwüstete Wohnzimmer wandern. »Ich habe dich in eine äußerst unangenehme Situation gebracht.«

Missmutig stöhnte Doris und nickte bestätigend. »Wieso muss mir so was immer passieren?«, ärgerte sie sich und erhob ratlos ihren Arm, »meine Schwester hat alles Mögliche verbockt und ist nie aufgefallen.«

»Das Leben ist halt ungerecht«, bemerkte Walter lakonisch und blickte Doris ermutigend an, »du solltest mit deiner Mutter reden, und wenigstens mit ihr das Missverständnis aufklären.«

Verneinend schüttelte Doris den Kopf. »Die wird mir eher nicht glauben, bis wir uns öffentlich bekennen.« Ihre Blicke verharrten sich mit Walters, wobei sie einen gewagten Entschluss fasste. »Bist du bereit mit mir auf das Parkfest zu gehen?«

»Ja«, antwortete er spontan.

»Du weißt schon, dass wir dann in der Tratschliste ganz oben stehen«, wies sie ihn drauf hin, worauf Walter mutig nickte, »das wird nicht lustig«, setzte Doris mahnend nach, »du läufst ohnehin schon unter Günstling.« Erneut bekräftigte Walter seinen Entschluss mit einem Nicken. »Das stehen wir schon durch.«

Obwohl Doris und Walter auf dem Parkfest aufmerksam beäugt wurden, wurde es für Doris ein recht entspannter Tag. Niemand zeigte Interesse ein Gerede in Gang zu setzen, eher schienen die Leute zuversichtlich, dass mit der strengen Hausordnung endlich gebrochen wurde.

Ja, auch Doris' Mutter zeigte sich gelöst und äußerst zufrieden, als sich ihre Tochter mit ihrem Wunschschwiegersohn präsentierte, der auch bei Katja schnell Zustimmung fand, weil Doris endlich mal einen richtigen Mann an ihrer Seite vorführte, und nicht immer diese Weicheier, wie sie Mark und Werner gerne betitelte.

Die Nachricht, dass Walter und Doris nun zusammengehörten, erreichte Karin ebenfalls recht schnell, die dann mit ihrem Mann auch noch auf dem Parkfest erschien, um das Familientreffen zu komplettieren.

Der Montagmorgen vermittelte Doris alles andere, als dass eine strenge Unterredung mit Herrenberg bevorstand. Selbst Vock begrüßte Doris höflich und ganz ohne verräterische Andeutung, als sie mit Walter den Personaleingang durchschritt. Kommentarlos nahm Doris diese Tatsache hin und betrat in gewohnter Manier wenig später das Büro. Wie gewohnt saß Karin schon an ihrem Schreibtisch.

»Hallo«, grüßte Doris freundlich und schaute etwas unsicher Karin an, die recht gelassen an ihrem Platz saß. Sie deutete zur Tür vom Chef. »Wie ist die Lage?«, erkundigte sie sich.

Ratlos schob Karin ihre Schultern hoch. »Noch friedlich«, antwortete sie.

Etwas verwundert betrachtete Doris eine Weile die Tür, bevor sie an ihren Schreibtisch trat und wie gewohnt dort ihre Handtasche verstaute. »Merkwürdig«, befand Doris, »die Vock war eben auch so ungewohnt freundlich und ganz ohne Anspielungen.«

Karin musste kurz sarkastisch auflachen, weil ihr ein böser Gedanke kam. »Die Vock wird doch wohl nicht übergelaufen sein?«, züngelte sie bissig, was Doris beflügelte, das Geheimnis selber zu lüften.

»Na dann, werde ich den Chef eben selber informieren.« Mit wogenden Schritten betrat Doris Sekunden später Herrenbergs Büro, ging auf seinen Schreibtisch zu und wurde von seinen erstaunten Blicken erfasst.

»Haben wir eine Besprechung?«

Doris zog einen Stuhl zurecht, setzte sich und schaute ihn eindringlich an. »Nein. Ich muss dir aber was sagen«, fing sie im vertrauten Ton an und kam schnell auf den Punkt, »ich bin mit Walter Larsen zusammen.«

Entsetzt streckte Herrenberg seinen Hals. »Was?«, stieß er empört aus. »Wie kannst du nur?«, hielt er ihr vor, »ausgerechnet mit Larsen?« Haltlos wanderten seine Blicke umher. »Seit wann geht das so?«

Doris blies unschlüssig ihre Wangen auf. »Das hat sich wohl auf dem Geburtstagsempfang angefangen zu entwickeln.«

Nur stockend konnte Herrenberg darauf antworten. »A..a.. auf dem Empfang.« Grübelnd biss er seine Zähne zusammen.

»Na ja«, fing Doris zögerlich an, »mit deinem Schwächeanfall hast du mich regelrecht in seine Arme getrieben«, wies sie ihm Mitschuld zu.

Erregt stieß Herrenberg Luft aus. »Jetzt komm mir nicht so – schieb die Schuld nicht auf mich – Ich habe immer geglaubt, ich kann mich auf dich verlassen!«

»Es ist, wie es ist und ich werde es nicht ändern«, entgegnete Doris scharf, »gewöhn' dich einfach dran.«

Entwürdigt über die freche Antwort seiner Sekretärin renkte Herrenberg seinen Hals ein und sah sie strafend an. »Du hast wohl vergessen, wer hier der Chef ist?«

Kaltschnäuzig schob Doris ihr Kinn vor. »Nein, habe ich nicht, aber ich lasse mir nicht vorschreiben, wen und was ich zu lieben habe.« Sie stand auf und wanderte zur Tür. Dort wandte sie sich ihm nochmals zu. »Es ändert sich doch nichts, außer dass ich jetzt nicht mehr Single bin.«

»Du hast die Spielregeln akzeptiert!«, rief er ihr zu und bewegte sie wieder zur Umkehr, »du weißt, dass das ein Entlassungsgrund ist.«

Doris nickte. »Ja, ich weiß«, antwortete sie unbeeindruckt, »aber damit kannst du mich nicht schocken. Du brauchst mich. Sonst kannst du die

Verhandlungen in Frankfurt mit Dr. Reichert selber führen.« Sie drehte wieder um und marschierte unbeirrt Richtung Tür hinaus.

Herrenbergs Kopf schien zu platzen, als Doris die Tür hinter sich zuwarf und sie ihn einfach ungerührt zurück ließ. Die Ohnmacht, die er jetzt verspürte, trieb seinen Blutdruck in die Höhe. Wie konnte er sich nur von dieser jungen Frau abhängig machen? Er musste längerfristig eine Lösung finden. Doris Westermann durfte seine Macht nicht einfach so kaltstellen. Stünde jetzt nicht das Goldmann-Projekt und die Systemumstellung auf dem Plan, er würde sie samt Walter Larsen und Karin Sommer vor die Tür setzen.

Gelangweilt stöhnend stand Doris bei Koch im Atelier und betrachtete ihre Entwürfe, die sie wie immer an Modepuppen vorführte. Mit diesen Modellen, so wusste Doris, würden sich die Verhandlungen mit dem Goldmann Versandhaus zur Farce entwickeln. Gepeinigt von dieser Ideenlosigkeit deutete Doris verzweifelt und vorwurfsvoll auf die Modelle. »Das hatten wir doch erst letztes Jahr.« Flehentlich schaute sie Koch an, hoffte, dass sie noch irgendwas anders Impetus hatte.

»Schon, aber dies sind die neuen Trendfarben«, verteidigte Koch ihre Kollektion, »und, ich habe ein paar Veränderungen vorgenommen.«

Bestürzt über Kochs Einfallslosigkeit stöhnte Doris auf. »Das ist jetzt nicht Ihr Ernst, oder?« Verzweifelt breitete sie ihre Arme aus und betrachtete Koch, wie sie in ihren nichtssagenden Kleidern vor ihr stand. »Was erwarte ich«, war sie selber über ihre Anforderung fassungslos, »Sie rennen ja selber herum wie eine graue Maus.«

Pikiert aber würdevoll erhob Koch ihren Kopf und schaute Doris warnend an.

»Entschuldigung«, lenkte Doris ein und musste gedanklich wahrhaftig lobend anerkennen, dass Koch großes Talent bewies im Bereich Kindermode. Da konnte sie bei Goldmann immer punkten. Dafür musste Doris nicht einmal Entwürfe vorzeigen. Die nahm Goldmann ungesehen. Aber das genügte ihr nicht, und genau dies hielt ihr Dr. Reichert auch immer vor, der ihr jedes Jahr aufs Neue erklärte, dass sie in der falschen Firma arbeitete und er sie mit Kusshand in seiner Firma aufnehmen würde. Nur darin lag wahrscheinlich der Grund, warum Doris immer wieder einen Auftrag ergattern konnte. Die Hoffnung, Doris abwerben zu können.

Plötzlich klangen Doris Bettinas Worte im Ohr. »Ich wusste gar nicht, dass ihr so tolle Klamotten herstellt.« Genau, wo hatte es die Koch her?

Bestimmend zeigte Doris mit ihrem Finger auf Koch. »Ich bin sicher, Sie enthalten mir etwas vor.«

Koch blieb hartnäckig stur, aber nur für einen Moment, als witterte sie plötzlich ihre Chance. Sie wanderte zu ihrem Schreibtisch, zog einen Ordner hervor und knallte ihn auf den Tisch. Mit dem Kinn deutete sie darauf und erweckte schlagartig Doris' Neugier, die sofort an den Schreibtisch trat und den Deckel des Ordners aufklaffte, der ab der ersten Seite schon ihre Erwartungen erfüllte.

Vorwurfsvoll richtete Doris ihren Blick auf Koch. »Wie konnten Sie das der Firma unterschlagen?«

Koch lachte hämisch und verschränkte ihre Arme. »Unterschlagen? Dass ich nicht lache. Herrenberg wollte nie etwas von diesen Entwürfen wissen. Hielt immer an dem konservativen Mist fest, dass mittlerweile schon jeder über mich lacht. Die Ossi-Tante«, spöttelte sie selber über sich, »die nur für Kittel zuständig war...«

Kochs bittere Worte aufnehmend, durchblätterte Doris weiter den Ordner. »Nicht schlecht«, brachte sie ihre Bewunderung hervor, »wenn ihr Ossi-Frauen so vor dem Herd gestanden habt - Respekt. Warum haben Sie mir das nie gezeigt?«

Pikiert wackelte Koch mit ihrem Kopf und schaute abschätzig an Doris herab. »Sie rennen ja auch nur in diesem zugeknöpften Outfit herum.«

Beleidigt schürzte Doris ihren Mund. »Abendkleider passen ja auch nicht in den Geschäftsbetrieb«, verteidigte sie sich, »aber glauben Sie mir, hätten Sie mir diese Entwürfe schon früher vorgezeigt, ich hätte keinen Moment gezögert.« Sie schlug den Ordner zu, nahm ihn auf und presste ihn wie einen Schatz an ihre Brust. »Ich werde mir alles in Ruhe anschauen.«

Koch grunzte spöttisch. »Was wollen Sie damit? Goldmann will doch Ergebnisse sehen und keine Entwürfe.«

Zustimmend nickte Doris. »Stimmt. Aber vielleicht kann ich Reichert überzeugen und einen Auftrag für das kommende Jahr ergattern.« Doris stieß einen eifrigen Laut aus. »Notfalls bringen wir das selber raus.«

Koch konterte mit einem milden Lächeln. »Dafür haben wir gar keine Marketingabteilung.«

Doris lächelte ebenbürtig zurück. »Das sollte doch wohl kein Problem sein.« Natürlich wusste Doris, dass dieser Schritt einen langen Atem benötigte, und ein Auftrag von Goldmann verhieß wesentlich weniger Stress. Aber gereizt hätte es sie schon, als immer nur für den eigenen Bedarf zu produzieren und die umliegenden Boutiquen zu versorgen, oder immer nur im Auftrag anderer Labels zu arbeiten. Sie verwarf diesen Gedanken und legte ihre Konzentration mehr auf eine Strategie, wie sie Dr. Reichert eine Kollektion anbieten konnte, die nur auf dem Papier existierte. Wenn sie am Donnerstagmorgen von Johann nach Frankfurt gefahren wurde, lief sie Gefahr, diese Sparte zu verlieren, was große Verluste bedeutete. Im Gegensatz zu sonst konnte sie keine Vorführmodelle präsentieren. Es gab nur eine Aktentasche voll mit Ideen, wofür ihr maximal eine halbe Stunde blieb, Dr. Reichert und seine Assistentin zu überzeugen. Mehr Zeit räumte er gewöhnlich niemandem ein. Die Modelle mussten ihm auf Anhieb gefallen, alles andere würde ohnehin keinen Erfolg versprechen.

Dr. Reichert, der Geschäftsführer der Firma Goldmann, schaute Doris perplex entgegen, als sie nur mit einer Aktentasche und einem Kleidersack sein Büro betrat, anstatt mit einem fahrbaren Kleiderständer, an dem sonst mindestens fünf Modelle baumelten. Er schob seine Lesebrille von seinem fleischigen Gesicht auf seine Vollglatze und wies Doris einen Platz an, schaute sie dabei fragend an. Seine Assistentin Elvira Pull, eine brünette Mittvierzigerin, stand neben ihm und musterte Doris kritisch.

Eigentlich wollte Doris das einzige greifbare Modell, welches sie auf dem Empfang trug, an dem Tag anziehen, um es vorzuführen, welches einen guten Vorgeschmack bot auf eine gute Kollektion. Diesen Gedanken zerschlug sie aber wieder, weil es ihr zu anzüglich erschien. Schließlich wollte sie lediglich einen Auftrag ergattern und nicht Dr. Reichert mit ihren Reizen überzeugen.

Irritiert betrachtete Dr. Reichert Doris, wie sie unbeirrt den Kleidersack über eine Stuhllehne hing und ihm galant ihre Hand über den Tisch langte und dabei charmant lächelte, Frau Pull hingegen erhielt nur ein kühles Kopfnicken zur Begrüßung, von der sie ebenbürtig begrüßt wurde.

»Guten Morgen«, sagte Doris und setzte sich auf einen der bequemen Besucherstühle. Ihre Aktentasche stellte sie auf ihren Schoß ab.

Wieder auf das geschäftliche konzentriert, schaute Dr. Reichert seine Verhandlungspartnerin an. »Sie kommen mit leeren Händen?«

»Nicht ganz.« Doris deutete auf den Kleidersack neben ihr, dann öffnete sie den Schnapp-Verschluss ihrer Aktentasche, zog eine Mappe mit Entwürfen hervor, die sie ausgewählt hatte und schob sie Dr. Reichert zu.

Uninteressiert und verständnislos über ihre Kühnheit deutete er perplex auf die Mappe. »Frau Westermann«, nannte er gewichtig ihren Namen, »was soll das?«

Nervös rutschte Doris auf dem Stuhl hin und her, blieb aber äußerlich gelassen. »Das«, betonte sie bedeutsam, »sind unsere neuen Entwürfe«

Dr. Reichert unterbrach sie gleich ungeduldig. »Entwürfe? Sie kennen die Regeln. Wir brauchen Ergebnisse.«

Sicher kannte Doris die Regeln und deutete erneut auf den Kleidersack und auf die Mappe. »Das hier ist ganz neu.« Sie sah ihn beschwörend an. »Sie werden dort noch mehr davon finden.«

Ratsuchend schaute Dr. Reichert zu seiner Assistentin auf, die stumm nickte, worauf er die Mappe an sich zog und den Deckel aufschlug. Neugierig beäugte Dr. Reichert den Entwurf und setzte seine Brille auf. Mit hochgezogenen Augenbrauen brachte er seine gesamte Bewunderung zum Ausdruck, die beim Durchblättern der Mappe stetig anstieg. Und auch bei Frau Pull wanderten die Augenbrauen von Entwurf zu Entwurf eine Etage höher, was Gutes verhieß.

Plötzlich schaute Dr. Reichert Doris über sein Brillengestell an. »Wo haben Sie das her?«, verlangte er zu wissen.

Überlegen schob Doris ihr Kinn vor und lehnte sich scheinbar entspannt zurück. »Nun, wir haben eine neue Designerin«, schwindelte sie ihm vor.

Hellhörig setzte sich Dr. Reichert auf. »Neue Designerin?«

Bedacht nickte Doris, in Gedanken bei Herrenberg, der sie womöglich köpfte, wenn er erfuhr, dass sie Frau Koch in den Designerstand erhob.

»Was können Sie mir davon sofort anbieten?«, drängte er sie.

»Nichts.«

Dr. Reichert schlug konsequent aber mit einer sichtlichen Enttäuschung im Gesicht die Mappe zu und tippte darauf herum. »Ich will das sofort, oder Sie brauchen mir nicht mehr zu kommen«, betonte er ausdrücklich, um sie herauszufordern, »unsere Geschäftsbeziehung beruht ohnehin überwiegend auf dem Kindersektor.« Er warf gleichgültig seine Hand in die Höhe. »Das bieten mir andere auch«, behauptete er, womit er nicht ganz die Wahrheit sagte, aber Doris unter Druck setzen wollte.

Nun rief Doris ihr gesamtes diplomatisches Geschick ab. »Herr Dr. Reichert«, redete sie Verständnis erbetend auf ihn ein, »das geht nicht, wir sind nicht vorbereitet und stecken darüber hinaus in einer Systemumstellung.«

»Das ist Ihr Problem«, blieb er hart, »ich weiß gar nicht, was Sie wollen? Sie kommen hier an, legen mir eine Kollektion vor und erwarten, dass ich Geduld mitbringe?«

Obwohl bei Doris der Unmut anstieg, blieb sie äußerlich gelassen. Sie beugte sich vor und nahm die Mappe wieder entgegen. »Tja, mein lieber Herr Dr. Reichert«, sagte sie und klang dabei ein wenig abfällig, was sie mit einem überlegenen Grinsen unterstrich, »Sie sind nicht der Einzige, der Interesse an unserer neuen Kollektion hat – nur – die Anderen lassen uns die nötige Zeit. Dieses Angebot, dass ich Ihnen hier unterbreite, beruht allein auf der Tatsache, dass wir schon eine langjährige Geschäftsbeziehung pflegen. Und ob Sie es glauben oder nicht, mit unserer neuen Designerin stehen uns viele Türen offen. Wir werden eine kleine Serie sogar selber groß herausbringen und vermarkten«, nahm sie ihren Gedanken vom Vortag wieder auf, der mehr und mehr von ihr Besitz ergriff. Ohne jeden weiteren Versuch Dr. Reichert zu überzeugen, versenkte Doris die Mappe wieder in der Aktentasche, stand auf und nahm den Kleidersack wieder über ihren Arm. »Wenn Sie kein Interesse haben – möchte ich nicht länger meine Zeit verschwenden.« Sie klemmte die Aktentasche unter ihren Arm. »Einen schönen Tag noch«, wünschte sie und marschierte ohne weitere Freundschaftsgestik zur Tür, doch noch bevor sie die Klinke drücken konnte, stand Dr. Reichert schon neben ihr und stemmte seine schwere Figur gegen die Tür. Verblüfft schaute Doris ihn an, mit welcher Flinkheit der schwergewichtige Mann hinter seinem Schreibtisch hervorgekommen war.

»Warten Sie«, beschwor er sie, wobei sein Blick gierig an der Aktentasche klebte, »vielleicht können wir einen Kompromiss schließen«, bot er an.

Mit Genugtuung ließ sich Doris von Dr. Reichert wieder an den Tisch führen und nahm die Gespräche wieder auf, mit der Gewissheit, jetzt die besseren Karten in der Hand zu halten.

Wieder saßen sie sich gegenüber. Vorsichtig setzte Dr. Reichert seine Verhandlung fort.

»Vielleicht wäre es möglich«, fing er ganz freundlich an, »dass Sie uns wenigstens ein oder zwei Modelle für die nächste Ausgabe zur Verfügung stellen.« Er redete so salbungsvoll, dass es nur so triefte vor Schmalz.

»Ich sagte schon, wir sind nicht vorbereitet. Das hier.« Doris legte zur Unterstreichung ihrer Worte eine Hand behutsam auf die Aktentasche. »Ist brandneu. Und nur weil wir immer gute Geschäftsbeziehungen unterhielten räumen wir Ihnen den Vorrang ein für diese Kollektion«, kohlte sie ihn an und konnte nur schwerlich ihre verlogenen Worte verarbeiten.

Geschmeichelt richtete Dr. Reichert verlegen seinen Krawattenknoten und warf erneut seiner Assistentin einen Blick zu, die wiederum nickte. »Nun gut«, gab er klein bei, ließ dennoch nicht ganz locker, »meinen Sie wirklich, es gäbe keine Möglichkeit, wenigstens ein Modell in Serie zu schicken? Ich würde Herrenberg sogar die Partnerschaft anbieten«, bot er großzügig an, was Doris sogleich interessiert aufhorchen ließ, wobei sie nur mit Mühe ihre aufkommende Nervosität gut unterdrücken konnte. Wenn ihr dieser Coup wirklich gelang, bedeutete dies gesicherte Aufträge Jahr für Jahr. Keine lästigen Verhandlungen mehr.

Einen kurzen Moment überlegte Doris inwieweit sie Dr. Reicherts Forderungen erfüllen konnte. Allein um nur ein Modell in Serie zu schicken, bedurfte es vieler Vorgänge. Unzählige Überstunden würden anfallen, aber das musste sie nun riskieren, wobei sie auf Kochs Schützenhilfe zählte, für die dieses Projekt die größte Chance ihres beruflichen Lebens bedeutete und so schlug Doris auf den Deal ein.

Dr. Reichert gehörte zu den tatkräftigen Männern und ließ erst gar keine unnötige Zeit verstreichen. Frau Pull musste sich nun alleine um die anderen Bewerber kümmern, während er mit seiner Sekretärin und Doris einen Vertragsentwurf zusammenstellte.

Zwei Stunden vergingen, bis sie in allen Details eine Einigung fanden, von der Doris auch glaubte, in Herrenbergs Interesse zu handeln, aber Feinheiten ließen sich ja noch ausarbeiten.

»Wann werde ich denn Ihre neue Designerin kennen lernen?«, warf Dr. Reichert plötzlich eine Frage ein.

Kaum merklich zuckte Doris zusammen. Um Frau Koch vorzeigen zu können, bedurfte es einer Generalüberholung. Sie hielt ihn hin. »Wie wäre es auf unserer jährlichen Modenschau?«, schlug Doris vor und hoffte, sich bis Anfang Herbst genügend Zeit einräumen zu können, um dieses Problem zu lösen.

Von dieser Idee angetan erhob Reichert triumphal seinen Zeigefinger. »Wir könnten dann auch gleichzeitig dort unsere Partnerschaft bekanntgeben, mit einer Pressekonferenz.«

Einverstanden nickte Doris.

»Fein«, stieß Reichert hoch erfreut aus und schloss die Verhandlungen.

Mit einem Überschuss guter Laune kehrte Doris am Nachmittag ins Büro zurück und wanderte gleich zu Herrenbergs Büro durch, wobei sie Karin zur Begrüßung nur kurz zuzwinkerte.

Irritiert schaute Karin ihr nach. Sie konnte Doris nicht einmal eine Frage stellen. So gut gelaunt kam sie gewöhnlich nicht aus Frankfurt zurück.

Herrenberg reagierte ebenso erstaunt, als Doris nach nur kurzem Anklopfen mit strahlender Miene auf seinen Schreibtisch zusteuerte und ihm die Vertragsmappe auf den Tisch legte und sich dann salopp in einen Sessel fallen ließ.

»Du kommst gut gelaunt aus Frankfurt zurück?«, wunderte er sich.

»Ja«, lachte Doris und deutete auf die Mappe, »mir ist es gelungen mit Dr. Reichert eine Partnerschaft auszuhandeln.«

Sekundenlang starrte Herrenberg seine Sekretärin an. »Was?«, stieß er dann perplex aus und vermittelte den Eindruck, als schwankte er zwischen Freude und Entsetzen. Wieder verging eine Weile, bis er was sagen konnte, allerdings nicht ohne seinen Sprachmakel. »Wie hast du das denn-n angestellt?«

»Ganz einfach«, sagte Doris leger und grinste keck dabei, als wäre alles ganz einfach gewesen, »Frau Koch hat mir ihr Geheimfach geöffnet.«

Herrenbergs Mundwinkel zuckten nervös. »Geheimfach?«

»Ja«, nickte Doris mit überlegenem Lächeln, »sie hat ganz tolle Entwürfe in der Schublade, die Dr. Reichert unbedingt haben wollte.« Sie hielt kurz inne um Mut zu sammeln, um ihm nun Kochs Beförderung offen zu legen. »Ich habe Frau Koch zur Chefdesignerin befördert.«

»Was?«, entfuhr es Herrenberg erregt, wobei sein Sprachfehler eine Pause einlegte, »wie konntest du nur?«

Lässig schob Doris ihr Kinn vor. »Nur so konnte ich Dr. Reichert ködern und er hat doch auch angebissen.«

»Die Koch«, grummelte er verächtlich, »die ist doch völlig ungeeignet für diesen Posten.«

»Ist sie nicht«, widersprach Doris, »und das bleibt auch nicht die einzige personelle Veränderung.«

»Das, meine Liebe«, presste Herrenberg ungehalten hervor, »ist meine Entscheidung. Mit dieser Partnerschaft hast du schon zu Genüge deine Kompetenzen überschritten.« In seinem Zorn hielt ihn nichts mehr auf seinem Sessel. Er wanderte um seinen Schreibtisch herum und blickte seine Sekretärin mahnend an, die eingeschnappt ihren Kopf erhob und ebenfalls aufsprang.

»Dann solltest du deinen Arsch selber nach Frankfurt bewegen«, wütete sie zurück und deutete mit ihren Blicken auf die Vertragsmappe, »wenn du kein Interesse an diesem Vertrag hast, dann kannst du ihn ja Reichert vor die Füße schmeißen.« Sie wandte sich ab und wanderte zur Tür.

»Doris!«, rief Herrenberg sie zurück, worauf sie abgewandt stehen blieb, »lass uns die Daten durchgehen.«

Triumphierend schmunzelte Doris, doch sie legte ihr sieghaftes Lächeln diplomatisch ab, als sie wieder an den Schreibtisch zurückkehrte, wo Herrenberg bereits davor stand und die Mappe aufgeklafft hatte.

In knappen Zügen erklärte Doris die bedeutsamsten Eckpunkte des Vertrages, die Herrenberg wohlwollend aufnahm.

»Sehr schön«, lobte er Doris und wanderte zufrieden hinter seinen Schreibtisch und setzte sich. Diese Friedfertigkeit nutzte Doris nun, ihm eine weitere Erklärung abzugeben.

»Noch was«, eröffnete sie ihm geschäftig und musste ein Grinsen unter-drücken, weil sie jetzt schon wusste, wie er darauf reagierte, »Dr. Reichert möchte unsere Partnerschaft auf unserer nächsten Modenschau bekannt geben – mit Pressekonferenz.«

Schlagartiges Entsetzen legte sich über Herrenbergs Gesicht. »Reichert kommt hier her?«

Doris nickte nur.

Herrenbergs Erregung stieg an. »Wieso?«

»Wieso nicht? Wir gehen eine Partnerschaft ein.«

Bewegt suchte er mit seinen Blicken den Schreibtisch ab. »Muss die P-P-Presse unbedingt dabei sein?«

»Ja«, entgegnete Doris gnadenlos, »das ist die beste Werbung für uns.«

»Das kann ich nicht«, wehrte sich Herrenberg und suchte gedanklich nach weiteren Argumenten.

»Du musst«, redete Doris auf ihn ein, »die Leute erwarten das von dir.«

Unruhig wanderten Herrenbergs Blicke über die Unterlagen. Ihm musste dringend etwas einfallen. Nachdenklich brütete er einen Plan aus und so geriet Doris in Vergessenheit.

»Bearbeiten wir nun den Vertrag?«, rief sich Doris nach einer Weile in Erinnerung.

Abwesend scheuchte er Doris weg. »Ich schau ihn mir erst einmal genauer an – wir reden später darüber.«

In seinem aufgewühlten Zustand gönnte Doris ihm gerne diese Zeit und verließ mit einem überlegenen Grinsen sein Büro. Nun musste es ihr nur noch gelingen, dass Koch an ihrem Style etwas änderte.

Kontrollierend schaute Herrenberg seiner Sekretärin dabei nach, wartete ab, bis sie die Türe fest von außen geschlossen hatte, dann griff er hastig nach seinem Telefon und wählte zittrig eine Nummer. Wenig später stand die Verbindung.

»Herbert? Hier ist Peter – ich brauche dringend deine Hilfe.«

Die Vorbereitungen für das Goldmann-Projekt liefen auf vollen Touren und verlangten von Doris, neben viele Überstunden auch eine Menge Geduld ab. Herrenberg wurde mit jedem Tag, der die Modenschau näher heranrücken ließ, stetig nervöser und nahm Doris mehr und mehr in Anspruch, um ihn rhetorisch zu trainieren, damit er durch seine

Pressephobie nicht ins Stottern geriet; und so verbrachte sie mit ihm viele Stunden im kleinen Konferenzzimmer.

An den Wochenenden tankte Doris mit ausgedehnten Spaziergängen, zusammen mit Walter und Corinna wieder Kraft und lenkte sich so von den Strapazen ab. Die Zeit mit Corinna und Walter, vermittelte ihr sogar ein Gefühl, eine eigene Familie zu besitzen.

Abgesehen von Herrenbergs Pressephobie, liefen die Vorbereitungen perfekt. Nur eine kleine Angelegenheit überschattete das Goldmann-Projekt. Frau Kochs Styling. Immer wieder feilte Doris an einer Strategie, Koch schonend zu vermitteln, dass sie etwas an ihrem Äußeren ändern musste. Aber wie sollte Doris ihr schonend beibringen, dass sie einfach unmöglich aussah?

Eines späten Nachmittags, Doris musste mit Koch noch etwas im Atelier besprechen, nahm sie ihren Mut zusammen und sprach das heikle Thema an. Sie standen gerade vor einer Modepuppe und begutachteten ein Kleid.

»Was werden Sie denn tragen?«, warf Doris eine Frage ein.

Unschlüssig zuckte Koch mit ihrer Schulter. »Ich weiß nicht.«

Doris schaute an ihr herab. »Ein wenig Eleganz würde Ihnen gut stehen«, bedeutete sie unterschwellig.

Pikiert starrte Koch Doris an. »Ich sollte den Modells nicht die Show stehlen«, wehrte sie sich gegen diesen Vorschlag.

Doris gab nicht auf und deutete auf ihre mausgraue Bluse. »So können Sie auf keinen Fall gehen. Sie sehen aus, wie von der Heilsarmee.«

Koch wollte schon Veto einlegen, doch Doris gab ihr nicht die Chance dazu.

»Ein Besuch bei unserer Maskenbildnerin wäre auch nicht schlecht. Da gehe sogar ich hin.« Nach ihrer knappen Anmerkung suchte Doris schleunigst das Weite auf, um Koch jegliche Rechtfertigung zu ersparen und hoffte, dass sie Einsehen zeigte. Doch bis zum Tag X, der auf einen Mittwoch festgelegt wurde, zeigte Koch keinerlei Veränderung.

Mit ziemlicher Anspannung wanderte Doris kurz vor dem großen Event auf den Empfangstresen zu, hinter dem ein kleiner Raum als Garderobe diente, wo Bettina Quartier bezogen hatte. Ihre Unruhe beruhte auf

Herrenbergs Rede, die er halten sollte und zum anderen lag ihr Koch im Magen.

Durch ihr selbst auferlegtes Tempo, obwohl sie gut in der Zeit lag, kam Doris etwas abgehetzt in der Garderobe an. Bettina zupfte einer Frau, die Doris nur von hinten sah, am Kostüm herum.

»Hallo«, schmetterte Doris durch den Raum und atmete erst einmal tief durch, während die Frau sich nach ihr umdrehte und Doris in Atemstillstand versetzte.

Koch präsentierte sich in außergewöhnlicher Eleganz. Ihre Haare trug sie zu einem flotten Bubi geschnitten, ihr Gesicht dezent geschminkt, und auf ihrer Nase trug sie ein zartes silbernes Brillengestell. Ihr Körper steckte in einem eleganten Kostüm, welches ihre feminine Seite hervorhob, dazu passend Pumps mit leichtem Absatz.

Staunend trat Doris an sie heran, während Bettina verschmitzt grinste und Koch verlegen durch ihre Unsicherheit ihre Arme ausbreitete.

»Ich hoffe, ich gefalle Ihnen so?«, sagte Koch verzagt.

»Perfekt«, lobte Doris und deutete zur Tür, »wenn Sie da gleich raustreten, sollten Sie sich nicht über Heiratsanträge wundern«, scherzte sie.

Gemeinsam mit Koch und Herrenberg inspizierte Doris zufrieden, nach ihrem Aufenthalt in der Maske, die Lobby, wo das ganze Treiben stattfand. Ein schmaler Laufsteg mit einem ovalen Wendehammer durchzog den Raum. Entlang des Laufstegs standen Stühle für die geladenen Gäste, dahinter festlich geschmückte Stehtische. Eigens für die Modenschau hatte Koch eigenhändig ein paar Modell-Unikate angefertigt, um einen Vorgeschmack auf die neuen Kollektionen präsentieren zu können. Sie wollte den Presserummel unbedingt nutzen ihr Talent zu beweisen.

Herrenberg beäugte Koch unentwegt ungläubig, die neben ihm herging und verzog dann jedes Mal verzückt sein Gesicht. Im Ganzen wirkte er außergewöhnlich gelassen, was Doris darauf zurückführte, dass er wohlmöglich ihren Rat befolgt und Beruhigungsmittel geschluckt hatte, was ihr ein wenig Sicherheit verlieh, dass er nicht wieder einem Schwächeanfall erlag, sodass am Ende alles an ihr hängen blieb. Aber eines empfand Doris merkwürdig an diesem Tag; dass Herrenbergs Frau Margot nicht anwesend war. An öffentlichen Veranstaltungen nahm sie zwar so gut wie nie teil, aber der jährlichen Modenschau wohnte sie immer bei.

»Wo ist Margot?«, stellte Doris ihm plötzlich eine persönliche Frage, was Herrenberg dann doch etwas nervös werden ließ.

»Ihr geht es nicht gut«, erklärte er und zog unruhig sein Jackett zurecht, »aber sie wollte noch nachkommen.« Herrenberg sah sie flehentlich an.

»Wäre gut, wenn du in meiner Nähe bliebest«, flüsterte er ihr vertraut zu, worum er Doris eigentlich nicht ausdrücklich bitten musste. Er brauchte immer einen Begleitschutz.

Doris ging nicht weiter darauf ein und hoffte, dass Herrenberg nicht doch noch einem Schwächeanfall erlag; und irgendwann standen sie an einem der Stehtische am Eingang der Lobby, von wo aus sie Dr. Reichert in Empfang nehmen wollten. Herrenbergs Anwalt Borgert gesellte sich zu ihnen. Für ihn stand die wichtige Aufgabe bevor mit dem Anwalt von der Firma Goldmann die Verträge auf Übereinstimmung zu prüfen, bevor sie zur Unterschrift vorgelegt wurden.

Irgendwann trat auch Walter an den Tisch, dann rückten auch schon die ersten Pressemenschen an. Leute, wie sie unterschiedlicher kaum sein konnten. In diesem Berufszweig der freien Mitarbeiter gab es nicht den Norm-Menschen. Von seriös gekleidet und gepflegt, bis hin zum Lotter-Look und schmierig gab es dort alles an Pressevertretern, was nicht gerade großes Vergnügen bereitete, einige dieser Leute per Handschlag zu begrüßen; und trotzdem trat Doris ihnen höflich entgegen und begrüßte jeden einzelnen. Schließlich sollten sie einen werbeträchtigen Bericht verfassen, dann musste man schon mal über einige Makel hinweg schauen. Um das Wohlbehagen abzurunden, ließ Doris sogar Getränke und Häppchen verteilen, bis dass die Show losging.

Pünktlich, wie vereinbart, beobachtete Doris wie zwei Staatskarossen von Dr. Reichert ans Eingangsportal vorfuhren und alle wichtigen Leute aus seinem Kader aus den hinteren Teilen der Fahrzeuge ausstiegen.

Herrenberg bedeutete Doris, dass sie die Begrüßung vornehmen sollte, was sie nur mit einem genervten Augenrollen kommentierte, um keinen Eklat auszulösen; und so trat sie an die breite aufgeschobene Glastür und schaute ihren Gästen entgegen, die unaufhaltsam mit Dr. Reichert an der Spitze auf sie zumarschiert kamen. Im Schlepp seine junge Sekretärin Frau

Schafft, der Anwalt der Firma Goldmann, Gottfried Harris und ein junger Mann, mittelgroß mit Blondschopf. Vom Typ her der sonnengebräunte kalifornische Surfer, den Doris nicht einordnen konnte, aber glaubte ihn zu kennen.

Mit außergewöhnlichem Respekt traten die Reporter an die Artillerie heran und schossen ihre Fotos, während Doris Dr. Reichert strahlend entgegentrat und ihm die Hand reichte.

»Herzlich willkommen«, begrüßte Doris ihn freundlich und wandte sich gleich Koch und Herrenberg zu, die nur zwei Schritte entfernt standen und stellte Koch als erstes vor, weil sie wusste, dass Dr. Reichert darauf brannte sie endlich kennen lernen zu dürfen. Unter den wachsamen Augen der Presse richtete Dr. Reichert ein paar schmierige Worte an Koch. Als sich dann Herrenberg und Dr. Reichert gegenüberstanden, lief vor Doris' Augen ein Déjà-vu ab. Genau wie beim ersten Auf- einandertreffen, tauschten sie eisige Blicke aus, als seien sie Rivalen. Herrenbergs Mundwinkel zuckten kurz, wie bei einem Cowboy, der sich auf sein Schießduell konzentrierte und Dr. Reichert kniff seine Augen zusammen und spannte seine Gesichtsmuskeln an. Sekunden verrannen bis Dr. Reichert den Anfang startete und seine Hand ausstreckte, die Herrenberg nur zögerlich entgegennahm.

Doris fand für diese Antisympathien keine Erklärung, worin der Grund lag, dass sie nach dem ersten Meeting bei Goldmann immer alleine die Verhandlungen führen musste.

Um von der unterkühlten Begrüßung abzulenken, führte Doris die Anwälte zusammen, die dann gleich ein Büro in der Nähe der Lobby aufsuchten, um die Formalitäten zu prüfen. Dann stand Doris einer ganz anderen Begegnung gegenüber. Der neue Mann in Dr. Reicherts Kader beschäftigte sie plötzlich, als er sie per Handschlag begrüßte und über- legen angrinste. Wieder überlegte sie, woher sie sein Gesicht kannte? Er merkte sehr wohl, wie Doris grübelte.

»Hähnen«, nannte der Fremde seinen Namen, »Mario Hähnen.«

Immer noch grübelte Doris. Dann fiel es ihr ein. »Düsseldorf, letzten April«, sagte sie und wurde etwas verlegen, weil sie damals wenig seriös handelte.

Ungeachtet Doris' Scham lachte Hähnen unbekümmert. »Ja.«

Bei Herrenberg wurden gleich peinliche Erinnerungen geweckt, als das Stichwort »Düsseldorf« fiel. Dieser Event, dem er ausnahmsweise mal persönlich beiwohnte, entpuppte sich zu einer absolut sinnlosen Zeitverschwendung. Junge Designer präsentierten dort ihre Modelle, die mehr in die Kategorie Kunst fielen, als dass sie zum täglichen Gebrauch tragbar gewesen wären. Hähnen zeigte damals als einziger mit seinen vorlauten Zwischenrufen sein Protest gegen diese Veranstaltung und wurde von den Eventverantwortlichen irgendwann des Feldes verwiesen. Sehr zum Ärger von Herrenberg verließ Doris ebenfalls den Saal und landete mit Hähnen an der Theke und reduzierte die ganze Nacht lang die Champagnerbestände. Herrenbergs Empörung über Doris' taktloses Verhalten kannte damals keine Grenzen und er wies sie massiv in ihre Schranken. Ihr Benehmen konnte sie damals, im Nachhinein, selber nicht verstehen.

Bei Doris hingegen herrschte nun leichte Ratlosigkeit. »Ich kann Sie mit Goldmann nicht in Verbindung bringen.«

Hähnen lachte überlegen. »Ich bin zweiter Geschäftsführer«, erklärte er.

Verdutzt und verunsichert kniff Doris ihre Augen zusammen. »Komisch, dass wir uns da noch nicht begegnet sind.«

»Ich bin erst seit einer Woche im Amt«, erklärte er lächelnd und kehrte mächtig seinen Charme heraus, worauf Doris nur schwerlich gelang sich Walter zuzuwenden und ihn als ihren Lebensgefährten vorzustellen.

Doris' unruhiges Verhalten löste bei Walter etwas Skepsis aus, was ihn zu einer Mutmaßung verleitete. Ob er dieser Mann war, mit dem sich Doris, laut Herrenberg, eingelassen hatte? Ihre Verlegenheit bekräftigte diese Möglichkeit. Aber Sekunden später dementierte er bereits diese Überlegung, weil Dr. Reichert offensichtlich mehr Interesse an ihr zeigte. Er klebte förmlich an ihren Lippen, als sie ein paar Erklärungen zum Ablauf der Veranstaltung abgab.

Bei Herrenberg spielten sich ähnliche Gedanken ab. Mit Argusaugen hielt er Dr. Reichert in Schach, wobei er nervös mit seinen Händen wedelte, die er auf seinem Gesäß gekreuzt abgelegt hatte.

Unterdessen trafen geladene Gäste ein und suchten ihre reservierten Plätze auf sowie auch nicht geladene, für die Stehtische bereit standen.

Plötzlich schaute Herrenberg auf seine Uhr und beugte sich dann zu Doris rüber. »Ich geh mich etwas frisch machen«, flüsterte er ihr zu, worauf Doris bewilligend nickte. Seine Tapferkeit hatte diese Auszeit allemal verdient. Sie tippte aber ermahnend auf ihre Armbanduhr und bedeutete ihm, dass er nicht trödeln sollte, was er mit einem zaghaften Nicken bestätigte, sich daran zu halten.

Etwas besorgt schaute Doris ihm nach und hoffte, dass er jetzt nicht doch noch umfiele und er erneut auf einer Bahre nach draußen getragen werden musste. Um sich von diesen Gedanken abzulenken, ließ sie ihre Blicke zu den sitzenden Gästen schweifen, wobei sie ihrer Mutter, Maria und Frau Merian zuwinkte, die mit auf der Gästeliste standen. Doch nach wenigen Minuten konnte sie ihre schlimmsten Befürchtungen und Ängste schon begraben. Aufgefrischt kam Herrenberg wieder zurück und trat an den Tisch, wo alle noch versammelt standen und auf ihn warteten. Seine Blicke wanderten kurz durch die Runde, die plötzlich an Hähnen hängen blieben, wobei er inbrünstig schnaubte.

Herrenbergs Verhalten versetzte Doris abrupt in Alarmbereitschaft, worauf sie ihm mahnend am Ärmel rüttelte. »Alles in Ordnung?«, fragte sie nach und lächelte ihn ermutigend an, obwohl ihre Alarmglocken in oberster Warnstufe ausschlugen.

Ermahnt zuckte Herrenberg kaum merklich zusammen. »Ja«, antwortete er hastig, »alles bestens.«

Doris stutzte bei seiner ungewöhnlichen Antwort; aber bevor sie ihre Gedanken ordnen konnte, wurde sie von Dr. Reichert unterbrochen.

»Wir sollten anfangen«, drängte er höflich aber bestimmt, »ich muss ja heute noch nach Frankfurt zurück.«

An seine Pflicht erinnert ebnete Herrenberg Dr. Reichert den Weg zur Bühne, wo eigens ein Rednerpult für die Ansprache aufgestellt stand. Mit dieser forschen Art verblüffte er Doris ein wenig, aber noch mehr, als Herrenberg plötzlich mit seinen Blicken erneut an Hähnen haften blieb, die ihn regelrecht durchlöcherten, als wolle er ihn zu Tode blicken. Sein Pflichtbewusstsein schien schlagartig abgerissen, worauf Doris ihren Chef förmlich auf die Bühne schieben musste, damit er von Hähnen abgelenkt wurde, der offenbar seine Beherrschung blockierte.

Schließlich stand Herrenberg, gefolgt von Koch und Dr. Reichert, die ihn flankierten, am Rednerpult und begrüßte die Gäste.

Dieses kleine Szenario stimmte Walter sehr nachdenklich. Herrenbergs Verhalten ließ einen ekligen Verdacht in ihn aufkommen. Waren seine Vorwürfe gegen Doris gerechtfertigt? Hielt sie wirklich mit Affären ihre Karriere am Laufen? Wenn ja, praktizierte sie dies immer noch, ohne Rücksicht auf ihre Beziehung? Ihm blieb keine Zeit weiter darüber nachzudenken. Doris fasste ihn plötzlich an den Arm.

»Komm«, forderte sie ihn auf, »setzen wir uns.«

Mit gezwungenem Lächeln suchte Walter mit Doris entlang des Laufstegs ihre reservierten Plätze auf, gefolgt von Hähnen. Dr. Reicherts Sekretärin saß bereits dort. Zu Walters Missfallen setzte sich Hähnen ausgerechnet neben Doris. Ungeniert belegte er Margots Platz und redete gleich auf Doris ein, wobei er dicht an sie heranrückte, so dass Walter die Unterhaltung nicht verfolgen konnte.

Doris empfand Hähnens Verhalten nicht gerade als respektvoll. Er legte das gleiche Benehmen an den Tag wie in Düsseldorf, was sie hier für wenig angebracht hielt. Ständig flüsterte er ihr irgendeinen Spott ins Ohr, bis sie ihm kurz bedeutete, seine Aufmerksamkeit auf die eigentliche Sache zu richten und so konnte sie endlich Herrenbergs Rede folgen. Um ein wenig Energie zu tanken, griff Doris nach Walters Hand, zog sie in ihren Schoß, schloss sie fest in ihren Händen ein und lauschte achtsam Herrenbergs Rede. Dass Walter sie kritisch beäugte, nahm sie dabei gar nicht wahr, weil ihre Konzentration fest auf Herrenbergs Rede lag, die sie sehr ins Staunen versetzte. Jedes seiner Worte trug er frei weg vor, mit einem Hauch von Theatralik unterlegt. Nicht die geringste Spur Nervosität lag in seiner Stimme, was ihn sonst ins Stocken brachte, als wäre er nicht seiner Selbst. In seinen Ausführungen lobte er Dr. Reichert, als seien sie alte Kumpels und legte Sprüche ein, die Doris in der Rede gar nicht verankert hatte. Übergangslos stellte er dann Koch als neue Designerin vor und übergab das Mikro an Dr. Reichert weiter, der sich hoch erfreut über die neue Zusammenarbeit mit Herrenberg zeigte.

Für dieses salbungsvolle Gequatsche wurden alle Parteien mit großem Beifall bedacht, welcher vom eigenen Personal angetrieben wurde. Doris überließ da nichts dem Zufall. Unter dem anerkennenden Beifall verließen

Dr. Reichert und Herrenberg das Podium und Koch übernahm, während Doris immer noch verblüfft über Herrenbergs Rede grübelte, in der er nicht mit einer Silbe seiner Phobie zum Opfer fiel. Selbst bei allem Training konnte sie sich das gar nicht erklären. In ihren Gedanken vertieft, ließ sie sogar die Häppchen und den Champagner an sich vorbeiziehen, die ihr eine Angestellte vorhielt. Ihre Gedanken wurden allerdings schier unterbrochen, als Herrenberg plötzlich vor ihr stand und seine Blicke wirr zwischen den Herren, die sie flankierten, hin und her wandern ließ, woran Doris seine Wut über Hähnen erneut erkennen konnte.

»Setzen Sie sich!«, zischelte Doris, bestrebt Aufsehen zu vermeiden.

Herrenberg folgte ihrem Befehl mit unverhohlenem Hass und nahm seinen Platz neben Hähnen ein.

Für einen Moment schloss Doris die Augen, um neue Kraft zu schöpfen. Als Hähnen hier unverhofft auftauchte, rechnete sie schon damit, dass es Reibereien geben konnte, vertraute aber auf Herrenbergs Beständigkeit, weil ihm die Partnerschaft doch so viel bedeutete. Aber warum er nun auch auf Walter so hitzig reagierte, darauf konnte sie keine Erklärung finden. Mit Sorge betrachtete Doris aus ihren Augenwinkeln heraus seine Erregbarkeit und seine ständigen zornigen Blicke, die er an Hähnen vorbei, ihr zuwarf. Dann legte er plötzlich ein Benehmen an den Tag, welches Doris gar nicht von ihm kannte. Er griff nach einem Glas Sekt, das ihm eine Bedienstete anbot, trank es auf ex und griff gleich nach einem neuen Glas. In ihrer Sorge um Herrenberg konnte Doris die Modenschau, die Koch in absoluter Perfektion und Souveränität vortrug, unterlegt mit elegantem Witz und Charme, nicht richtig genießen. Immer wieder wurde sie Zeugin, wie Herrenberg an Hähnen wütend vorbei linste und dann bei der nächsten Gelegenheit erneut nach einem Glas Sekt griff, was er normalerweise tunlichst unterließ. Mit steigender Nervosität blickte Doris auf ihre Uhr und sehnte das Ende der Modenschau herbei, nach der die Verträge vor der Presse unterschrieben werden sollten. Aber die Herren Anwälte zeigten noch keinerlei Bereitschaft.

Diese ungewohnte Unruhe, die in Doris schlummerte, blieb Walter nicht verborgen, auch Herrenbergs mahnende Blicke und auch sein sehr ungewöhnliches Verhalten, stimmten ihn erneut nachdenklich.

Endlich setzte Koch zum Finale an und ließ ihre Modells alle auf die Bühne kommen, damit sie sich im Applaus der Gäste suhlen konnten. Während das Publikum im Stehen ihre Begeisterung mitteilte und die Presseleute ihre Fotos schossen, nutzte Doris die Gelegenheit Herrenberg an den Empfang zu zitieren, um ihn dort zur Rede zu stellen. Bereitwillig kam er ihrer Aufforderung nach und folgte ihr bis an die Kundeninformation, wo Karin stand und das ganze Treiben koordinierte.

»Besorge dem Chef bitte einen Kaffee«, schmetterte sie Karin aufgeregt entgegen, und wieder schaute sie ungeduldig auf ihre Uhr, während Karin ihren Befehl an eine Angestellte weitergab und Doris besorgt anblickte.

»Ich brauche keinen Kaffee«, wehrte sich Herrenberg trotzig.

Doris warf ihm einen mahnenden Blick zu. »Oh doch«, widersprach sie, »und mit dem Trinken hörst du jetzt auf«, zischelte sie ihm im privaten Ton entgegen, weil sie hoffte, ihn so besser beeinflussen zu können, wobei sie ihn flehentlich anblickte, »bitte«, setzte sie energisch nach, »ich weiß, deine Nerven liegen blank, aber halte dich mit dem Alkohol zurück.«

Verzückt renkte Herrenberg seinen Hals ein. »Na schön«, stimmte er bereitwillig zu, was Doris erschöpft und erleichtert zusammensacken ließ.

Argwöhnisch schaute Karin ihre Vorgesetzte an, die den Chef noch nie in der Öffentlichkeit gerügt hatte und schon gar nicht in diesem Ton. Aber durch Herrenbergs Verhalten konnte sie Doris' Predigt gut nachvollziehen.

Nervös schaute Doris wieder auf ihre Uhr. »Wo bleiben denn nur die Verträge?«, murmelte sie vor sich hin und ließ ihre Blicke umherwandern, die schließlich an dem festlich geschmückten Tisch hängen blieben, wo die Verträge unterschrieben werden sollten, der etwas abseits der Kundeninformation stand.

Anstatt der Verträge, stellte eine Angestellte den Kaffee für Herrenberg auf dem Tresen ab, wofür sich Doris herzlich bedankte. Selbst bei aller Unruhe nahm sie sich diese Zeit und wieder schob sie ihren Ärmel zurück und schaute auf die Uhr. Aber als Herrenberg an seinem Kaffee nippte, zog bei ihr etwas Erleichterung und Beruhigung ein.

Plötzlich stand Gerda vor ihr, nebst Maria und Frau Merian. Freudig lächelnd nahm Gerda ihre Tochter in die Arme.

»Tolle Vorstellung«, lobte sie und schaute Doris verzückt an.

»Danke«, antwortete Doris verzagt, weil sie etwas verlegen wurde, da der Ruhm eigentlich nicht ihr gebührte. Sie war ja nur der Wegbereiter.

Frau Merian und Maria schlossen sich der Gratulation an, dann reihten sich weitere Gäste ein, die ihre Begeisterung mitteilten, was Herrenberg nur nebensächlich aufnahm, aber brav seinen Kaffee trank. Auch Bürgermeister Herbereit gehörte zu den Gratulanten. Mit hochgereckten Armen zog er Doris an sich heran, die sich ihm entgegen beugte, damit er seine Wange an die Ihrige drücken konnte, wobei Doris entging, dass der Chef erneut nach einem Glas Sekt griff und es in die Kehle kippte. Erst als sie kurz über ihre Schulter schaute, erblickte sie das Glas neben seiner Tasse Kaffee. Sein zorniger Blick klebte nun an Herbereit und nur durch Doris' zwingenden Blick nahm Herrenberg seine Hand zur Gratulation entgegen, die von den Presseleuten genauestens begutachtet wurde und unter Blitzlichtgewitter bildlich festgehalten, während bei Doris schlagartig wieder ihre Besorgnis aufflackerte. Die Anspannung zwischen den Herren wurde für sie unerträglich, die ihres Erachtens jeden Moment zu eskalieren drohte. Was nur in aller Welt war los mit ihrem Chef? Und wo zum Teufel blieben die Anwälte?

Mittlerweile hatte sich um Doris und Herrenberg eine Traube gebildet von Gratulanten und Presseleuten. Auch Koch war eingetroffen und nahm gemeinsam mit ihnen die positive Kritik der Leute auf unter den grellen Blitzlichtern, die immer wieder aufleuchteten.

Als sich der Ansturm etwas gelichtet hatte, trat auch Hähnen mit Dr. Reichert heran. Hähnen applaudierte anerkennend und lächelte die Frauen abwechselnd an, was Herrenberg mit zugekniffenen Augen aufnahm und wie ein wütender Stier seine Wangen aufblies; und als Dr. Reichert seine Arme ausbreitete und Doris behutsam an ihren Schultern etwas an sich heranzog, fuhr Herrenberg mit seinen Armen dazwischen und stieß Dr. Reichert weg.

»Finger weg!«, brüllte Herrenberg und löste allgemeines Entsetzen aus, worauf Doris ihn erregt anfuhr.

»Nicht! Lass das!«, schrie Doris ihn panisch an, wobei die Presseleute ungeniert ihre Kameras auf das Geschehen hielten.

Doch Herrenberg überhörte Doris' mahnende Worte, stellte sich schützend vor sie und schaute wirr durch die Menge. Entsetzt nahmen die Leute Abstand von ihm und starrten ihn bestürzt an.

»Sie gehört mir!«, dröhnte er in die Menge, die noch etwas weiter zurücktrat, worauf Doris sich an ihm vorbei schlenzte.

»Bist du irre?«, rief sie ihm zu, worauf Herrenberg sie am Arm packte und sich mit dem anderen den Weg frei bahnte und sie einige Meter mitzog. Nur mit Hilfe von Hähnen gelang es ihr, sich aus seinen Fängen zu befreien, worauf Herrenberg erneut nach Doris griff und sich Hähnen mit ausgestreckter Hand vom Leib hielt.

»Sie gehört mir!« Seine wirren Blicke wanderten durch die Menge, die er sich mit ausgebreiteter Hand vom Leib hielt. »Mir allein!«, rief er laut.

»Peter bitte«, redete Doris flehend auf ihn ein und versuchte dabei ihr Gesicht vor den Kameras abzuschirmen, aber nur mit mäßigem Erfolgt. Dazu waren viel zu viele Kameras auf sie und Herrenberg gerichtet.

Bestürzt hielten die umher stehenden Leute inne, bewahrten Ruhe, um ihn nicht unnötig zu reizen, nur Hähnen entwickelte plötzlich einen Beschützerinstinkt und wagte sich an Herrenberg heran, was er mal besser unterlassen hätte.

»Lassen Sie Frau Westermann los«, forderte er Herrenberg auf. Der aber grunzte ihn unbeeindruckt an.

»Duuuu«, wütete er auf Hähnen ein, holte mit seiner Faust aus und schlug auf ihn ein. Schlag KO ging Hähnen zu Boden. Mit konfusem Blick schaute Herrenberg auf Hähnen nieder. »Und du lässt künftig auch die Finger von ihr!«, drohte er und wurde von Doris weggestoßen. Doch bevor jemand ihn überwältigen konnte, breitete er seine Arme aus, fuchtelte unkontrolliert damit umher, um sich die Leute so vom Leib zu halten. Seine Augen wanderten dabei wild herum, und wie ein gehetztes Tier fand er eine Lücke und stürzte hinaus.

Totenstille beherrschte kurzzeitig den Raum, dann eilten zwei Männer zu Hilfe, halfen Hähnen auf und setzten ihn auf einem Stuhl ab.

Aus Hähnens Nase blutete es. Jemand reichte ihm ein Taschentuch.

Doris überlegte nicht lange und eilte Herrenberg nach, der Richtung Aufzüge geflohen war, aber die Fluchttreppe daneben benutzte. Als Doris ebenfalls die Tür erreichte, erblickte sie Johann.

»Schnell!«, befahl sie ihm, »fangen Sie den Chef ein, bringen sie ihn ins Büro und halten Sie ihn dort fest bis ich komme!«

Ein Befehl, den Johann gerne befolgte. Er liebte Abwechslungen in seinem, doch sonst sehr tristem, Berufsleben. Würdig zog er sein Jackett zurecht und eilte Herrenberg nach, während Doris an den Tatort zurückkehrte, wo Dr. Reichert mit den Anwälten zusammenstand, von denen sich Doris gewünscht hätte, dass sie vorzeitiger mit den Verträgen aufgetaucht wären. Verachtend schaute er ihr entgegen, dann gab er Harris einen Wink, worauf dieser die Vertragsmappe achtlos und unverrichteter Dinge auf den Tisch warf.

»Das war's dann wohl«, schmetterte Dr. Reichert Doris an den Kopf. Dann half er gemeinsam mit Harris Hähnen auf die Füße und verließ die Lobby.

Anklagend standen die Leute um Doris herum, aber niemand traute sich etwas zu sagen, aber ihre entsetzten Gesichter sprachen Bände, dass sie durch Herrenbergs offenes Liebesgeständnis und Eifersucht, Doris den Titel der Sauberfrau entzogen hatten.

Verloren stand Doris eine Weile da und schaute zu Walter hinüber, der in der Nähe der Empfangstheke stand und sich vor Betroffenheit kaum rühren konnte. Nur schleppend konnte Doris schließlich einen Fuß vor den anderen setzen und steuerte auf ihn zu. Sie musste dringend mit ihm reden, um das Missverständnis aufzuklären. Die Leute bildeten dabei eine Gasse, um sie passieren zu lassen. Ein Weg, wie der Gang zum Schafott. Nur fehlten hier die Vergeltungsrufe der aufgebrachten Menge. Doch niemand wagte sie auszusprechen, außer ihrer Mutter. Mit einer gehörigen Portion Wut schaute sie ihre Tochter dabei an.

»So sieht« also deine Karriere aus.« Mit zittrigem Kinn wandte sie sich ab und flüchtete schluchzend aus dem Gebäude.

Ungeachtet Gerdas Gefühle schritt Doris unter den verachtenden Blicken der Leute und den erbarmungslosen Kameras voran auf Walter zu, mit dem sie unbedingt reden wollte. Angewidert aber sensationsgeil schaute ihr jeder dabei hinterher, als hofften sie ein weiteres Schauspiel erleben zu können, doch Walter bot ihnen nicht die Gelegenheit.

»Tolle Vorstellung«, sagte er bloß mit Verachtung, als Doris vor ihm stand, »eigentlich hättest du die Prügel verdient.« Dann wandte er sich ab und marschierte durch einen Gang. Um kein großes Aufsehen zu erregen, verzichtete Doris ihm nachzulaufen oder gar ihm flehend nachzurufen, obwohl sie in ihrer Verzweiflung Bedürfnis dazu verspürte. Stattdessen wandte sie sich wieder der Gesellschaft zu, die schlagartig ihre Gläser austrank, sie irgendwo abstellte und dann unter Getuschel das Gebäude verließ. Ebenso die Presse, die mit genugtuendem Grinsen einen der größten Skandale gerade eingefangen hatte und schleunigst das Weite suchte, um schnellstens einen Bericht zu verfassen.

Doris schritt unterdessen auf Frau Koch zu, die nun am Empfangstresen mit Karin zusammen stand. Die Schmach war ihr deutlich anzusehen, was Doris ihr nicht verdenken konnte.

Mitfühlend griff Karin nach Kochs Arm. Doch tröstende Worte konnte sie in ihrer Bestürzung keine aufbringen.

»Tut mir leid«, bat Doris flehentlich um Verständnis, doch Koch wandte sich nur niedergeschlagen ab und ging. Nun befand Doris es an der Zeit, mit Herrenberg ein paar klärende Worte zu tauschen und hoffte, dass Johann ihn geknebelt im Büro in Schach hielt. Und als nächstes würde sie Margot hierher zitieren. Kurz und entschlossen wandte sich Doris Karin zu. »Kümmerst du dich bitte um das Aufräumen. Ich knöpfe mir den Chef vor.« Mit schnellen Schritten erreichte Doris den Aufzug und schlug heftig auf den Bedienerknopf. Es dauerte eine Weile, bis der Aufzug hinab gefahren kam und sie einsteigen konnte. Ihr Wutlevel schlug mittlerweile bis zum Anschlag aus, dass sie fest entschlossen war, ihren Chef zu erdrosseln.

Als Doris schnellen Ganges den Aufzug verließ, sah sie, wie Walter auf die Bürotür zusteuerte. Hastig rief sie nach ihm, worauf er sich nach ihr umdrehte. Verachtend schaute er ihr entgegen und nahm ihre mutlosen Blicke wahr, die er nicht für echt hielt.

»Lass uns bitte in Ruhe darüber reden«, flehte Doris.

»Du willst reden?«, konterte Walter mit verletzter Würde, »dann komm mit, dann kannst du Frau Herrenberg auch gleich eine Erklärung abgeben.«

Erstaunt scheute Doris zurück. »Margot ist hier?«

»Ja. Sie wollte uns beide sprechen.« Er stieß einen verächtlichen Laut aus. »Aber du trägst ja dein Handy mal wieder nicht bei dir. Er streckte einladend seinen Arm zur Tür aus. »Komm«, forderte er sie gehässig auf, »wir sollten sie nicht warten lassen. Sie ist bestimmt gespannt auf deine Auslegung«, bemerkte er ironisch; und erst jetzt wurde Doris bewusst, dass Margot sich womöglich als betrogene Ehefrau fühlte.

Mutlos stieß Doris einen Laut aus und blickte zur Tür, während Walter unbeirrt darauf zusteuerte und mit der Klinke in der Hand sie auffordernd ansah.

»Komm«, forderte er sie erneut auf, »oder hast du Angst, sie wirft mit dem Briefbeschwerer nach dir?«

Seine verletzenden Worte konnte Doris kaum ertragen. »Walter«, redete sie flehend auf ihn ein, »das stimmt doch alles nicht. Ich habe und hatte nie ein Verhältnis mit Herrenberg, auch wenn er das so angedeutet hat, warum auch immer.«

»Dann brauchst du dich ja nicht zu fürchten«, konterte er gemein, stieß die Tür auf und ebnete Doris den Weg.

Nur zögerlich trat Doris an die Tür heran und blinzelte vorsichtig in den Raum, in dem sie keinerlei Bedrohung feststellen konnte und so trat sie ein. Herrenbergs Bürotür stand offen und als Doris auf sie zuschritt, sah sie, wie Margot um den Schreibtisch herum kam und sie hektisch herbeiwinkte.

»Kommt rein«, befahl Margot, worauf Walter erst einmal ordentlich die Tür schloss und Doris dann folgte.

Bedauernd sah Margot Walter entgegen, der sie perplex anschaute. Sie erweckte alles andere als den Eindruck einer betrogenen Ehefrau.

»Es tut mir leid, was vorgefallen ist«, fing sie mit einer Erklärung an und schaute gezielt Walter an, »mein Mann ist selber untröstlich...«

»Ach ja?«, fuhr Doris ihr verärgert ins Wort, »wo steckt er überhaupt?«

»Johann hat ihn nach Hause gefahren. Peter ist mit den Nerven völlig runter.«

»Ja«, entgegnete Doris, »wie so immer, wenn es offiziell wird. Dann wäre es auch sinnvoll gewesen, du hättest an seiner Seite gestanden.«

Pikiert über diesen Vorwurf erhob Margot ihren Kopf. »Es ging mir nicht gut.«

Auf diese Ausrede hin grunzte Doris spöttisch. »Ach ja? Du erweckst gar nicht den Eindruck, als seist du krank.«

Das befand Walter allerdings auch, nahm dies aber kommentarlos hin.

Margot ließ ihre Äußerung so im Raum stehen und lenkte die Thematik um. »Wir sollten uns nicht gegenseitig mit Vorwürfen traktieren, sondern bestreben, den Schaden abzuwenden.« Sie schaute Doris fest an. »Ich finde, du solltest morgen nach Frankfurt fahren und Reichert unser Bedauern ausdrücken.«

Entsetzt riss Doris ihre Augen auf. »Sag mal, hast du überhaupt eine Ahnung, was da eben abgelaufen ist?« Fassungslos stieß sie einen Laut aus. »Das lässt sich mit einer Entschuldigung nicht wieder einrenken.«

»Ich weiß sehr wohl, was vorgefallen ist«, antwortete Margot giftig, »ich habe es vom Treppenhaus aus mitbekommen und Johann hat mich auch unterrichtet.« Sie verschränkte kämpferisch ihre Arme. »Mit Vorwürfen kommen wir jetzt nicht weiter. Wir müssen einen kühlen Kopf bewahren und auch versuchen die Glaubwürdigkeit der Firma wieder herzustellen.«

Fassungslos rang Doris nach Luft. »Wenn Peter einen kühlen Kopf bewahrt hätte, dann wäre uns das allen erspart geblieben.« Ihre Stimme bebte leicht, weil sie diese Schande, die nun auf ihren Schultern lastete, kaum ertragen konnte. »Glaubst du etwa, das kriegst du aus den Köpfen der Leute wieder raus?«

Bedacht lenkte Margot ihren Blick zu Walter. »Umso wichtiger ist es, dass wir den Leuten zeigen, dass alles in Ordnung ist und alles nur ein Missverständnis ...«

»Missverständnis?«, warf Walter erregt ein, »Ihr Mann hat Hähnen niedergeschlagen, weil er auf ihn eifersüchtig ist.«

»Sie dürfen diese Eifersucht nicht falsch verstehen«, verteidigte Margot ihren Mann, »Sie wissen, wie wichtig meinem Mann seine Prinzipien sind und er würde sich niemals selber darüber hinwegsetzen. Sie sollten wissen, dass Peter in einem sehr väterlichen Verhältnis zu Doris steht. Er sieht sie als seine Ziehtochter.« Sie warf Doris einen vorwurfsvollen Blick zu, der ihr Schuldgefühle einflößen sollte. »Der Gedanke, dass Doris sich nicht daran halten könnte, macht ihn halt rasend.«

Doris schnappte nach Luft. »Väterliches Verhältnis«, presste sie zynisch hervor.

Bei Walter kam diese Erklärung auch nur mehr dürftig an.

Vorwurfsvoll schwang Margots Blick auf Doris. »Hättest du dich in Düsseldorf nicht mit Hähnen eingelassen...«

»Ich habe mich nicht mit ihm eingelassen«, stritt Doris ab, »und wenn, wäre es meine Privatsache gewesen. Er war damals weder ein Geschäftspartner noch Konkurrent«, stellte sie klar.

»Aber jetzt, meine Liebe«, konterte Margot bissig, »Peter mochte sich gar nicht vorstellen, wie diese Fusion zustande gekommen ist.«

»Das ist ja wohl der Gipfel«, empörte sich Doris, »bis eben habe ich gar nicht gewusst, dass er für Goldmann arbeitet.«

»Reichert scheint auch ganz schön von dir beeindruckt. Außerdem ist Peter sehr empört.« Sie schaute Walter bedeutsam an. »Dass ihr zwei euch über die Firmenregeln hinweggesetzt habt.«

»Ach ja«, stieß Doris erregt aus, »und ausgerechnet heute verliert er die Beherrschung?«

Margot stand nachdenklich im Raum und suchte nach Worten. »Nun. Er hat eine Menge Beruhigungsmittel geschluckt – und in Verbindung mit Alkohol...« Sie stockte und hielt kurz inne, als sei sie tief in ihrer Würde verletzt. »Da ist er halt durchgedreht.« Verständnis erbittend schwang ihr Blick wieder auf Walter. »Wir sollten eure Beziehung nun sinnvoll nutzen und den Leuten zeigen, dass alles nur ein Irrtum ist.«

Gekränkt schwankten Walters Augen zwischen den Frauen hin und her. Er wusste nicht, ob er für Margot Bewunderung oder Verachtung empfinden sollte. Die Art, wie sie versuchte, die Firma ins rechte Licht zu rücken, hatte schon Bewunderung verdient, aber wie sie dabei Doris niederstreckte und gleichzeitig vom ihm abverlangte, Friede, Freude, Eierkuchen zu spielen, entsetzte ihn. Nein, empfand er plötzlich. Margot war einfach nur gefühlskalt und berechnend. »Nein«, stieß er plötzlich entkräftet aus, schüttelte seinen Kopf und schaute dann Margot verletzt an, »ich werde keine Rolle in Ihrem Theaterspiel übernehmen.«

»Herr Larsen«, stieß Margot empört aus, »wie reden Sie mit mir?«

»So, wie Sie es verdient haben – ich kann gar nicht mehr unterscheiden, wer hier mehr lügt.«

»Das können Sie halten wie Sie wollen!«, entgegnete Margot scharf, »wichtig ist jetzt, dass wir zusammenhalten. Ich erwarte, dass ihr euch versöhnlich zeigt; nur so erlangen wir wieder unsere Glaubwürdigkeit.«

»Nein«, lehnte Walter erneut konsequent ab und kämpfte mit seinen Gefühlen, die ihn beinahe zusammenzubrechen ließen, »ich werde hier nur noch meinen Vertrag erfüllen«, presste er hervor und schaute Doris verachtend an, »den ich mit Frau Westermann vereinbart habe, dann bin ich hier weg.«

Als Walter Doris bei ihrem Nachnamen nannte, hatte sie das Gefühl, jemand würde ihr den Boden unter den Füßen wegziehen. Ihr Atem setzte sogar kurz aus. Wie gelähmt sah sie mit an, wie Walter das Büro verließ und die Tür zuknallte. Unterdessen wurde Doris von Margot bearbeitet.

»Du weißt, was du zu tun hast«, fauchte Margot ihr entgegen.

Geschockt über ihr taktloses Verhalten, schob Doris mit ablehnender Gestik ihre Brauen zusammen. »Was bist du nur für ein Mensch?«

Rechthaberisch erhob Margot ihren Kopf. »Ich versuche nur, die Firma zu retten – die du mit deinen abtrünnigen Methoden an den Rand des Untergangs getrieben hast.«

»Oh nein«, lehnte Doris ab, »ich habe nichts verbrochen und werde nicht nach Frankfurt fahren und den Leuten auch noch Bestätigung liefern.«

»Doch, meine Liebe«, bestand Margot darauf, »das bist du der Firma schuldig«, fügte sie erbarmungslos und Schuld einflößend nach.

»Ich bin der Firma gar nichts schuldig.« Tief gekränkt schüttelte Doris ihren Kopf und legte den Rückwärtsgang Richtung Tür ein.

»Was hast du für ein Problem? Dein Ruf ist eh hin«, schmetterte Margot ihr an den Kopf.

»Mag sein«, konterte Doris, »aber noch besitze ich einen Funken Selbstachtung in mir.« Sie wirbelte herum, stapfte auf ihren Schreibtisch zu und zog ihre Handtasche hervor. Hastig hing sie sich diese um und schritt unbeirrt zu Tür.

»Du wirst schuld sein, wenn eine Menge Arbeitsplätze verloren gehen!«, rief Margot ihr nach, als Doris die Tür von außen zuwarf.

Eilig rannte Doris die Stufen des Gebäudes hinunter. Sie verzichtete auf den Luxus Aufzug, um ihre Aggressionen abzubauen, die sich bei ihr angestaut hatten. In ihrer Hast nahm sie nicht einmal ihre Angestellten wahr, die ihr begegneten. Sie eilte, als renne sie um ihr Leben, und so empfand sie auch. Jede Sekunde, die in diesem Gebäude verging, erschien ihr wie ein Sumpf aus Lügen und Intrigen, in dem sie zu ertrinken drohte. Als sie endlich in ihrem Wagen saß, sank sie erschöpft zusammen und vergrub ihr Gesicht in den Händen. In ihrer Verzweiflung konnte sie kaum einen klaren Gedanken fassen.

Irgendwann erreichte Doris ihre Wohnsiedlung. Alles wirkte so friedlich und vertraut und doch war nun nichts mehr wie noch heute Morgen. Nicht einmal Walters Wagen stand auf seinem Parkplatz. Wo er nun umherirrte? Verdammt, fluchte sie vor sich her. Dass ihre Beziehung mit so einem Skandal endete, hätte sie nie für möglich gehalten, was sie regelrecht in die Flucht trieb. Nach dieser Schande brauchte sie gar nicht darüber nachzudenken in dieser Spießbürger-Gesellschaft das Autohaus zu übernehmen. Niemand von der Bevölkerung würde bei ihr noch ein Auto kaufen. Im Umkreis von 100 qkm brauchte sie keine Karriere mehr zu starten. Nein, was redete sie die Situation schön? Bestenfalls konnte sie noch auf den Fidschiinseln einen Versuch wagen. Als sie so darüber nachdachte entbrannte Wut in ihr, die sie schließlich aussteigen ließ und ein wenig ihren Kämpfergeist weckte. Ihre Gedanken galten Walter, mit dem es ihr unbedingt gelingen musste, ein Gespräch zu führen; und so betrat sie entschlossen ihre Wohnung und griff sofort nach ihrem Handy, welches auf dem Garderobenschränkchen lag und wählte seine Nummer, doch nur die elektronische Stimme antwortete ihr. Wieder und wieder versuchte sie es, dann ließ sie sich irgendwann aufgebend auf ihren Wohnzimmertisch niedersinken und stierte ins Leere.

Die halbe Nacht fand Doris keine Ruhe. Immer wieder wanderte sie durchs Haus und hielt Ausschau, ob Walter nach Hause gekommen war. Aber sein Parkplatz blieb verwaist. Da sie ohnehin keinen richtigen Schlaf finden konnte, blieb sie irgendwann auf und holte die Zeitung herein, als sie hörte, wie diese mit Wucht gegen die Haustür geschleudert wurde. Schon beim Auflesen der Einzelteile fiel ihr schon die niederschmetternde Schlagzeile ins Auge.

"Gerangel um Chefsekretärin" stand dort zu lesen mit einem Foto, wie Hähnen zu Boden ging. Ohne weiter zu lesen feuerte Doris die Zeitung von der Garderobe aus durchs Wohnzimmer, fluchte laut und stand schließlich ratlos nur da. Plötzlich wurde sie von ihrem Festnetzapparat

aufgeschreckt. Hoffnungsbeladen eilte Doris dort hin und griff nach ihrem Mobiltelefon, als sie aber am Display Margots Nummer erkannte, warf sie es lieblos zurück. Mit ihr wollte sie auf gar keinen Fall reden. Da war bereits alles gesagt. Gedanken sammelnd schaute sie umher und fasste dann den Entschluss ihr Leben neu zu sortieren. Als erstes würde sie bei Herrenberg kündigen und sich für ein paar Monate eine Auszeit gönnen und sich dann einen neuen Job suchen. Wobei sie erwog wahrhaftig entschloss ins Ausland zu gehen. Bei diesem Gedanken kam ihr Walter in den Sinn. Wenn sie alles zurück ließ war es endgültig aus zwischen ihnen. Sie verwarf diesen Gedanken und hielt es für ratsamer erst einmal ein Gespräch mit Walter zu führen, was früher oder später zwangsläufig folgte. Immer konnte er ihr nicht aus dem Weg gehen. Wieder wurden ihre Gedanken unterbrochen. Diesmal von ihrem Handy und wieder stand Margots Name auf dem Display. Laut aufbrausend legte Doris ihr Handy unverrichtet wieder auf die Kommode, atmete dort tief durch und zog schließlich ihren Wagenschlüssel vom Schränkchen. Bevor Margot einen Stoßtrupp losschickte, um sie einzufangen, schien es ihr sinnvoller das Haus zu verlassen und mit ihren Eltern über ihre Pläne zu reden und vor allem mit ihrer Mutter, die völlig haltlos und entsetzt das Modehaus verlassen hatte.

Als Doris eine halbe Stunde später das Autohaus betrat saß ihre Mutter am Empfangstresen und studierte ein paar Unterlagen. Durch die Türglocke erlangte Doris sofort ihre Aufmerksamkeit, die Gerda hochfahren ließ und in ihr hinteres Büro abwandern, worauf Doris ihr mit genervtem Stöhnen folgte. Ihre bedingungslose Ignoranz würde sie heute nicht so einfach hinnehmen. Doch als Doris das Büro betrat wurde sie von Gerda überrascht, die das Tagesblatt erregt vom Schreibtisch zog, ihr entgegen wanderte und ihr das Blatt lieblos in die Hand drückte.

»Doris«, fuhr sie ihre Tochter heftig an, »ich bin noch nie so erniedrigt worden.«

Erschöpft stieß Doris Luft aus. »Mama«, fing sie wehklagend an, »das ist doch nicht meine Schuld.«

Nun trat doch Gerdas typisches Verhalten in Kraft. Ungläubig grunzte sie, wandte sich wortlos ab und verschanzte sich hinter dem Schreibtisch, auf dem Papiertürme ragten, hinter der sie ihre Arme hoch reckte, die signalisierten, dass jede Rechtfertigung zwecklos sei.

»Ja«, schmetterte Doris ihrer Mutter an den Kopf und warf dieses verlogene Blatt unter den Schreibtisch, »ignoriere mich nur. Aber dadurch werden die Ereignisse nicht ausgelöscht, die ich nicht zu verantworten habe. Und wenn irgendjemand behauptet, ich schließe mit Sex-Methoden Geschäfte ab, so ist das eine abgrundtiefe Lüge.« Mit einem Atemzug beruhigte Doris ihr Gemüt und wartete eine Reaktion ihrer Mutter ab, die sich aber in ihr gewohntes Schweigen hüllte. Aufgebend nickte Doris. »War mir schon klar, dass du eher den verlogenen Mutmaßungen der Leute glaubst und der Überreaktion von Herrenberg, als mir.« Würdevoll erhob Doris ihren Kopf. »Darum habe ich entschieden, von hier wegzugehen. Und wenn ich Weggehen sage, meine ich nicht in den nächsten Ort.«

Entsetzt riss Gerda ihre Augen auf, musste hart schlucken und gegen einen dicken Kloß im Hals ankämpfen. Dann zog sie ein Taschentuch aus ihrem Blazer und tupfte eine Träne aus einem Auge. »Das macht es auch nicht erträglicher!«, wütete sie und kämpfte gegen ihre Gefühle an, tat alles um ihre Haltung nicht gänzlich zu verlieren, was Doris verblüfft zurückscheuen ließ, weil Gerda gegen ihr selbstauferlegtes Prinzip verstieß und ihre Ignoranz plötzlich aufgab.

»Frag mich mal, wie's mir geht«, sagte Doris gebrechlich und sah ihre Mutter flehentlich um Nachsicht an.

Einen Moment hielt Gerda stand, doch dann brach sie in ein heftiges Schluchzen aus und ergriff die Flucht in die Werkstatt.

Erschöpft und ratlos schaute Doris ihrer Mutter nach, dann ging sie in die Hocke und suchte die Zeitung unter dem Schreibtisch auf, unter den sie kriechen musste. Plötzlich schoben sich zwei Arbeitsschuhe in ihr Blickfeld. Langsam ließ sie ihre Blicke an zwei grauen Hosenbeinen hinauf wandern und schaute ihren Vater an, der grimmig auf sie nieder sah.

»Deine Mutter sagt, du willst von hier weg«, brummte er mürrisch.

Doris zuckte mit den Schultern, zog sich am Tisch hoch und legte dort die Zeitung auf einem Stapel Papiere ab. »Ja«, antwortete sie heiser. Ihr Kinn zitterte leicht und Tränen schossen ihr in die Augen. »Ich halte den Lügen nicht mehr stand.« Hilflos ruderte sie mit ihren Armen und suchte nach Halt. »Hier kann ich doch eh nichts mehr werden.« Selbst anklagend schüttelte sie ihr gesenktes Haupt. »Ich hätte erst gar nicht wieder hierher zurückziehen sollen.« Sie atmete schwer und kämpfte um Haltung.

Paul legte plötzlich ein eigentümliches Verhalten an den Tag. Er legte seine Finger unter Doris' Kinn, schob ihren Kopf hoch und schaute in ihre geröteten Augen, wobei er ein fürsorgliches Gesicht auflegte. »Du solltest dem Geschwätz keine Bedeutung beimessen«, sah er das locker, »nächste Woche treiben die eine andere Sau durchs Dorf.«

Dies beruhigte Doris überhaupt nicht. »Ach ja?«, stieß sie zornig aus und fischte sich eine Träne aus dem Augenwinkel, »mich haben die aber ziemlich oft in den letzten Wochen auf dem Kicker. Ich habe keine Lust mehr auf das verlogene Pack.«

»Heee«, redete Paul behutsam auf sie ein, »nicht alle sind so. Meist nur die, die von sich ablenken wollen.«

Mit einem tiefen Atemzug versuchte Doris ihren Trübsinn zu vertreiben. »Ach hör doch auf«, wollte sie nicht wahrhaben, »selbst Mama glaubt mir nicht und Walter auch nicht.« Sie stockte, um einen Kloß herabzuwürgen, der wieder ihre Tränen laufen ließ. »Dabei habe ich noch nicht einmal etwas verbrochen. Ständig zieht mich irgendjemand in einen Skandal rein.« Nun liefen ihre Tränen unaufhaltsam ihre Wangen hinunter. Hilfesuchend breitete sie ihre Arme aus, suchte nach einem Rettungsanker.

Vorsichtig trat Paul an seine Tochter heran und nahm sie schützend in seine Arme. Kraftlos ließ Doris ihren Kopf gegen seine Schulter fallen und heulte hemmungslos, konnte nicht dagegen ankämpfen. Sie spürte, wie Paul sanft mit seiner Hand über ihren Rücken fuhr und sie behutsam an sich drückte. Ein sehr befremdlicher Moment für Doris, den sie gar nicht so bewusst wahrnahm. Sie war nur froh irgendwo Halt gefunden zu haben. Gefühlsduseleien lagen ihrem Vater eigentlich nicht, weil er befand, dass man mit wehleidigem Gejammer nicht weiterkam. Nur mit Stärke kam man voran und Doris versuchte immer dieser Rolle gerecht zu werden. Nie hatte sie sich bei ihm persönlich beklagt, oder gar ausgeheult, selbst wenn sie am Boden lag, so wie jetzt. Doch jetzt durfte sie Doris sein. Einfach nur Doris seine Tochter.

»Du wirst das überleben«, redete Paul ermutigend seiner Tochter zu und fasste sie an den Armen, »aufgeben ist doch gar nicht deine Art.«

Verheult sah Doris ihren Vater an. »Ach ja, du hast behauptet, ich sei geflohen«, sagte sie heiser und wischte sich ihre Tränen von der Wange.

»Stimmt«, gab er unter Nicken zu, »aber du bist zurückgekommen, und nun mach was draus.« Er legte seinen Arm behutsam um Doris' Schulter und deutete mit schwenkendem Arm durch den Raum. »Das ist dein Werk, willst du das alles aufgeben?«

Natürlich wollte Doris das nicht, aber sie sah keine andere Möglichkeit. Sie fühlte sich bedrängt und ausgestoßen.

»Mir wäre lieb, du würdest den Laden heute als Morgen übernehmen.«

Entrückt schaute Doris ihren Vater von der Seite an.

»Weißt du«, fuhr Paul fort, »deine Mutter und ich, wir wollen nicht so enden wie dein Opa.«

Irritiert neigte Doris ihren Kopf und schniefte. »Opa lebt doch noch.«

Paul musste lachen. »Ja, aber nur weil deine Mutter außergewöhnlichen Mut bewiesen hatte.«

»Jetzt erwarte bloß nicht, dass ich einen deiner Monteure heirate«, sagte Doris, ihre Stimme klang immer noch etwas kratzig.

Paul lächelte ermutigend. »Du bist stark genug, du schaffst das auch alleine«, sagte er liebevoll, »und wer weiß, vielleicht überlegt es sich Walter ja noch mal.«

Doris wünschte sich nichts Sehnlicheres als das, aber daran glauben konnte sie nicht. Dankbar über die aufmunternden Worte ihres Vaters, lächelte sie und überlegte kurz. Ihr Vater hatte Recht. Weglaufen brachte nichts und so wurde ihre Kämpfernatur geweckt. Das Leben lief weiter. Auch ohne Walter musste sie ihr Leben meistern. Zuversichtlich zog sie sich an ihren Vater heran und küsste ihn auf die Wange. Keiner von beiden nahm dabei wahr, dass Gerda schon eine Weile in der Tür stand und das Gespräch verfolgte. Gerührt schaute sie zu den beiden hinüber und wünschte sich, ihrer Tochter mehr Vertrauen geschenkt zu haben, als sie mit haltlosen Vorwürfen zu traktieren.

»Ich werde den Laden baldmöglichst übernehmen«, versprach Doris und schaute ihn optimistisch an.

Wie aus einer Vorahnung heraus, schauten Paul und Doris plötzlich zu Gerda rüber, die erleichtert auf sie zu schlenderte.

»Entschuldige«, sagte Gerda versöhnlich, schaute Doris liebevoll an und nahm sie in die Arme, »ich bin sehr froh, dass du bleibst.«

Beherzt atmete Doris auf und schaute ihre Mutter dankbar an. »Ich muss aber noch was erledigen«, sagte sie fest entschlossen, wanderte um den Schreibtisch herum und wählte Karins Durchwahlnummer, wobei ihr Herz anfing zu pochen. Vielleicht wusste Karin auch etwas über den Verbleib ihres Bruders. Sekunden später nahm Karin das Gespräch entgegen.

»Hier ist Doris«, meldete sie sich.

»Na endlich Doris«, entgegnete ihr Karin, »wo steckst du? Die Chefin verlangt nach dir.«

»Ja, ich weiß«, stöhnte Doris gereizt, »ich will sie aber nicht sprechen.«

»Sie will eine Versammlung einberufen und eine Erklärung abgeben.«

»Soll sie doch«, entgegnete Doris widerborstig und sammelte Kraft, »hast du was von Walter gehört? Er war die ganze Nacht nicht nach Hause gekommen. Ich mache mir Sorgen.«

»Er ist wohl hier. Sein Wagen steht zumindest auf seinem Parkplatz. Doris«, rief Karin sie vorsichtig an, »habt ihr euch denn so gezofft?«

»Gezofft ist gar kein Ausdruck«, erklärte Doris angekratzt, »er hat Schluss gemacht.«

»Das tut mir leid«, antwortete Karin aufrichtig und suchte nach tröstenden Worten, »vielleicht braucht er ja nur Zeit darüber nachzudenken...«

»Hoffentlich«, flehte Doris leise und schwenkte das Thema um. Wieder bei Sinnen sagte sie: »Ich brauche den Vertrag. Hast du eine Ahnung, wo der abgeblieben ist?«

»Natürlich«, entgegnete Karin selbstverständlich und war schon fast beleidigt über diese Frage, »ich habe beide Exemplare eingesammelt. Sie liegen in meiner Schublade. Wieso?«

»Gut«, lobte Doris, »gib sie Johann, der soll mich in einer halben Stunde bei mir abholen. Ich fahr nach Frankfurt.«

Entsetzt starrte Gerda ihre Tochter vorwurfsvoll an, als Doris den Hörer ablegte. »Was willst du denn dort?«

»Mich entschuldigen und den Vertrag retten«, gab Doris unmissverständlich zu verstehen.

Zu ihrer alten Form zurückgefunden, schrie Gerda auf. »Doris! Das ist doch nicht dein Ernst? Du lieferst den Leuten doch noch Bestätigung.«

»Und wenn schon«, entgegnete Doris unbeeindruckt, »sollen sie doch glauben, ich würde Dr. Reichert vögeln, oder wen auch immer.«

»Doris«, mahnte Gerda entsetzt, »hast du denn überhaupt keine Moral?«

»Oh doch«, erwiderte Doris, »und ein Verantwortungsgefühl meinen Angestellten gegenüber.« Sie schaute gezielt Paul an, der sie auf diesen Gedanken gebracht hatte. Nicht alle sind so. Diesen Menschen, die ihr vertrauten und vor allem Frau Koch, war sie diesen Einsatz schuldig. Ohne weitere Erklärung wandte sich Doris um und verließ das Autohaus.

»Doris!«, rief Gerda ihr nach und versuchte sie zur Besinnung zu bringen, doch Paul riss sie am Arm um und schaute sie streng an.

»Vertrau ihr doch einfach mal.«

Stockend starrte sie ihren Mann an, suchte nach Worten. »Ja - aber, sie kann doch nicht«, stammelte sie und wurde von Paul an den Schultern gepackt.

»Ach sei doch still.« Er zog sie ran, küsste sie wild und brachte sie damit zum Erliegen.

Margot warf sofort ihre Pläne um, als Karin ihr berichtete, dass Doris auf dem Weg nach Frankfurt sei. Die Betriebsversammlung wandelte sie in eine Abteilungsleiterbesprechung um, um mit ihren leitenden Angestellten über die Zukunft des Unternehmens zu beraten, mit Stellungnahme der Ereignisse des vergangenen Tages.

Um Walter über Doris' Pläne zu informieren bevorzugte Karin das persönliche Gespräch mit ihm, als ihn über das Netz zu kontaktieren. In seinem Büro fand sie ihn vor, vertieft über einen Plan gebeugt. Er schaute zu ihr auf, als er sie bemerkte.

»Hallo«, sagte er nur gedämpft.

»Hi«, antwortete Karin zaghaft und schaute mitfühlend auf ihn nieder. Seine trübe Stimmung konnte sie ihm am Gesicht ablesen und an seinem unrasierten Gesicht erkannte sie, dass er immer noch nicht zuhause gewesen war. »Wo hast du gesteckt?«

»Ich bin umhergefahren«, konterte er übellaunig, »und habe im Auto geschlafen.«

»Doris macht sich Sorgen um dich«, erwähnte Karin zaghaft.

»Tut sie das?«, entgegnete er verbittert.

»Ja«, sagte Karin bestimmt und legte ihr Mitgefühl etwas ab, »sie ist zudem auf dem Weg nach Frankfurt...«

»Super«, entfuhr Walter erregt, »dann liefert sie allen Lästermäulern auch noch die Bestätigung...«

»Ach hör doch auf«, warf Karin aufbrausend ein, »traust du Doris das denn wirklich zu?«

Resignierend suchte Walter seinen Schreibtisch ab, obwohl er gar nichts vermisste. »Ist doch egal, was ich glaube«, sagte er verbittert, »das macht die Sache aber nicht erträglicher... Weil, jeder glaubt es.«

»Hast du dir mal überlegt, was Doris gerade durchmacht?« Fassungslos schaute sie auf ihren Bruder nieder, der einem seelischen Wrack ähnelte, versunken in Selbstmitleid. »Wenn du sie für unschuldig hältst, solltest du ihr beistehen.« Sie betrachtete ihn verständnislos, wie er sich weiterhin im Selbstmitleid suhlte. »Frau Herrenberg hat für 15 Uhr eine Konferenz einberufen«, teilte sie dann kühl mit, »wäre gut, wenn du vorher Duschen würdest.« Ohne weiteren Kommentar wandte sie sich, bestürzt über sein stures Verhalten, ab und verließ das Büro.

Nachdenklich saß Doris auf der Rückbank des Firmenwagens und feilte an einer glaubwürdigen Entschuldigung für Hähnen und Dr. Reichert. Ihr Blick verharrte dabei einen Moment an ihrer Aktentasche, die neben ihr lag und die Vertragsblätter barg. Viele Varianten spukten in ihrem Kopf herum, um Dr. Reichert und Hähnen ihr Bedauern auszudrücken, konnte sich aber auf nichts bestimmtes festlegen, wobei sie Margots Auslegung, *»väterliches Verhältnis«*, schon als eine gute Ausrede befand und diese schien ihr nicht einmal so abwegig.

Als Doris bei der Firma Goldmann eintraf, standen ihre Verhandlungen allerdings unter einem schlechten Stern. Mit entwürdigendem Blick wurde sie von Dr. Reicherts Sekretärin im Vorzimmer begrüßt. Doris musste schon all ihre Überzeugungskunst einsetzen, damit sie bei Dr. Reichert angemeldet wurde, um zumindest ihr Bedauern ausdrücken zu können. Dann folgten lange Minuten des Wartens. Plötzlich stand Dr. Reichert im Vorzimmer und schaute Doris stumm an, die sich zurückhaltend erhob.

»Ich möchte Sie gerne sprechen«, bat Doris höflich um ein Gespräch.

»Kommen Sie«, sagte er nach einer Weile unfreundlich und ging vor. Seine ansonsten höfliche Art ließ er außer Acht. Heute gab es keine Vorzugsbehandlung. Die Tür von seinem Büro musste Doris selber schließen und anstatt der freundlichen Aufforderung, Platz zu nehmen, musste sie höflich drum bitten. Sie beobachtete, wie Dr. Reichert sich an seinen Schreibtisch setzte, seine Hände auf dem Tisch ablegte und sie streng musterte.

Einen Moment lang saß Doris stumm auf ihrem Platz, wobei sie ihre Aktentasche neben ihrem Stuhl abstellte. »Ich bin hier, um mich im Namen von der Firma Herrenberg zu entschuldigen«, fing sie schließlich reuig an und legte eine bedauernde Miene auf, »es tut uns allen sehr leid, was vorgefallen ist.« Sie hielt kurz inne, um von Dr. Reichert ein Reaktion einzufangen. Dieser nickte aber nur bedächtig, was sie nicht einzuschätzen wusste. »Ich hoffe, Herrn Hähnen geht es gut.«

»Körperlich hat er alles gut überstanden, was sein Ego anbetrifft...?« Unschlüssig zog Dr. Reichert seine Schultern hoch und ließ diese Frage unbeantwortet, was Doris zu weiteren Erklärungen bewegte, wobei sie versuchte entspannt zu wirken, was ihr gut gelang.

»Herr Herrenberg bedauert sein Verhalten sehr und hofft, dass Sie dennoch der Partnerschaft zustimmen...«

»So?«, warf Dr. Reichert ungehalten dazwischen, »warum kommt er nicht persönlich und sagt es mir selber?«

Hier spürte Doris sehr deutlich, dass es schwierig werden würde, Dr. Reicherts Gnade zu erlangen, zumal schon vom ersten Tag an gewisse Anspannungen zwischen den Herren lagen.

»Nun ja«, fing Doris zögerlich an, »Herr Herrenberg leidet unter einem Nervenzusammenbruch – bedingt durch die Pressekonferenz hatte er Beruhigungsmittel eingenommen – die ihn durch den Alkohol ungünstig beeinflussten, was zu seinem Ausraster führte.« Sie hielt inne und überlegte, wie sie Herrenbergs Verhalten erklären konnte ohne dass es zweideutig klang. »Sehen Sie«, fuhr Doris bedacht fort, »ich stehe zu der Familie Herrenberg in einem sehr familiären Verhältnis. Mit Margot bin ich sehr gut befreundet – Ihre Annäherungen hatte Herr Herrenberg lediglich falsch gedeutet, was seinen Vaterinstinkt weckte und er glaubte mich beschützen zu müssen, weil er nicht möchte, dass ich sexuell von Geschäftspartnern ausgenutzt werde, oder dass ich umgekehrt meine weiblichen Reize dazu benutze Verträge abzuschließen.«

»Ach ja«, stieß Dr. Reichert zynisch aus, »daran hätte er sich mal besser selber halten sollen«, sprudelte es aus ihm heraus, wobei er Doris wütend anschaute, was ihr ein wenig Respekt einflößte und gleichermaßen irritierte, so, dass es Dr. Reichert erwog fortzufahren, »hat er Ihnen das nicht erzählt?«

Interessiert und verwirrt legte Doris ihren Kopf schief. »Was?«

Dr. Reichert lehnte sich auf dem Tisch auf, legte seine Hände übereinander und schaute Doris intensiv an. »Dann will ich Sie mal aufklären. Ich habe mit Peter in München Volkswirtschaft studiert und eine Zeit lang mit ihm in Ulm zusammengearbeitet«, fing er mit seinen Erklärungen an und versetzte Doris ins Staunen.

»Das wusste ich nicht.«

»Gleich werden Sie noch mehr überrascht sein«, fuhr er mit überlegener Miene fort, »ich will nicht sagen, dass wir gut befreundet waren, aber wir verstanden uns gut und hatten ziemlich ähnliche Ansichten«, berichtete er weiter und stellte seine Arme auf, »wir hatten uns geschworen, uns stets aufs Geschäftliche zu beschränken, uns nicht mit Personal einzulassen oder Frauen sexistisch auszunutzen und schon gar nicht mit unserer Sekretärin oder unseren Geschäftspartnern.« Dr. Reichert sah Doris musternd an. »Ich muss zugeben, das ist nicht immer leicht.«

Durch seinen intensiven Blick fühlte sich Doris angesprochen und geschmeichelt, kommentierte es aber nicht, was Dr. Reichert sehr wohl bemerkte.

»Bei Ihnen kommt auch noch Intelligenz und Überzeugungskraft hinzu.« Etwas bestürzt schüttelte er seinen Kopf. »Peter hat mich dahin gehend sehr enttäuscht. Ein paar Jahre später kreuzten sich wieder unsere Wege. Wir arbeiteten in Stuttgart zusammen an einem Marktforschungsprojekt, Margot stand uns als Sekretärin zur Seite«, fuhr er mit den Erläuterungen fort und versetzte Doris noch mehr in Staunen. Dass Margot Herrenbergs Sekretärin war, wusste sie bis dato noch gar nicht, aber jetzt verstand sie die eisige Begrüßung zwischen den Männern und warum Margot nicht an dem heutigen Event teilgenommen hatte. Sie schämte sich, weil sie sich mit Peter über ihre eigenen Regeln hinweggesetzt hatte.

Nachdenklich wog Dr. Reichert seinen Kopf. »Sie war eine tolle Frau, und das ist sie ohne Zweifel noch immer«, schwärmte er, »jung, klug und dynamisch... Als Peter damals mit Ihnen hier zum ersten Mal auftauchte, war ich schon sehr perplex, dass er sich in meine Nähe traute, aber wahrscheinlich wusste er nicht, dass ich damals hier der zweite Geschäftsführer war.« Nachdenklich fuhr er fort. »Wenn ich damals schon das alleinige Sagen gehabt hätte, ich hätte Peter ohne Zögern vor die Tür gesetzt.« Er musterte Doris erneut. »Zum Glück hatte ich damals nicht die alleinige Entscheidungsgewalt«, gestand er froh, »sonst wären mir viele charmante Verhandlungen mit Ihnen entgangen.«

Seine hohe Meinung, die er über sie pflegte, ehrte Doris und dennoch gab es im Leben Gegebenheiten, da wird man seinen Grundsätzen untreu. »Manchmal verliebt man sich halt«, gab sie für Margots und Peters Handeln eine Entschuldigung ab, was auf sie selber ja auch zutraf mit schmerzlichem Ende.

»Nein«, dementierte Dr. Reichert, »bei Margot war das keine Liebe. Sie ist kühl und berechnend. Sie fuhr einen erheblichen Lottogewinn ein und brauchte jemanden, um ein kleines Königreich zu schaffen; und so gab es für Peter kein Halten mehr – er heiratete sie und gründete mit ihr die Firma – setzte sich über seine eigenen Regeln hinweg.«

Die Fassungslosigkeit, die ihn immer noch beherrschte, konnte Doris ihm deutlich am Gesicht ablesen. Ihr erging es mittlerweile ähnlich, nur ließ sie sich äußerlich nichts anmerken. Und nun kannte sie das Geheimnis, wie ein unbedeutender Mann, von dem einen auf den anderen Moment, ein kleines Imperium erschaffen konnte, ohne finanzielle Anleihen, was nun durch sein absurdes Verhalten ganz schön ins Straucheln geriet.

»Das alles habe ich ihm nie verziehen«, fuhr Dr. Reichert verbittert fort, »nur der geschäftliche Gedanke hat mich zu dieser Partnerschaft erwogen, dank Ihnen, aber Peters letzter Auftritt macht es mir unmöglich dieses Geschäft abzuhandeln.«

Hier war für Doris der Punkt erreicht die Verhandlungen abzubrechen. Mit jedem weiteren Wort des Bedauerns und Flehen, würde sie mehr und mehr ihre Selbstachtung verlieren. Das war weder Dr. Reichert noch Herrenberg wert, dass sie so zu Kreuze kroch.

Erhobenen Hauptes stand Doris auf, stellte ihre Aktentasche auf dem Schreibtisch ab, zog die Vertragsmappe hervor und legte sie behutsam ab.

»Schade«, fing sie an, »dass Sie sich so von Ihren Gefühlen leiten lassen, anstatt die Vernunft walten zu lassen«, fuhr sie im herablassenden Ton fort, »da unterscheiden Sie sich nicht wesentlich von Peter.«

Dr. Reichert starrte entsetzt zu Doris auf und musste einen Kloß herab würgen, der ihm die Sprache raubte.

»Herrenberg wird auch ohne Sie weiterleben«, gab Doris ihm klar zu verstehen, »mit einer guten Kollektion, die wir auch mit Eigenantrieb auf den Weg bringen werden.« Mit einem erhabenen Grinsen klemmte Doris ihre Aktentasche unter den Arm und wandte sich ab. Mit schnellen Schritten erreichte sie die Tür und verließ das Büro. Allen Skandalen zum Trotz, würde sie diese Kollektion dennoch groß herausbringen und Dr. Reichert beweisen, dass es auch ohne ihn ging. Sollte er doch ruhig trotzig herum schmollen, dann war er nicht viel besser als Herrenberg. Hier ging es nicht nur um Herrenberg und Dr. Reichert, hier ging es um mehr. Um zahlreiche Arbeitsplätze und um eine gute Kollektion. Eine Kollektion, die alles in den Schatten stellen würde, auch wenn sie mit diesem Vorhaben soeben ihre Kündigung aufgeschoben hatte.

Mit hallenden Schritten durchquerte Doris die Empfangshalle mit dem festen Ziel Ausgang.

»Frau Westermann!«, rief plötzlich eine Frauenstimme hinter Doris her und eilige Schritte waren zu hören.

Hastig drehte Doris sich um und sah, wie Dr. Reicherts Sekretärin auf sie zugelaufen kam, in einer Hand hielt sie die Aktenmappe, womit sie ihr zuwedelte. Völlig außer Atem kam sie bei Doris an und rang erst einmal nach Luft, bevor sie die Mappe an Doris überreichte. Fragend nahm Doris die Unterlagen entgegen.

»Dr. Reichert lässt Sie schön grüßen«, keuchte sie, »Sie finden in der Mappe die unterschriebenen Unterlagen.«

Völlig perplex hielt Doris die Mappe in der Hand, bedankte sich knapp und wurde Zeugin, wie die junge Frau schnell herumwirbelte und wieder zurückeilte, als hinge ihr der Teufel im Nacken.

Trotz des Erfolges, wollte bei Doris keine Feierstimmung aufkommen. Die Sorgen um ihre Beziehung bestimmte ihr Gemüt. Abwesend schritt sie auf den Wagen zu, wo Johann ihr schon die Tür aufhielt und auf seine Frage hin, wo er sie hinfahren solle, antwortete Doris nur ungewohnt knapp und kühl. Nach Hause.

Argwöhnisch schaute Johann seiner Chefin nach, wie sie auf den Sitz sank und ihm keinerlei Beachtung mehr schenkte, was er wortlos so hinnahm und schnell um den Wagen herum lief und sich hinters Steuer klemmte.

Unterdessen versuchte Doris mit tiefem Durchatmen ihre innere Ruhe zu finden, was ihr aber nicht gelang. Eher wurde ihre Wut entfacht. Je mehr sie über das Gespräch mit Dr. Reichert nachdachte, umso mehr fühlte sie sich von Margot und Peter betrogen. Um Ablenkung zu finden, griff Doris nach ihrer Aktentasche und zog die Vertragsblätter heraus, um auch sicher zu gehen, die richtigen Unterlagen erhalten zu haben. Aber Ablenkung fand sie keine. Mit einer Mischung aus Wehmut und Zufriedenheit, streifte sie schließlich ihre Schuhe ab, zog ihre Beine an und döste ein wenig ein.

Plötzlich fuhr die Scheibe nach unten.

»Mäm«, sagte Johann mit tiefer Stimme und hielt sein Handy hoch, »Frau Herrenberg möchte Sie sprechen.«

Genervt grollte Doris. »Aber ich nicht«, gab sie bockig zurück.

»Mäm«, sagte Johann in sein Handy, »Frau Westermann möchte Sie nicht sprechen.« Er lauschte und sprach dann leicht nach hinten orientiert mit Doris. »Frau Herrenberg hat eine Versammlung einberufen und sie möchte, dass Sie teilnehmen und das Ergebnis verkünden, damit entsprechend schnell gehandelt werden kann.«

Schnaubend beugte sich Doris vor. »Ich werde heute nur noch nach Hause fahren, sonst nirgendwo hin«, gab sie unmissverständlich zu verstehen, »sie soll bis morgen warten!«, wütete sie, sodass Margot deutlich mithören konnte, was Johann veranlasste den Lautsprecher einzuschalten, damit Doris auch mithören konnte.

»Sie fahren unverzüglich in die Firma«, befahl Margot, worauf Johann mit »ja, Mäm« antwortete, was Doris noch mehr in Rage versetzte, dass Margot einfach über sie hinweg entschied, als sei sie ihre Leibeigene. Hastig tippte sie auf den Knopf, der die Trennscheibe wieder zuschob. Dann presste sie sich verärgert in den Sitz. Sie würde auf gar keinen Fall an dieser Sitzung teilnehmen. In ihrer jetzigen Verfassung konnte sie nicht garantieren, dass Margot lebend die Versammlung wieder verließ, nach allem was sie von ihr und Peter erfahren musste. Diese Blöße wollte sie sich vor dem Personal ersparen und außerdem wollte sie nur noch nach Hause, um ihren Kummer verarbeiten zu können, am besten im Rotwein ertränken.

Unbeirrt fuhr Johann unterdessen der Heimat entgegen und konnte schon kurz nach 15 Uhr den Wagen auf dem Firmengelände, vor dem Haupteingangsportal, vorfahren.

Mächtig aufgebracht presste sich Doris in den Rücksitz, als Johann den Wagen auf den Firmenparkplatz lenkte, anstatt daran vorbeizufahren.

Um Doris noch einigermaßen rechtzeitig zur Versammlung zu bringen, stieg Johann fix aus, öffnete die hintere Tür und wartete, dass Doris ausstieg, doch die weigerte sich.

»Ich gehe nicht zur Versammlung«, wütete Doris starrköpfig.

»Frau Herrenberg hat ausdrücklich befohlen, dass Sie teilnehmen sollen und das Ergebnis präsentieren«, erklärte Johann ruhig und hielt weiterhin die Tür offen.

»Befohlen«, presste Doris unbeeindruckt hervor, schnappte nach ihrer Aktentasche und reichte sie Johann, »geben Sie ihr das.«

Folgsam nahm Johann die Aktentasche entgegen und legte sie auf dem Autodach ab. »Wenn ich Sie nun bitten darf«, blieb er beharrlich und ebnete ihr den Weg, doch Doris rührte sich nicht.

»Nein«, gab sie klar zu verstehen, »fahren Sie mich nach Hause.«

Nun wurde Johann etwas ungehalten. »Wenn Sie jetzt nicht freiwillig aussteigen, hole ich Sie raus«, drohte er in höflicher Manier und erntete höhnisches Grinsen.

»Das wagen Sie nicht«, entgegnete Doris selbstsicher, als Führungskraft. Unbeeindruckt setzte Johann seine Dienstmütze auf, straffte sein Jackett und krabbelte in den Wagen. »Ich habe Sie gewarnt.«

Geschockt rutschte Doris ans andere Ende des Sitzes und versuchte die Tür zu öffnen, doch vergebens. Johann hatte vorsorglich die Kindersicherung eingeschaltet. Ohne jede Rücksicht auf ihre Person packte er Doris, zog sie über den Sitz an sich heran, hievte sie aus dem Wagen und legte sie mit Leichtigkeit über seine Schulter, wie einen Sack. Dann langte er nach der Aktentasche, warf mit dem Fuß die Tür zu und trug Doris mühelos ins Gebäude.

»Lassen Sie mich sofort runter«, wetterte Doris, strampelte heftig und trommelte auf seinen Rücken ein, doch Johann schritt unaufhaltsam durch die Gänge und zog die verwirrten Blicke der Kollegen auf sich, die verblüfft ihre Köpfe nach ihm umdrehten, während Doris dann jedes Mal ihr Trommeln aussetzte und ihr Gesicht peinlich berührt vergrub.

»Johann«, sprach sie plötzlich im leichten Singsang auf ihn ein, »Sie können mich jetzt herablassen, ich verspreche Ihnen, ich werde keinen Fluchtversuch unternehmen.«

Johann riskierte nichts und stapfte unaufhaltsam voran.

Ergeben und stöhnend gab Doris auf und legte sich wie ein nasser Sack über Johanns Schulter. Was konnte sie auch schon gegen einen Mann wie Johann ausrichten? Sein Körper war zu einem Terminator mutiert.

Unter den erstaunten Blicken der Führungskräfte, die im Konferenzzimmer saßen, marschierte Johann auf Margot zu, die mit ihrem Mann am Rednerpult stand. Mit einer Mischung von Entsetzen und Bewunderung schaute sie ihrem Chauffeur entgegen, mit welcher Kontinuität er ihre Befehle ausführte.

Mühelos setzte Johann Doris ab, die ihn wütend anblickte und reichte ihr respektvoll die Aktentasche, die sie ihm aus den Händen entriss und Margot entgegen schleuderte, die nur mit Mühe die Tasche auffangen konnte, dann schaute sie Johann wieder giftig an, der sich würdevoll vor ihr verneigte.

»Entschuldigen Sie Mäm«, bat er um Vergebung, »aber Sie haben mir keine Wahl gelassen.«

Verachtend wandte Doris ihren Blick von Johann ab und richtete ihr Kostüm, das durch den unfreiwilligen Transport etwas durcheinander geraten war, wobei ihre Blicke entsetzt an ihren nackten Füßen hängen blieben und dann unwillkürlich auf Johann, der ebenfalls diese Peinlichkeit bemerkte und dies mit einem verlegenen Räuspern kommentierte, sich dann mit einem Zupfen an seiner Dienstmütze verabschiedete und die Versammlung verließ.

Um ihr Missgeschick zu vertuschen ignorierte Doris ihre nackten Füße und richtete ihre bösen Blicke auf Margot, die sie dabei erwischte, wie sie gerade den Vertrag durchschaute und schließlich hoch erfreut an den Unterschriften hängen blieb. »Ich hoffe, du bist zufrieden«, fauchte sie Margot entgegen, die ertappt zusammenzuckte, aber schnell das Wort ergriff.

»Meine Damen und Herren«, sprach sie in die Runde, »Herr Dr. Reichert hat der Partnerschaft zugestimmt.«

Erstauntes Raunen zog durch den Raum, was Doris bewegte Klartext zu reden, bevor wieder Gerüchte in die Welt gesetzt wurden.

»Ich konnte ihn überzeugen«, rief sie durch den Raum und schaute durch die Runde, »aber nicht so, wie Sie alle glauben.« Ihr Blick blieb plötzlich an Walter hängen, der ziemlich in der Nähe vom Rednerpult saß. Die Strapazen der letzten Nacht waren ihm nicht mehr anzumerken. Dank Karins Empfehlung saß er nun geduscht und gedanklich sortiert im Konferenzraum.

Nur mit Mühe konnte Doris einen schweren Kloß herunterschlucken, der ihre Atmung kurz lähmte, die aber durch Margots Erläuterung wieder einsetzte.

»Peter und ich haben eben schon erklärt, dass alles nur ein Irrtum war. Wir haben sogar schon an einem Plan B gearbeitet...«

Bestätigend nickten die meisten, was Doris wenig berührte.

Zynisch grinsend stieß Doris einen verachtenden Laut aus. »Irrtum«, presste sie hervor und wandte sich Margot vorwurfsvoll zu, »Frau Chefsekretärin«, flüsterte sie ihr boshaft zu, worauf Margot panisch ihren Körper anspannte und einen verstohlenen Blick ihrem Mann zuwarf, der geschockt, wie eingefroren, wirkte, während Margot hoffte, dass Doris nun nicht alle Einzelheiten ihrer Vergangenheit preis gab, die sie sehr belasteten, was sie erwog schnell das Wort zu ergreifen.

»Ich denke«, sprach Margot leicht nervös in die Runde, »dass wir alles geklärt haben, und wie Sie gehört haben bleibt alles beim Alten. Sie wissen, was zu tun ist. Alles Weitere bespreche ich jetzt mit Frau Westermann«, sagte sie hastig, um die Versammlung schnellstens zu beenden, wobei sie hoffte, dass Doris sie jetzt nicht doch noch outete, von der sie mit strafenden Blicken gelöchert wurde. Dabei lag es Doris fern Margot vorzuführen, sie wollte nur ein klärendes Gespräch erzwingen wobei sie sich schon sehr beherrschen musste, nicht gewalttätig zu werden.

Wie gefordert verließen alle Angestellten ohne weitere Aufforderungen die Versammlung. Nur Walter zögerte und schaute Doris stumm an, die mit ihren Gefühlen kämpfte, was er ihr deutlich ansah. Ihr flehender Blick schrie regelrecht nach Vergebung. Verzweifelt breitete sie ihre Arme aus und versuchte ein Wort an ihn zu richten, was nur zögerlich und gebrechlich zu ihm drang.

»Würdest du bitte bleiben?«, flehte sie ihn leise an.

Dieser Aufforderung folgte Walter gerne, weil ihm der Grund, von Margots plötzlich auftretender Nervosität, sehr interessierte.

Ungeduldig wartete Margot, bis der letzte ihrer Angestellten den Raum verlassen hatte und flehte innerlich immer noch, dass Doris mit ihrer Wut solange einhielt. Angespannt wanderten ihre Blicke dabei zwischen Doris und Walter hin und her, wobei sie aus ihren Augenwinkeln die Tür unter Kontrolle hielt. Herrenberg hingegen stand beträpfelt am Rednerpult und traute sich nicht, überhaupt einen Laut von sich zu geben.

Als der Letzte die Tür schloss, wandte sich Margot gleich ungeduldig Doris zu. »Was hat Reichert dir gesagt?«, verlangte sie zu wissen, obwohl sie ahnte, dass Doris ausreichend Informationen besaß.

Kalt lächelnd griente Doris ihre aufgewühlte Chefin an und warf auch Herrenberg einen kurzen überlegenen Blick zu. »Dass du die Sekretärin von Peter und Dr. Reichert warst, bis du dich für Peter entschieden hast. Und darum warst du gestern nicht hier, weil du ihm nicht begegnen wolltest.«

Überrascht zog Walter seine Brauen hoch und musterte Margot, der man ansah, dass sie nach einer Ausrede suchte, um ihren Hals aus der Schlinge zu ziehen, die dann schnell eine gefasste Haltung einnahm.

»Wie du siehst, sind wir auch bloß Menschen«, argumentierte sie, »darin liegt auch der Grund, warum wir deine Beziehung zu Herrn Larsen dulden«, fuhr sie fort, gab sich dabei als die Großzügige und Verständnisvolle und legte gleich eine Bedingung nach, »ich möchte, dass du Stillschweigen darüber wahrst.«

Doris begegnete Margot mit einem zynischen Grinsen. »Menschen? Eure Ehe ist doch nichts weiter als eine Fusion, die auf rein geschäftlichem Interesse basiert. Du hast im Lotto gewonnen – und da gab es für Peter kein Halten mehr.« Mit Zorn in den Augen starrte Doris Margot an. »Da liegt ein himmelweiter Unterschied zwischen dir und mir. Und dann stellst du mich auch noch als Firmenhure dar.« In ihrer Stimme schwang all ihre Verletzlichkeit. »Und zerstörst damit meine Beziehung.«

Zögernd kam Herrenberg vom Rednerpult herab und schaute Doris fest an. »Reichert braucht sich gar nicht so beleidigt aufzuregen«, verteidigte er sich, »er hatte es auf Margot genauso abgesehen wie ich. Nur waren meine Argumente und Ideen halt besser. Das klingt nicht gerade romantisch«, gab er offen zu, »aber ich finde, der Liebe wird viel zu große Bedeutung beigemessen. Und ja«, fuhr er Doris mit fester Stimme an, »unsere Ehe ist so gesehen eine Fusion.« Schützend legte er seinen Arm um seine Frau. »Aber eine, die gut funktioniert.«

»Ja«, antwortete Doris verbittert, »und verlogen dazu.« Mit Verachtung schaute Doris ihren Chef an. »Mit deinem verlogenen Prinzipien hast du meine Beziehung zerstört und beinahe einen guten Vertrag.«

Wie angeflogen setzte bei Herrenberg Nervosität ein. »Ja«, gab er reuig zu, »das tut mir außerorden-ntlich leid. Aber meine Nerven haben mir einen Streich gespielt.«

»Dann hättest du den Alkohol weglassen sollen«, presste Doris wütend hervor und warf Walter einen Blick zu, der mit verschränkten Armen auf der Tischkante saß und interessiert den Streit verfolgte. Bei seinem Anblick flammte wieder ihr Kummer auf, dem sie mit einem äußerlichen Emotionsausbruch, nur mit Mühe entgegen wirken konnte, indem sie ihren gesamten Körper anspannte. Ihr Blick schrie förmlich um sein

Vertrauen, doch Walter schaute sie nur, ohne jegliche Gefühle zu zeigen, an, was sie bewog ihren Blick abzuwenden und zum Ausgang zu marschieren. Die verlogene Luft, die sie atmen musste, schien sie zu töten.

»Wo willst du hin?«, rief Margot ihr panisch nach.

Hastig wirbelte Doris herum. »Ich werde mich in dem Club der Tratsch-Tanten einreihen und überall eure Geschichte erzählen.« Sie verzog ihr Gesicht zu einem bitteren Grinsen. »Und dazu muss ich nicht einmal lügen.«

»Das kannst du nicht tun«, entgegnete Margot verängstigt.

Doris kam ein paar Schritte zurück. »Dass ich das kann«, stieß sie hervor, »warum soll ich alleine, als Sau durchs Dorf getrieben werden?« Verachtend schaute sie Margot an. »Ihr mit euren verlogenen Prinzipien.«

Nun wurde Margots Kämpfernatur geweckt. Forsch stellte sie sich Doris entgegen. »Indem du uns mit in den Dreck ziehst, kannst du deinen Ruf auch nicht mehr herstellen.«

»Mag sein – aber dann spiele ich nicht alleine die Hauptrolle.« Würdevoll erhob Doris ihren Kopf und wandte sich der Tür zu.

»Das mit der Firmenhure hast du dir selber eingebrockt, so wie du dich in Düsseldorf mit Hähnen abgegeben hast«, rief Margot ihr gemein zu.

Mit geballten Fäusten hielt Doris kurz inne, dann wandte sie sich wieder um und schritt angriffslustig mit zugekniffenen Augen auf Margot zu, wobei sie einen Ärmel ihres Blazers hochschob, als wolle sie Bewegungs-freiraum für ihren Schlagarm verschaffen, worauf Margot ängstlich ihre Hände schützend hochnahm und vorsichtshalber einen Schritt zurücktrat.

Nun änderte Walter doch seine Position und setzte sich richtig auf den Tisch um dem Frauenkampf in bequemer Haltung zuschauen zu können.

»Peter weiß ganz genau, dass zwischen mir und Hähnen nichts lief, wir haben bloß die ganze Nacht lang an der Bar gesessen, und dafür gibt es eine Menge Zeugen, die sich sicherlich noch daran erinnern«, wütete Doris unterdessen, dann holte sie ihren Arm aus um zuzuschlagen, doch Herrenberg warf sich mutig dazwischen und hielt ihren Arm fest und wurde von Doris kritisch beäugt. »Warum bist du so sauer auf Hähnen?«, wollte Doris von ihm wissen.

Eine Weile schaute Herrenberg Doris unentschlossen an, während er vorsichtshalber immer noch ihren Arm festhielt. »Ich werde es dir erklären«, lenkte er ein und bewies dabei sprachliche Stärke, »aber du musst mir versprechen, streng vertraulich damit umzugehen.«

Enttäuscht beäugte Walter seinen Chef, der ihm das schöne Schauspiel verdorben hatte, während sich Doris von ihm losriss und Margot ein paar Schritte zurück in Sicherheit floh.

Von Herrenbergs Aufrichtigkeit aufgerüttelt, nickte Doris zustimmend »Dann bin ich aber gespannt«, presste sie übellaunig hervor.

Bevor Herrenberg mit seinen Erläuterungen begann, forderte er mit seinen Blicken auch das Ehrenwort von Walter an, der ebenfalls mit einem Nicken zustimmte und vom Tisch herab gerutscht kam.

Herrenberg baute sich in voller Größe auf und atmete tief durch bevor er mit der erschütternden Wahrheit herausrückte. »Der Mann, der Hähnen niedergeschlagen hat, war mein Zwillingsbruder Herbert.«

Einen Moment starrte Doris ihren Chef ungläubig an. »Was?«, stieß sie dann mit einem sarkastischen Lachen aus. Seine Erklärungen übertrafen sämtliche Geschichten des Lügenbarons Münchhausen. »Du glaubst doch nicht, dass ich dir das abnehme?«

Auch Walter konnte mit einem ungläubigen Laut nicht zurückhalten. Schwieg aber.

»Es ist aber wahr«, beharrte Herrenberg, »das kann ich dir beweisen.«

Nachdenklich fasste sich Doris an den Kopf. »Dann erkläre mir, wieso?«

Peinlich berührt sackte Herrenberg zusammen. »Ach Doris«, jammerte er in kindlicher Art und erhoffte Nachsicht von ihr, wobei er ins Stocken geriet und sein rhetorischer Makel wieder zum Vorschein kam, »du weißt ja, welche Panik ich vor der Presse habe, und da dachte ich, Herbert könnte für mich einsprin-ngen und die Pressekonferenz führen – er ist Schauspieler in einer kleinen Theatergruppe und sehr wortgewandt – er sollte ja auch n-nur die Ansprache halten und wieder verschwin-nden, dan-n wollte ich wieder den Platz einnehmen – aber er kam nicht zurück und so habe ich Margot an-ngerufen, aber bevor sie eintraf, war es schon zu spät.« Fassungslos und verzweifelt, über diesen misslichen Vorfall, schüttelte er den Kopf. »N-nicht auszudenken, wen-n-n das rauskommt.«

Ungläubig sah Doris ihn an. »Das erklärt nicht, warum er Hähnen niedergeschlagen hat.«

Todunglücklich über dieses Malheur zog Herrenberg eine verdrießliche Miene. »Er ist un-nsterblich in dich verliebt.«

Doris fand seine Geschichte für ungeheuerlich und glaubte ihm kein Wort. »Verliebt – in mich?« Aufgeregt wanderte sie umher. »Das muss ja ein spontaner Liebesanflug gewesen sein.«

»Nein«, mischte sich Margot ein, um ihrem Mann eine Stotter-Attacke zu ersparen, »du warst mit ihm in Düsseldorf. Jetzt weißt du auch, warum er auf Hähnen so reagiert hat.«

Perplex starrte Doris Margot an, fand aber schnell ihre Sprache wieder. »Ich sagte schon, da ist nichts gelaufen«, betonte sie ausdrücklich.

Margot fuhr fort. »Herbert war halt sehr eifersüchtig – und hat es wohl falsch gedeutet.« Vorwurfsvoll schaute sie ihren Mann an, weil sie damals schon diese Idee für absurd hielt. »Herbert war sehr aufgewühlt, als er mit dir aus Düsseldorf zurück kam – wir haben Wochen gebraucht ihm darüber hinwegzuhelfen.« Ihre Stimme klang reuig und aufrichtig, die ihre Fassungslosigkeit über diese Geschehnisse ausdrückte. »Wir hätten das Risiko nicht eingehen sollen«, sah Margot ein, »ich hatte schon geahnt, dass Herberts Liebe zu dir neu entflammen würde – aber dass auch noch ausgerechnet Hähnen hier auftaucht, konnten wir natürlich nicht wissen.« Beschämt warf sie einen kurzen Blick auf Walter. »Das einzige Problem, mit dem wir rechneten, waren Sie.« Sie atmete tief durch und erbat mit ihren verzweifelten Blicken um Nachsehen. »Und der Alkohol hat dann auch noch seine Wirkung gezeigt – das macht Herbert unberechenbar.«

Bestürzt über diesen Betrug, fasste sich Doris an den Kopf. »Warum hast du mich nicht eingeweiht?«, fragte sie fassungslos und blickte Margot abgrundtief enttäuscht an, weil sie diese Arglist als Vertrauensmissbrauch empfand, »und warum musste er mit mir nach Düsseldorf, ich hätte auch alleine fahren können.«

Wieder übernahm Margot für ihren Mann das Wort. »Peter hatte es dem Veranstalter fest versprochen.« Untröstlich suchte Margot Verständnis bei Doris. »Ja, du hast Recht. Wir hätten dich einweihen sollen.« Sie wandte sich zutraulich Walter zu. »Sie sehen, alles ist bloß ein Missverständnis. Es gibt keinen Grund Doris zu misstrauen. Wenn wir den Leuten jetzt zeigen, dass alles in Ordnung ist, können wir alle unseren Ruf wieder herstellen.«

»Sie verlangen da ziemlich viel von mir«, lehnte Walter ab, »erwarten Sie tatsächlich, dass ich das alles glaube?« Fassungslos breitete er seine Arme aus. »Sie versuchen doch bloß Ihren Ruf zu retten und da ist Ihnen jedes Mittel recht.« Er schaute jeden einzelnen abwechselnd an. »Hier ist doch einer verlogener, als der andere.« Verbittert warf er Doris einen Blick zu, die ihn versteinert anstarrte. »Ja«, willigte er dann ein, »ich werde mitspielen, der Firma wegen und zum Selbstschutz für mich.« Er tippte sich erregt auf die Brust. »Aber Vertrauen können Sie alle«, betonte er ausdrücklich, »von mir keines mehr erwarten.«

Das Walter sie über einen Kamm scherte, raubte Doris nicht nur den Atem, ihr Herz setzte sogar kurz aus, während Margot nur pikiert ihr Kinn vorschob.

Mit felsenfester Haltung beteuerte sie. »Wir haben Ihnen die gesamte Wahrheit gesagt.«

»Sooo«, fauchte Walter sie mit wirrem Blick an, »haben Sie das?«, entgegnete er ungläubig, »ich bin eher sicher, Sie haben noch viel mehr Geheimnisse. Sie sind eine Lügnerin.«

»Sie vergessen, dass ich immer noch Ihre Vorgesetzte bin«, empörte sich Margot.

»Vorsicht«, mahnte Walter, »sonst kann ich für mein Stillschweigen nicht garantieren.« Er griff nach Doris' Hand und zog sie wie ein Fähnchen hinter sich her auf den Gang und warf die schwere Tür zu.

Verängstigt drehte Margot ihren Kopf in Richtung ihres Mannes, der unbeholfen neben ihr stand und beschämt seine Schultern hochzog.

Wütend ließ Walter auf dem Gang von Doris ab, die sich gleich ein paar Schritte von ihm entfernte, weil er ihr mächtig Angst einflößte. Einen Moment überlegte sie gar zu fliehen, doch dann lächelte Walter ihr vertraut zu, trat an sie heran, nahm ihr Gesicht in seine Hände und küsste sie zaghaft.

»Entschuldige bitte meinen Auftritt«, sagte er leise und verwirrte Doris, »aber nach diesen Zugeständnissen musste ich unseren Chefs einfach ins Gewissen reden.«

Noch mehr verstört stieß Doris Luft aus, was Walter schnell zu einer Erklärung veranlasste.

»Tut mir leid, dass ich an dir gezweifelt habe und auch nicht die Kraft besaß, dir beizustehen.« Fassungslos über sich selber lachte er eisig. »Aber als ich eben bei dir zu Hause war, um meine Sachen zu holen, habe ich mich abgrundtief dafür geschämt.«

Gegen ihre Verwirrtheit ankämpfend, starrte Doris ihn an und brauchte eine Weile, bis sie merkte, dass seine Erklärung gut für sie war. »Ist schon gut«, verzeih sie ihm und konnte Ihr Glück kaum fassen.

In Walter stieg jedoch eine kleine Kritik hoch. »Ich habe versucht dich anzurufen, aber du hast ja nie ein Handy dabei«, hielt er ihr vor, »dann hätten wir uns absprechen können.« Dann warf er einen bedeutsamen Blick zur Konferenztür. »Wir sollten den beiden noch etwas ins Gewissen spielen«, fügte er boshaft hinzu, weil er sich ganz schön vorgeführt fühlte.

Doris grunzte zynisch. »Gewissen? Die wissen doch gar nicht, was das ist.«

Walter nickte zustimmend. »Ja, du hast Recht.« Er fasste nach Doris' Hand und zwinkerte ihr aufmunternd zu. »Komm, lass uns nach Hause fahren«, schlug er vor, wobei seine Blicke an ihr hinab wanderten und an ihren blanken Füßen hängen blieben.

»Ich weiß«, lenkte Doris verlegen ein, »ich sollte mir das unbedingt abgewöhnen.«

Nachsichtig lachte Walter. »Ich glaube, damit kann ich leben«, sagte er und küsste sie liebevoll. Ein Kuss, der Doris bewies, dass ihre Liebe allen Skandalen und Verlogenheiten stand halten würde.

Komme da, was wolle.

Ende